[韩天航文集] ②

我的大爹
——韩天航中短篇小说选集（二）

韩天航 著

新疆生产建设兵团出版社

图书在版编目（CIP）数据

我的大爹 / 韩天航著. -- 五家渠 : 新疆生产建设兵团出版社, 2020.12

（韩天航中短篇小说集；二）

ISBN 978-7-5574-1593-8

Ⅰ. ①我… Ⅱ. ①韩… Ⅲ. ①中篇小说－小说集－中国－当代②短篇小说－小说集－中国－当代 Ⅳ. ①I247.7

中国版本图书馆CIP数据核字(2021)第009697号

责任编辑：昝卫江

我的大爹：韩天航中短篇小说集 （二）

出版发行	新疆生产建设兵团出版社
地　　址	新疆五家渠市迎宾路619号
邮　　编	831300
电　　话	0994—5677185
发　　行	0994—5677048
传　　真	0994—5677519
印　　刷	北京一鑫印务有限责任公司
开　　本	710mm*1000mm　1/16
印　　张	19.75
字　　数	300千字
版　　次	2020年12月第1版
印　　次	2021年8月第1次印刷
书　　号	ISBN 978-7-5574-1593-8
定　　价	60.00元

二十世纪七十年代初,韩天航在奎屯兵团农七师一二六团下放当农工期间,与妻子金萍在田间劳动间隙

韩天航在新疆喀什街头采风

韩天航在新疆天山峡谷采风

韩天航长篇小说《温情长海滩》手稿

韩天航创作感想手记

韩天航画作

韩天航画作

目 录

短篇小说

啊！克拉玛依 …………………………………003
初秋，在那月光皎洁的夜晚 …………………019
春　暖 …………………………………………031
戈壁滩上的诗与梦 ……………………………043

中篇小说

在胡杨林的后面 ………………………………057
石柱子与克木尔拜 ……………………………083
浮　沉 …………………………………………122
活　法 …………………………………………169
我的大爹 ………………………………………223

附　录

好友韩天航 ……………………………………279
兵团这片沃土给了他创作的源泉 ……………302

短篇小说

短篇小说

啊！克拉玛依

一

叭——砂浆,嗒——红砖。笃笃笃——再用瓦刀敲敲平。探出身子外看看,退后一步内看看,侧过身子左看看,歪过头来右看看。啊,很平,墙能砌得这么平,那就没说的了。"师傅。"我说,"你真行!"

"小伙子,"小郭师傅拍拍我的肩膀说,"两年待业,三年学徒,现在拿起瓦刀当上了大工师傅,这年月混到这一步,不容易呵。"

小郭师傅叫郭松林,今年二十四岁,他身材魁梧,肩膀宽厚,全身皮肤黑黝黝的,胸前隆起两块紧绷绷的肌肉。他那圆嘟嘟的娃娃脸,老是笑眯眯的。我跟他当学徒不到两天工夫,就喜欢上他了。他粗犷、豪爽、热情、纯朴。我觉得他也喜欢我,我姓侯,人样儿瘦,细长长的,下巴也尖尖的,样儿机

原载《北京文学》1983年第11期

灵得很,又是高中毕业生,会说几句调皮话,他就叫我"猴儿"。

"猴儿,灰浆!""猴儿,红砖!"他叫得挺顺,我也应得很干脆。"哎!""哎!"我们配合得很好。

不到半年时间,我们简直像亲兄弟一样。

记得那次我们一见面,他就亲热地拍拍我的肩膀,问我:"你会不会唱歌?"

"会。"

"男高音?"

"大概属于男高音。"

"《克拉玛依之歌》会唱吗?就是那个'啊,克拉玛依……'"

"会,我挺爱唱这支歌。"

"行!那才是地道的克拉玛依人。唱一唱怎么样?我最爱听这支歌。"

于是我唱《克拉玛依之歌》。他兴奋得很,用指关节敲着白色塑料的安全帽,为我打拍子,当我唱到"啊——"的时候,他也情不自禁地跟我一起"啊"起来,他那浑厚洪亮的嗓音"啊"得很有激情,而我唱到"啊,克拉玛依,啊,克拉玛依"时,他更是摇头晃脑,完全陶醉在那歌所表达的激情之中。他那小孩似的圆嘟嘟的脸上露出一种得意的自豪的神色。

"不赖,猴儿,你唱得真不赖。"他兴奋地说。

然而一上脚手架,他那严肃劲儿也真不含糊。

"猴儿,灰浆。""猴儿,红砖。"他那宽厚的结实的胸膛里发出来的声音像打雷,震得脚手架都有些微微抖动。他那喊叫的语气,就像船长在发布命令,具有绝对的权威性。

他的女朋友叫杜月兰,是搅拌机上的拌浆工,身材颀长,苗条匀称,皮肤白白的,眼睛大大的,一笑,亮亮的像两个月牙儿,又漂亮又迷人。她走路扭着软软的腰,婀娜多姿。这是个爽直、热情、活泼然而有点粗野的姑娘。不知为什么,我到克拉玛依市建筑安装工程公司以后,总感到克拉玛依的人在性格上都有些相似的东西,大概同这里的生活环境有关吧?无边无际的戈壁滩,恶劣的气候,艰苦的工作,富裕的生活,养成了他们的这种性格。我这可不是胡联系,你要仔细观察观察,真有那么一点呢。真的,不骗你。

小郭师傅和杜月兰搞对象也是"克拉玛依型"的。他俩是在职工夜校学习中好上的。传递了一段时间的条子后,前两天定了。

我记得前天小郭师傅拍拍我的肩膀说:"猴儿,走,上杜月兰家去。"

"干吗?"

"谈判。"

"谈判?"

"对!确定关系。"

"别逗了,师傅,你把我拉上干吗?"

"这你还不懂,今天是关键时刻,你得给我当好参谋。"

"不,不,谈恋爱方面的话,那是私房话,我可不能去。"

"什么私房话,今天是正儿八经地确定关系,不会抱着亲嘴儿,等要抱着亲嘴儿时,你就跑开。现在得去,当心我生气。关键的时刻,朋友不帮忙谁帮忙?啊?"

没办法,我只好跟着去。我们到杜月兰家,她穿着一身印着大花儿的连衣裙,那身段儿显得很美。杜月兰对我跟着来,好像没有表示异议。她热情地为我们每人泡了杯菊花晶,克拉玛依每年夏天,都要给职工发菊花晶之类的防暑饮料,又给我们每人开了一瓶啤酒,挥挥手说:"喝吧。"

她用那迷人的眼睛看看小郭师傅,脸色有点儿严峻。她利索地从她的床头柜里拿出一个装潢精致的大方盒,打开盒子,从里面拿出一叠照片,往我们坐的长沙发上一扔,说:"瞧一瞧这些照片,然后咱们再说。"

小郭师傅拿起照片看,眉头皱了起来,我也好奇地凑过头去看,伸了伸舌头。照片上的杜月兰,戴着太阳镜,穿着大领口的露胳膊的紧身袄儿,穿着超短裙,摆着各种姿势,有跷着大腿的,有身子扭成几道弯的,有仰着脖子袒露着胸部喝汽水儿的……够恶心的!

小郭师傅清清嗓子,看看我,对杜月兰说:"这是什么意思?"

杜月兰严肃地笑笑:"咱俩不是要确定关系吗?"

"是呀。"

"四年前的我,就是照片上这个样子。幼稚、无知、荒唐。"

"现在不是改了吗?"小郭师傅又看看我,好像要征求一下我的意见,"不是这个样儿了嘛!"他拍拍照片,"这个……"他又看我,"浪子回头金不换嘛,啊?"

"还有呢,"杜月兰的脸更严肃了,眼中露出一丝悲哀,"这可能已不是什么秘密了,因为有人知道这事。四年前我谈过恋爱,而且……而且……"她脸红了一下,有点粗野地甩了一下手,"后来那人把我抛弃了。"她眼中的悲哀消失了,脸上又露出那爽朗的表情,"我把我的过去,也就是最坏的一段历史全讲了,你看着办吧。"说着,她打开一瓶啤酒,仰起脖子喝了两口。

我发觉小郭师傅有些不知所措,他那小孩似的脸有些尴尬地笑了笑,捅捅我说:"咱们出去一下。"

"怎么样?"走到门口,他问我。

"这你决定。"我说。

"我是问你她的态度怎么样?"小郭师傅有些恼火我的答非所问。

"很诚恳。"

"这说明她真心爱我。"小郭师傅沉思一下说,"不真心爱我会这样诚恳吗?你说呢,狄儿?"

"是,完全正确。"我这个"参谋"真的参谋上了。

"这姑娘不赖。"他满含深情地说,"这我更爱她了。不过,"从他眼中还是可以看出,他心里有点儿痛苦,"不过我得问问她,把她抛弃的那个小子是谁,真他娘的流氓。走,咱们进。"

"师傅,"我说,"下面该是私房话了,我,我得走……"

"去你的吧!"他拍了我一下,笑了。我拔腿就往回跑。

他们就这样确定了关系。

二

叭——灰浆,嗒——红砖。笃笃笃……

"喂,郭松林。"下面有人喊。

我低头往下看,是杜月兰。

"你找死啊,不戴安全帽就站在下面。"小郭师傅在上面喊,"快走开!"

"我就想找死,怎么啦?"她仰着头笑着,"你不下来,我不走。"

"你瞧瞧,多厉害,"小郭师傅用手背拍拍我的胸部,"将来结了婚,也是个母老虎。"他幸福地笑笑。

噔噔噔走下脚手架,那结实粗壮的身子压得架板吱吱嘎嘎响。他把她往边上一拉,说:"掉下砖来砸了脑袋,是闹着玩的?"

他们走到一边,说了些悄悄话,样儿"蜜"得很。小郭师傅笑眯眯地走了上来。

"什么事儿?"我问。

"今天是星期六,市里文化馆有舞会,她要我去。"小郭师傅得意地说,"她是个舞迷,一个星期不跳上两次舞,她就过不去。"

"那今天早点下班。"

"行!加把油干,"小郭师傅说,"定额要比昨天完成得多,还要早下班,行吗?"

"没说的。"

"喂——"对面在喊,"郭松林,加把劲啊!"那是小陈师傅,叫陈琪,他举着瓦刀,高声地喊着,"别叫杜月兰的烫卷发给卷进去钻不出来啦。"

"你别兴,手下败将!"小郭师傅也举举瓦刀,对他喊。

小郭师傅叫小陈师傅是"手下败将"可有两层意思呢,这点我清楚。他们俩是同时进的建筑公司,同时转为正式大工。小陈师傅个儿小小的,脸儿瘦瘦的,同小郭师傅一比,像一座大山夹着一座小山。别看他长得瘦小,干起活来麻利得很,总想超过小郭师傅,但每次总要比小郭师傅差那么一点点。用他的话来说,就是"我和松林比,是王奶奶同玉奶奶比,差一点儿"。这是一层意思。第二层意思呢?就是他和小郭师傅同时追求杜月兰,结果你们清楚,小郭师傅胜他负。"唉,"他说,"在这方面我同松林比,是马奶奶同冯奶奶比,差两点儿了。"

不过,他有这点好,在情场上失败后,不记仇,同小郭师傅相处得还是跟以前一样。有一天他开玩笑问杜月兰:"喂,月兰,你为什么选中松林,不选中我?"

"你吗? 经济基础比松林差。"杜月兰笑着说。

"什么?"

"你挣的钱比松林少。懂吗? 爱情得有经济基础,饿着肚子谈恋爱,光着屁股谈恋爱,能行吗? 啊?"她开玩笑说。

陈琪只好捏捏鼻子,笑笑说:"那没办法,如果这几方面加在一起,我和松林比,是王奶奶同汪奶奶比,差三点儿了。"

"瞧瞧,这算什么理?"小郭师傅等他们走后对我说,"饿着肚子能不能谈恋爱,咱不清楚,可是光着屁股不能谈恋爱,没那事! 我们的老祖宗北京猿人大概都是光着屁股谈恋爱的,要是他们不光着屁股谈恋爱,恐怕就不会有咱们八十年代的新一代了呢。"小郭师傅说完,仰着脖子哈哈地笑起来,那浑厚洪亮的笑声,震得脚手架都有点动。

"猴儿——灰浆。"

"猴儿——红砖。"

"哎。""哎。"……

我们干得很紧张,配合得非常协调。今天要提前超额完成任务。用我们的话来说:现在是什么年头? 落实经济责任制的年头,真正的按劳付酬,多干就能多拿。

叭——灰浆;嗒——红砖。笃笃笃……砖在一层层往上砌,我却忽然想起昨天发生的事。

前天小郭师傅从杜月兰家出来后,他就告诉我,那个把杜月兰"玩弄"过又抛弃她的小子,就是现在我们队上的施工员,叫段友泉。

"我非要教训他一下不可。"小郭师傅捏着拳头卷着袖子说,"不收拾他一下,我肚里老是憋着一股气,玩弄姑娘,流氓!"晚上,他拉着我同小陈师傅一商量,小陈师傅也赞成"教训"段友泉一下。

从我们工地回到我们施工队的驻地要穿过一片戈壁滩,那儿有一座座土丘,被风刮得奇形怪状的,有的像老虎,有的像大象,有的像怪人,晚上的时候,月亮一照,面目狰狞,怪吓人的。

昨天我们下班,已经是傍晚八点多了,不过天还亮亮的,在克拉玛依,夏天要到晚上十二点钟天才黑下来呢。我们三个在一座土丘后面等着。

段友泉大概比小郭师傅大两岁,是个长得白白净净的年轻人,中等身材,留着点长鬓角,脸儿方方的,额头高高的,很有点风度。在夜校学习那阵子,他是个"高才生",后来到市里举办的施工培训班培训了半年,听说学习成绩也是上等的。去年他结了婚。同时分到我们队上当了施工员,我对他还挺崇敬的。现在听到这事,对他产生了点恶感,想不到是个"流氓"!

这时,他正敞着件拉链衫,戴着副墨镜朝我们走来。他走到土丘旁,小郭师傅猛地窜了出去。

"站住,流氓!"

段友泉吓了一跳,快忙摘下墨镜,惊慌地看看我们三个。

"你们要干什么?"

"教训教训你。"陈琪说。

"我问你,"小郭师傅向前跨了一步,段友泉往后退了一步,"是不是你把杜月兰那个了后,又把人家扔了?"

段友泉吓得脸一阵白一阵青,额头上冒着冷汗。他看着小郭师傅那热辣辣的眼睛,吓坏了。

"有……有这么回事。"他声音抖抖地说。

"现在老子要教训教训你!"小郭挽起袖子,捏着拳头说。

这一顿"教训"是跑不了了,而这时,段友泉反而镇定了下来,他把墨镜插到拉链衫胸前的口袋里,闭上眼睛说:"你们……你们教训我吧,"他又睁开眼睛看着我们,"是的,我是干了一件不道德的事,那是四年前的事了,如果在现在,我决不会干这样的丑事。那时我是个什么样的人,我清楚,你们说是流氓,就流氓吧。那时,我懂什么?什么都不懂,看了外国电影,看了手抄本的小说……我们就,就胡来了。唉!以为这才是真正的自由生活呢。糊涂啊,要是在现在,绝不会发生这样的事……生活啊,我们懂事太晚了……"说到这里,他又闭上眼睛,"我对不起杜月兰,我恨我自己,你们教训吧,怎么教训都行……"

"松林,别听他那套甜言蜜语。"陈琪说,但语气不是那么坚决了。

"猴儿,树条子。"小郭师傅朝我喊,但那叫声是强装出来的,仿佛也不那么"坚决"。

"小郭师傅,你瞧,这儿是光秃秃的戈壁滩,哪来树条?"我说。心想,"不该教训他,听了他的话,怪可怜,人家悔过了嘛。"

"猴儿,皮带。"语气更软了,那纯粹是恐吓性的。

"师傅,我没皮带,只有裤带。"我说,耍了个滑头。

"他妈的,"小郭师傅想想说,"就这样也得给他一拳,要不太便宜他了。"

小郭师傅犹豫着,正想上去来一下,中间突然拦上个人。一看,是杜月兰。

啊!她怎么来的?真的直到现在我也不知道。

"你们要干什么?"她朝我们喊,有些生气。

"我们要教训教训这流氓。"陈琪说。

"什么流氓,现在他是我们队的施工员,"她那大眼睛盯住小郭师傅,"郭松林,我把那件事讲给你听,不是叫你来教训他,是让你来了解我,了解我的过去。那时发生那样的事,不是我也有责任吗?那些个照片不是说明问题了吗?那你也教训我吧。"

我们面面相觑,有些不知所措。我觉得杜月兰这几句话说得可以,要不,真不知该如何收场。

"你走你的吧。"杜月兰对段友泉说。

段友泉感激地朝杜月兰看看,赶忙走了。

杜月兰看着傻愣愣地站在那儿的郭松林,想起了什么,深情地笑了一笑,用手推了一下郭松林的肩膀说:"走吧,今天我请你们喝啤酒,谢谢你们,总算给我出了一口气。"

"这算出气了啊?"小郭师傅说。

"这就行了,你们没瞧见他吓得脸都白了吗?再说,现在人家不是学好了嘛。"

我怔怔地看看杜月兰,嘿!真有你的。

三

嗨!克拉玛依这儿的鬼天气,真够呛,一天三变,有时哭,乌云阵阵下上几滴雨;有时叫,大风呼号,飞沙走石,昏天黑地;有时板脸,热辣辣的太阳恶狠狠地往下晒,比火炉还烤人。中午时分,正是它板脸的时候,把戈壁滩晒得直冒烟。用小陈师傅的话来说,戈壁滩上这阵子啊,不但能烤熟鸡蛋,还可以"生爆羊肉""油煎排骨"哩。在以前这个时候,我们都躲到凉快的地方睡午觉去了,谁愿意站到脚手架上受这份罪。但现在,谁也不下脚手架,干得还欢呢。

"大娘!"小郭师傅对着下面卖啤酒的大娘喊,"来五瓶啤酒。"克拉玛依自产的冰冻啤酒又凉快又解渴,一打开瓶盖,滋溜溜地往外冒汽,仰着脖子,咕噜咕噜地往嘴里灌,凉飕飕地穿过冒烟的嗓子,那舒服劲儿就甭提了。记得我刚来那阵子,小郭师傅就请我喝啤酒,我还喝不来,喝了半瓶就喝不下了。小郭师傅说:"往下灌,拼着命儿往下灌,在克拉玛依当建筑工人,不会喝啤酒还行?"现在我学会了,一灌就是两瓶。小郭师傅一灌就能灌三瓶。来劲!啤酒一进肚,胃里凉凉的。叭——灰浆,嗒——红砖。我们又干开了。

我们干得真够欢的。从山谷那边吹来一阵风,经验告诉我们,克拉玛依要"叫"了——一阵大风,就要来临。

克拉玛依的风真叫人头痛,有人说:"克拉玛依一年只刮一场风,从元月一日一直刮到十二月三十一日。"这话虽然有些夸大,但克拉玛依的风多,这是个事实。

"猴儿,灰浆。"

"哎!"

"猴儿,红砖。"

"哎!"

"猴儿,再加把劲!"

"哎!"

"再来一瓶啤酒怎么样?"

"待会儿再说。"

起风了,大风夹着泥沙铺天盖地而来。天空顿时昏沉沉的,砂石在空中呼叫着,噼噼啪啪朝你脸上打,生痛生痛的,刮得你睁不开眼睛。

"猴儿,把这一层砖砌完怎么样?"

"行!"

一把灰浆一块砖,一把灰浆一块砖,加点油呀拼把劲,一把灰浆一块砖,一把灰浆一块砖……

"行。歇了吧,避避风。"小郭师傅喊。

这时,四下里除了呼啸着乱翻着的风沙外,什么也看不见了。我们躲到底层的空房里,仰着脖子喝啤酒了,我们的眼睛都被风沙刮得红红的。

风沙整整刮了一个多小时,到下午三点多钟,总算小了点,我们又爬上脚手架干开了。

太阳慢慢偏西,刮了一阵风后,天气凉快得多了。我抬头朝对面看看,哈,我们比陈琪他们多砌了两层砖。

"喂,小陈师傅,"我高兴地喊,"你还是小郭师傅的手下败将!"

"猴儿,你别跟着你小郭师傅兴!"小陈师傅举着瓦刀喊,"还有质量分呢。"

小陈师傅这么一叫,提醒了我们。再过一会儿,就要验收质量了。

"今天谁来验收质量?"小郭师傅问。

"小黑板上写的是段友泉。十天一换,今天是十一日,这十天刚好轮到他验收质量。"我说。小郭师傅揉揉鼻子,想一想说:"咱们先自检一下。"

他探出身子外看看,退后一步内看看,侧过身子左看看,歪过头来右看看。糟糕,他皱起了眉,在第五层砖中,有两块砖的砖缝大了点,砖的一头有些向上翘,在一溜平的水平缝上,起了那么一点儿小波浪。

"怎么办?"小郭师傅托着他那圆圆的下巴,咬着嘴唇在想。我也询问地看着他。这两块砖准是在风沙最大的时候砌的,我在想,如果第一、二层还好说,一返就行,可现在是第五层,得扒开好大一截墙,经济责任制上规定,返工就得扣钱,因为这要浪费水泥砂浆。怎么办呢?这一扣,就等于白干了几个小时的活。在这样的鬼天气下白干了几个小时,能受得了吗?

"猴儿,咱们全面检查一下,"小郭师傅说,"看看其他地方是不是符合规范。"

我们用靠尺靠,用吊锤吊,除了那两块砖外,其他一切都符合规范。如果评分的话,起码在八十分以上,而我们建筑业上的质量评分,七十分就算合格了。经济责任制上有规定:"所砌墙体,质量必须达到七十分。"现在我们砌的墙,已经超过七十分了。

小郭师傅犹豫了一下说:"没问题,干!"

"我看也没问题。"我说。

这时,我看见段友泉拿着靠尺、吊锤,迟迟疑疑地朝我们这边走来了。大概想起昨天我们教训他的场面,还心有余悸哩。说实话,就凭着小郭师傅那身板,往你跟前一站,你就会矮三分,畏三分呢。

段友泉仰起他那白净净的脸,咬了咬牙,上来了。

"别理他,流氓!"小郭师傅说。他还有气。这自然,这个家伙曾经玩弄过他现在所爱的人儿,即便他现在改好了,他也恨他,这也是"人之常情"啊。

我不知道段友泉以什么态度来检查我们的质量,是随随便便地检查,"卖个面子"呢,还是仔仔细细,挑挑剔剔地检查,使人怀疑是有意"报复"呢?要是惹得小郭师傅撒起野来,胳膊一挥,就可以把他从脚手架上撂下去,那就有可能成为非常非常严重的事情了。

我为这两个人都担心!

段友泉迟疑了一下后,就开始检查了。他用吊锤吊,靠尺靠,钢卷尺量,检查很仔细。小郭师傅这时虎着脸瞪着他。我开始为段友泉捏把汗。"段友泉呵段友泉,你这是何苦呢",我想,"你这不是跟你自己过不去吗?"

"你们今天干得很不少啊。"检查完了,段友泉讨好地笑笑说。他那一笑怪可怜的。

"两个定额,"我说,"比昨天还多,质量怎么样?"

"可以的。"他说。我松了口气。

小郭师傅没吭声,从口袋里抽出他的评分卡,我接过来递给段友泉。

"不过,我还不能签字。"他说。

只要他不签字,我们今天就等于白干。

"为什么?"小郭师傅吼了一声,脚手架都有些抖。

我的心又紧缩起来。

"小郭师傅,小侯同志,你们知道,咱们克拉玛依这几年的建设速度是惊人的,每年都要盖上百幢的楼房,所以质量问题就提到一个很高的高度。"他文绉绉地解释着。

"这我们懂。"我赶忙说。小郭师傅仍然虎着脸。

"小郭师傅,小侯同志,你们也知道,上级要求我们公司每年的全优工程要达到百分之七十以上,我们现在盖的这幢楼就是要创全优工程的。今天我检查了所有的点,全是优。可你们,你看,就因为这两块砖,影响了我们的全优,这恐怕……恐怕不太合适吧?"

"你的意思呢?"小郭师傅瞪着眼问。

"返!"段友泉坚决地说。

"返工? 没门!"小郭师傅喊道。

"不返我不签字。"

"我拧掉你的脑袋,流氓!"

"拧了脑袋也不能签!"

"小郭师傅,师傅。"我劝着说,怕发生意外,十几米高的脚手架上,那是开玩笑的吗?

段友泉收起他的靠尺和吊锤,把我们的评分卡往他的拉链衫口袋里一塞,噔噔噔地下了脚手架。

"返吧,小郭师傅。"他回过头又喊一声,语气很诚恳。

风虽然小多了,但还在嘶嘶地叫着。小郭师傅蹲下身子,揉着鼻子。

我的心感到很沉闷。

四

"大娘!"小郭师傅想了一阵,站起来朝下喊,"来两瓶啤酒。"

"好嘞。"

"猴儿,喝吧,"小郭师傅递给我一瓶啤酒,感伤地说,"今天师傅对不起你,叫你跟着我受罪。"

"师傅,你说到哪儿去啦。"

"猴儿,喝口啤酒润润嗓子吧。"

"干吗?"

"咱们休息一会儿,你唱个歌听听。"

"别逗了,师傅,心都烦死了,还唱哪门子歌呀。"

"哎,这你就不懂了,歌儿能使人解除疲劳,歌儿能使人消除烦闷;歌儿能让人得到安慰,歌儿可以使人长寿。"师傅沉闷地笑了笑。

"师傅,你这是从哪儿学来的词,怪文雅的。"

"你师傅这几年职工夜校没白上。唱吧,猴儿,啊,克拉玛依,我好长时间没听你唱这歌了,心怪痒痒的。"

我不想扫师傅的兴,喝了半瓶,清清嗓子就唱开了。我的感情很快进入到了歌里,师傅也动感情了,当我唱到"啊——"时,他也充满激情地啊起来了,当我唱到"啊,克拉玛依,啊,克拉玛依"时,他脱下安全帽,用指关节敲着,摇晃着他那圆嘟嘟的脑袋。最后我唱到"我爱你!"时,他那沉闷的脸开朗了,笑着鼓鼓掌,说:"不赖,猴儿,唱得不赖。"

"师傅,这怎么办?"我指指那两块砖说。

"为了大西北的宝珠,为了我爱这克拉玛依。返吧,猴儿,返吧。"

啊!《克拉玛依之歌》,你是一支多么了不起的歌!

"猴儿,落实经济责任制,别只看到'经济',忘了'责任',要不,真成了财迷了!"

这话是对我说的,好像也是对他自己说的。

我们开始把砖一块一块往下扒。唉,不管怎么说,返工总不是个味儿。有人说:"赶起进度浑身劲,返起工来懒洋洋。"这话是不错的。

"喂——"对面又喊起来,举着瓦刀,"今天可兴不开啦,墙怎么只往下矮,不往上长啊!"小陈师傅喊过,还"哦,哦"地叫几声。

我和小郭师傅都把安全帽往下一拉,没吭声。太阳慢慢西沉了,收工哨声也吹过了,小陈师傅开始刮灰浆桶,擦瓦刀,准备收工了。脚手架轻轻地吱吱呀呀地响起来,我往下一看,是杜月兰上来了。我们有点慌神,因为她一看准知道:"这两个孬种在返工!"

小郭师傅赶紧把安全帽再往下拉拉。今晚他应该陪这位一个星期不跳两次舞就过不去的"舞迷"去参加市文化馆的跳舞会呢,看来不行了,今天准抛锚。

"返工啦?"

"嗯。"我第一次看到小郭师傅这个粗犷而豪爽的人脸红。

"啪!"杜月兰把他的安全帽往上一打,"多有出息,昨天收拾段友泉的那股劲哪儿去啦?"

"月兰师傅,"我赶忙给师傅解围,把话岔开说,"这儿还有两瓶啤酒,你喝吧。"我怕月兰的话太伤小郭师傅的自尊心,说不定他的"野"脾气又会发作。但小郭师傅没发脾气,只是把安全帽再往上抬了抬,说:"这是两码事,懂吗?"

"喂——"对面又喊了,举起擦干净的锃亮的瓦刀,"经济基础!"这是叫杜月兰,"今天我可比松林拿钱多啊,跟我吧!"

"放你个屁!"杜月兰努着嘴,笑着朝对面喊,"爱情要有经济基础,可经济基础不等于爱情,你懂不懂?论嗓门,"她拍拍小郭师傅,"你怎么样?论身坯,"她又拍拍小郭师傅,"你怎么样?"

"对!论返工,我也比他差一点。现在我和松林比,是能奶奶同熊奶奶比,差四点儿啦!"

"别耍贫嘴,有错能改就是好人。"杜月兰喊,"这点我清楚,松林也清楚。"

要不,他能爱我?你不也追过我吗?……"

"得得得,"对方赶忙笑着喊,"你还气我呀,别光往人家伤疤上戳嘛。"

"你不是在戳松林伤疤吗?为了创全优,返点工扣点钱怕啥。松林,挺着脖子返!我就爱你这样的人,咱们当着他的面亲个嘴,再气气他。"不过她只是拍了拍小郭师傅的背,可没亲嘴。

"我说经济基础你可真厉害啊。"小陈师傅说。我们也都哈哈笑了,小郭师傅笑着,激动地抱着月兰在脚手架上转了个圈。

"别瞎骚情,野人!创你的全优吧。今晚跳舞的事,全叫你搅了。"

"抱歉!"

"到时间我再收拾你。"

夕阳已经沉入群山,晚霞羞红了脸。我们已经扒下那两块砖,现在又开始往上砌了。这当儿,小陈师傅嬉皮笑脸地走了上来。

"来,我帮你们一起返。"

"怎么,想趁机搞三角恋爱啊?"

"三角恋爱过了,小陈师傅靠边站。"我说。

"月兰同志,这话你可说偏了嘴,我可没这么缺德,朋友之妻不可欺这点我懂。"

"闭住你个烂嘴,什么妻!"

"我这是打个比喻,我是说,"小陈师傅把手中的瓦刀往空中抛了个筋斗,说,"经济责任制还得加点共产主义风格,经济基础上还得有点儿精神文明,对吗?哈哈哈……"

"真有你的,在这点上,松林和你比,是王奶奶同玉奶奶比,差一点了吧?"

"过奖了。猴儿,"他拍拍我的肩膀,"你帮我当小工,你小郭师傅有月兰呢。"

"行!"

"猴儿,唱个歌吧,给咱们提提劲。"小郭师傅朝我挤挤眼,但我还没开口唱,他自己就激动地"啊"开了。

叭——灰浆,嗒——红砖,笃笃笃……晚霞染红了天际。

"那油井像森林,红旗像鲜花,歌声像海洋……"我们一起唱。

"不赖,唱得真不赖。"小郭师傅摇头晃脑的。

"喂——小郭师傅,你的评分卡。"下面有人喊。

我赶忙奔下脚手架,接过评分卡,打开一看:"优"。签字:"段友泉"。这个段友泉啊,好像他认准我们会返工似的。我高兴地跑上脚手架,把评分卡给小郭师傅。

"这家伙。"小郭师傅看后笑笑,叹了口气。他有点谅解他了。

最后一块砖放上了,笃笃笃,敲敲平,左看看,右看看,外看看,内看看,啊,很平,"真正的优,"小陈师傅歪着机灵的脑袋说,"没说的。"

云霞还在天际燃烧,我们往回走。这时,我想起了段友泉签的"优",然后又看看小郭师傅,看看小陈师傅,看看杜月兰,他们在私人的生活方面,关系有点儿"复杂",但在他们身上却有着一个共同的东西,这共同的东西是什么呢?我回头看看工地,整个工地上楼房林立,燃烧在一片晚霞中……啊,克拉玛依!

短篇小说

初秋,在那月光皎洁的夜晚

不知是由于这儿的地势比较高,还是由于夜间的空气特别的澄清,月色显得分外的明亮。

月光随着那初秋的夜的舒适的凉意,从窗口透进屋里,拂在王巧娣的脸上。王巧娣睡不着觉,爬起来,披上衣服,钻到厨房里,洗了洗手,在面缸里挖上一碗面粉,倒在面盆里,和上一些水,把那面使劲地揉着。揉进了自己的许多情感,揉进了自己的满腔心思。她把那团面揉了好大一阵子,揉得滑滑的,韧韧的,像面筋儿似的,这才放到案板上,用拳头将面团儿揿揿平,抽出案板边上插着的擀面杖,慢慢地擀起来。她把那面皮儿擀得薄薄的,匀匀的,摊开晾在案板上,便到炉前架着了火。那红红的火苗燃着锅底,好像也燃着她的心……

她已三十出头了,但脸蛋儿还嫩,眼睛也水灵灵的很有光彩。滚圆的肩膀,隆起的胸部,身上的肉紧绷绷的,还有点像姑娘家,看不出是三个孩子

原载《绿洲》1984年第11~12期

的母亲。

她结婚早，但婚姻很不幸。唉，"文化大革命"，耽误了多少人的青春，也耽误了多少人的婚姻啊！她觉得，那时她多傻呀，找对象，不是凭感情，论人品，看心灵，而是看"牌子"。"你的对象怎么样？""无产阶级革命造反派哩，共产党员哩，贫下中农哩，三结合的成员哩。"这几块"金牌"一亮出来，仿佛婚姻的幸福也全在里面了。正像现在找对象一样。"你的对象怎么样？""他爹是人事科科长哩，家里存款上万元哩，住房条件宽敞哩，他舅还在香港哩。"

唉，错就错在这上头。那年月，十八岁的王巧娣，好胜心强得很，非要找个有几块"金牌儿"的对象。旗帜鲜明得很，立场坚定得很。还真叫她找到了。他叫许方友，模样儿虽然一般，但那几块"金牌"都有。王巧娣很满意。蜜月过得也很甜，如胶似漆。那年他二十三，结合进了生产队上的"革委会"，当上了队上的革委会副主任。

没过上半年，她怀孕了，许方友就对她冷了，光在外面转，很少进家门，说是在抓"阶级斗争"。别看他人瘦得像猴儿一样，但心毒得很，手辣得很。捆绑吊打他全来，还想出种种新刑罚。看了都叫人寒心。打那以后，王巧娣才觉得自己找错了对象，那几块"金牌儿"也没有给她的婚姻带来幸福。她一年为他生一个孩子，三年生了三个男孩。他不但冷漠了她，而且还有点嫌弃她。并且还利用他手中的职权，搞起腐化来了。别看她是个女人，却也是个轻易不弹泪的人。她咬着牙，忍住恨，心里想："许方友，你等着，你这个响当当的造反派，造反造到别的女人的床上去了，老娘也要叫你尝尝造反是啥滋味！"有一天夜里，她硬是偷偷地跟踪他，把他从"野女人"的床上拖了出来，拎着他汗衫的后领，让他穿着个裤头，顶着零下十度的严寒拖回家里来。

从那以后，她再也不许许方友进门了。有一次，许方友偷偷摸进家，被她用擀面杖收拾了一顿，最后一脚踹着屁股蹬出屋外……

日月如梭，一晃就是几年。许方友一直没敢再进家门，只好住在集体宿舍里。他几次提出离婚，王巧娣眼睛一瞪，两手腰间一叉，冷笑一声说："想离婚？没门！"每月领工资时，王巧娣就把许方友的那份也领了，扔给他二十元钱，吃穿带抽烟，全在这里头。有一个月，许方友偷偷地把自己的工资领了。王巧娣知道后,领着三个儿子,来到会计家,说:"刘会计,这三个孩子你给养着吧。"

"怎么啦?"刘会计惊愕地问。

"谁叫你让许方友把工资领走的?文革,红卫,向东,"她对三个孩子说,"你们就吃在这儿,喝在这儿,屙在这儿!"

这把刘会计作难得直搓手,好说歹说,最后下了保证,许方友的工资除她王巧娣来领,任何人来领,一律不给。到晚上,她闯进许方友睡的集体宿舍,一把将许方友从床上揪起来,要他把工资交出来。许方友想起她把他从"野女人"床上揪起来的情景,想起屁股上的一脚,吓得鼻尖上渗出一片冷汗,赶忙把工资交了。她照例扔给他二十元钱。

"巧娣,"他说,"每月二十太少了。"

"少什么!你算算,我爹我妈,三个儿子,全家加你七口人,我们两人工资合起来不到一百元,平均每人合多少?给你二十,算是对你特殊照顾了!不要给你脸你不要!"

许方友沮丧地耷拉下脑袋。

"这家伙,"她想,"造别人的反,又狠又毒;可你要造他的反,他也成了个脓包了!"

许方友呢,又是叹气,又是摇头:"他娘的,我算啥?家不叫我进,床不叫我上,丈夫的义务得尽,丈夫的权利却没有!"

这话传到她的耳里,她说:"放他娘臭屁,你问问他,他有没有做丈夫的德行!"

锅响了,水叫了。王巧娣在面皮儿上撒上些干面粉,叠成叠,操起刀来细细地切。面条儿切得又细又匀。抖掉干粉儿,把面条下进了锅里。她又从咸菜坛子里捞出一根咸胡萝卜,两个咸辣子,把辣子盖儿摘了,籽儿抖了,然后切成细细的丝,放进一个碟子里,浇上一些从河南带来的芝麻油儿。她把面条儿挑进一个小铝锅里,撒上绿绿的葱花,也浇了些香油。再将锅盖擦擦干净,翻过来盖在铝锅上,放上那碟咸菜,最后把锅放进一个小篮子里,上面盖上块毛巾,拎着篮儿,走出了家门。

深夜两三点钟了。那半轮月儿正悬挂在高高的空中。月亮的四周,有着几丝薄薄的云彩,像绸带一样,在轻轻飘荡。她沿着林带的埂子往前走。林带里,一串串沙枣果已经成熟,散发出一阵阵浓郁的甜腻腻的香味。

去年秋天,大领导到这个地区来视察,听了垦区领导的汇报。大领导说,你们兵团,一是死,二是穷。因为管得太死,所以才穷。大领导提出要办家庭农场,搞家庭承包。这消息不胫而走。有人喜,有人愁,也有人要等等看。王巧娣呢?想来想去,觉得自己得找条出路,她这个家不能老这样下去……

她和许方友分居七八年了。她记得,"四人帮"粉碎后那年冬天,雪下得好大哟。她要到水池里去打些冰。那时,他们队上还没有井,冬天得到水池子里打冰吃。她拉着个爬犁,来到水池边上,看见许方友低垂个脑袋,蹲在水池边的围堤上,闷着头在抽烟。

他穿着件破棉衣,袖子,领口黑得要冒油,头发也没理,胡子也没刮,尖瘦的下巴上长满了乱七八糟的胡茬茬。那棉衣的衣襟上,棉裤的膝盖上,棉絮都露了出来。他那细细的手指,被烟熏得焦黄焦黄的。唉!这就是十年前,她所要寻找的理想的爱人,现在成了这模样!

"你瞧瞧你这样儿!"她走到他跟前生气地说,"你这是存心做给我看的是不是?"

"巧娣,"他哭丧着脸说,"没法儿,我自己又不会拾掇。"

"你不会去找'野女人'拾掇?"

"打你把我那事儿揭露出来后,"他说,"我在党内受了处分,副队长的职务也给抹了。现在'四人帮'倒台了,我这样的人也跟着倒了霉,谁还肯同我相好啊。"

"你别在这儿装正经!你同菜地的苗寡妇眉来眼去的,谁不知道!"

"我就想同你商量这事儿,咱俩离了吧。"他说,大概鼻子酸了,眼泪汪汪的,"我知道,咱俩是打破了的瓶子,再也合不起来了。我只求你,答应我离婚。苗桂兰讲了,只要我能离婚,她就答应跟我。巧娣,求求你,可怜可怜我吧。"

王巧娣这时心有些软了。她同他毕竟做了几年夫妻,虽然这几年分居了,但他的工资她还是月月领着,每月给他二十元的生活费,实在也不够他花的。据别人跟她说,这些年来,他没有像样地买过一包纸烟抽,总是每月买上两元钱一斤的劣等莫合烟。那手指、牙齿、嘴唇都熏得焦黄焦黄的。

他帮她打了一爬犁冰,她答应他回去想想,再给他一个答复。她回家后,琢磨来琢磨去,还是觉得不能离。一离婚,他就独立了,她再领他的工资就没理由了。可这一大家子靠她那一点儿工资,够什么用!

"以后再说吧。"她回答他。

"巧娣,你怕经济上支撑不了,让出两个孩子叫我带。"

"那不行!我不能让孩子跟着你这个坏名声的爹!"

"我们不能老这样下去呀。再说,也有人看上了你……"

"放屁!他看上顶什么用?"她说,"我们离婚的事,以后再说。"自然,这个"以后"是在猴年马月,她自己也不知道。

横穿过两道林带,就到瓜地了。承包的三十亩瓜地不算小,看上去好大一片呢。瓜地中间,有一个用树枝搭成的小茅棚,看瓜人就住在这里面。

这看瓜人叫丁继根,三十多岁的年纪,方方的脸黑黝黝的,鼻梁高高的,长得挺俊气。许方友说有人看上了王巧娣,指的就是他。

一九七二年,丁继根来到农场。他有个叔叔,是个孤独老汉,不知为什么,他不愿结婚。一直到六十岁,他突然觉得自己孤孤单单,很凄凉。他省吃俭用,银行里存下了一大笔钱。于是写了一封信给他在甘肃山沟沟里的亲弟弟,叫来个侄子,过继给他当儿子。信写出去后,一直没有回信。老人很伤心。没过两三个月,便一病不起。临死前拿出一沓银行存折说,本来这笔钱准备留给他侄儿的,但他侄儿既然没有来,看来他亲弟弟也无情,就把这钱上交给国家吧。丁老汉死后没几天,人们在他坟地上开了追悼会,大大地赞扬了他这种把钱上交给国家的共产主义精神。当人们从坟地回到队上时,看到一个小伙子傻愣愣地蹲在路口。穿着黑平布的老式的对襟衣服,肩上挎着个小花布包袱。问队上的人:"丁允仁是不是在这个队?"人们问他找丁允仁干啥?他掏出了丁老汉给他弟弟的信,拿出乡政府开的证明信,证明他就是丁允仁的侄儿,并过继给丁允仁做儿子。多么不凑巧啊,丁老汉的儿子是做不成了。但他竟没有走,在这儿落了户,问他原因,才知道他们那个山沟沟里穷得叮当响。十八岁的大姑娘,半露着身子在火车沿线要饭吃。他们收到丁老汉的信后,高兴得很。他爹花了几个月的时间才给他弄上这套衣服和盘缠,那是老人偷偷摸摸,担着风险在外打零工赚来的。

"你们也该回封信吆。"

"唉,谁知道我大爹会就死了呢?"他丧气得很。队上的领导很同情他,同意他留下。大家又都很可怜丁老汉,艰难了一辈子,就这么孤孤单单地去了。既然他侄儿来了,虽没见上面,但毕竟是过继给他当儿子的,总算有了个烧纸上坟的人。丁老汉的钱已上交了,当然也就算了。丁继根也不敢要。那时讲钱就不行,"阶级斗争""路线斗争"的形势摆着呢。丁继根想,在这儿能住下,比山沟沟强多了,起码能吃饱肚子。

他虽然在这儿落了户,但当不上职工,只能参加队上的"五七"排。那时候,农场里有一部分家属没有工作干,但他们也都有"一颗红心两只手",不愿在家吃闲饭。于是就根据毛主席的"五七指示",组织成了"五七"排,"五七"排里干活的人,都美称为"五七战士"。"五七"排是集体所有制性质,生产队给他们分上一些地,让他们自负盈亏,多劳多得,很像现在的承包制。但所给的地亩数和所种的作物,都有严格的规定和限制。这"五七"战士,自然要比正式职工低一等。正式职工是"铁饭碗",而"五七"战士是"泥饭碗",即使干好了,收入也不准超过一般职工。

丁继根是个种庄稼的好把式。人又老实又机敏,干活从不耍滑,有多大劲就使多大劲,新的东西,他也一学就会。可是世界上的事,谁也闹不清,不知为啥,打王巧娣同许友方分居后,他却偷偷地爱上了王巧娣,而且爱得发痴。在他眼里好像世上只有王巧娣这么个女人。

爱同火一样,是包不住的。人家把这事讲给王巧娣听后,她气得了不得,说:"一个'五七'战士,想找正式职工的好事儿,不自量!"

是呀,他再可爱,对她来说,有什么用呢?一个"五七"战士,没有固定的收入,他用什么来同她养活一大家子。不过,他想爱她,就让他爱吧,这是人家自由,她就是再不愿意,又能把人家怎么样呢?戈壁滩烤火一面热,就让他那一面热去吧。

在农场,男孩儿多的母亲,最发愁的是孩子们的鞋。一双布鞋,没蹦跶上几天,大脚趾就出来晒太阳,不上半个月,鞋就龇牙咧嘴了。

这天中午放学的时候,大儿子文革穿着一双崭新的布鞋走进家门。那布鞋不但式样儿好,鞋面儿光溜,鞋底儿硬邦,而且大小也刚好。

"谁给买的?"

"丁叔叔做的。"

"哪个丁叔叔?"

"就是那个丁叔叔呀。"

她知道是那个"丁叔叔"了。这鞋做得真好,一个男人能做出这样的鞋,也真难为了他。她深深地叹了口气,心想:"真是个痴心汉子。"便去做她的饭。

三天后,二儿子红卫也穿了双新鞋跳进屋来。

"妈,鞋。"

"谁给的?"她问。

"丁叔叔。"

又是他!

又过三天,三儿子向东也穿上了新鞋。

"丁叔叔给的吗?"

"是哩。丁叔叔叫我问你,鞋做得好吗?"

三个儿子一说起丁叔叔,都亲热得很。而王巧娣呢?那天晚上也没睡着觉,做梦老是梦见他。像她这样年纪的女人,想男人,自然也是正常的事儿……

王巧娣踏进三十亩瓜地,心中便涌出兴奋感和亲切感。她放下篮子,蹲下身子,摸摸脚下的大西瓜,那阴凉凉滑溜溜的大西瓜使她心中漾出一股幸福的暖流。她觉得当她生下第一个儿子时,摸着自己儿子那滑嫩嫩的脸,心中也曾荡起过这样的感情。

这满地的西瓜,连着她的幸福,连着她的未来,连着她的希望……

今年元月份,队上传达了办家庭农场的文件。一散会,王巧娣就找队长,提出自己想办家庭农场的要求,这使队长作难了。他摸了半天下巴,说:"巧娣,你这种积极性是好的。但上面有规定,凡是想办家庭农场的,要条件成熟才能批。"

"啥叫条件成熟?"

"要大家子,人口多,劳力棒,你呢?上有老,下有小。老许又不同你一块儿过。这样的条件,办家庭农场有困难,没法批。"

"队长,我不这么看。"她说,"我琢磨,越是像我这样的条件,越该办家庭农场。"

"这不行。如果你同老许和好,那倒可以考虑。"

"同他和好?"巧娣恼了,"我申请办家庭农场,就想同他彻底分开哩。老队长,我看你也不是个办事的人。胆小,怕事。我也不叫你为难。我去找场长。"

"这好,这好。"老队长很高兴。矛盾上交,正是他最求之不得的呢。

对这一类事,王巧娣心里有底。她知道,凡是政策允许的事,只要立场坚定,坚持到底,纠缠不休,事情准能办成。共产党办事就是这样,讲文件条条,讲上面政策。虽然她这样认为,但去找场长前,还是到文教办公室,翻了个把小时的报纸,看看报上咋说的,武装武装头脑。等她找到了根据以后,这才到场部去找场长。

"场长,"她说。她见了场长一点儿都不怕,不像有些人,见了大一点儿的官,连话都说不成,"你是党的干部吧?"

"那当然。"

"报上号召,党的干部要做改革的促进派吧?场长,你是个促进派呢,还是个保守派?"

"王巧娣同志。"场长笑笑。场长认识她,她把她男人从别的女人的床上揪出来,让他穿着汗衫、裤头游街,这是一件轰动全场的新闻,"你不要给我先戴帽子。高帽子我可不怕,'文化大革命'戴着高帽子游街,我可是锻炼出来了。你有什么话,就直说吧。"

"行!你们下的文件算不算数?"

"啥文件啊?"

"办家庭农场的文件呀。"

"那当然作数。"

"我申请办家庭农场,你批不批?"

"干吗不批?"场长笑了,"我正愁没人带这个头呢。这文件一传达,下面闹腾得也够厉害的了。有说好的,有说坏的,还有说要看一看的。你要带这个头,我批。"

"那你给我们队长写个条。"

"可以。"场长回答得很干脆,"可你这个家庭农场准备怎么办呢?"

"什么怎么办?只要你批,我就有办法。"

"不,我是说,老许是不是也参加?"

"不行,我不要他。文件上不是讲,可以找人帮忙吗?"

"是呀,那你找谁帮忙呢?"

"这你就别管了。"她说,脸一红,"我有人。"

场长也笑笑,思考一下说:"巧娣同志,我给你提个建议,你看行不行。我同你们队长商量一下,让你先承包三十亩瓜地,积累点资金,明年再正式办家庭农场,怎么样?"

"家庭农场就从这三十亩瓜地办起,不行吗?"

"你的意思是,先把这个家庭农场的牌子竖起来,是吗?"

"是。"

"那也行。我支持。"

"场长,你可真爽快。"

"不爽快能行吗?你那高帽子捏在手上,准备给我戴呢。再游一会儿街,我这把年纪,可受不了啰。"场长说完,哈哈地笑起来。

王巧娣也笑了。

一个星期后,王巧娣家庭农场的牌子竖起来了。她去找丁继根。

"继根,"她说,"我要办家庭农场,请你来帮忙,行吗?"

这一提议使丁继根激动得不得了,眼中含满了幸福的泪,说:"行,行,行……"他激动得连话都说不出来。

"真没出息。"王巧娣想,"想女人想成这样!"然而王巧娣自己却不知道,丁继根在她那双水灵灵的眼中,看到了爱的光芒……

从此以后,队上的人管王巧娣叫"王场长"。自然这里有赞美,有挖苦,有讽刺,也有这么叫着觉得好玩的。王巧娣不管,反正叫她"王场长"她就答应,没有什么了不起的!

月色真美啊,一溜溜西瓜被照得明晃晃的。随着初秋的轻轻的温柔的风,丁继根走到她的身边。她朝他亲热地笑笑。为了她的家庭农场,他可出够了力,也没少受气。他一心一意地爱着她,出力他情愿,受气他不怨。他忠厚,他聪明。在"五七"排,他也帮着种了几年瓜。现时成了种瓜的土专家。他自个儿还培育了一种新品种,瓜皮儿薄,瓜子儿小,瓜瓤儿比蜜还甜。

"累了吧?"她摸摸他的手说。

"不累。"他笑笑。

"快去吃上点,好好休息一会儿。往后的日子,我可全靠你了。"

听她这话儿,他觉得比他培育的西瓜新品种还甜。于是很幸福地笑了。

今年开春那阵子,为丁继根的事儿,许方友可大闹了一场呢。一天下午,许方友握着把明晃晃的铁锹,拦在路中,两只醉醺醺的眼睛在冒火。

"你给我站住!"他拦住丁继根,恶狠狠地喊。

"干什么?"

"干什么!你在破坏别人的家庭,破坏别人的幸福!"

"没有。"丁继根平静地说,一点儿也不怕,也不慌,"巧娣办家庭农场,要我去帮忙,这政策上是允许的。"

"允许个屁!倒退,复辟!"许方友气急败坏地喊道,"我问你,破坏别人的家庭,政策上也允许吗?"

"我没破坏。"

"我同巧娣还没离婚呢!"

"我同巧娣也没结婚呀。"

"我看你嘴硬!"许方友一铁锹砍在丁继根的大腿上,血涌了出来。丁继根也不示弱,一把夺过他手中的铁锹,扔进排渠,然后一个扫堂腿,将瘦骨伶仃的许方友甩进了地头的草丛中,又是一个嘴啃泥。丁继根头也不回,径直走了。王巧娣听到这事儿后,心疼得了不得,当着众人大骂许方友。等丁继根包扎好腿,她毫不在乎地让丁继根勾着她的脖子,她扶着他的腰,把他送到宿舍里。别人指指点点地议论,她全不管。

她回到家,许方友满脸的泥,嘴角上流着血,气咻咻地握着铁锹,怒视着王巧娣。

"我同你拼了!"他喊,"我不活了。我这算啥,丈夫不像丈夫,王八不像王八。拿我的工资养汉子。我是个人,我还有个脸面呢!"

王巧娣挺着胸,威风凛凛地迈步走到许方友跟前说:"你同谁拼?我现在是家庭农场的场长,你敢碰碰我,法律制裁你!来,往我身上砍呀,拼呀。"

许方友被王巧娣这种气势吓倒了,手一松,铁锹掉在了地上。突然,他揪自己的头发,拼命地跺脚,接着蹲在地上捂着脸号啕大哭起来。眼泪从他那被烟熏得焦黄的手指缝里流了下来。

王巧娣心软了。打了盆洗脸水,搁到许方友跟前说:"洗把脸吧,嚎个屁!比娘儿们都不如。"

"巧娣,你要把我拖到哪年哪月啊。"

"快了……"她说,突然感到鼻子一酸,奔进屋里,也伤心地哭起来。这些年来,她的日子也不好过,她的心情也不痛快啊。

不能再这样拖下去了。王巧娣这么想着。这些年来,也太作难许方友了。但对她来说,也实在是没办法呀,一大家子人呢。可是要叫她同一个她已经十分厌恶的男人生活在一起,她又不愿意。难呢。

她走到小茅棚前,把篮子递给他。他从茅棚里拖出一张塑料布,让她坐下。她掀开毛巾,端下飘散着芝麻油香味的咸菜碟,打开锅盖,香喷喷的面条冒着热气,在月光下,那热气变成一块薄薄的在飘动的轻纱。

"你同他的事办完了吧?"他问。

她点点头。疼爱地看他一眼:"你等急了吧?"

他摇摇头:"再等几年,我也不急。"

"嘴硬骨头酥,你们男人都是这样。"

今天上午，许方友来找她，哭丧着脸说："巧娣，你发财了，我那点儿工资，你也看不上眼了。咱们离婚吧。唉，当初我真不该找你，倒了八辈子的霉了。我越想越后悔。"

"你别放臭屁！"她说，"这全怪你。你那阵子不干坏事，不搞'野女人'，我会这样？"

"行了。以前的事咱们不提了。咱们也朝前看吧。苗桂兰同我商量，她明年也想申请办家庭农场，要我同她一起干。巧娣，咱俩离了吧。"

"行！下午咱俩到场部去办离婚手续。"这次她回答得很干脆。

许方友也高兴地点点头。但他的眼中含着哀愁。他很后悔，也舍不得王巧娣，一个又漂亮，又能干，又大胆，又泼辣的女人啊！

"继根。"她扶着他那结实的肩膀说，"下午我同许方友办离婚手续时，我提出给他两千元钱，算是偿还他以前的损失。叫他同苗寡妇办喜事也体面点。你没意见吧？"

"其实这有啥。"他说，"要是以前，别说两千，就是二十也拿不出来。可现在，你算一下，这块瓜地的收入，少说也有一万三千元。按合同上交队上三千，成本花了两千多，咱们还有八千多元的纯收入。三八二十四，三年功夫，两万元就出来了，以后将不止这个数。"

"你真好，"她深情地看着他，他长得蛮俊的，但可惜比以前瘦多了。为这瓜地，他可没少操心，为了爱情，也真难为他了。"继根，等今年入冬，选个日子，咱俩就结婚吧。"

"你不嫌我是'五七'战士了？"

"屁话！什么'五七'战士，现在咱俩，都是家庭农场的成员！"月光慢慢地向西移，斜射进茅棚，他那疲倦的脸上含满了幸福而舒畅的微笑。唉，她看着他想，过去找对象，想找有那几块"金牌"的人，现在找对象，得找"心灵美"的人。过去，她找错了，现在呢？她觉得自己找对了。可是以前吃了多少年的苦啊！是呀，人生和社会一样，要找到点正确的东西，不容易。不过，过去的总算过去了，新的生活已经开始了……

短篇小说

春 暖

一

郭忠槐很快掐掉刚没抽两口的过滤嘴香烟。以前看人家抽过滤嘴香烟,很羡慕。这两年他发财了,横下一条心,也买一条过滤嘴的,赶个时髦,但一抽,才知道,这种烟都是摆样子的货,抽起来实在没味!于是他还是卷他的莫合烟抽,麻辣麻辣的,挺过瘾。女儿郭春媛坐在他对面,皱着眉,气恼地嘟着嘴,厌烦地用手扇开他喷出的又涩又辣的莫合烟的烟气。

"听说,贾贵田家这两天就要走,调令已经来了。"郭忠槐说,"贾俊生也要跟着走,你同贾俊生的关系,不断也得断。所以,刘三宝那方面,你也得考虑。我看三宝这孩子挺不错!"

郭春媛倔强地咬着嘴唇,一声不吭。

原载《绿洲》1985年第5期

郭忠槐五十多岁,矮个子,宽肩膀,小小的深邃的目光显得非常的机敏。郭春媛呢,脸型同她的父亲有些像,个儿也不高,但身材丰满而匀称,圆而红润的脸蛋,皮肤虽然有些粗糙,却挺俊美。前年郭忠槐一家就承包一百五十亩麦田,发了点小财。去年办起了家庭农场,是全团第一批家庭农场中的一个,又发了财。现在是队上数一数二的富户。口袋里有钱了,腰杆也硬了,说话的气也粗了。但他并不满足现有的成就,他向团领导夸过口,现在他是超双万元户,再过两年,他要达到十万元户。他是个精明能干的人,地里的活路他精通,而且又肯吃苦。但他心里清楚,要达到十万元户,光靠地里的出息,那是没指望的。他冬天盘算了一阵子。他虽然识字不多,但每天都要翻一阵子《经济日报》《经济信息报》,琢磨出一条,目前要想发财,最好的门道就是养兔。这儿有草,有地盘,每家都有两亩地的宅基地,养兔的条件是再好也没有了。而且现在他口袋里又有钱,拿出个三千五千,买上十对兔子,发展上一年,照现时兔子、兔毛看涨的趋势,争取达到十万元户,大有希望。他听说,内地的兔子价钱比这儿便宜,他一算账,就派儿子春生到内地去买,即使加上差旅费,每一对兔子也比这儿便宜三四十元。前几天,儿子揣上了大把的钱去内地了。昨天来了电报,说兔已买好,这两天就可以回来。但他担心的事也来了,他知道,地里的活儿他行,但在喂养牲口上,他是个门外汉,尤其是养长毛兔,二百多元一对,养不好,损失太大了。所以他为这事发愁。但没两天,他灵机一动,办法就来了。邻队的刘友平,他们是近老乡,过去常有往来。刘友平有个儿子叫刘三宝,这小子高中毕业后,跟着团里的畜牧技术员转了两年,还进过师里的畜牧培训班。今年春节过后,他又到师工会办的养兔学习班学习了一阵子。这几年来,老同牲畜打交道。前年,他就托他老子到郭忠槐那儿说过媒,说他相中了郭春媛。他曾向郭春媛表示过,但郭春媛不表态。他知道他老子同郭春媛父亲关系好,就托他老子来说情了。

"老哥,你别怪我说句不中听的话,"郭忠槐笑笑对刘友平说,"现在是八十年代,兴自由恋爱,不兴父母包办。咱们是农场,比不得农村,青年人的思想解放得多了。"

短篇小说

他把刘三宝的老子来说情的事同郭春媛讲了,春媛说,她和刘三宝是同学,他人挺聪明,长得也不错,她也说不上他有什么地方不好,但她就是不爱他。后来,郭忠槐才知道,那时女儿已经有了心上人,就是本队的老警卫贾贵田的儿子贾俊生。当然,对这事,他虽不很热心,但也不反对。

二

今年的天气也特别怪,春节过后,天气老不正常,一会儿热,一会儿冷。到四月份,还来寒流,泛绿的树枝儿上还挂着霜花儿。贾贵田心情忧郁地从团部回来,口袋里揣着调令,但心里也不踏实。他瘦瘦的,皮肤黑黑的,额头上布满了皱纹。他感到,自己在这儿熬不下去了,只有三十六计,走为上计了。去年他也办了家庭农场,全家三口,白天没白天,黑夜没黑夜地干,到头来,一算账,倒欠公家二千三百三十六元四角八分!这个数字他记得清清楚楚,干了一年活,一分钱工资没拿上,还倒欠公家的!队长说他不会种地,不会经营,他还不认这个理!是的,他干了二十多年的警卫,是没好好种过地,但去年一年,他可没少干活啊,全家三口天天都泡在地里。而且,二十几年前,他也开过荒,种过地啊。队长说,他那个种地和现在种地不一样。那时,队长叫咋干就咋干,现在呢?得自己会干,什么时候浇水,什么时候打药,误了时就会影响产量。队长说,去年他棉田打药就误了时,所以就影响了棉花产量。贾贵田也不服,说:"我亩产皮棉一百二十斤还算低吗?你们指标定得太高,上交得太多!我是看透了,在这儿是熬不下去了,我得想办法离开这儿!"他写信给他在内地的亲戚,想回到老家乡下去。从去年十二月份一直折腾到今年三月份,调令终于发了过来,现在从劳资科办好了手续,真的要走了。这阵子,他的心反而感到惆怅和空虚。他对这块土地是有感情的,这儿还是芦苇丛生的时候,他就在这儿开荒造田。那时虽然艰苦,他可没想到要离开这儿,三年自然灾害的时候,每天用淀粉塞肚子,人得了浮肿病,他也没想到要离开啊!可现在,他倒想离开了……

料峭的春风把树枝上的霜花吹落了下来,凉凉地贴在他的脸上,他沉重地叹了口气,看看那平坦的条田,前些日子下了一天的雪,辽阔的条田又铺上了蓬松松的雪花,他痛苦地扒开积雪,抓了把土看了看,可一想到现在的处境,心猛地一沉,生气地用力把土甩在地上。唉!他气恼地自语着说:"老子在这儿算是白干了几十年啊!"他在地头愣了一阵子。这时,看到儿子贾俊生走来找他。

"爹,手续办好了吗?"儿子问。

"还得到师里换个手续。"他心情沉重地说。

"爹,不能不走吗?"

"我也不想走,但今年再亏上几千元怎么办?咱们不能等着饿死,穷死,总得找一条生路!"

"爹,你把这事也说得太严重了。上交指标是高了点,但兵团不是正准备往下降吗?再说,咱们经营上也有些问题。郭忠槐家,不也是种地富的吗?"

"俊生,我知道,你是舍不得离开郭春媛。但人家现在是万元户,能看上咱们倒欠户吗?我这两天听说,郭忠槐往刘友平家走得很勤,他是想招刘三宝当女婿吧。郭忠槐的算盘,精!咱们可比不上。"

贾俊生个儿长得挺高,身体也挺棒,是个有力气的小伙子。他为人忠厚,有点儿憨,也有点儿倔。他是个孝顺儿子,听父亲这么一说,心里好不舒服。

父子俩默默地往回走,各人想各人的心思。

三

太阳一出,天气又暖融融的了。霜化了,雪也化了,干燥的春风一吹,地也干了。贾俊生骑着自行车,到副业队去买了些板皮子,准备钉一些大箱子,搬家时好装东西。这些天,他一直没有再去找郭春媛。他想到郭忠槐准备招刘三宝当女婿,心里酸酸的。他有点儿恨郭春媛,他还没走呢,她就变心了吗?不过,她变心就变心吧。他反正要走了。虽然这么想,他心里还是挺难受。

　　林带里的树枝上,好像已经绽出了一点点嫩芽儿。他顺着林带往前走。一辆自行车挡住了他的去路。

　　"你给我站住!"是郭春媛,由于骑车骑得急,她的额上淌着汗,红润润的圆脸,显得格外漂亮。

　　"干什么?"他倔倔地把脖子一梗。

　　"我问你,你干吗不理我?"

　　"我要走了。"

　　"那咱俩的事呢?"

　　"问你!"

　　"问我什么?"

　　"谁让你变心的。"

　　"变心我还来找你吗?懦夫!逃兵!没心肝的人!"郭春媛咬牙切齿地骂。

　　贾俊生愣了一阵,将自行车往前一推,说:"你让我走。"

　　"我就不让你走!"她一把抓住他的胳膊,深情的大眼睛湿润润的。

　　"你放开我。"

　　"不放!"

　　"你要我怎么样?"

　　"留下!劝你爸爸也留下!"

　　沉默了一阵,他仰头看着天,心里很不好过,眼睛水汪汪的。

　　"爸爸担心,"他软下来了,叹了口气说,"今年再倒欠怎么办?"

　　"想办法富起来!"她咬咬牙说,"我不相信,我们家能富起来,你们家就富不了?"

　　"人同人不一样。"

　　"没出息的话!别人能做到的,你为什么做不到,做人就得争一口气。"她说,"晚上,我来看你们。别走,俊生,我求你,别走。我们相爱了两年,你真的忍心扔下我走?"

他低下头,鼻子酸酸的。这两年来,他俩的情有多深啊!在那静悄悄的林带里,在那散发着浓郁的清香的苜蓿地,在那长满青草和小花的水渠边,在那鸟儿婉转鸣叫的小苗圃里,他们有多少甜言蜜语,山盟海誓啊!她那贴在他身上的温馨,永远留在他的记忆里,回荡起令人心醉的甜蜜感。

"劝劝你爸爸,留下吧,啊?"她变得那样温柔,那样深情,她那双美丽的眼睛里滴下了两滴泪。

有几只小鸟在空中飞着,在绽出嫩芽的树枝上叫着,那婉转的叫声,拨动着人心,搅得人心里酸酸的,沉沉的。

"我不该走。"在回去的路上他想,"我不能那样没出息……"

四

郭忠槐家里热闹了一阵后,就冷清下来了。十对长毛兔蹲在笼子里,好像害怕人似的畏畏葸葸的样子,叫人看着又可爱又可怜。

刘三宝看了一会儿,一只只抓出来检查了一下生殖器。很内行地说:"不错,十只公的,十只母的。都是德系安哥拉。德系的最好,生命力强,体格大,毛色好。按现在的行情,一公斤兔毛一百八十元钱,一对兔子能挣二三百元。像这样的兔子,再养两个月就可以生育,每胎起码六七个,最多可下十二只。出不了半年,你就有一百多对兔子。郭大伯,照这样下去,到年底,加上地里的出息,争取当个十万元户是有把握了。"

郭忠槐听了很得意,亲昵地拍拍刘三宝的肩膀说:"三宝,全看你的了。"

刘三宝中等个儿,长长的脸显得又机敏又英俊,嘴也挺会说。郭春媛本来对他并无恶感。但这几天,他老往她家钻,同她爹打得火热,对他的这种明显的意图,她有了反感。他不该这样"趁火打劫"。

郭春媛决定要同他单独谈谈。现在是八十年代,提倡"五讲四美",人人都得讲点道德啊。

黄昏的时候,鲜红的太阳从积雪的群山后面慢慢降下去,晚霞映红了山坡下的茫茫戈壁,显得辽阔而苍凉。泛绿的林带的树梢上,也辉映着红光。

"三宝,你出来,我想同你谈谈。"郭春媛爽直地说。那双美丽的眼睛是严峻的。

刘三宝感到有些不自然,不住地搓着手。他们沿着林带往前走。他吞吞吐吐地说:"贾俊生不是要走吗?"

"就是他走,我也不会同你好!"她干脆地说。

"可我对你的感情是真挚的。"他怯怯地瞟她一眼说。

"可我不能同时跟两个人好……"她说,"我要劝阻贾俊生他们不要回内地!现在有些倒欠户,都想离开农场,我心里很难过。咱们都是在农场长大的青年,应该说对农场有点儿感情。贾俊生也不是真心想走。我们应该劝阻他,可你却趁机来插这么一杠子!"

"春媛,这事儿是你爸爸主动找到我们家来说的。说实话,以前我对这事儿已经有些灰心了,可你爸爸一说,我又听说贾俊生要走,又动心了。"

"这事儿,我爸爸做不了我的主!"她严肃地看着他说,"今天我叫你出来,就是告诉你,第一,你死了这条心;第二,我非要把贾俊生留住。"

刘三宝丧气地揉揉鼻子,横了横心说:"反正我死不了这条心!"

"那你只能是单相思,你等着瞧!"郭春媛一扭身,不满地走了。

夕阳已经沉入群山,只有那积雪的山顶,还闪着一丝余晖。苍茫茫的大地,辽阔的条田,整齐的林带,已渐渐地沉入到朦胧的暮色中去了……

五

贾贵田天天都说,明天就到师部去办手续,但每天早晨,他却丧气地摇摇头说:"先理东西吧,整理好东西,说走,一办手续就走了。"就这么一拖四五天,东西也没整理出什么名堂。贾俊生知道,他爹每天晚上睡不着觉,长吁短叹的。脸显得更黑更瘦了。

"爹,"儿子说,"咱们不走了吧。"

"闭住你的臭嘴!老子是走定了,这农场有啥留恋的?我在这儿开荒造田、站岗、放哨,为它操劳了二三十年,可它是怎么待我的?现在竟成了个倒欠户!"贾贵田喊着,叫着,挥着手,难过地流下泪,那样子真可怜。

贾俊生垂下头,说:"爹,那明天让我到师部去办手续吧。咱们咬咬牙就走了。别再折磨自己了。"

"手续我去办。师里有我的熟人。现在没熟人办不成事!"

但第二天,他还是没走。老伴抱怨说:"走,还是不走,你是当家的,得拿定个主意。"可他手一背,低着头出去了。

那天,贾俊生从副业队买板皮子回来,晚上同父亲吵了架。说:"爹,今天下午我见到郭春媛了。她骂我是懦夫!是没出息的货!人家能致富,我们为什么就不行!我不走了!你要走你们走!"

"放屁!"

"反正我不走了!"

"你老爹老娘就你这么个儿子,你竟说出这样的话!"

贾俊生把脖子一梗,带着哭腔说:"人家春媛不嫌我们穷,也不嫌我们是倒欠户。人家待我一片真心,我就甩下人家这么走,还算不算人,还有没有心肝!"

"好,你留下,你留下!媳妇还没娶上就不要爹娘。我明天就去师部办手续,我和你妈走!"

"贵田。"老伴说,"俊生和春媛好了两年了,你也考虑考虑。"

"我倒欠公家二千三百三十六元四角八分,谁给我考虑?!"

正在这时,郭春媛走了进来,手里拎着两个小铁笼,里面装着两对白绒绒的长毛兔,说:"贾大伯,你别生气。"她闪着亮晶晶的大眼睛,说:"我同俊生的关系,你们也知道。我说话,你们也别见外。你们要走,我也清楚,就因为去年倒欠了,也没其他原因。其实,办家庭农场,去年才刚办一年,也没经验,倒欠、亏损的户也不是你们一家。如果,一倒欠、亏损就走,咱们这农场还办不办了?地让谁来种!这些地都是你们这一辈人辛辛苦苦开出来的。再说,俊生这么一走,我……"说着,鼻子一酸,滴下两滴泪来。

贾贵田一家都闷闷地不说话。他们的心像一团乱麻。郭春媛那热辣辣的一片知心话,搅得他们心七上八下的,像撒了一把五味粉,不知是什么味!

"这是两对长毛兔。"她抹去泪,停了一下又说,"送你们的。这两对长毛兔养好了一年下来,也有万把元钱的收入,还清去年的欠款,也有好几千的盈余呢。只要想办法,农场不是养不住人的。"

贾贵田长长地叹了口气,卷支莫合烟默默地抽着。

俊生的娘说:"春媛,你真是个好姑娘。贵田,你也回春媛一个话呀!"

"让我再琢磨琢磨吧。"

"俊生,你出来。"

夜里的风虽然还有些寒,但已经让人感到春的温暖。月光是皎洁的,林带里不时散发出嫩叶的清香。郭春媛把贾俊生拉进林带,一头扎在他的怀里,搂着他的脖子说:"俊生,咱们结婚吧。"

"春媛,"他紧紧地抱着她说,"我不走了,杀我头,我也不走了!"

"咱们过两天,就去领结婚证,行吗?"

月光把树枝的阴影投在林带里,在微风中轻轻地摇曳着。一只夜莺不知在什么地方,一声长一声短地啾啾叫着。夜色是多么的美啊。

六

第二天早上,郭忠槐发觉少了两对兔子。急得他头上直冒冷汗。他知道,现在害红眼病的人很多。他现时是个双万元户,队上所有的眼睛都盯着他。有些忌妒心重的,会不会来偷他的兔子?郭忠槐人精明,但疑心病也重。

他一看少了兔子,就大叫起来:"啊呀,我们家的兔子被偷了,春生,快上派出所去报案。"

郭春媛走出来说:"爹,别去报案了。两对兔是我拿的。"

"你拿兔干什么?"

"送人。"

"送谁?"

"贾贵田大伯家。"

"你疯了。他们家不是要走吗?"

"贾俊生说,他们不走了。"

郭忠槐一听,火气直往头顶上窜。两对兔白送人,把他心疼得要死。现又一听,贾贵田又不走了。那他想把刘三宝招女婿进财的计划也泡汤了。一时又气又恼,脸涨得紫红,抓起手头的一个小凳子就向女儿摔去。郭春媛躲过那飞来的小凳。一闪身子,跑出了房门。

两天,女儿没有再回家。

郭忠槐的气稍微消了些后,心想,女儿也是个倔脾气,他这样一逼,反而会把事情搞糟。他思前想后,觉得只有一法,就是送贾贵田一些钱,让他们一家赶快上路走。只要贾俊生一走,他女儿的心就会慢慢凉下来。他再往女儿身上使把劲,刘三宝那儿再主动点儿,这事儿还很有希望,他争取当个十万元户的计划也有希望实现。他从箱子里掏出三百元现款,揣在口袋里。他想,把这三百元给贾贵田,再把那两对兔子要回来,那也是划得来的事情,两对兔子一年的产值,也有上万元呢。

他来到贾贵田家,贾贵田正心事重重地在抽烟。他一看郭忠槐来了,赶忙心虚地朝墙边的兔笼看了一眼,那装着两对兔子的兔笼,正搁在贾俊生用木条钉起来的架子上。郭忠槐看到那两对兔子,心里很不舒服。但他还是强打起笑脸说:"贵田,你不是调令都办了吗?"他掏出一包过滤嘴香烟,递上去一支说:"怎么还不走呢?"

"难啊。"贾贵田推开郭忠槐递过来的烟说,"我想走,可儿子又不想走。"

"你是当老子的。这事儿得你拿主意。让儿子牵着鼻子走,那多没出息!"

"儿子大了,也不好管啊。再说,你家春媛,也劝我们别走。她把俊生拉得挺紧。"

"贵田,"郭忠槐把过滤嘴香烟揣进口袋里,也卷了支莫合烟说,"咱俩在一个队上十几年,相处得也不错。我想同你说句别见外的话。你调令不是来了吗?我看,你们还是早点儿走吧。你如果钱不够,我支援你三百元。"

郭忠槐掏出一叠票子,想了想,叹了口气,抖抖索索地放到吃饭的小桌上,"另外,我把这两对兔也拿回去。你们要走了,留着也没用。"

"不!"贾贵田说,那黑黑的忧愁的脸显得很严峻,"你把这钱收回去。我不是缺那几个钱才犹犹豫豫到现在还没动身。我是舍不得这块地方啊!再说,这几天春媛天天来,好说歹说劝我们留下,我怎么能伤她的心呢?"

"好吧。"郭忠槐板下脸说,"贵田,我把话挑明了。女儿是我的。你们就死了这条心!我不会把女儿许配给你们家的。你们自己照照脸,是个什么?倒欠户!"

这话刺疼了贾贵田的心。他霍地站起来,说:"倒欠户咋的?倒欠也没倒欠你郭忠槐的!"他看到郭忠槐要去提兔笼子,忙上前拦住说:"不行!兔是春媛送来的,要提,也得由春媛来提!"

"怎么,我说贾贵田,你是穷红眼了还是怎么着?"郭忠槐提上兔笼就走。

"爹,你放下!"女儿不知什么时候挡在了门口。那双美丽的大眼睛严肃地盯着父亲。后面跟着贾俊生。

"春媛,你太伤你爹的心了。你别忘了,你是我女儿!"郭忠槐气急败坏地说。

"爹,正因为我是你女儿,我才要这样做!这两年你富了,可我觉得你的腰包是富了,但脑袋却穷了。只设着法儿想挣钱,女儿的终身大事不顾了……"

"现在富是光彩的事!"

"精神也富才光彩!"

"你给我回去!"他摆出老子的威严说。

"啪!"郭春媛掏出两张烫金的红卡片拍到桌子上。是结婚证。

"我已是贾家的人了。"女儿说,"我要同俊生一起,把这穷家也变成富家!"

郭忠槐傻愣愣地看着那结婚证,一句话也说不出来。贾贵田颤巍巍地站起来,从口袋里掏出调令递给儿子,含着激动的泪说:"俊生,你把这调令给退了吧。"

郭忠槐涨红着脸,愣了一阵子,突然一个转身,背着手就往外走。他的心乱糟糟的。走到家门口,他看到刘三宝。刘三宝哭丧着脸说:"郭大伯,刚才春媛已经告诉我,她和贾俊生已经领了结婚证……不过,大伯,你放心,我当不成你的女婿,但我仍然可以当你养兔的技术顾问。这你一百个放心就是了……"

郭忠槐一把握住刘三宝的手说:"唉,这可是亏了你了……"不知怎的,鼻子一酸,眼眶里竟也涌上两汪泪。

太阳融融地照着大地。树枝上已经吐出几片儿嫩芽,黄绿黄绿的。这儿春天的风,虽然有些干燥,但同样也是暖暖的。有一只布谷鸟正在远处的林带里叫:"布谷,布谷……"公路上,有一辆拖拉机,正从道路上拐进地头,发出隆隆的响声,繁忙季节,又将在暖暖的春风中开始了……

短篇小说

戈壁滩上的诗与梦

离克拉玛依大约一千多公里的地方,有一个新开发的油田。汽车得在茫茫的戈壁上走两三天才能到。一路上,有好几个接待站。去年八月,我搭一辆便车到那儿去。司机是个同我年岁差不多的年轻人。剃着平顶头,大方脸,个儿不太高,体格健壮,看上去忠厚老实,不像那些留着长头发,蓄着小胡子,叼着烟卷的青年驾驶员那样油里油气。介绍我搭车的人叫他"小林师傅"。一路上,我发觉,他样子虽然看上去蛮忠厚,却也很健谈,海阔天空,古今中外,一说起来就没个完。而且有些话也说得很风趣,他说戈壁是首诗,也是个梦,不信,你在戈壁滩上多走几次就会知道。

晚上八点多钟的时候,这儿的天还很亮,然而在那远远的天际,却已经显出一种苍茫的暮色了。我们来到一个接待站。那儿已经停着不少汽车。在戈壁滩上,颠簸了整整一天,我觉得全身的骨骼

原载《中外妇女》1985年第8期

都要散架了,酸痛酸痛的。关节也像生了锈,活动起来有些麻木。人也倦得眼皮直打架。这种旅途,简直是受罪。我真想吃罢晚饭,稍微洗一洗,然后躺到床上,松开全身的肌肉,美美地睡一觉。可在吃晚饭的时候,小林师傅却一本正经地对我说:"你是住在这儿,明天另外搭车呢,还是连夜跟我走?"

"怎么?你还要连夜赶路,这不是玩命吗?"

"不,赶到前面那个接待站去休息。"

"还得走多长时间?"

"四五个小时,半夜一点多钟到。"

"明天一早走不行吗?"

"你看,"他噘起嘴唇,指指外面,"那边有很多车,今晚都去那儿。"

接待站靠近公路的地方,一长溜地停着几十辆汽车,从驾驶室车门上印的那些字可以看出,这些车都是不同的单位的。可他们为什么要集体行动呢?

"我的任务很紧,当然跟你的车。"我只好无可奈何地有些郁郁不乐地说,"明天我要搭不上车,不就傻眼了。"

"那好。你们油田工艺研究所的人同我们这些汽车油子一样,苦差事的干活。那走吧。"

这时,有几辆汽车已经嘀嘀叭叭地按得喇叭乱响。正在吃饭的司机纷纷地放下饭碗,匆匆地钻进驾驶室,把油门踩得呼呼响。

"我真不明白。"我嘟嘟囔囔地抱怨着,"你们干吗非要赶到那儿休息呢?"

"咱们车上说。"

汽车一辆接着一辆开了出去。

天色渐渐地暗淡下来了。戈壁上刮起了带着凉意的夹着泥沙的旋风。微微起伏的大地,变得那样的辽阔、深远。夕阳已经收敛起它那最后的光线,像一团火球,沉入青褐色的群山间。暗红的云彩,蓝黑的天空,荒荒的大地,连绵的山峦,给人一种深沉的悲壮感。是啊,这位小林师傅的话不错,茫茫的戈壁是首诗,是首干渴、苍凉、空旷而寂寞的诗;茫茫的戈壁是个梦,是个悲壮、凄凉、深沉而哀伤的梦。……

小林师傅掏出两支烟,递给我一支。然后啪啪地打着打火机,深深地吞进去一口烟。他也很疲乏了。每辆汽车间,都拉开了三四十米的距离。灰浆蒙蒙的尘土,在公路上腾起。这个车队看上去好长好长啊,像一条长龙,在苍茫的暮色中,蜿蜒游动。

"那边的接待站,有个女站长,是位姑娘。"

小林师傅抽了两口烟说:"这些接待站,今年也开始搞承包了。前两个月,这位女站长,弄起了两个大板房,办起个小卖部。搞了个'戈壁夜市'。一直营业到半夜三四点钟。小卖部有咖啡,可乐,啤酒,还有各种糕点。放着音乐,你还可以跳舞。集体舞,交谊舞,甚至迪斯科,你都可以跳。只要不捣蛋,不要流氓就行。自从开业来,还没有发生过这类事情。那位女站长有时还同大家一起跳,还拿着话筒唱流行歌曲。如果你有兴趣,也可以拿上话筒唱两下,破锣嗓子也没关系。我们那个车队队长,有时就爱上去来两句。他那男高音带颤音,是李双江味儿的。"小林师傅说到这里憨厚地笑笑,"我们这些年轻的司机,都愿意到那儿去。她那个小卖部,别看在荒无人烟的戈壁深处,生意兴隆得很。他们的接待站,铺位不断增加。可一个月前,有人把这事反映到上面,他们那个处,管这些接待站的科长大发脾气,勒令关闭那个小卖部,还要处理那姑娘。可那姑娘也不是好惹的。她拿着北京、上海、广州办文化夜市的报纸,当着处领导的面同那位科长辩理,一直闹到市领导那儿。昨天,她的戈壁夜市又开业了。你瞧,我们这些司机,都是向她祝贺去的。"

戈壁正是一首悲壮的诗啊,火球被群山吞没了,原先被打开的天幕又被慢慢地拉拢了。戈壁正是一个深沉的梦啊,黑沉沉的大地腾起了一片干干的烟雾,它沉睡了,变得那样的沉寂。然而,我们这长长的车队也写进了这首悲壮的诗里,这一对对车灯,射进了这深沉的梦中。隆隆的机声,要把这沉睡的戈壁唤醒,明亮的灯光,像一束利剑,刺破了沉沉的黑暗。使整个戈壁,变得更加的深沉和悲壮。

"我给你讲个故事听不听?"小林师傅又啪啪地打着打火机,点燃一支烟。天全黑了,天幕上点缀着的星星闪烁着蓝莹莹的光亮。他有些不好意思地忠厚地笑笑说:"是爱情故事。我自己的。"

"是悲剧还是喜剧?"

"可惜,是悲剧。"

一九七二年,我和她都只有十三四岁。她叫丁亚莉。戈壁滩上的娃娃发育早,尤其是女娃娃。那时,她的胸部已经微微有点隆起,白嫩嫩的脸顶住了戈壁上的风沙,变得又细腻又红润。她那明亮的伶俐的眼睛闪着火辣辣的光。她那倔强优美的嘴角,永远是那样迷人。那时,我和她在一个班里学习。我是右派分子的儿子,她是走资派的女儿。我们在班里,都是叫别人看不起的。有一个叫赵葛军的同学,老是领着一帮人欺侮我。我呢?也总感到低人一头,受了欺侮只会委屈地抹眼泪。我们上学,要经过一大片戈壁滩,单位里每天都派车送我们去上学。可我们一上车,赵葛军就领着一帮同学,把我们挤到车后,尽让我们吃尘土。有一天放学,天气又干燥又闷热,他们又把我和丁亚莉挤到车后,差点从车上翻下来。丁亚莉拉着我,一起从车上跳下来,说:"咱们走回去,不受他们的气!"她又猛地转过身,冲着赵葛军说:"赵葛军,你小子再坏,我告你爸爸去。"

"你敢?你就是去告,我也不怕。"

"好,你等着瞧。"

她真的上赵葛军的家,在他爸爸跟前告了一状,赵葛军的爸爸把儿子好揍了一顿,说:"小子,人家落难,你他妈还投井下石,还有没有点良心!"赵葛军再也不敢欺侮我们了。他还是怕他爸爸。

从此,她就领着我,走着去上学。她好像特别喜爱这荒芜而辽阔的戈壁,对它有着一种很深的情感。每天放学回家的路上,我和她一起,在戈壁上奔跑着。有时,我们在被太阳晒得热热的小坡上躺一会儿,细眯着眼,仰望着那深不可测的苍凉的蓝天。有时,我们去追逐小鸟,去扑打偶然飞进戈壁滩来的蝴蝶。在戈壁的洼地里,在那石缝缝中,能找到一束束的紫色的小花。她把它一朵朵摘下来,插在胸前的衣兜里,高兴地喊:"你瞧,多好看。"有时,我们坐在大岩石上,议论班上的事,她就骂班里那些小坏蛋,说他们娘老子的坏话。骂得又尖刻,又解恨。"不过赵葛军他爸爸是个好人。其实赵葛军他的心也不坏,就是太调皮。"她说。

我们迎着和煦的阳光,迎着干热的风,在辽阔的土地上奔跑,像两只小鸟,怡然自得地在戈壁上飞翔。

有一天,天色阴沉,眼看就要刮大风了,我想坐车回家,可她轻蔑地瞪了我一眼,说:"没出息,还是个男人呢,叫人笑话!"

我们一起往回走。

你见过戈壁上的大风吗?砾石呼啸着从空中腾起,泥尘一团团在荒芜的戈壁上翻滚。尖厉的风声,像魔鬼在吼叫。那风,好像随时随地都会把你举起来,狠狠地摔向那荒无人迹的旷野。狂暴的砾石打在你身上,简直比针刺得还疼。我望着那浑天黑地的风沙,吓坏了,害怕得要哭。她就用身子给我挡住风沙,还拉开衣服,把我的头包在她的胸前。她那微微隆起的有着弹性的胸部是那样温暖。

风小下来了,天暗下来了,晚霞染红了群山的山顶。我从她衣服下面探出头来。啊,她简直成了一个泥人,满面的尘土,眼睛被沙子刮得通红通红。西边的天空,像被刀子割裂的一道口子,在流着鲜红的血。灰暗的暮色笼罩着大地,整个戈壁变得又宁静又沉寂。

"怎么样?"她高兴地拍着手说,"咱们挺过来了,多有意思!"她还激动地搂着我的脖子,在我脸上吻了一下。

我知道她这一吻,不是爱情,我们那时还不到有爱情的年龄,而她是为了想表达自己战胜风沙后的那种激动而亢奋的情绪。但谁能想到呢?随着年龄的增加,在我的心底,她这一吻,会演变为我对她的深深的爱……

月亮升起来了。戈壁上的月亮,显得特别的皎洁,但却充满了寒气。整个空旷的大地,变成了白晃晃的一片,像抹上了一层薄霜。戈壁上有不少干沟,是山上的洪水冲刷下来而形成的。干沟里,长着一蓬蓬稀稀拉拉的枇杷柴,铺满了大大小小的鹅卵石。那干沟坎坷不平,汽车颠簸得很厉害。小林扔掉吸了一半的香烟,紧张地握着方向盘,眼睛警惕地凝视着前方。突然,一群黄羊,从我们车前冲过,刨起一片尘土。汽车开过那片干沟,又爬上了那平坦的戈壁滩。他才松了口气,又抽出一支烟,点燃后对我笑笑,又把故事说了下去。

戈壁还是那个老样子,干渴而荒芜。但我们却长大了。"四人帮"粉碎后,丁亚莉的父亲刚官复原职,就逝世了,这真是一件叫人伤心的事。我的父亲平了反,当上了处里的副主任工程师。我们住在一幢楼里。高中毕业后,我当了汽车司机,她却去上了中专,学的是财会专业。我有些不明白,像她这样性格的人,怎么会学这个专业?她长得又矫健又漂亮,我深深地爱着她,但她只是对我很友好,却没有一点爱的表示。就是说,只有友情,没有爱情。但我在爱她,她心里是清楚的。

八月初的一个早晨,丁亚莉的妈妈匆匆地来找我,气急败坏地问我:"小林,今天你上不上乌鲁木齐?""去,去拉货。"

她用发颤的手递给我一个地址,用带哭的声音抱怨说:"你赶到那儿,就马上找亚莉。这孩子,急死人了。她骑着自行车,从这儿到乌鲁木齐还不算,现在又要骑自行车到南疆的喀什去。说去看看丝绸之路的风光。这怎么行?一个姑娘家,社会风气又不好。我已经给她连发了两份电报。你一定要找到她,把她拉回来。小林,我求你了。"

她可真野啊。叫人有些不可理解。

我在乌鲁木齐没有找到她,听说她没有去喀什,又骑着自行车拐回去了。我赶忙装了货,开车往回赶。那已是第二天的早晨了。热辣辣的太阳烤晒着公路两旁的戈壁滩,我把车开得慢慢的。一些心急的司机嘀嘀叭叭地按着喇叭从我车旁开过,还用好奇的眼睛瞪瞪我,他们怀疑我是不是有病,一辆东风车,开得那么慢!

我终于在公路上见到她了。她骑着自行车在公路边上慢慢地蹬着,车的后架上,挂着个网线袋,里面兜着四个大西瓜。她头上戴着顶小白帽,干燥炎热的风把她那件粉红色的衬衣吹得像波浪一样地抖动着。我把车停在一道水渠旁。她那白嫩的脸被太阳晒得通红,线条优美的嘴唇干干地卷着白皮。那双风尘仆仆的有点倦意的眼睛闪着一种激情,显出一种迷人的风韵。她那颀长匀称而柔软的身材,散发出浓郁的青春的活力。我从车上跳下来说:"亚莉,你真疯了,快回去吧,你妈都急死了。"

"大惊小怪。"她嘟着嘴说,"喀什去不了,我再骑回去。"

"行了,亚莉。"我说,"这就够了。你得为你妈妈着想。她这年纪,就你这么个女儿,你爸爸又……"

"好吧。吃个西瓜再说。"她有些扫兴地叹口气,利索地从网兜里掏出个大西瓜。她一定渴坏了,一下子就吞了半个。

路两旁是高高的白杨林带,阳光搅着热风把油亮的绿叶吹得哗哗响。一群群小鸟在树梢上鸣叫。汽车开过,她们惊慌地飞向空中,等车过后,她们又纷纷落到树梢上。

"哎,亚莉。"我叹口气说,"我们相处那么长时间了。可你做的有些事,真叫人无法理解。"

"这次也是?"

"对。"

"世俗的观念!"她不屑一辩地耸耸肩说,"我问你,有人骑自行车周游世界,这你怎么看?"

"这……"我没有想过这个问题,一时答不出来。

"还有,有人只身上北极去探险,驾着小帆船横渡大西洋,在原始森林里同黑猩猩、狮子生活在一起。你又怎么看?"

"人家这是在搞科学研究!"

"搞科学研究,为什么一定要单独一个人干?"

她眯着眼睛,理直气壮地说:"告诉你吧,这体现了一种精神。人类在这种艰苦环境的搏斗中,看到了自己的力量,尝到了搏斗后的胜利的喜悦。这次,我从克拉玛依骑自行车到乌鲁木齐,四天赶了四百多公里路。当我在昏昏的暮色的灰暗的光亮中,看到了红山的亭子时,当我穿向那路灯闪烁的街道时,我是多么兴奋啊,兴奋得让人产生一种幸福感!这种感情是很少有人体验得到的。"

白杨林带断尾了,公路两边又是茫茫的戈壁和浅浅的草地。有时,可以看到一条细细的小溪在戈壁上蜿蜒游动。在强烈的阳光下闪着银光。

"所以,咱们俩虽然从小在一起。"她神色严肃地说,"但咱们之间缺少共同的语言。"

"可我……"我紫涨着脸,想表白一下。

"你那爱是白爱,盲目的爱。"她打断我的话说,"咱们俩是没法一起生活的。理智一点。"她同情地朝我点点头。

路是漫长的,起伏的蜿蜒的公路好像一直通到了大地的尽头,与天连在一起,我握着方向盘,她的话使我感到痛苦,但我清楚,她的话没有错。

是啊,戈壁确实是首诗,是首深情地带着点哀伤的诗;戈壁确实是个梦,是一个可以让人自由驰骋的但又带有些惆怅的梦。戈壁是荒荒的,但却不是单调的,尤其是当汽车在茫茫的戈壁中穿行时,车灯把公路两边的大地照得通亮。这会惊起多少东西啊。成群的黄羊会惊恐地在路边看着汽车一辆辆开过;马鹿会伸长脖子,发出一声声长长的呻吟;鹌鹑会拍打着翅膀,在弥漫着尘土的光亮中穿过。

"生活就是这样,青梅竹马,不一定就是爱情的基础。"小林又点燃一支烟,苦笑了一下说,"不过对丁亚莉,我却永远爱的。她呢?对我也一直很友好,虽然我们有许多合不来的地方。"

前面又是光秃秃的大地,满地的黑色的戈壁石。

"你知道,她现在爱上了谁?"

"谁呢?"与其说我被他的故事吸引住了,还不如说被丁亚莉这个人物吸引住了。

"赵葛军。那个欺侮我们的调皮鬼。"他深深地吸了口烟说,"你说,生活多么会给人开玩笑。赵葛军同我在一个汽车队。想不到他长大后,倒成了一个心地善良,待人热情,说话和气,性格活跃的人。他个儿挺高,肩膀宽厚,脸儿白嫩白嫩的,有点儿女人相。在咱们车队,人家对我的评价是:老实肯干,能吃苦耐劳,但却是个只会'开死车'的人。他呢?活得很,上上下下,里里外外,他都兜得转。车队没有活干,他能揽来活,车队没有油烧,他能弄来油。前两年,他是队长的得力帮手。去年民主选举,他以百分之九十的票数当选。他当队长后,搞了个改革计划,实行单车核算,我们车队就没闲过,光盈利就比前年翻一番。现在这年头,货源很紧,有许多车队任务不足,没活干,我们车队能像现在这样,不容易。他同丁亚莉能相爱,还得感谢我呢。"他那憨厚的脸上,露起一种心酸的得意。

前面是一条很大很深的干沟,里面长满了稠密的红柳,红柳已经开花,散发出一阵阵带着苦味的香气。汽车开进去,成群的野鸽子和麻雀从红柳丛中惊起,呱呱地飞满天空,最后又落入黑魆魆的红柳丛中,四下又变得那样的寂静和深沉。汽车慢慢地滑下干沟,里面的地势比较平坦,小林把车开得很稳。

"丁亚莉中专毕业后,就分到一个商店当会计。"汽车在密密的红柳丛中穿行,小林沉思着说,"有一天清早,我同赵葛军正在一起擦车,那时他还没当队长。她踏着轻盈的步子来找我。她告诉我说,最近,她们商店有一批积压货销售不出去。前几天商店经理组织几个人推着小车到外面去卖,但成效不大。她说,她就自告奋勇地去找经理,说她有办法推销这批货。经理不相信,同她打趣说,她要是能把这批货推销完,就把盈利的百分之一作为奖金给她。她也不示弱,说如果销售不出这批货,愿罚,扣除当月工资的百分之五。算是立了军令状。她来我们车队,要一辆车,跟她一起到外滩区去转,问我愿不愿意跟她转。我说:'你呀,就爱逞能,你当你的会计就行了,干吗揽这种活。'可赵葛军在旁边说:'我可不这么看,人就该逞逞能,不爱逞能的人,是些没出息的货。'当然,我是愿意跟她去转的。虽然'恋不成'但同所爱的姑娘在一起,总是使人感到甜蜜和愉快的。但遗憾的是,那两天我得跑一次长途。调度已经派车单给我了。我只好把这事推给赵葛军,赵葛军一拍胸脯说:'没问题,我保证同你密切配合!'赵葛军真是个能人,他不但拉着货跟她到处转,还帮她找门路推销。几天工夫,那批货全部销完,扣除各种费用,包括汽车运费,还盈利一万多元。这件事轰动了商店,但经理变卦了,那百分之一的奖金不给了。她同经理打了一通官司,一直打到商业局长那儿,终于把那一百多元奖金拿到手。她说:'我不是稀罕这一百多元钱。我硬是要顶顶那些说话不算数的破作风!'就在推销这批货中,她同赵葛军恋爱上了。"

越过干沟,汽车又开始吃力地爬上一个大慢坡。远远地看去,那一辆辆汽车就像一个个眼睛发光的甲壳虫。在慢坡上艰难地向上爬着。黑沉沉的夜笼罩着大地,戈壁那干燥的风卷着泥沙在车灯前打着旋涡。汽车终于爬上了那个大慢坡,这时,在离地平线不远的地方,我们看到了一束灯光,那束灯光像明亮的星星在黑魆魆的群山间闪烁。突然,所有的车子都响起了喇叭,那喇叭声此起彼伏,在深沉的旷野中,奏出了一阵阵欢快的旋律,它们在向那灯光呼喊……

这儿的接待站,用的都是活动板房。小型发电机正在不知疲倦地隆隆地吼着,在那空寂的大地上回荡。明亮的灯光从板房的玻璃窗中射出来,流瞄出一种对戈壁的怜悯的深情。板棚紧挨着一个大土丘,土丘上长着一蓬蓬的骆驼刺,昆虫在鸣叫着。

我们洗好脸。小林师傅还特地换了一身衣服,领我走进离那住宿有一百多米的长长的灯光辉煌的活动板房。里面干净,整洁。板墙刷着淡绿色的漆,在灯光下闪着柔情的光。进门的左角,是一个玻璃柜台,里面放着各种糕点,右边,安置着几个圆桌,上面铺着白底黄花的塑料台布。四喇叭立体声录音机正播放着节奏明快的音乐。一股浓浓的咖啡和可可茶的香味扑鼻而来。里面已经坐了不少人,都是些年轻的驾驶员。他们都脱掉了油腻的工作服,穿上了笔挺的制服,还有几个穿着西装,带着领带。身上还散发出一种清淡的香水味。他们的眼中,都闪着兴奋的光,精神振奋,举止文明,虽然眼中仍有着长途旅行后的疲乏的神色。是呀,我想,在如此荒漠的戈壁深处,在艰难的长长旅途中,只要有条件,人们仍然向往着文明和欢乐。

有几位青年已急不可待地在音乐声中跳开了。你处在这样的环境里,就会觉得这儿不是处在茫茫的荒无人迹的戈壁深处的一个接待站,而是一个热闹繁华的城市中的咖啡馆。可在这儿,却使人感到比城里的咖啡馆有着更多的自由感和轻松感。音乐、咖啡、舞步……这一切,会使人很快忘记那长长的艰难的旅程的疲劳和那荒凉的戈壁给人的忧郁和哀伤。明亮的灯光是热烈的,飘香的咖啡是深情的,黄灿灿的糕点是甜蜜的,奔放的音乐是醉人的。有一个穿着西装的高个子白脸蛋的英俊的小伙子,正在热情地招待我们。

小伙子们热情地跳开了,房里充满了欢乐和激情。

"站长,给我们唱个歌吧。"有个小伙子喊。

一位姑娘从柜台后笑着大方地走出来。她个儿颀长,那件鲜红的嵌着白色花纹的毛衣,紧紧地裹着她那富有弹性的线条柔和的身材,隆起的胸部散发出诱人的青春的气息,眼睛像一汪秋水充满了风韵,她那优美的嘴角微微向上翘着,给人一种甜美的感觉。这是位美丽,矫健,豪爽然而还有点娴静的姑娘。就是她,在这戈壁深处创造了奇迹,创造了一种诗意和梦境。

"首先,我谢谢大家,"她拿着话筒大方地说,"谢谢大家特地来祝贺我们夜市的再次开业。"

我们都情不自禁地鼓起掌来。

"现在,我先给大家唱《在希望的田野上》。"

她嗓子有些沙哑,但却唱得很深情。接着她又唱《回娘家》《莫愁,莫愁》。

小林师傅也拉着我一起跳。我忘记了一路上的疲劳,尽情地跳着。在热烈的舞步中,我看到柜台上面,有一块匾,上面写着"戈壁夜市"四个字。

"喂,你看那位姑娘怎么样?"小林在我耳边问我。

"第一,很漂亮,第二,很了不起,第三,很有性格。"我卖弄着说,有些忘形。

"她就是丁亚莉。"

"啊?!"

"那个穿西装的小白脸,就是我们队长赵葛军。再过两个月,他们要结婚了。我心里酸酸的,但我诚心诚意地由衷地祝他们幸福。"

深夜的戈壁是多么的沉寂,无限辽阔的大地,这时腾起了一片像烟尘一样的干干的薄雾,在月光下缭绕,使大地变得如此深远。戈壁啊,我今天才感到,小林说得不错,这是一首诗,这是一个梦,但这诗和梦正在改变着内容,改变着戈壁的面貌。

那薄薄的雾,正慢慢地飘向我们的接待站,飘向我们的心中。

中篇小说

中篇小说

在胡杨林的后面

张果果听到父亲骑上那辆吱吱嘎嘎乱叫的破自行车,他赶忙把脑袋从那又小又窄的窗口上探出去,用带哭的声音对着父亲喊:"爸爸,我求你了,别去!"张其安跳下车,挥着那像干柴似的手臂,对着儿子歇斯底里地喊:"你给我住嘴,孽种!"

"爸爸,我求你了……"儿子哭着喊。张其安蹬上自行车就走,再也不理那哭喊的苦苦哀求着的儿子,他那瘦小的身影,在通往农场场部的小道上飞快地远去了。张果果绝望地倒在床上,捂着脸呜呜地哭起来。

在张果果的记忆里,以前的胡杨林比现在要美丽多了。胡杨林前有一条几公里长,几十米宽的大洼沟,夏天的洪水漫进那洼沟里,一到深秋,水清清绿绿,鲜红的胡杨树叶子里面仿佛注满了生命的血水,简直要淌了出来。树干上爬满了绒绒的青苔,鸟啦、蜻蜓啦、蚱蜢啦、青蛙啦,在水边跳呀、叫呀,

原载《绿洲》1989年第1期

飞呀。小鸟成群地在胡杨林里鸣叫。在茫茫的干渴的戈壁滩上,很少能见到这样葱郁的大片的胡杨林,而像这样水草丰美生机盎然的胡杨林,那就更难见到了。十几年前父亲把他带到这儿来玩时,父亲对他说:"等你长大了,就到这儿来接我的班吧。"他欢天喜地地回答说:"我一定来!"

其实以前的生活同这片胡杨林的美丽和勃勃生机刚好相反,充满了艰苦和痛心。当然,有时候这片胡杨林却也给了张其安许多梦幻和慰藉。他来看守这片胡杨林的第四年,秋风已经把树叶染红了。傍晚的时候,秋风就凉凉的了,他拎着瓶生产队自制的劣质红薯干酒,沿着林边巡视。他走上一段路,就喝一口酒,解解心头的孤独、寂寞,驱驱身上的寒气,洼沟里的水清清的,泛着一轮轮波纹。他看到洼沟边上有三个人架着一堆篝火,篝火上烤着一只小羊,羊油正滴滴答答地往下流,火堆里喷出一朵朵蓝色的火苗,四周弥漫着羊肉的香气。

"你们不能在这儿架火。"他走上前去说。

"呵,是看林的,老大爷,来,快坐,快坐。"有一个人热情地招呼着他。

"不能在这儿架火!"他生气地说。

"老大爷,你别生气。"那人说,"我们三个人到这儿野餐来了。这儿离林子远着呢,我们又在水边架的火,不碍事的。"

张其安看看火堆离林子有三百米远,地上的草长得青青的。火上的烤羊肉太吸引人了。在这儿,他每天吃的是窝窝头和咸菜,一年里尝不到几次肉味。他咽了口口水,叹了口气。

"老大爷,你坐。我们还带来了两壶真正的高粱白干呢。"

"我不是老大爷,我才三十八岁!"

"可你看上去就像个老大爷。"

"放屁!"

"你火气好大啊。"

"我姓张,是个林业技术员。"

"张技术员,那你请坐。肉快烤熟了。"

火堆边上停着辆马车,四匹马正倒动着蹄子,喷着响鼻,使夜晚的宁静愈益深了。三个人中同他说话的是个中年人,白皙的脸,小三角眼,鼻梁微微向上隆起,另外两个是五大三粗的年轻人,一副憨厚、老实的样子。

"你们三个是哪个单位的?"

"水磨沟牧场的。"

"干吗上这儿来野餐?"

"我们那儿两派斗得太厉害。你斗我我斗你,还动了刀子。"中年人说,"我们三个就出来逍遥了。这儿风景挺不错。"

他点了点头。他偶尔回到队上去时,听别人说,"文化大革命",就要你斗我,我斗你。羊肉熟了,中年人用小刀割下一条腿,递到他跟前。几只蚊子在他头顶上嗡嗡地飞着。中年人打开军用水壶,一股喷香刺鼻的酒香飘了出来,一闻这酒气他就知道,真正的高粱烧酒,中年人往茶缸子里倒了一满缸,很客气地递给他说:"这玩意儿比你瓶里的红薯干酒强多了,喝吧。"他不客气地端过来,喝了一大口,真过瘾啊!他又喝了一大口。然后用牙齿撕下一块烫舌头的羊腿肉,用力嚼着,满嘴喷着肉香。酒一口一口地轮着灌过来,骨头一块一块地扔进火堆里,火堆里爆出一朵朵吱吱啦啦响的火苗。中年人跟他谈得很投机。

"张技术员,你是个林业技术员,干吗叫你到这儿来看林子?你瞧瞧你成什么了?像个野人了!"中年人喝了口酒,抹了一下嘴说。

"唉,"他眯着醉醺醺的眼睛说,"我同领导顶了几次嘴,就说我是个反动分子,押我到这儿来看林子。"

"你也真够冤的。"中年人同情地叹了口气,"熬着吧,总有出头的一天。"

只是那随意说说的两句话,却使他感到了莫大的安慰和温暖,他感动得不得了。自他遭难以来,这种同情他的贴心话他从来还没听人对他说过,他猛喝了一大口酒说:"你们是好人,你们是好人。"他喝了很多,中年人又给他撕了一条羊腿,把他那半瓶红薯干酒倒掉,将他们带来的高粱酒灌了一瓶。他摇摇晃晃地再次沿着林边走着。他走了二十几步路,深夜那寒冷的秋风吹来,他头一晕,眼一黑,就跌倒在林带边上了。

第二天早上,他醒来,发现有二十几棵胡杨树被砍掉了,昨夜的那堆篝火还在冒着袅袅的青烟,里面有一堆烧成灰白色的羊骨头。

他女人本来就是个水性杨花的人,他被押来看林子的那一年,她就坚决同他离了婚,扔下一个三岁的孩子,跟着别的男人跑了。他托一位老大娘为他带孩子,他工资的一大半都给了那位老人,自己每月拿了那十几元钱,买上半袋玉米面,买上一条劣质烟和两瓶红薯干酒,在这儿熬着过日子。自从那次喝酒误事以后,队上因为那被砍掉的二十几棵树,停发了他半年的工资,他交不出抚养儿子的钱,就把儿子接到了胡杨林,每天用玉米糊糊喂他。老人看着他可怜,带那孩子也有好几年了,那孩子一离她,她反而感到不习惯,两个月后,她又把那孩子接了回去,说,抚养费以后再补上。

不知在什么时候,对面水洼边上那绿茵茵的草地上,搭了个灰不溜秋的毡帐篷,帐篷顶上那黑乎乎的铁皮烟囱在冒着炊烟。他突然感到了一种温暖。胡杨林离这个农场最偏僻的生产队也有二十几公里的路。他不但感到孤单、寂寞,有时还想女人想得浑身难受。他看到鸟儿在树上交尾,看到野兔在林中追逐,一种强烈的欲望就煎熬着他。

有时他想着想着,会跑到林子的深处,抱着树号啕大哭起来。自从那儿出现毡房后,他总爱伸长着脖子,眼光越过水面,朝那毡房里看,哪怕能看到一个女人的影子,他也会感到满足。

秋天又来了,那年遇到了干旱,夏天的洪水下来得少,洼坑里虽然漫进了一些水,但很快就干涸了,但那几公里长的洼沟,里面却长满了青青的草,开满了鲜艳的花朵,谷鸡在草丛里啾啾地叫着,蝴蝶和蜜蜂在花丛上飞,看上去越发美丽了。那天早晨,他起来巡林,看到林边上,有一个人在猫着腰拾柴火。

"不许在这儿拾柴火!"他大声地喊着。

那人吓了一跳,挺起腰来,摘下头上裹着的黑头巾,是个三十多岁的女人,脸黑黑的,鼻子扁平,嘴唇很厚,只有那双眼睛,倒显得又大又明亮。她腰身很细,臀部肥大。他愣住了,呆呆地看着她,他觉得她长得很漂亮。

"你是看林的吗?"女人问,眼神很大胆。

"对"。他一直盯着她看,"你是干啥的?"

中篇小说

"住在那儿。"她指指毡房,"我的男人赶着牛群进山了,每十天回来一次。入冬前,我们就离开这儿。这几天天气有点冷,毡房里得加点火,"她直盯着他说,"我在这儿拾点干柴火可以吗?"她挑逗似的一笑。

她这一笑,笑得他身上有些难受,有些叫他自己也说不清楚的感觉。他点了一下头说:"只许拾地上的,不许在树上折。"

"树上的砍下来也不能烧,太湿。"她对他笑笑。

他朝前走了几步,想了想,又拐了回来。他还想看看她。她拾了一大捆柴火,用绳子捆好,背到背上,穿过洼沟,朝冒着炊烟的毡房走去。他目送着她那滚圆的富有弹性的屁股,一直到她走过那长满青草的洼沟,走进毡房为止。

第二天一早,地上下了一层薄薄的白霜,他一晚上没睡好觉,早早地来到洼沟边,盯着那毡房看。那时,他心中充满了对那女人的一种异样的感情。他盼着那女人再来拾柴火。但那女人没有来,昨天她背去的那捆柴火,起码可以烧两天。太阳升得高高的了,几只小鸟在他眼前飞来飞去,这时他的心中激荡着一阵渴念那女人的激情,然而在那洼沟边的毡房前,他没能看到那女人的身影。毡房边上停着两辆大牛车,那是他们迁移时,搬家用的。他失望地叹了口气,就弯下腰拾起柴火来,拾了一堆又一堆。他回头看看这些柴火,就笑着问自己,我这是干什么呢?

第三天早上,地上又铺了一层霜,胡杨林的叶子显得更红了,他又来到洼沟边,见她已经等在那儿了,坐在一堆柴火上。她看见他走来,就站起来对他笑笑。

"我要是没猜错的话,这些柴火是为我捡的吧?"

"对。"他急不可待地向她献着殷勤说,"你背着去烧吧。"

"你真是个好人。那我就不客气了。"她背上柴火,又朝他亲热地笑笑。那笑容使他全身的热血都沸腾起来。

她每隔两天来背一次柴火,他每天为她拾的柴火她背不完。有一阵子天气回暖了些,地上没了霜,野兔在树洞里朝外探着脑袋,原先快要凋谢的花朵又挺起了腰杆。她坐在柴火堆上,用围巾抹着脖子上的汗水,她那两个大乳房在一颤一颤的。

"你没女人吗?"她问。

"女人跟着别人跑了。"他丧气地说,装出一副可怜相,他希望能唤起她的怜悯。

"有孩子吗?"

"孩子让别人带着。"

"就你一个在这儿?"

"就我一个。"

"想女人吗?"

"……想……"

"好吧。"她同情地叹了口气说,"有空我来陪陪你。这两天不行,我男人快从山上回来了。"

几天以后,天突然变了。昨天还是温暖如春的艳阳天,今天却是大雪纷飞的寒冬腊月了。那天北风呼啸起来,天阴阴的,傍晚的时候就大雪纷飞了。他没想到,那女人会冒着风雪来找他。她钻进他那间小木房……那个晚上,是他这些年来,最幸福最陶醉的一晚。在他那干渴的心田里流进了一股清泉。她半夜里就走了,说是怕她的男人会找到这儿来。"他会杀了你的。"她说。那一晚,他睡得好香好甜啊,做了许许多多甜蜜的梦。他醒来时,天放晴了,满地满树那银色的积雪在阳光下闪烁。他还要在床上躺一会儿,回味着她昨晚给他的甜蜜和幸福。中午的时候,他才起床,满心喜欢浑身轻松,他吹着口哨,踩着积雪去巡林。当他来到洼沟边,他傻眼了,二十几棵又粗又壮的胡杨树被砍了,而洼沟对面的毡房也没有了。他一下子瘫倒在了地上。

小鸟们已聚集在林子里,像赶集一样,成群结队的在树上叽叽喳喳地叫得十分热闹。张果果抹去眼泪,走进林子里。前两天又下过一次轻霜,胡杨林的叶子又开始黄了,像腊抹过的一样,有的变红了,血染的一般。黄黄红红的叠在一起,构成了一幅鲜丽多彩的图案。张果果没有心思听小鸟鸣叫,也没有心思看景色,这胡杨林对他来说,早就没有新鲜感了。他从小就害怕父亲,从来不敢同父亲顶嘴。但自从同一个叫刘春芝的姑娘结识后,他不知哪来的勇气和力量,敢同父亲顶嘴了,敢做一些违背父亲意愿的事了。父亲乖戾、蛮横、专制、脾气暴躁,动不动就扇他耳光,用树条子抽他。父亲在这胡杨林里待了二十几年了,前几年,农场领导要给他落实政策,调他到场里农林科工作,他对来给他落实政策的人说:"我这把年纪了,还落实个什么政策?我哪儿也不去,就在这儿算了……"他有一肚子无法排解的冤气,但他也真的舍不得离开这儿。他对这胡杨林既恨又爱,同胡杨林融在一起了。别人说他,准是二十几年在胡杨林里待痴了,待傻了,待怪了,待得不像个正常人了。他爱胡杨林,是因为他生命的一大半时光都留在这里了,他恨胡杨林,是因为胡杨林里给他留下了灾难和不幸。他同那女人的事发生后,他知道自己闯下了大祸,就主动到队上坦白了自己的罪恶。队长让人把他吊到房梁上,用皮条子抽他,将他抽得半死,以对他"道德败坏和破坏国家财产"的行为予以惩罚。在那猛烈的皮条子的抽打下,他咬紧了牙关,心想:我这是活该!我该挨皮条子!我干吗要去玩那女人?我干吗不提高警惕老受人骗?我真不是东西!他诅咒着自己,诅咒使他觉得抽在身上的皮条子不那么痛了,而且这种诅咒使他那沉重的负罪的心灵有了一种释罪的舒心感。但当他带着浑身的伤痕回到胡杨林后,那钻心的疼痛又使他痛恨那狠心队长和那些抽他的人。"他们就没把我当人看!"他伤心地想。从那以后,他恨透了女人和酒。几年前,那位带他儿子的老人死了。那老人让他儿子念到了初中毕业,就让他跟着她干活了,孩子的身板出落得很结实。他把儿子领到了胡杨林,对儿子说:"在这儿给我好好干,你我都不姓张了,就姓这胡杨!死也死在这儿!听懂了没有?"老实巴交的儿子,看到父亲这个样子,吓得浑身发抖。父亲人很瘦:脸被戈壁滩上的风沙吹得黑黑的,皱皱的,眼睛的四周有一圈红晕。眼看快六十岁的人了,但身子骨还算结实,动作麻利。他每天领着儿子在胡杨林里转,刮风、下雨、砸冰雹,天气越坏越要去转。胡杨林里只要出点什么事儿,他就暴跳如雷,又吓得浑身哆嗦,一出事儿他就想到了那顿"皮条子"。他不许任何人走进这林子,也不许别人到林边上来捡哪怕是一根干树条子。只要有人走近林子,他那双像鹰一样的眼睛就一直盯着人家,一直等那人离开这儿为止。没多长时间,儿子就发觉这儿的生活没有多大乐趣,他是在父亲的严厉监视下,提心吊胆地过着日子。小时候来到这儿留下的美好印象,现在已经消失得无影无踪了。

初夏的一个下午,四下静悄悄的,太阳火辣辣的烤着大地,鸟儿们也懒洋洋地躲在树叶里打盹。张果果垂头丧气地沿着父亲领他走过的路线在林边转着。他感到胸口发闷,心头烦烦的,有一种焦躁的情绪搅得他的心不得安宁,就像太阳烤焦了的戈壁滩一样,时不时地卷起风沙。他来到洼沟边坐了下来。这几年洼沟里再也漫不进水了,农场实行土地承包之后,用水也突然紧张起来,原先混进洼沟的洪水,现在都被堵进了农场的小水库,听说小水库里还养了鱼,让三个渔业专业户承包了。现在洼沟每年都是干干的,只是长满了青青的草,艳丽的花。胡杨林也好长时间没喝上水了,树叶显得有些干巴巴的了。父亲对这件事很不满,牢骚满腹,说:"混蛋!只知道种田喂鱼,就不知道养养这片林子!"他牢骚虽大,却没人理他这个碴儿,在平时,谁还会想到他和这片胡杨林呢?天气太热了,张果果就躺在洼沟里的草丛里,看蝴蝶在他眼前飞,让小虫在他腿上爬,浑身感到痒痒的,觉得挺舒心。他闭上眼睛想睡一会儿,突然听到林子里传来一阵阵羊叫声,他赶忙跳起来,跑进林子里,看到一大群羊正在兴致勃勃地贪婪地吃着地上的落叶。

"这是谁的羊?"他惊慌地叫起来。

"我的。"一个姑娘从树背后转出来说,朝他笑笑。姑娘长得很漂亮,大眼睛,长睫毛,瞳孔还有点蓝。她长得结实、丰满,乳房高高地耸着,脸上溢着稚气、粗野、豪爽的神情。他瞧着这张漂亮的脸,这对丰满的乳房,眼睛突然变得明亮起来,刚才那种一直压在心头的烦躁情绪突然消失了。荡起了一种甜甜的激情。但他又蓦地想起了什么,说:"这儿不能放羊!"

"为啥不能放?"她嘟着嘴说。

"羊啃了树怎么办?"

"胡杨树皮,羊不啃。"

"可它们吃地上的叶子。"

"吃地上的叶子又坏不了树。"

"我爸爸说,叶子烂了可以做肥料。"

"我爸爸说,羊粪比你那烂树叶更好。农场的人要羊粪,还到我们羊圈用钱来买呢。我让羊白白地屙在你们这儿,你们还占了便宜呢!"她一扭身子不理他了,反而把羊群往胡杨林深处赶。不一会儿,羊群和那姑娘就消失在林子里。他知道这事儿不好,父亲知道了,一定饶不了他,但他还是希望那姑娘赶着她的羊群,永远待在这林子里。

"那姑娘长得多漂亮啊。"他痴痴地想着。不一会儿,林里突然传来一阵骚动,羊群像潮水一样从里面涌出来,他听到父亲那一声接一声的歇斯底里的狂叫声,他看见父亲那瘦小的身子发疯似的冲了出来,手中挥着一根大棍,两条瘦腿飞快地奔跑着,把羊打得又蹦又跳,发出一阵阵凄厉的惨叫。

"别打我的羊!"姑娘在后面追着,哭喊着,"别打我的羊啊!"姑娘看到那发疯似的瘦老头也吓坏了,脸色变得煞白。

张果果看到父亲,赶忙躲到一棵大树后面,如果这时让父亲看到他,父亲的棍子就会像雨点般地砸到他身上来,他知道,父亲在气头上什么事都干得出来的。羊群被赶出了林子,赶过了洼沟,父亲才气咻咻地转了回来,那对像鹰一样凶狠明亮的眼睛在林子里扫,他在寻找他那渎职的儿子。而儿子这时已经躲进了林子的深处,等父亲走了,他才从林子里钻出来,看着洼沟的对面,贪婪地盯着那姑娘远去的身影。离洼沟大约一公里的地方,有一条长长的沙丘,在沙丘下面,有一个小小的毡房,毡房上空飘着几缕淡淡的青烟,毡房的边上,用红柳围起了一圈羊栅栏。洼沟对面以前也是一片绿绿的草地,长期缺水,那些草长得又黄又瘦,只有洼沟里的草,长得很茂盛。远去了的姑娘的身影已变成了一个小黑点,他还是痴痴地看着,怎么也不想离开。

"你死站在这儿干什么?!"一声粗糙的叫声把他吓了一跳。他回过头来,父亲捏着根棍子站在他跟前。他吓得脸色发白,以为父亲一定会将树棍子朝他脸上抡过来,他赶忙举起双臂护着头,但父亲的树棍子并没有举起来。

"你在看什么,啊?"

"没看什么。"

父亲朝远处看,看到了那个姑娘。他的心头一颤,想起了十几年前的自己。他明白了儿子在看什么,他又想起了他挨的那顿"皮条子"。他回转脸来,严厉地对儿子吼着:"想女人了?畜生!不许想,听到没有?不许!那要坏大事的!"

张果果的心恢恢的,他沿着林带边往前走,来到洼沟眼前,就在草丛中坐下来。这些天来,父亲只让他干一件事,就是在洼沟边上看住那姑娘和羊群,不许她再赶着羊群再进林子一步。"你要让羊进了林子,我就敲断你的腿!"父亲恶狠狠地说。父亲让他这样做,还有一个目的,就是要让他经得住女人的诱惑。不对,那是当父亲的想法,对儿子来说,他觉得他父亲让他到这儿来站岗放哨也挺不错,他可以时时都看到那姑娘了。

姑娘一直在洼沟对面的草地放羊。她大概想起疯老头那凶恶的样子也感到害怕。但洼沟对岸那草地上的草又稀又黄,不多几天就让羊给啃完了。而洼沟里的草又密又鲜,羊吃到入冬都吃不完。

有一天早上,姑娘拿着一根长树条,将羊群赶进了洼沟。羊群在洼沟的草丛中蠕动着,发出咩咩的欢快的叫声。姑娘走过他跟前,看了他一眼,他赶忙讨好地笑着朝她点头。但姑娘那双美丽的黑蓝色眼睛闪出了两道恼怒而怨恨的光,还气咻咻地哼了一下,就再也不看他,赶着羊群沿着洼沟,朝前走去。她这一哼,哼得他的心凉凉的。他惆怅地看着她,看着她赶着羊群慢慢地走远了,便若有所失地叹了口气。即便这样,他还是感到自己的生活出现了一个新鲜内容,他那寂寞、孤单、无聊、空虚的心变得充实起来了。他感到自见到姑娘那天起,每天都有了一种能追求和希望的东西了。他觉得生活突然变得光明了。因此,每天早晨,他早早地就来到洼沟边,坐在草丛中,听着鸟儿的鸣叫,看着蚱蜢的蹦跳。而每当她一出现,他就感到四下里突然亮了起来。他每天早早地来到这儿,就是为了来看她的,但她却认为他每天那么早早地来了,那是为了监视她,因此对他很反感。她每次看到他,就狠狠地瞪他一眼。而他呢?越看越感到她美,对她也越来越痴迷。他看着她那矫健优美的身材,那双黑蓝色的美丽的眼睛,那弯曲的长长的睫毛,那黑里透红的脸。他觉得她身上的一切都在深深地吸引着他,甚至她摘过的花,碰过的草都飘散着她身上的那种诱人的气息,熏着他的心。

　　这儿的夏天是这样的炎热,戈壁滩要被毒花花的太阳烤焦了。胡杨林在这种灼热的干渴中,似乎有些喘不过气来了,树叶便干巴巴地贴在树枝上。有一天下午,天热得连林子里的鸟儿也懒得叫一叫,张果果看到,羊群在离他不远的草丛中,也都张大着嘴,急促地喘着粗气。强烈的阳光使姑娘眯起了眼睛,躺在一片密密的紫花丛中,四周的一切,都在酷热中变得静止了。突然一大片黑色的乌云从群山那边涌了过来,戈壁滩上掀起了沙尘,在大地上滚动,天昏地暗。猛烈的潮润的大风刮过以后,黄豆般大的雨点就砸了下来,紧跟着雨点下来的是栗子般大的冰雹,羊被砸得到处乱奔乱叫,姑娘也被砸得哭叫起来。

　　"快把羊赶到林子里来!"他朝姑娘招手喊着,"快!快把羊赶过来。"

　　姑娘紧忙赶着羊群跑到林子里来。虽然冰雹还是不时地从树叶的缝隙间砸下来,但变得稀疏了。姑娘蹲下身子紧贴在一棵大树下面,双臂抱着头。张果果站在她身边,用身子替她挡着冰雹。雹打一条线,不一会儿,天就放晴了,乌云抱着一条长长的尾巴,朝戈壁的深处跑去。太阳又变得那样的灼热和灿烂了。姑娘把羊群赶出了林子,朝他感激地一笑,说:"谢谢你的好心肠。"

　　"不值谢,不值谢。"他老实巴交地笑笑。

　　"你的头怎么了?"她惊讶地盯着他。

　　"让冰雹给砸了几下。"

　　他的头上砸出了许多小包,有的砸破了皮,正淌着血,他脖子上有两道鲜红的血迹。姑娘对他说:"你等着,别走!"

　　昏黄的阳光使胡杨林洒下许多长长的浓浓的阴影。戈壁上的夕阳正渐渐地朝西边退去。淡黄色的月亮已经从博格达峰那边升上了天空,姑娘急匆匆地骑着一匹栗色马,来到了他的跟前。她给他带来了敷伤的草药。

　　"只要涂上去,伤口就不疼了。"她用手指蘸着草药,往他的伤口上抹。她身上散发出一股浓烈的羊膻味,但他觉得挺好闻,简直好闻极了。

"那个老头是谁?"她涂着药问他。

"哪个老头?"

"就是用棍子打我羊的那个瘦老头。"

"他是我爸爸。"他不好意思地回答说。

"你爸爸? 看见他那疯样子,把人都要吓死了。他干吗那么凶?"

"他把林子看得比他的命还重要。在这儿,他一根树枝都不让人捡。你把一群羊赶进来,他见了能不气疯了?"

夕阳褪尽了它那昏黄的光线,胡杨林里暗了下来,戈壁上还闪烁着一星点儿青紫色的光亮。

"真可惜。"她叹口气说,"他干吗是你爸爸呢?"

不知是由于心理作用呢还是由于那草药确实灵,反正敷上后,头上的那些伤口很快就不疼了。他很感激她。

盛夏的时候,正是万物生长的季节,他又一次感到这儿有了一种新鲜感。胡杨林的叶子长大了长密了,在夕阳里,投下了一片浓浓的阴影。林子里显得清新而凉爽。洼沟里那些鲜艳的花朵开得特别茂盛,蜜蜂和蝴蝶在花束上翩翩地飞舞着。他有一种从未有过的心旷神怡的感觉。这种感觉是在她为他敷上草药后就开始了。早上他们很友好地见面,她朝他笑笑,他也朝她笑笑。

"你爸爸知道这件事吗?"她关切地问。

"不知道。"他有些得意地回答。

他还是每天来"放哨",她把羊只赶在洼沟里放牧。有一天下午,她从洼沟的深处朝他奔来,眼泪汪汪地对他说。有十几只羊掉进一个深坑里了,羊怎么也爬不上来,里面还有好几只小羊羔呢。

她领着他在洼沟里往前走了两公里,他看到洼沟中间有一个很大很深的坑,坑里和四周都长满了青草,那十几只羊为了贪吃坑里那鲜嫩的草跳了下去,但怎么也爬不上来了,几只小羊羔仰着脖子咩咩地叫着,叫得又凄凉又焦急。

"得找个梯子。"他说。

中篇小说

"到哪儿去找梯子呀?"她伤心地说,着急地伸长脖子往坑里看。她那样子又可怜又可爱。

"你会搓草绳吗?"他问。

"会。"

"你在这儿搓草绳。"他说,"我去砍树枝,咱们做个绳梯。"

他奔回胡杨林,在地上找了一会,但地上除了那细细的树枝外,根本找不到可以做绳梯的粗棍子。她一定等急了,说不定还哭了呢,她那眼泪汪汪的样子多可怜啊。那天父亲用木棍打她的羊,她那又害怕又心痛的喊声,仿佛那棍子不是打在羊身上,而是打在她的身上似的。十几年前,他父亲为了表达对那女人的爱,曾满腔热情地为她拾了一堆堆柴火,而现在,他为了表达对姑娘的爱便毫不犹豫地拔出小刀,砍下了十几根像酒杯一样粗的树棍。他扛着树棍奔回深坑边。姑娘已经搓了一条很长很长的粗粗的草绳。

"这一根够长了。"他放下木棍说,"还得再搓一根。"

天气那样热,他的衣服已经被汗水湿透了,但他感到浑身有说不出的舒服,能向姑娘献殷勤的机会不是常有的。绳梯做好了,慢慢地放了下去。她在上面固定住绳梯,他就抓着绳梯爬了下去。他先把小羊羔一只只抱上来,因为他想她一定更喜欢小羊羔,然后他又把几只大羊背了上来,羊群响起了一片欢叫声。那几只小羊羔,在母羊的肚子下面钻来钻去,母羊用舌头舔着它们的背。看着这情景,她高兴极了,他挥着汗水朝她痴痴地笑着。她情不自禁地凑上去,搂住他的脖子,在他脸上亲了一下。这是他一直盼望着的事情。自他看到她那天起,就有一种情绪煎熬着他,他想接近她,想抚摸她……但他又觉得这一切离他很遥远,他不可能会得到这种幸福。眼下,她突然搂住了他,还亲了他一下,他反而感到突兀,以至那幸福、激动感有些茫然起来。他有些蒙了。他于是想到了父亲,想到父亲一定会发现被砍掉的树枝,他是怎么也逃脱不了父亲的严厉惩罚的。这种恐惧感,十几年前,当他父亲同那女人发生了那种事后,也曾有过。他想,他没有别的办法,只有回去,回去老老实实地向父亲坦白这件事。他这时的想法,是同他父亲当年那时刻的想法是一样的。

父亲当然没有饶恕他。父亲认为要让他彻底悔改的唯一办法,就是要狠狠地惩罚。只有这种惩罚才能让他既痛恨自己,又去痛恨那姑娘。十几年前队长给他的那顿"皮条子"就曾使他获得过这方面的经验。他让儿子脱光衣服,跪在地上。那间小木房太低,房梁上无法吊人。他让儿子只穿一条裤头,然后用树条子抽打儿子。这位乖戾而暴躁的人,只要一上火,那火气就会越烧越大,一直烧到他那瘦小的身子无法承受这火气时,他才会慢慢地冷静下来,而那时,他手上的树条子已经换了好几根了,儿子的背上已是血肉模糊了。他好像在把自己这二三十年这所有的痛苦和怨恨,全部发泄在对儿子的来顿"树条子"上。

儿子痛苦而麻木地站了起来,用手去摸了摸痛得失去了知觉的背,沾回来的是满手的血渍。儿子哭了,哭得很伤心,说:"爸爸,你就没把我当儿子看,也没把我当人看。"

"放屁!"父亲抖着双手吼道,"我把你看成一个真正的人!看成是我的儿子!我张其安的儿子!可你就没给我争气,你个孽种!"

儿子昏昏沉沉地爬在他那张结实的木板床上。他抬起头,从那小小的窗口往外看,看到了闪着银光的胡杨树叶,看到了在薄云中忽隐忽现的月亮。他觉得月亮的颜色显得特别怪,黄里带红,红里发黑。月亮里有张笑脸,那是那姑娘的笑脸,可她的笑脸上却挂着眼泪,那晶莹的像牛奶似的眼泪在一串串地往下淌着。

"你给我好好躺着!"父亲伸进头来说,"不许翻身,明天我到队上去给你拿药膏。"

"不要你的药膏!"儿子咬着牙说。

"我不要你拿的药膏!"

"那你要什么?"

"我要那姑娘的草药!"

"不许再提那姑娘。再提,我还要用树条抽你。"

"你再抽吧!抽呀!"儿子从床上爬下来,又跪到了地上,含着泪说,"你把我抽死,我才高兴呢!"

父亲沉重地叹了口气。他也很伤心,儿子怎么也会重复他犯过的错误呢?他想不通,他想不通啊!他恨儿子不争气,也恨自己为什么没能把儿子引向正道。"你给我躺到床上去!"他恼怒地对着儿子喊。当他走到门外时,便流下两行热热的泪来。

第二天中午,天气好热好热,苍蝇在他背上嗡嗡地叫着,那伤口开始化脓了,发出了一股臭味。父亲看到那成群的苍蝇,蹲在门口抽了两支热辣辣的莫合烟就出去了。没多久,他转回来了,板着脸对他说:"我让她把草药拿来了,我只依你这一次,下次绝不再依你!绝不!你听到没有?"

儿子咬着牙不吭声。

"你进来吧。"父亲黑着脸,怒视着走进来的姑娘。姑娘走到床前,掀开盖在他背上的衬衣,她吓得尖叫起来。

"你打的吗?"姑娘扭过脸,愤怒地说。

"对,我打的"。父亲冷冷地说,"他砍了树,砍了他自己看护的树。我要让他懂得该做一个什么样的人!"

"可他为了救我的羊!"

"那就更应该打!"

"你太不讲理了!"姑娘叫起来。

"我是最讲理的人!"父亲也吼起来。

"不!才不是呢!"她哭喊起来,"你是天下最坏最坏的人!"

"胡说"!他凶狠地喊,"你要知道,我是天下最好最好的好人!你看看天下谁能像我这样?像我这样自讨苦吃,过着天下最苦最苦的日子,让我到机关去坐办公室享福我都不去!我什么也不要,只想看好这片胡杨林,我自己干,把独养儿子也叫来,世上谁有人像我这样干的?"他猛拍了一下胸脯,"谁?你说!你,一个姑娘家,懂得什么?啊?"他发怒了,抖着手喊,"就知道勾引男人,就知道同我儿子调情,你在打什么主意?你快把草药给我儿子敷上,然后给我滚得远远的,别再来勾引我的儿子,别再来!听到没有?"

这时儿子在床上大声地痛心地喊起来:"你们谁都不坏,是我坏!全怪我!可你们也不看看,我背上爬满苍蝇啦!"

他的背上黑压压一片。

"你敷吧。"父亲说。

"那你出去,你不出去我就不敷。"她说。

父亲看看儿子那爬满苍蝇的背,怒气冲冲地退了出去。她关上门,在他脸上亲了一下,哭了。她调好草药,赶走苍蝇,轻轻地将草药涂到他那些化脓的伤口上。他灼痛灼痛的背,突然疼得清凉起来。她为他抹好药,抹去眼泪,心疼地抚摸着他的脸说:"好好养伤,我喜欢你。"

他没想到她会说这样的话。

"你躺着,"她说,"等一下我再来看你。"他目送着她走了出去,他心里不住地想:她说了,她喜欢我……他感到满心喜欢,以至忘了背部的疼痛。太阳正在慢慢西下,小屋渐渐地暗下来,他盼着她能再来,再亲他一下,再摸摸他的脸,她身上那股羊膻味有多好闻啊。他的背好像没有那么疼了。在盼望和等待中他睡着了,睡得很香很甜。第二天醒来,他发觉他背上的伤都结了疤。他听到门外有一只羊在咩咩地叫着,他以为她来了,高兴地跳下床,奔出门外。但他只看见父亲蹲在门口的草地上卷着莫合烟,在他身边的一棵小树上,拴着一只羊。

"那姑娘来过了。"父亲冷冷地看他一眼说,"送你一只小羊补补身体。"

"她呢"?

"让我赶走了!"他恶声恶气地说。

儿子只是咬了咬牙,捏紧拳头,再也没说一句话。

父亲对儿子恼恨透了,因为儿子不能像他期望的那样,用自己坚强的意志顶住女人的引诱;儿子也不能像他那样,被女人引诱并且尝到恶果后,能坚决地压抑着自己的情欲,并且痛恨女人。"我怎么生了这么个儿子?"他恼恨地想:"他不像我,一定像他娘,一个水性杨花的女人!"他痛恨儿子没出息,他痛恨自己没能把儿子改造过来。不能让儿子再到那边去放哨了。他想,那姑娘治好了他的伤,他为了报答他,他会让姑娘把羊群赶进林子里来的,林子里满地是嫩嫩的青草和落叶。那姑娘勾引儿子的目的,就是想到林子里来放羊。凭他几十年的人生经验,他坚信他的这种猜想不会错。为了能监视那姑娘,为了不让姑娘把羊赶进林子里来,为了不让她勾引儿子,他决定同儿子换一换工作,让儿子去巡林,他来到洼沟边放哨。如果儿子真的让那姑娘勾引上了,那带来的一定又是一场灾难。他对这点也是坚信不疑的。儿子巡林去了,他就站在洼沟边,那双鹰一样的眼睛就一直盯着那姑娘。姑娘每天早晨照旧把羊群赶进洼沟,她看到他后,就厌恶地瞥他一眼,挺着胸部从他跟前走过,羊群这时也仰着脖子,咩咩地叫着,似乎是在向他示威。姑娘沿着洼沟往前走,走出两公里后,他除了看到白白的羊只在草丛中蠕动着外,再也看不到姑娘的身影了。他想,那姑娘一定躺在草丛中休息了。眼下的天气也真热。于是他也放下心来,坐到树荫下,卷莫合烟抽。

儿子虽然老实、憨厚,但在爱情上却并不傻。儿子在树背后给姑娘丢了个眼色,然后从远处拐出林子,猛地钻进草丛里。想不到那绳梯又能用上了。她偷偷地把绳梯固定好,他俩爬下绳梯,来到那大深坑里,亲亲热热地紧挨着,躺在柔软的草丛中。那时,他们看到天是那么小,像是一个蓝色的小湖;深坑里晒不进太阳了,里面阴阴的潮潮的,在这炎热的盛夏,那哪儿去找这么个避暑的好地方?深坑边的四周长满了茂密的青草,羊群在四周欢叫着,干热的风将青草吹得掀着波浪,那绿色的波浪似乎会滚进深坑里,将他俩掩埋起来。父亲正在放心地抽着莫合烟的时候,他俩却在甜蜜而幸福地幽会。

"你的伤好了吗?"

"结疤了,不疼了。"他缩手缩脚地摸摸她的脸,好像她的脸是一碰就要碎的东西,"你的眼睛怎么有点蓝?"

"那是我奶奶的眼睛。"她依偎着他说,"我奶奶是个哈萨克……"

一阵热风吹来,青草和鲜花摇曳着身子,发出瑟瑟的响声,似乎是在欢歌曼舞。她给他讲了一个很迷人的故事。她叫刘春芝,身上却有哈萨克的血统。她爷爷年轻时,就从关内来到了新疆。他在一片沙滩上搭起一间小屋,想在沙滩上开荒种葡萄。第一年栽下的葡萄苗被风沙埋了,第二年抽出嫩芽的葡萄被虫咬了,第三年成活的葡萄被倒春寒冻死了,到第四年,老天爷帮了忙,没刮大风沙,没来倒春寒,也没有小虫子,葡萄开始长成了。那时还很年轻的爷爷,用了几个月的时间,从小河边开出一条小渠,把水引进了葡萄园。三年后,葡萄园开始结葡萄了,那一串串绿色紫色的晶莹的葡萄好迷人啊。有一天,来了个又凶又狠的大肚子的巴依(地主),说,这地是他的地,水是他的水,外人不许在这儿种葡萄,他把爷爷打了一顿就把他从葡萄园赶走了。她爷爷带着伤,来到了草原,走进了一个哈萨克的毡房,那时她奶奶的奶奶收留了他。他勤快,能干,老实,她奶奶的奶奶的孙女,也就是她现在的奶奶爱上了他。他俩在毡房里结了婚,一同生活在草原上,于是有了她爸爸,于是又有了她,她的眼睛有点儿蓝,因为她的奶奶是蓝眼睛,而她奶奶的奶奶也是蓝眼睛。

这个故事让他着迷了。她的爷爷真走运,如果他也能让人从这胡杨林里赶出来,他也能到草原上去游牧,他就能走进她的毡房,她的奶奶也会收留他,他就能同她在毡房里结婚,以后她也会生下蓝眼睛的女儿,以后又有蓝眼睛的孙女。他想到这一切,心甜蜜地缩成一团了。

"你也同我结婚吧。"他对她说。

"这不行。"

"为啥?"

"反正现在不行。"

"为啥?"

"因为我想着不行。"

"你干吗要问这么多为啥?"她嘟着嘴说,"现在不行就不行。"

他俩紧紧地抱在一起。天没有了,地没有了,草没有了,羊没有了。他俩只感到对方的存在,正慢慢地融化成一体。天气还很热,他俩身上都渗出了汗水,那汗水汇成了水流,往那草丛中流去,那些草长高了,那些花开得更艳了。

太阳开始偏西了,他该回去再巡一会儿林带了,她也得赶着羊群到另一个地方去了,让吃大肚子的羊,能活动活动,消化消化。

"咱们这算结婚了吧?"他问。

"才不算呢。"她一笑说。

"那怎么才算?"

"什么时候,我在小山羊的脖子上绑上红绸带,挂上小铃铛,我让小山羊来叫你,到那时,我就愿意同你结婚了。"

从那天起,他就天天盼着那只系着红绸带挂着小铃铛的小山羊来叫他。

有一天晚上,月亮又圆又亮。他看着月亮,想着洼沟那边的姑娘,沉沉地睡去了。一阵咚咚咚的敲门声把他惊醒。他翻身跳下床,这时父亲已经起来把门打开了。自从他来到这里,还没有遇到过半夜叫门的事,他有些紧张。

"快!"想不到来敲门的就是那姑娘,她急急地说,"有人偷锯你们的树。"

"几个人?"

"好像是三个。"

月亮又大又亮。虽然是夏天,戈壁滩上的夜晚却有些冷,月光也显得又亮又冷。黑夜中,一只夜莺在凄凉地鸣叫着,风吹得树叶哗啦啦响。夜很静,儿子什么也没有听见,但父亲却听见了,他竖起耳朵说:"听,就在东边。快,拿上棍子跟我走。"他们一人拿了根粗木棍,朝林子的东面奔去。父亲的两条腿跑得飞快,他俩怎么追也追不上。林边上,在明亮的月光下,有两个人用大锯在锯,另一个人在放哨。他们听到了脚步声,两个拉大锯的人警觉地站起来。他们还没有看见人影,张其安已举着木棍从他们眼前闪了过去。他们见他只有一个人,胆了壮了起来,都折了根木棍同他对打起来,这时,张果果和刘春芝也赶到了。张其安已经打红了眼,那三个偷树的人都挨了他那狠狠的棍子。他们也打得上火了。三个偷树贼长得五大三粗,刘春芝挨了他们几棍,发出几声惨叫。她突然想起了什么,跑到林外,一声长一声短地狂叫起来,不久,远处便传来了狗叫声,两只狗一前一后地狂叫着朝这里奔来。草原上的看羊狗,又壮实又凶残,他们慌了,有一个在张其安的头上猛砸了一棍后,拔腿就往外跑,另外两个也跟着跑了。张其安惨叫一声倒在了地上。那三个人跑进戈壁深处,传来了马车的铃铛声,马蹄的达达声。两只狗朝着马车猛追一阵后,气喘吁吁地拐了回来。姑娘朝它们打了个手势,它们便不紧不慢地朝回跑去。它们知道,它们已经胜利地完成了任务。

他俩把昏倒在地上的父亲抬回小屋里。东方已经开始有些发白了。他脑袋上肿起了个大包,渗出了血浆。那次给张果果敷伤的草药还留了些,她为他敷在了伤口上,还找了块毛巾,扎在他头上。他醒来后,朝她点了点头,但那死板的脸上,还是没有一点儿笑容,虽然他心里很感激她。在他养伤的那些天里,她每天早上都给他送牛奶,让儿子煮了给他喝。儿子的心里也充满了希望,因为儿子相信眼下这件事,很可能会改变父亲对姑娘的看法,那么,说不定有一天姑娘会把那只系着红绸带挂着小铃铛的小山羊送到他的跟前。

那几天父亲头晕,脑袋昏昏沉沉的。等伤口慢慢好了后,他的头脑清醒了。前些天,每当儿子给他端牛奶时,他很感激姑娘。如果不是姑娘及时给他们报信,不知要毁了多少树!而现在,除了那棵被锯了一半的大树外,什么损失也没有。那条大拉锯现在还嵌在树里。这两天他得把那锯拿回来,交到场部保卫科去。不过,他细细想过之后,他由感激进而怀疑那姑娘了,而且怀疑心变得越来越重。她干吗要对我那么好?儿子的心已经让她拉过去了,现在她又想拉我了。她想要干什么?她准是想到林子里来放羊,林子里的草长得那么好,那么嫩,秋天以后又有那么多落叶,就是冬天也够羊群吃的。她准是想赖在这儿不走了。这不行!二十几年的经验告诉他,谁对他好,谁就在打这片胡杨林的主意。"姑娘啊,"他心里恶狠狠地说,"你年纪小小,心眼儿可不小。可你打错算盘了。你可以骗我那没出息的儿子,但你骗不了我!要不,我白活了这几十年了。"他想着想着,还嘿嘿地冷笑了几声。

那天早上,她又送来了牛奶。他冷冰冰地对她说:"姑娘,我的伤养好了,你再也不用送牛奶来了;那晚你给我报了信,又送了这几天的牛奶,我谢谢你。不过,你别把羊放进林子里来,你要把羊赶进林子里,我照样用棍子把羊打出去。"

"爸爸,你怎么这样说话!"儿子气得要哭了。

"你给我住嘴!没出息的东西!"

姑娘也生气了,把牛奶泼到了地上,转身走了。她的肩膀一抖一抖的,

中篇小说

她也委屈地哭了。儿子看着泼在草地上的牛奶,有些奶滴还挂在碧绿的草叶上,随着凉凉的晨风,在叶面上滚动着。他想,如果换成别人,他一定要揍扁他。但眼前站的是他父亲:瘦瘦的身子,黑黑的刻满皱纹的呆板而凶狠的脸,像鹰一样让人发寒的眼睛。他咬着牙,叹了口气,内心在痛苦地喊:"爸爸,你怎么成了这样的人?!"

儿子觉得自己对父亲已经彻底地绝望了,而他对姑娘的爱却变得更加痴迷。他恨他的父亲,但又感到,父亲在他身上的影响却比任何时候更强烈。他感到整个胡杨林仿佛有着父亲的影子,他那可怕的脸,他那凶狠的眼睛,像一块巨大的石头,重重地压着他的心。姑娘走后,父亲对他说:"从今天起,你就跟我一起巡林,我不会让你一个人待着,你这个孽种!"

天气还是那样炎热,但从早晨和傍晚的凉风中,叫人感到秋天已经悄悄来临了,胡杨林的叶子,已渐渐变得黄起来,只要稍稍下点儿霜,叶子就血染般红。父亲打起床后,就让儿子一直跟着他,不许儿子离开他一步。他们每天巡林有很长一段路要沿着洼沟走,见到那姑娘,父亲好像已经不认识她了,冷冷地朝她身边走过。儿子只能看看她,朝她点点头,他不能同她单独在一起,急得火烧火燎。他想,由于他的父亲,姑娘怎么也不会同他结婚了,他盼望着的那只系红绸带挂小铃铛的小山羊是不会出现了。他知道,他求他父亲是没有用的,父亲除了痛骂他一顿外,决不会改变对姑娘的态度了。他们沿着林边走着,阳光明媚,树叶在沙沙地响,成群的鸟儿在林子里叽叽喳喳地鸣叫着。儿子真想跑出胡杨林,去见那姑娘。但他只是心里这么想,却没有勇气这么做。父亲让他在前面走,眼睛狠狠地盯着他。儿子不明白,父亲干吗要这样待他?是为他好?还是为了这片胡杨林?或者完全是为了父亲他自己?他默默地跟着父亲巡林,心却离开父亲越来越远,越来越远。

姑娘也恨那个疯老头。但她也有些怕他,尤其是怕他那双冰冷的像鹰一样敏锐的眼睛。有时,她也同情他,他孤零零地在这片胡杨林里待了那么二三十年,把林里的一草一木看得比命还宝贵。可他干吗要对儿子那么狠呢?她可怜张果果,她喜欢张果果,他那方方的长着络腮胡子的脸,他那双明亮真诚的眼睛,那健壮结实的身坯,尤其是他身上那股男性的气质,都深深地吸引着她。她爱上了他,而且爱得越来越深。在这儿,也只有他这么个男人她可以爱。她每时每刻都有一种想同他单独幽会的欲望。但现在,他每天都跟着父亲巡林,没法单独同她幽会。她恨透了那个瘦骨嶙峋心肠狠毒的疯老头,也有些怨张果果了。日子这么一天天过去了,她感到心头那种爱的渴望也越来越强烈。可他却没有机会离开他父亲。"真是个蠢东西!"她又爱又恨地想。

那天晚上她想了个主意。第二天早上,她带上一条看羊狗。这条强健的黑狗又机敏又灵活,快跑如飞,眼睛像狼一样。太阳慢慢地升起来了,天气很热,羊群吃了一会草便卧在草丛中打盹了。姑娘搂着狗同它说着悄悄话。狗竖着耳朵,伸长着舌头,静静地听着。张果果和他父亲来到洼沟边。他们身上都汗津津的,父亲蹲到树荫下,想卷支莫合烟抽。突然那条狗窜了出来,赶着羊群冲进林子里。那狗东奔西窜把羊分成了两群,一群朝林子的东边奔去,一群朝西边奔去。

父亲慌了,对儿子喊:"快,去赶那一群。"

说着,就去赶东边的那群羊,狗这时回转来,帮着他一起赶。绕了好大一个圈子后,狗就把羊赶进了洼沟里。儿子在赶西边那群羊的时候,姑娘在林子那头迎上了他,她深情又怨恨地问:"这些天,你为什么不来看我?"

"爸爸老跟着我,不许我离开。"

"没有不跟的时候?"

"没有。"他哭丧着脸说。

"晚上睡觉也跟?"

"……"

"那你就晚上来见我。"

"在哪儿?"

"这儿!"

"什么时候?"

"月亮一升起来,你就来。"

羊群又进了洼沟。父亲和儿子都气喘吁吁地走在了一起。姑娘赶着羊群朝远处走去,好像什么事都没发生一样。他们继续巡林,鸟儿在欢快地鸣叫着,儿子时不时地抬头看太阳,盼着晚上的到来。

父亲虽然一直让儿子跟着自己,但他从儿子的眼神中感到,这个没出息的儿子他是指望不住了。有一天晚上,他半夜里醒来,听到窸窸窣窣的响声,他爬起来,看到儿子偷偷地从窗口爬了出去。他一惊,深更半夜,他要到哪儿去?难道去同那姑娘幽会?跟着儿子走出了林子。在月光下,他看到姑娘正等在那儿,他俩一见面就搂抱在一起,滚在草丛中。他气得想喊,想骂,想打。但又什么也不想做,只是瘫坐在地上了。他默默地往回走,一种可怕的前景占据了他的心。将来的胡杨林是属于谁的呢?他老了,总有一天要死去,不可能再属于他的了。他以前希望属于他儿子的。属于他也就是属于他自己了,但眼下看来是不可能的了。儿子已经让那姑娘勾引走了,那么总有一天,胡杨林会属于那姑娘的,最后属于远处那毡房里的人,他们会在林里放羊,会砍掉树来盖房子,会砍掉树拿出去卖。眼下,林里已长出不少小树,羊会啃吃那些小树的树皮。好好的胡杨林,就要在他们的手下慢慢毁掉了。可他为了这片胡杨林,吃了二三十年的苦和受了二三十年的罪啊,难道都白吃、白受了?他想到这些,他的心就痛苦得发怵。

他想,那姑娘的力量要比他大得多,虽然他是父亲,他可以用棍棒对待儿子,但都没有用。他为胡杨林的前途深深地担忧,心中充满了焦虑。他恨他这个不争气没出息的儿子,他恨那个存心勾引他儿子的姑娘。月光很明很亮,他蹲在小屋的门口抽着烟。已有点秋意了,夜晚有些冷了,而儿子正在同姑娘甜蜜地幽会。他想,他要挽救胡杨林的未来,现在唯一的办法,就是设法把那姑娘赶走。但用硬的怕不行,她在洼沟里放羊,他没有理由赶她走。这时他听到了儿子欢快的脚步声,那脚步声到屋子跟前变轻了,偷偷摸摸地下着脚。他叹了口气,不想再同儿子搞正面的冲突,就悄悄回到了自己的床上。他抽了一夜的烟。

有一天早上,他笑嘻嘻地起了床,和颜悦色地对儿子说:"今天我到场部去一次,你给我好好巡林。"父亲那温和的语气和慈祥的眼神让儿子感到吃惊。他今天是怎么啦?儿子怎么也摸不透。他在巡林时,把这个消息说给姑娘听。姑娘想了想，笑了，一拍手说："你爸爸的心，说不定变了，人老了……"这话说得儿子莫名其妙。不过他感到很快活，因为生活又有了新的希望。下午父亲回来了，脸上充满了喜色，他那满脸黑黑的皱纹也舒展开来，对儿子益发的和气了。儿子感到，眼下的父亲，才像个父亲的样子。

"你把这把铁锹拿上。"父亲说，"跟我走。"

儿子拿上铁锹，父亲也扛了一把。他们沿着洼沟一直往前走，然后离开洼沟朝南拐，又直直走了一段路。

"爸爸，上哪儿去？"

"别多问，跟我走就行了。"父亲和气地说。太阳在慢慢西沉，远处群山顶上的积雪，在西下的阳光下显得红红的。他们来到一条安着闸门的大渠边上，儿子看到有一条被泥沙堵塞了的小渠道，那小渠一直通向那条洼沟。

"把小渠挖通。"父亲说，"干吧。"

"要往洼沟里放水吗？"父亲那和气的样子，使儿子也感到很舒心。

"对。"父亲利索地挖着泥沙说，"今年洪水大，水库里的水装不下了，要把水往洼沟里放。"

"真的吗？"儿子高兴起来。他想起小时候，洼沟里清清的水泛着涟漪，沟边开满了鲜花，青蛙在咯咯咯地叫，小鸟和蜻蜓在水面上飞，胡杨林叶子的浓绿要滴下来……，洼沟里能放上水了，怪不得父亲那么高兴，那么和气。他想，她还没见过洼沟里放水后那美丽的景色呢，她一定也会喜欢的。

小渠道里的泥沙很快挖完了。夕阳正在慢慢地沉入群山间，山顶上的积雪被晚霞染得越发红了。

"爸爸，什么时候放水？"

"渠挖通了，明天我到场部去通知他们一声，下午就能放水。"

他们走回洼沟，看到了姑娘和羊群。儿子看看父亲，父亲想了一会，轻轻地说："去吧。"儿子朝姑娘走去。夕阳变得很红很红，洼沟里的青草和鲜花在夕照下改变了颜色，显得绚丽多彩。父亲走了，他俩紧紧地抱着躺在一起。心中充满了幸福和希望。

"爸爸待我好了。"儿子说。

"真的?"姑娘说。

"你知道吗?洼沟里要放水了。"

"放水?放什么水?"她惊奇地问。

他兴奋地用手比画着,告诉她,以前每年洼沟漫进水后的情景。姑娘的脸色却渐渐地变了,变得很忧伤,很绝望,最后叹着气,站了起来。

"你怎么啦?"

"这洼沟里放满了水,我的羊往哪儿放?那边的草都吃完了,林子里又不让放,我们得搬家了。"她含着眼泪说。

他的心猛地沉了下来。夕阳已经沉入群山,四下显得昏暗起来,胡杨林也变得影影绰绰的了。只有几只晚归的小鸟在空中凄凉地鸣叫着。老天!怪不得父亲对他这么和气了,父亲要往洼沟里放水,是要赶走这姑娘啊!要赶走他的希望,赶走他的爱情,赶走他的幸福。他为了什么?为了这片胡杨林吗?

"春芝!"他抓住她的胳膊喊,"让我跟你走吧!到你们家的毡房里去,学你的爷爷。"

她愣愣地站了很久很久,最后摇摇头说:"不行。你爸爸怎么办?这胡杨林怎么办?"

"那我不让他放水!"

"没用。"她痛苦地说,"你爸爸比你厉害。我们都怕他。过两年,我再来吧。"

她赶着羊群,走出了洼沟,在深紫色的夕照的余晖中,慢慢地朝那远处的毡房走去。"爸爸呀,你干吗要这样啊!"儿子举着拳头,朝着昏暗的天空喊着,哭了。

父亲的自行车最后消失在通往场部的小道上了。儿子咬着牙,一直到看不见父亲为止。洼沟里一放水,姑娘就得走了。他还想去见见姑娘。林子里已经让人感到有了秋意,树叶上,青草上,都挂满了凉凉的露珠。他来到洼沟边,但洼沟里空空的,没有羊叫声,也没有姑娘赶羊的吆喝声。只有那远处的毡房前,羊群在栏里咩咩地叫着。

他想到毡房里去,但没去,父亲上场部去了,他不能离开这胡杨林。他在洼沟边上等,一直等到中午,他听到了水的哗哗声。父亲提早赶到了场部。他痴呆呆地回到小木屋里,躺在床上,心中满是怨恨。他想砸掉这间锁住他的小木屋,烧掉这片让他永远离不开的胡杨林,吸干流向洼沟的水,他要对父亲喊:"爸爸,你干吗要对我这么狠?为什么?"

他躺在床上,眼泪一串串往下淌。但他知道,他刚才所想的这些事,他都不会去做。以后,他仍然会跟着父亲,沿着林边去巡视,一天又一天,一年又一年。父亲从场部回来了,他不想同他父亲说一句话。这一夜,他耳边,只听到那哗哗的让他揪心的水流声。

清晨,洼沟里淌满了水,水清清的,那些露出水面的草尖,在水中摇曳着,他沿着洼沟往前走,他真想跳下水去,在那冰凉的秋水里泡一泡,但他不敢下水,洼沟最深的地方有两三米深,他不会游泳。他朝洼沟对面看去,突然感到一阵惊喜!姑娘正在对面朝他挥手,她的脚下站着一只小山羊,那小山羊的脖子上系着一根红绸带,挂着一只小铃铛,正在朝他咩咩地叫着。

"明年见!"她朝他喊。

他终于见到了这只系着红绸带挂着小铃铛的小山羊了。他要哭了。她朝他挥了半天手,就领着小山羊走了。他看到,远处的毡房拆了,驮着毡房行李的几匹骆驼正准备起程。小山羊又转回头来,朝他叫了几声,她肯嫁给他了,但却要走了。她没有让他离开父亲,离开这片胡杨林,这就是说,她还要回来的,会同他来结婚。洼沟里的水还在不住地上升,成群的小鸟欢快地在水面上飞着。他目送着她和小山羊走远了,远远地,传来了驼铃声……

中篇小说

石柱子与克木尔拜

纷纷扬扬的雨丝在窗前飘散,让人感到上海又进入了梅雨季节。窗玻璃上流淌着一绺绺的水柱,四下里到处都是湿漉漉的,就连墙壁摸上去也是潮潮的好像在往外渗水。望着窗外那雾蒙蒙的雨幕,梅子带着无限的思念说,这个时候,科兰草原上已是阳光明媚,一片翠绿了。她和我一样,对科兰草原有着那么深厚的眷恋,可以说,我们在那儿洒下全部青春的生命和情感。

而更让我们怀念的还是石柱子和克木尔拜他们,因为他们在我们生命的旅程中所留下的那份沉甸甸的分量是永远也无法抹去的……

一

认识石柱子正是在我遭受厄运的时候。那年五月的一天,我站在队部门口。陈指导员正在办公

原载《中国西部文学》1999年第1期,并获《中国西部文学》"知青征文"二等奖

室同石柱子谈话,肯定是在谈我的事。石柱子是畜牧排的排长,那时我才十六岁刚出头,1965年从上海支边来新疆农场劳动还不到一年。没多久,陈指导员就打开门把我叫进办公室,他声色俱厉地说,姚琪,今天你就跟石排长到牧场去,到那儿你要好好改造自己,你应该清楚你的出身和最近干下的那些事。我只是咬着嘴唇不说话,虽然满腔的委屈憋得我想去死,但我决不哭。石柱子把我上下打量了一下说,你行李都收拾好了?我点点头。他说那就走吧。他把我轻轻地推出门,陈指导员在背后又甩上一句话,老石,你一定要好好管住他,这家伙人小鬼大!

我父亲是个官僚资本家。他五十六岁那年,在住院时看中了一位漂亮的护士小姐。他在一座公寓楼买了一套有两个大房间的单元房,把她从医院弄出来纳为外室,生下了我和妹妹。我母亲到现在也没弄清楚我父亲到底娶了几房姨太太。新中国成立前夕,他逃到香港,后来又移居加拿大,从此就断了音信,也断了母亲和我们兄妹的经济来源。为了支撑这个家,母亲只好又重新回到原先的那个医院去当护士。新中国成立以后,我父亲虽然已同我们没有任何联系或往来,但他在历史上所存留下来的那片可怕的阴影却一直沉重地压在我们身上,因为据说他曾同大流氓杜月笙有过较密切的瓜葛。我在上小学时还不大感受到这种阴影的可怕,可到上初中时,这阴影就影响到我的生活中来。我生下来就是个很内向的人,平时少言寡语,只会默默地用眼睛去注视这个复杂而纷乱的世界。由于我的这种家庭出身,不要说入团,就是有些社会活动也不许我参加。我受到了歧视和冷落,于是就更加地封闭自己,只是闷声不响地承受着外界压给我的一切。初中毕业那年,居委会的阿姨就到我们家来动员我去新疆,说像我这样出身的人更应该到边疆艰苦的环境中去锻炼自己。当时像我这样出身的人就是上到了高中,考大学也是没门。我虽内向,但我又很敏感,因此当母亲和妹妹把我送上火车,在火车开动的那一瞬间,我竟哭了。因为我隐隐约约地预感到,在很长一段时间里,不管我去哪儿,都会有一种不祥的命运在等待着我。这种不祥的预感到新疆后不到一年就得到了应验。队上派我去干最重最粗的活儿不说,有一天,有人又到指导员那儿诬告我偷听敌台。大概是因为我性格孤僻,老爱一个人独处,不大愿意同人交往,再加上我那出身,别人就认为我这个人肯定会做一些与别人不同的事。这仅仅是我的猜测,至于真正的原因是什么,我到现在都没有搞清楚,况且陈指导员后来得肝癌死了,我也没法再去问他。不过那个年月遭到诬陷被冤枉而后来又无法搞清楚的事情也太多了,有的成了屈死鬼已永远地埋在地下。认不得几个字的陈指导员长得高大结实,一对蚕豆似的眼睛透出两股凶光。由于莫合烟抽得太多而又不刷牙,所以一张嘴,那满口的黄牙间就喷射出一股臭气。我去见他时感到十分的惧怕。他问我为什么偷听敌台。我哭丧着脸说,我连收音机都没有,怎么偷听?他说凭你那反动透顶的出身,干那种罪恶勾当有什么可奇怪的!我们已掌握了可靠的情况,你还敢赖!我说绝对没有。他就派了警卫班的两个警卫去翻我的床铺和箱子,结果什么也没有搜到。他又说我是听到风声后把罪证销毁了,要我交代在哪儿销毁的。我有口难辩就急了,我气愤地说,你怎么能这样冤枉人!你算什么领导!他就一个耳光甩了上来,我就扑上去在他手背上狠狠地咬了一口,他又一拳把我摆倒在地上,一股血腥味涌进我的喉咙里。我没有再次扑上去咬他,因为潜意识使我感到我的生命才刚开始不久,我不能把今后更长的一段生命就这么白白地葬送掉。我擦掉鼻血爬起来低着头再也没去看他,而我感觉到的则是那种无援无助的浓重的孤独感。

  我跟着石柱子走出办公室时他脸上毫无表情。我不知道今后他会怎么对待我,我的心头沉得似乎有些喘不过气来。他把我的行李往马车上一扔说,上车走吧。那时我真想一头扎在马车下面,让车轮从我身上碾过去。我爬上马车,把头夹在两腿中间,心想管他呢,死是什么时候都可以去做的事。石柱子也跳上了车,拉了拉缰绳,马蹄声嗒嗒地响起来,车轱辘吱扭吱扭地叫起来。马蹄声和轱辘声似乎在敲着和绞着我那颗孤独的开始破碎了的心。

  据石柱子后来给我讲,原先陈指导员准备把我弄到天山深处的山沟沟里去修水渠。还是老刘队长帮我说了话,说一个十六岁的孩子,又是大上海来的,说他偷听敌台也只是别人反映,又没有拿到充分的证据。就是家庭出身复杂了一点,我看还是让他去畜牧排,跟着石排长放羊去吧。

那时一个人的命运就在领导的一句话里。是老刘队长救了我,让我能同石柱子相处了十几年。生产队已远远地被甩在了我们的身后,马车开始上坡并且进入了草原。五月的草原已是一片翠绿,一些早开的小花零零落落地点缀在绿草丛中,就像星星点缀在蓝天上。风掀动着草海,一浪压着一浪,一只孤鹰在空中懒洋洋地滑翔着,强烈的阳光刺得我们睁不开眼睛。一进入草原,石柱子的脸就放松了。他那时有三十六七岁,但看脸相却有四十出头了。他皮肤黝黑,五官端正,线条分明,年轻时一定很英俊。他的全身都洋溢着那种男人的阳刚之气,但他那双眼睛却透出一种温柔与善良。他同情地拍拍我的肩膀,我这才抬起头来看他。他说,你今年多大?我说16岁半了。他叹了口气说,像你这样的年纪该上学。他想了想又说,不过我像你这年纪也参军了,天南海北地到处跑,还要在枪林弹雨中熬日子,人也就这么活过来子。他眯着眼睛好像在回忆着那些枪林弹雨的日子,接着又长长地叹了口气,掏出烟荷包卷了支莫合烟说,姚琪,你真偷听过敌台?我委屈地坚定地摇摇头。他划着火柴点着烟,不满地嘟囔了一句,这批老转,就喜欢整治着人想往上爬。他又说,姚琪,我看你想哭,趁眼下没人你就痛痛快快地哭吧。我本来是想哭,但被他这么一说倒不想哭了。我那颗被沉重的冤屈咬得紧紧的心也稍稍地宽松了下来。我说,石排长,能让我卷支莫合烟吗?他想了想说抽吧,憋心的时候是该卷支烟抽抽。

四个多小时后,我们才来到石柱子住的地方。那是一个寂静的院落,两间干打垒的房子,四周也是一圈干打垒的围墙。院中间有两株树干纠缠在一起的沙枣树,向外扩展的茂叶与树枝探出院墙外,风与西斜的阳光把沙沙作响的树叶抖出一团团晶粼粼的光斑。一条清澈见底的小溪涓涓地从院门前流过,小溪两边的青草与花朵在溪水的滋润下长得特别的旺盛。房后有一座小山坡,坡上簇拥着一片松树林,被阳光抹成金黄色的树梢上有一群小鸟在时起时落地飞动着,传出一阵阵聒噪声。然而这还是让人感到一种特有的宁静,清新的空气又是那样的强烈,把人的五脏六腑似乎一下都清洗干净了。我们完全被裹拥在那纯正的大自然的气息之中。

中篇小说

石柱子告诉我,这里曾是牧区的转场站,那时每年春秋两季牧民们都要赶着羊群从冬窝子转到夏牧场,以后又要从夏牧场转到冬窝子,路过这里都要歇歇脚,休整休整。其实冬窝子仅仅只是在山中一个避风的地方,积雪虽少一点,但枯草也并不多,因此畜群在冬窝子里熬了一冬后也都是瘦骨嶙峋的。母羊由于奶水不足,产羔率和羊羔的成活率都不高。到六十年代,农场的耕地在不断地发展,储存下来的麦秸、玉米秆、苜蓿草完全够羊群过冬用的了。所以这些年羊群不再转到山上的冬窝子去,而是回到农场生产队里越冬。由于饲料比较充足,每年开春,羊只都喂得肥嘟嘟的,母羊产的双羔率和存活率都比以前提高了很多,这样转场站也用不上了。石柱子那时是转场站的站长,后来又当上畜牧排的排长,可他仍坚持住在站上,不大回到队上去,这儿也就成了他的办公地点。可人们仍习惯把这儿叫作转场站。石柱子眼下没有女人,他说以前有过一个,共同生活了两年后就跟了别人。他有个女儿叫梅子,十四岁了,正在农场中学上学。由于农场离这儿太远,她住读在学校,只有寒暑假才回来住几天。石柱子安排我同他住在一个屋里。屋子很暗,只有一方很小的窗口,房中间拦了道火墙。原先他住在火墙里面那半间屋,现在他让出来给我住。他说你年少,身子骨又弱,睡在里面暖和,尤其在冬天。他说他住外间,牧民们来联系工作也方便。外间的空间比较大,窗下还搁着一张小方桌,几只用树墩做的小凳子。他关切地对我说,姚琪,你什么也别再去想,把羊放好就行。他没有再说更多的话。

第三天,石柱子带我到草原上去转了转,熟悉一下周围的环境。接着就教我学骑马,他给我一匹两岁口的栗色小公马。在上海时,我看到电影里牧民们骑着马在草原上遨游觉得挺有诗意的,可想象与现实之间的差距有时是很大的,一天骑马下来,两条腿就酸痛得迈不开步,大腿两侧磨破皮的地方还渗着血。石柱子给我涂上紫药水说,咬咬牙,明天继续骑,过几天就没事了。

几天后我就可以骑着马在草原上飞奔了。白云在蓝天上柔柔地涌动着,在我头顶上旋转。脚下是碧绿的草地和星星点点的鲜花,马蹄在嗒嗒嗒地响着,风声在我耳边嘶嘶地叫着。我似乎感到马已腾空而起,朝蓝天飘去。马蹄又像是四只在激烈地弹动着的手指,大地仿佛是一把琴,青草和鲜花是琴弦,它们弹拨出的是一曲辽阔、豪迈而充满激情的歌。鲜花被踩倒了,草茎在瑟瑟地抖动。

那首乐曲突然停了,我气喘吁吁地勒住马。

石柱子没有赞扬我,只是平静地说,有这骑术,放羊就没问题了。

草原上的生活闲散而悠然,每个牧工在草原上只要把自家的羊群放牧好就行了。当然,每年羊群来到夏牧场前,队上都要清点羊群的只数,入冬回农场时队上再进行核对。羊只少了要讲出原因来,是病死的丢失的还是遭狼害的。遇到这种情况,牧工们就来报告石柱子。石柱子就要去复查,情况属实他就签字,牧工回到队上后就有了个交代。但这种情况并不多,那时每家每户都允许有十几只自留羊,所以羊只少了一两只,牧民们一般拿自留羊去抵上。

牧羊是件很孤寂的事。我在孤寂中也封闭着自己的心灵,不再去想更多的事。浩瀚的草原赐给我的是寂寞、单调和乏味的生活,但正是这种生活使我能获得平静与安宁。那时,对像我这样出身糟糕而性格又内向的人来说,这里的生存环境是最适合我了。我感到某种满足,虽然这种满足含着不少痛苦与失落,但世上个会有十全十美的满足的。石柱子隔上十天半月就要回队上去汇报工作或开会,回来时就可以带上一些报纸来。晚上我没事,就在马灯那暗幽幽的灯光下翻看那些报纸。那时正在批《海瑞罢官》,批《三家村夜话》,报上整版整版的文章,火药味浓得刺鼻子。刚开始时,每当我看到"阶级敌人"几个字时就有种不安有种惶惶然的感觉,因为,我在咬陈指导员的手时他就骂我是小"阶级敌人"。但我来这儿后发现石柱子不但没有把我当小"阶级敌人"待,而且在我跟前也从来不提"阶级敌人""阶级斗争"这一类话。他好像猜到了我会对这类词过敏似的。他很能体谅人。

其实石柱子的性格也有些内向,平时说话也很少。他对外界的事显得有些冷淡与麻木,是不是他长期生活在这荒僻的草原上的缘故?但有时他也会做一些随波逐流的事。有一天他驮回来一大摞《毛主席语录》,那时叫"红宝书",他也给了我一本,说有空你也学上一点,背上几段,啊?他也没有

中篇小说

关照我更多的话。第二天一早他又骑上马,到每个牧工家去送"红宝书",还要说上一句,红宝书进毡房,毡房永远放光芒。他自己也背了几十段,说够用了。他并没有表现出当时报纸上所鼓吹的那种无限虔诚的狂热。我觉得他是在用一种随波逐流的单纯来应付这个让人眼花缭乱捉摸不透的世界的。不过那仅仅只是我最初的印象。到以后我才感到了他心灵的博大与高尚。

二

这儿的生活可以真正说得上是一条平静的缓缓流淌着的河。日常的生活程序也很简单。早晨我喝上两碗奶茶,啃上几口玉米饼子,然后背上一壶水,带上一些干粮,打开羊圈骑上马赶着羊群去放牧。石柱子养着两只牧羊狗。一只叫大黑,一只叫大黄,全身长着绒绒的黑毛与黄毛,十分可爱。但看到陌生的人与动物时,它们那眼睛便射出两股很凶的绿光。我来后它们就跟着我。我把羊群赶向草原时,它们随时随地都会叫着奔着把跑散的羊只往群里赶,非常忠于职守,使我省了很大的力气。在草原上我可以尽情地去呼吸那湿润而清新的空气,也可以自由自在地陶醉在那一片片花朵的芬芳之中。那时人的心灵也变得单纯而寂寞,松弛而乏味。你能享受到孤单中的一切自由,却享受不了文明在群体中创造的那种欢乐。到中午时,我就吃上几口干粮,喝上几口水。有时我坐在坡下的一块大岩石上,看着一只花蝴蝶一会儿叮到一朵花上扇动着翅膀,一会儿又叮到另一朵花上悠闲一阵,我可以痴痴地看上很长很长的时间。渐渐西斜的夕阳终于又把草原染成一片金色,我懒洋洋地吆喝一声,大黑和大黄兴奋地赶着羊群朝回奔跑。今天是几月几日星期几?对我来说已没有任何意义,我所能感到的只是白天咬着黑夜,黑夜衔接着白天。我所接触的也只有草原,羊群,马和狗。晚上见到的人就是石柱子。这是一种空荡荡的平静,一种单调乏味的安宁。石柱子叫我什么也别再多想,其实到这儿后也就没了什么可以多想的。再说就是再不如意的生活环境只要习惯了也就好了,要是再给你换一个环境你又会感到不习惯。人的生活惯性也是很强的。石柱子的生活程序要比我复杂得多,这一片牧区都归他这个畜牧排长管。谁家的羊丢失啦,谁家的羊群又遭到狼害啦,甚至谁家的女人生孩子啦,谁家同谁家又闹纠纷啦,都会来找他。而他总是很干脆地说,好吧,那我就跟你走一趟。他习惯到现场而不是在家里处理事情,因为这样既容易把事情了解清楚,问题也解决得比较彻底。但这一类事情也不经常出现,况且这些事情也算不上什么大事。所以这儿的生活之河依然是那样的平静与悠然。

夕阳又把草地抹成了一片金色,东边的天空中浮动着几朵紫色的云朵。我回到转场站时,身后山坡上那片黑乎乎的松树林上还留着一抹晚霞,空气又干爽又温暖。我把羊群赶进圈,把马拴好,又在马跟前捧上一捧干草。我走到房前,就突然听到屋里传出大声地喊叫声,这可是很少有的事。石排长!那人在喊着,你们到底懂不懂科学?你们还有没有哪怕一点点的起码的责任心?为了改良我们牧区的细毛羊品种,国家花了几十万元特地从澳大利亚引进了十二只美利奴种公羊,我们也已经花了三年时间在搞这项试验。三年是多少天?一千零九十六天,当然是加闰二月的那一天。

我推门,看到一个瘦高个儿戴着副圆形黑边近视镜的中年人,正感情冲动地举着拳头在喊叫。而石柱子还是很平静地坐在小木墩上抽着莫合烟听着。那人仍在歇斯底里地大喊大叫,有时还要跺上几下脚。我觉得这个人有点神经质,但我听懂了他的话。他指的是我们队上有两家牧民,在他们的自留羊中养了两只大尾巴公羊。因为大尾羊毛虽粗但体格大肉质好,做烤羊肉、手抓羊肉吃起来味道要比别的羊肉香。牧民们的自留羊主要是养着吃的,并不指望剪毛挣钱。但那两家牧工放牧的都是正在杂交改良的细毛羊的基本母羊群。如果大尾公羊与这些母羊交配后,他们辛辛苦苦进行了三年的试验就会毁于一旦。他说,可以毫不夸张地说,他们这样做简直是在犯罪!石排长,他伸直食指点了点石柱子的鼻子,这事发生在你们排的牧工身上,你这个排长的责任心到哪儿去了?如果你不赶在今晚把这两只大尾公羊处理掉,我是决不会离开你这里的!

他说话那么冲,可石柱子仍心平气和地听完他的数落,这才扔掉烟头站

中篇小说

起来说,肖站长,这样吧,现在我跟你一起去走一趟。我估计这两只大尾公羊可能是这两天弄来的,因为三天前我还去过那两个牧工家,其中那个克木尔拜还是我的好朋友。好在母羊现在还都没有到发情期,要到发情期那就晚了,我只好去自杀了!走吧,走吧。石柱子很体谅地拉着他的手臂说,这事是该怨我。那个肖站长依然气呼呼的。我想这人看上去像个知识分子的样子,怎么是这么个"二球"脾气。我很为石柱子抱不平。深夜,石柱子牵着那两只大尾公羊回来了,说明天他就把这两只羊带回队上去处理掉。

从我们门前流过的那条小溪,弯弯曲曲地在茂密的草丛中穿梭,渐渐地变得宽阔起来。水下那花花绿绿的卵石像一只只在蠕动着的贝类。在它与另一条小溪交汇的地方有一片很平坦的开阔地,那儿也有一座小院落,院前绿草如茵,院门口挂着的木牌上用黑油漆写着:科兰农场良种培育试验站。那个火暴脾气瘦高个儿就是这个试验站的站长,叫肖邦国。

那晚石柱子告诉我,肖邦国和他爱人殷红都是农大畜牧系的毕业生。虽说是大学生又有满肚子的学问,但人际关系老是处理不好。分配到农场时两人都在生产科当技术员,可没几天肖邦国就同生产科的科长刘长贵闹开了。殷红又觉得支持丈夫是自己做妻子的责任,而且丈夫出于公心才那样坚持自己的意见的,结果关系弄得越来越紧张。刚开始当然是为工作上的事发生争执,但到后来感情上也弄得很对立。管生产的陈副场长支持刘长贵,肖邦国又去同副场长辩论。不出几个月,两口子在生产科就弄得很孤立。石柱子说,其实刘长贵也不是什么好东西,这个人外表看上去还面善,但骨子里却是个刁钻刻薄的人,气量小,报复心又大。他还有一个最坏的毛病就是好色,在这上面犯过两次错误,党内受警告处分,行政上由科长降到副科长。再说他也跟我一样是个当兵出身的人,在技术上也不太懂,但他还要不懂装懂地乱指挥,所以肖邦国就很看不起他。有一次两人吵得很凶,刘长贵就骂肖邦国是个狗屁大学生。肖邦国说,你以为你是个什么东西,你只不过是一头好色的畜生!刘长贵气得要吐血,气急败坏地吼着说,肖邦国,你等着,我不让你断子绝孙我就不姓刘!显然,两人已无法在一起工作了,场里就把肖邦国弄到试验站来当站长。他倒也很乐意到试验站来,说搞良种培育试验要比在场机关里工作有意义,场机关里都是一些只会溜须拍马看领导眼色行事的庸人!我在这里搞试验,多少也能出点成果,对牧区做点贡献,生命也有了价值。他来试验站时,殷红已经挺着个大肚子。几个月后生了个男孩,由于是七月份生在草原上的,他们就给孩子起了个有点怪的名字,叫茂草。这孩子现在已经3岁多了。不过肖邦国到试验站后仍是满腹牢骚,说领导对试验站的工作不重视啦,给的试验经费太少啦。有一次他对顺路到试验站来看看的陈副场长说,我这可是科研工作呀!细毛羊品种改良出来后,将会给农场带来多大的经济效益,你们当领导的难道连这点道理都不明白?气得陈副场长在背后骂他,怎么农大会培养出这么个二球!还好那时刘长贵又因犯作风上的错误,连党籍也丢了,副科长也给抹了,成了科里的一般工作人员,所以没跟着来。要不,他又会怂恿陈副场长来收拾肖邦国,但石柱子倒还能体谅他,说人的脾性是天生的,上的学再多脾性也还是难改。肖站长的好处是,他在工作上从不马虎,这点就让人服。石柱子叹口气说,个性太强总有一天要吃亏的。

第二天我出去放羊时,石柱子关照我,顺道往试验站拐一下,告诉肖站长那两只大尾公羊他已带回队上处理了,让他放心。要不,下午他又会特地到转场站来查这件事。

六月下旬,鲜花好像在一夜之间就怒放了,密密匝匝地铺满了整个草场。一团团各种颜色的鲜花像彩云一样在草原上飘。尤其是晚上,月色如水,湿润而温暖的风中搅满了浓郁的花香。夜莺在溪边的草原上哀伤地唱着歌,我睡在床上就觉得自己似乎是睡在花海之中。悠悠的花香在鼻前轻轻地缭绕着,在幽静中含着丝丝的甜蜜。六月咬着七月的那几天,整天整天都是浸泡在花香中,蝴蝶和野蜂纷纷扬扬地在花丛中飞着。我赶着羊群去试验站,试验站的院子四周种着一圈白杨树,那油亮的树叶在风中飘抖。肖邦国正牵着马在溪边饮水,他看到我就朝我走来,我把石柱子的话向他传达了,他满意地点点头说这就行,这就行。石排长是个让人信得过的人。这个世道太不公平!让人信服的人当不上领导,能当上领导的又都是一些废物。他气愤地摇摇头,他同我闲聊了几句后又说,你知道吧,把生命投入到事业中的人,他才有可能成为社会的财富,而只想让世上的一切来满足自己私欲的人,他们只能成为社会的垃圾。

我觉得他是个生活在理念中的人。那天下午石柱子从队上回来对我说,姚琪,现在就回吧,克木尔拜今晚请我们去吃手抓羊肉,他想见见你,他说在我手下干活的人也就是他的朋友。草原上的生活是很清苦的。平时我们只喝奶茶和啃玉米饼。虽然四周都是绿茵茵的青草,却很少能吃上蔬菜。每次都是石柱子回队上带回一捆菠菜和韭菜。冬天倒能吃上些洋芋、白菜、萝卜。虽说牧区遍地是牛羊,但平时也很难吃上肉。个把月宰上一只羊吃一顿后,余下的肉就熏成肉干,晒在那儿,到有重要的客人来时才吃。我到草原上来已快两个月了,但还没吃上过一顿肉。手抓羊肉到底是个什么味儿,我来新疆后也只听说过,还没真正尝过。

克木尔拜是个哈萨克族牧工,石柱子说他是他最要好的朋友,情同手足。他的毡房离转场站大约有一公里路程。克木尔拜比石柱子大一岁,他叫石柱子"柱子老弟"后面还要加个"嘛"。柱子老弟嘛!他看到我们老远就迎了上来,他伸出双手握着我的手说,你们汉族兄弟说的嘛,喜鹊叫,亲人到,还有这位小兄弟,欢迎欢迎。他又对我说,柱子老弟说你嘛,从上海来的。上海那地方嘛我听说过,大城市。以后嘛,你就常到我这儿来玩,啊!你要知道,兔子爱草窝,雄鹰爱蓝天,我克木尔拜嘛,最爱交朋友。石柱子笑着对他说,克木尔拜大哥,可那天肖站长为那头大尾公羊的事到你这儿来,你同他吵得差点动刀子。克木尔拜苦笑着摇摇头说,肖站长这个人嘛,咋说呢?二球脾气嘛,说的话嘛太伤人。你要知道,粗暴的责骂是一支射歪了的箭,真诚的规劝才是一把打开门的钥匙。你柱子老弟来一说,我不就让你把公羊牵走了?

我觉得克木尔拜是个爽朗热情风趣的人,让人感到又亲切又可爱。

后来我发觉,无论春夏秋冬,他出门时总戴着一顶尖筒形的羊皮帽子,身上也老裹着一件没面子的皮大衣。在颠簸的马背上,他能把莫合烟卷得像纸烟那么匀称。石柱子说,他卷莫合烟的技术就是跟克木尔拜学的。克木尔拜的爱人叫阿依古丽,年轻时一定很漂亮,但现在腰粗了,眼角上也有了皱纹,可那纯真而坦诚的微笑依然那样灿烂。她一定很爱克木尔拜,因为她看他时那眼神流出的是热烈与温柔,那情感可以融化任何一颗冰冻的心。石柱子告诉我,几年前,怀了孕的阿依古丽在寻找丢失的羊只时流了产,以后就再也没有生育。但克木尔拜爱她爱得更深了。他说像阿依古丽这样的女人,我嘛,爱不够!

石柱子说,克木尔拜还有一副好嗓子,他那浑厚嘹亮的歌声几里外都能听到,晚上吃完饭,他就会唱给我们听。

克木尔拜正在毡房边上收拾一只已经宰好的一岁小羊,他熟练地用刀尖小心地剥着羊皮,不让任何一点脏东西沾到羊肉上。石柱子告诉我,剥好的羊不能用水洗,那样煮出来的羊肉就特别的鲜美。煮羊肉用的又是山上的泉水。毡房前有一口大铁锅,铁锅边上垒着一个圆筒形的馕坑,阿依古丽正揉着面在烤馕。那烤馕与煮羊肉的香味糅和在一起,在毡房的四周弥漫飘散。在那个食物匮乏人人都饥肠辘辘的年月里,我感到人的幸福与生命似乎全融化在这香气中了。为了能得到这样的美食,简直可以为此去献身……

四周的一切开始静悄悄地沉浸在一片灰色的昏暗中了。升起来的月色显得深邃而柔情。花香拂在寂静的草原上,钻进草丛中的百灵还在唧唧叽叽地叫着,蚱蜢在草茎上做了最后的几下蹦跳。毡房前架了堆篝火,我从来还没吃过喝过如此鲜美的羊肉和如此烈性的酒,满肚子的羊肉和酒在肚子里搅和着让人感到特别的刺激和过瘾。

空旷而寂寞的草原已经沉睡了。繁星从我们头顶上散开射向四面八方,神秘兮兮地眨着明亮的眼睛。石柱子和克木尔拜喝完了第三瓶酒。石柱子说克木尔拜大哥,唱一个吧。克木尔拜眯着醉眼,那有力的手指弹出的冬不拉琴声的颤音同天上的繁星一样,射向那黑沉沉的草原。歌声从克木尔拜的嗓子里飞出,就像一只雄鹰窜向天空。那浓重的哈萨克民歌的旋律是那样的广阔和深沉,还带着人类活在这世上所普遍具有的那份忧伤。我没听懂他在唱什么,只感到他唱时的那份激情就像大海上激扬起的浪花在飞溅,在奔腾。其实他是在叙述着一个感人而忧伤的故事。石柱子五十年代就到草原上来了,在长期同哈萨克牧民打交道中,他也学会了哈萨克语。他告诉我说,克木尔拜讲的是个古老的故事,说很久很久以前有个哈萨克牧民在草原上放牧着羊群。从年轻时起,他每到一个地方就要种上一片林,打上一口井,盖上一间房,为其他牧民留下一个可以幸福生活的场所。他几年换一个地方,几年换一个地方,于是草原上就有了一片片树林,一口又一口喷着清泉的水井,一间又一间能抵御风寒的住房。他老了,八十多岁了,白胡子长得可以拖到地上,但他依然种着树,打着井,盖着房。有一天他在打井,可打着打着就睡死在井里了,从此再也没有起来。他的精神感动了上天,上天让那口井也喷出了清甜的泉水,永远永远地滋润着这片辽阔肥沃的草原……

　　石柱子说,离这儿十几公里远的地方就有一口山泉,这儿的人都把它叫老人泉,因为那泉水就像一个老人站在山上用嘴吐出来似的。克木尔拜讲的就是这个老人泉的故事,当时这个故事深深地撩动着我那颗孤寂而压抑的心。多少年来,我还没有过过这样一个满含着人情味的让人感到身心自由的温馨的夜晚。

　　红绸带似的篝火飘抖着撒出许多火星,似乎朝那布满星星的天空飘去。我望着那火焰,心头也感到热热的。我在想,如果生活每晚都能像今天那样,那该有多好啊!

三

　　望不到边的鲜花在风中摇曳着。虽是同一种颜色的花朵,但在阳光下却能摇出不同的色彩,也摇出了许多梦一般的幻觉。那时青草的绿色退位给了鲜花,仅仅只是起着陪衬的作用。这是个让人心醉的世界,我的心在单调与乏味中变得宁静,变得纯朴。克木尔拜唱的那个老人泉离我们这儿太远,但老人泉形成的那个小溪却流过一个叫五棵树的地方。那儿是个大慢坡,草又长又密几乎不透风。坡中间还有一小片原始沙枣林。我在无聊中数过那些沙枣树,不是五棵,而是四十八棵,是不是最早的时候是五棵,所以这儿才叫五棵树的呢？我问石柱子和克木尔拜,石柱子说他也说不清楚。可克木尔拜却有他的解释。他说,很早很早以前嘛,五棵,后来老人泉嘛,把它们变成了五十棵,十倍。我说是四十八棵。可他一笑说,还有两棵小的嘛,还没长出来!

沙枣林在草原上投下了很大一圈阴影。中午时,我吃上点干粮后就在树荫下睡上个午觉。肚子吃得圆鼓鼓的羊只也卧在树荫下歇息。就在这儿,我第一次遇见了石柱子的女儿梅子。

那天,我正坐在树荫下准备吃午饭,就看到大黑和大黄从我身边突然激动地站起来,像拨浪鼓一样地摇摆着毛茸茸的尾巴朝坡下看着。我看到坡下有一个人影冒了上来,大黑和大黄就兴高采烈地汪汪地叫着朝那人奔去。那是个姑娘,两只牧羊狗在她身边亲热地磨蹭着。她走上来后惊奇地看着我说,我爸呢？我想她就是石柱子的女儿梅子了。她虽只有十四岁,但却发育得像个十五六岁的姑娘了,隆起的胸部已显得有些丰满。瓜子脸,大眼睛,高鼻梁,剪过的短发似乎有些自然卷,那眉宇间既透出一种野性又蕴含着几分娴雅。她穿着一身军装,光洁的额头上渗满了汗珠。她的个儿同我差不多高了。我想,大约草原上的姑娘奶茶和肉吃得多,所以才发育得这么快。她问我,你是谁,怎么放牧着我爸的羊？我简短地回答了她。她也不再多问,说你带干粮了吗？我饿坏了。我点点头。她说能不能给我点儿吃。我赶忙把水壶和干粮递给她,她毫不客气地大口吃起来。她说,你不知道,我找我爸有急事。学校里有人说,石柱子不是我的亲爸爸,我的亲爸爸是个右派,叫周益民,因此我也属于"黑五类",没有资格参加红卫兵,昨天他们把我的红卫兵袖章也收走了。我得问问我爸爸这到底是怎么回事？所以我一清早就离开学校往这儿赶了。她忧郁地含着泪说,这该死的"成分论"! 我很同情地看看她,但又想,石柱子不是她的亲父亲,这又是怎么回事？她吃好东西就匆匆骑上我的马说,我先给你送点吃的来,再去找我爸。她马骑得非常熟练,而且姿势很优美。草原上的孩子,三四岁就能把马骑得顺溜溜的。果然,不多一会儿她就给我送来了几块玉米饼和一壶水。她说她爸不在转场站,她今天一定得找到他。

中篇小说

  太阳西斜,我赶着羊群往回走。我看到石柱子和梅子骑着马朝我走来。石柱子说,姚琪,我要陪梅子到学校走一趟,今晚不回来了。你晚上睡觉时多提点神,别让狼把羊叼了。他们一夹马肚,马便一溜小跑地下了坡,消失在夕阳下的一片花海中。不知什么缘故,这时我又突然想到我那该死的出身,想到自己那一系列不幸的遭遇,我想今生今世我大概是没有出头的日子了。石柱子虽然待我不错,但他也无法改变我的命运。这时我又感到一种说不出的绝望与压抑。四下里除了青草和鲜花外,什么人也没有。我猛地举起双臂朝天空朝草原大喊了几声:"吆喝——呵——呵——呵——哦——我的天啊——"接着又狠狠地甩了几个响鞭。羊群以为我是在朝它们发怒,轰地一下朝前狂奔起来,弄得两条牧羊狗也紧张地狂叫着,飞快地去追逐跑散的羊只。鲜花便一片一片地歪倒在地上,那些蝗虫也惊慌地闪着红红的翅膀一团团地从草丛中飞起。一时间,我竟在自己周围搅出了一个惊慌失措的世界。我一个人发疯,我所管的那群羊也跟着发疯了……
  第二天中午我仍在五棵树的那片沙枣林下,石柱子骑着马,牵着我的那匹栗色马从农场回来了。我用询问的眼光看着他,但他平平淡淡地说梅子的事情解决了。给你马,好好放你的羊,啊。他不愿给我多说什么,但他脸上的表情这时却有些让人捉摸不透。人可以选择生活,但人也逃脱不了生活对他的选择。我想无论是谁身上大概都有一些不愿让人提起的事。
  人与人相处久了,就会产生感情。人对环境也是这样,住久了,哪怕那环境再艰难你也会对它产生出一种依恋。岁月如梭,习惯了的生活似乎一天比一天过得快,一瞬间的工夫,悄悄爬上来的秋天就把草原慢慢地催黄了。一场苦霜把晚开的花朵全都打得软塌塌地凄凉地歪在草丛中。黄色一天比一天更多地吞食着草原上的绿色。自然界在变,唯一不变的是草原上那种特有的宁静与沉寂。但我从报纸上看到,外面的世界已是一口燃烧并且还在拼命地加猛火使水沸腾朝四下飞溅着的锅。炮轰司令部啦、批斗走资派啦、搞红海洋啦,一批批的红卫兵涌向北京朝圣去见毛主席啦,那掀得越来越强烈的风暴终于也到草原上来舔了一下。那舔的结果是农场造反司令部的刘长贵司令带着几个人把肖邦国夫妇抓到场部关进了牛棚,理由是肖邦国夫妇长期以来就散布对社会主义的不满言论。石柱子赶忙去场部打听有关消息,回来后阴沉着脸说,他们挨打了。

一场大雪使草原上的气温骤然降了下来。牧民们开始收拾毡房,陆陆续续地赶着畜群返回农场了。我们也在房里架起了火,把夏秋割下的干草垛又收拾了一下。冬天,羊群虽然也赶出去放牧,但它们用前蹄刨开积雪能吃到的也只是可怜兮兮的几根枯草。晚上得用干草喂它们,要不抵御不了冬天那份刺骨的寒冷。

初雪下后的第二天深夜,屋外寒风依然在呜呜地叫着,我们突然听到有人在急促地敲着门,并且喊着:"石排长,快开开门,我是肖邦国。"这时空中又飘下了零零星星的雪花。石柱子打开门,肖邦国抱着茂草闪了进来,门外还有一小群羊在不安地叫着。肖邦国已经不像人样了,眼窝深陷颧骨高耸,无肉的两腮皮贴着骨头。额头上脸上脖子上都可以看到一条条青紫色的伤痕,断了一根的眼镜腿是用一根烂布条圈在耳朵上的。他一进屋就说,石排长,有吃的吗?给我一点吃的。石柱子给他拿了块饼子,倒了碗茶水。他狼吞虎咽地吃着喝着说,石排长,我今天从牛棚里逃出来找你,不为别的,只为两件事。第一件事就是外面那十二只美利奴种公羊。刘长贵他们批判我时说,我把那些种公羊从澳大利业弄到这儿来搞试验是为了在草原上复辟资本主义。因为澳大利亚是资本主义国家。他忿忿然地用中指把滑到鼻尖上的眼镜往鼻梁上推了推说,现在世上的奇事全都出在我们中国了,连种公羊都能复辟资本主义,真是滑天下之大稽!可刘长贵这些人却要到试验站来采取革命行动,把这些种公羊都杀掉,让我没法再复辟资本主义,天呐,那是国家花几十万元买来的呀。而我们改良细毛羊的工作也只进行到了一半。他们真要来弄死这些种公羊,那损失就太大了。我这才逃出来,目的就是把这些种公羊交到你手里。我想,只有你会保护好这些种公羊。说着他眼里闪着泪花,你看行吗?石柱子一点头说,行,就交给我吧。另外,我还有件私事要求你,就是我儿子茂草,我和殷红的命运是凶多吉少。如果你觉得可以把茂草也留下,我就放在你这儿,要是你怕担风险,我这就把他再抱回去。石柱子没有马上回答,抖着手指卷着莫合烟。屋里的空气顿时沉闷得像凝固住了一样。石柱子想了想说,肖站长,你这次逃出来准备上哪儿?肖邦国说,我还回我的牛棚。我没有做什么错事,我干吗要逃走?我要逃走那就等于承认我自己有错有罪了,叫作畏罪潜逃。我不是那种软骨头!我要用我的生命来证明我的清白!我这次出来,一是为羊,那是国家的财产;二是为儿子,他不该为我们也要送命!石柱子眼睛闪了一下,喷出一口烟说,茂草也留在我这儿吧,如果发生别的意外,我再想办法吧。肖邦国凄婉地一笑说,石排长,我庆幸我没看错人。石柱子对我说,姚琪,去煮上几条熏羊肉,我和肖站长一起喝上几口酒。

那晚,肖邦国没吃什么肉,却喝了很多酒。快到黎明时,他在睡熟的儿子脸上亲了一下,就告辞要回去。石柱子说,姚琪,你送送肖站长,让他骑我的马。

天还很黑。我们骑着马默默地往坡下走,马蹄踩着薄薄的积雪和松松的枯草在喳喳地响。走了好长一段路后他说,姚琪:你就待在石排长那儿,哪儿也别去,我的话你懂了吗?我点点头。这时东方已透出一抹橘黄色的光带。他挺直着腰板凝视着远方,那憔悴干瘦的脸上却露出一副大义凛然、视死如归的神采。他跳下马说,你不要再送了,回去后,再代我谢谢石排长。姚琪,我这一去说不定就回不来了。要是方便,你也帮着照看一下茂草。我希望他能活下来。另外,我还要送你一句话。他那干枯的手拍在我肩上,那力量却有千斤重。他庄严地说,人活在世上,就要活得堂堂正正的,脖子不要软,腰不要弯,灵魂不要下跪!

他挺着胸往农场方向走去。我多么想再送他一程啊。这时我感到他不是一个什么"二球"脾气的人,而是一个挺直腰杆为自己的理念活着的人。那天,他对我心灵的触动是巨大的。那时我才感到,人也可以像他这样活着。

十几天后传来的消息是,肖邦国和殷红作为现行反革命分子分别被判了十六年和十四年徒刑,已被押往天山深处的一个劳改农场。

草原年年都是那个老样子,春绿、夏艳、秋黄、冬白,千百年来都是那样演绎着自己。而那时的人世间却在演绎着千百年来都未曾演绎过的荒谬、残暴与混乱。更可悲的是那时竟把残忍演绎成一种荣耀,把荒谬演绎成真理。现在的年轻人听到那个"史无前例"期间发生的一些事都不会相信,都感到无法理解,可那些事却确确实实发生过并且已永远也无法抹掉了。肖邦国走后的第三天,天晴了,阳光似乎还带着秋时的那点儿热量,积雪融化出一片亮晶晶的水光。下雪前还带点绿色的青草也在一夜间变黑了,同枯草混在一起软绵绵地蔫在地上。一群群麻雀聚在一起啄吃着散落在地上的草籽。我把羊群赶过去,麻雀轰地一阵飞起,又在不远处降落。它们这种优哉游哉的生活真让人羡慕。那时我又想到了肖邦国,想到了他那不肯下跪的灵魂。他活得比我惨,但他却活得比我自信。我凝视着被初雪摧残的一片狼藉的草原想,他是个令人敬服的人。

石柱子关照我说,入冬了,羊群不要赶得太远,回家也不要太晚。草原上冬季的天气变化无常,暴风雪是说来就来。这时的白天已非常的短暂。下午四点多钟太阳就缩着脑袋往山下钻了,而寒风也随着昏暗下来的天空呜呜地呼叫起来。我赶着羊群回家。没想到刘长贵仍不肯放过那十二只美利奴种公羊和肖邦国的儿子茂草。

院门口拴着几匹马。有一个二十刚出点头的小伙子同几个戴着红袖章的中学生围着石柱子在辩论着什么。那小伙子眼睛有些呆滞,尖下巴,瘦高个儿。后来我才知道他是刘长贵的侄子刘宏水,是个智商有些低下的人。刘宏水双手叉着腰装出一副盛气凌人的样子说,刘司令命令我们一定要把那些种公羊带回场部去。石柱子说,这为什么?刘宏水说,为了彻底消灭肖邦国妄想复辟资本主义的工具。石柱子说,这是些羊不是人,它们怎么复辟资本主义?有一个学生说,你这话不对,羊也是有阶级性的。世界上凡是存在的东西都有阶级性!石柱子想了想说,你说得对,但我想,在这世界上无产阶级是大多数,资产阶级是一小撮对吧?学生说,对!石柱子说,那好,既然你们说这些羊也有阶级性,那无产阶级羊应该是大多数,资产阶级羊也只有一小撮,这不会有错吧?现在你们就来认一下,哪些羊是无产阶级的哪些羊是资产阶级的,你们把一小撮带走,其他的就给我留下,这总行了吧。你们要消灭无产阶级的羊,我这个共产党员是坚决不答应的,我要用生命来保护它们！我想你们今天不是来造无产阶级的反的吧？刘宏水和几个学生面面相觑,不知说什么好。刘宏水就说,那你把肖邦国的儿子交出来！石柱子说,肖邦国的儿子不在我这儿,刚才你们不是搜过一遍了吗？不信你们再找找。这时石柱子悄悄地朝我使了个眼色,我也暗暗地朝大黑和大黄打了个手势。大黑和大黄弓了弓身子瞪起一对凶残的绿眼,朝他们狂吠起来。吓得那几个学生脸都白了。他们慌慌张张地爬上马,刘宏水手足无措地爬到自己马上喊,石柱子,世上没有无缘无故的爱,也没有无缘无故的恨,你要把肖邦国的儿子藏起来,没你的好果子吃！两条牧羊狗愤怒地朝他们冲去,他们赶忙策马一溜烟地跑了。而这时石柱子的脸却显得很阴沉。他说,肖邦国把这些种公羊看成是自己的命根子,刘长贵想把这些羊弄回去收拾掉,就等于又在肖邦国的心上戳上几刀。这家伙的心,也太毒了！为了报复人什么手段都会去使！狗娘养的东西！也算是个人？

四

晚上,克木尔拜抱着茂草来我们这儿。石柱子又让我煮了些熏羊肉,同克木尔拜对坐在小桌前喝酒。那天石柱子的脸一直很阴沉,他心事重重地说,把严肃的革命弄得像耍猴一样这太可怕了。他俩喝了一阵酒后,石柱子说,克木尔拜老哥,有一件事我还得求你帮我啊。克木尔拜说,我们是兄弟嘛,有话嘛你就直说,芦苇秆虽有两头,但中间是通的嘛。石柱子说,克木尔拜老哥,我想请你把茂草收养下来,而不是像昨天说的那样,暂时在你这儿住几天。克木尔拜立马摇着手说,这个事情嘛我不能干,肖站长嘛遭了难,我趁机把他的儿子留下来嘛,不行,我克木尔拜怎么能干这样的事？石柱子说,克木尔拜老哥,你听我说,眼下这形势,茂草在我这儿非常不安全。你想,我收养了梅子,你知道她父亲是个右派,现在我又把试验站的那些种公羊留下了。这些我还能挡得住。但我再留下茂草,他们就会说我是牛鬼蛇神的保护伞。我同刘长贵的关系你也知道,他恨我也恨得咬牙切齿的,现在他在农场又成了一个呼风唤雨的人物。我要出了事,梅子怎么办？那些种公羊怎么办？茂草又怎么办？还有这个上海鸭子出身也不好，又有人告他偷听过敌台，他又该怎么办？这事我前思后想，只能求你克木尔拜老哥帮我一把。克木尔拜猛喝了一口酒说，你这话嘛，我明白了。你这忙我不帮，我克木尔拜嘛成什么人了？茂草这孩子我养下，肖站长嘛也是条汉子！

两天后，克木尔拜带着茂草赶着羊群收拾好毡房也回农场过冬去了。而石柱子那晚说的那些话，一直暖在我的心窝里。

突然沉寂下来的初冬的草原显得越发的阴冷与凄凉。乌鸦在天空中咕噪着，你追我赶地消失在灰蒙蒙的地平线上。现在在积雪的草原上放牧着羊群的几乎只有我一个人了，使我想起在茫茫积雪中放牧着羊群的苏武。那时他又会是个什么样的心境呢？没有让肖邦国断子绝孙，刘长贵还是不甘心。后来我们听说，刘长贵在整治肖邦国时，肖邦国把那带着血丝的唾沫啐了他一脸，把刘长贵骂了个狗血喷头，说你这头畜生只会干这种畜生的勾当你还会干点什么？刘长贵没法咽下这口气，又派刘宏水带着那几个学生来转场站搜了一次，没有找到茂草就到草原上来找我。他们围着我，要我老实交代石柱子到底把肖邦国那狗崽子藏在哪儿了？我昂着头理也没理他们，又偷偷地对大黑和大黄做了个手势。那两只牧羊狗一接到命令就凶狠地跳起来，朝他们扑去。刘宏水也是个脓包，那几个学生更不用说，看到那两只龇牙咧嘴双眼射着凶光冲跳着要咬他们的牧羊狗，又吓得立马拨转马头逃跑了。看到他们逃跑时的那副狼狈相，我突然笑了，我觉得自己好长时间没有这样笑一下了。因为我那时知道了，人还可以有另一种活法。

一场刮了几天几夜的暴风雪把整个草原蹂躏得只剩下一片茫茫的白色。五棵树那儿的几十株沙枣树上那些光秃秃的枝条也被刮得七零八落地飘抖在树干上。大雪封住了草原，农场里的人大概暂时也忘记了石柱子和我的存在。梅子到口里搞什么大串联去了。白天我把羊群赶出圈，就在附近放牧，一入冬狼群就会经常在羊群周围出没，因此我不敢离家太远。石柱子就在家，精心地饲养那十二只种公羊。夏秋两季割下的干草也足够牲口过冬用的了。晚上，我们在炉子旁的马灯下，翻看那些不知看了多少遍的旧报纸，报纸翻腻了就聊天。半年多来，我已习惯了石柱子给我安排的一切，而他的"一切"也只是让我放好那群羊,别的什么也不用我管。就是身边发生了什么事,我也只看他的眼色行事,因为我已全身心地感到他在尽着他的全力保护我。他对我的少言寡语也表示出一种无奈的心酸的赞同。虽然这样带给我们的是更多的孤寂与乏味。

有一天晚上,他喝了半瓶酒,马灯投射出黄幽幽的光亮拂着他那红彤彤的脸。烧红了的火墙把炉子里的火抽得轰轰直响。他抱怨着说梅子出去这么长时间,怎么连封信都没有?他叹了口气,又喝光了剩下的半瓶酒,他眯着醉眼借着酒兴,给我讲了有关他,梅子的妈妈,梅子和她父亲的故事。

石柱子说,最开始时,我们家并不是雇农。祖上甚至还当过一任知县大老爷。我出生时,家境还算富裕,五岁以后我还上了三年的私塾。我八岁那年,家乡发了大水,我们家地淹了,房毁了。那年洪水大,我们家又地处洼塘,水几年都没退,成了一片湖泊。我父亲只好领着我们远走他乡,到一个远房亲戚家当长工,这样我们家就成了雇农。我十六岁那年,也就是你这个年纪,解放军路过我们家乡,我那已六十开外的父亲让我去参军。他说虽说好男不当兵,但当兵有时也会闯出自己的一个天地,总比在别人鼻息下混饭吃强。就这样我走南闯北,在枪林弹雨中熬过了几年,负过伤,也立过功。一九五〇年我随部队进了新疆。一九五三年部队转业搞生产,我们连队接管了这个当时还很小的牧场。第二年,牧场从山东接来了一批女同志,全场热闹了好些日子。那时牧场的生产已走上了正轨。有一天连长派通讯员来叫我,对我说,要让我到离场部有几十里地的转场站当站长,问我有啥意见?我能有啥意见?自从参军以来,一切都是服从命令听指挥,早已习惯了,要让我不服从命令倒反而不习惯了。连长说,那好,有这态度就是个好干部。不过石班长,现在可只有你一个人去,等以后人手多了,我再给你派个助手去。连长想了想又突然微笑了一下问,石班长,最近你对上象没?如果你要看上谁了,也行,我去给你做说服教育工作,她要愿意跟你去,那你个人问题解决了,我也不用再给你派人了。当时我连连摇着头说,没!

连长又说,也没女同志看上你的?像你这样英俊,又有文化,又是个班长,共产党员,三等功臣,为人也厚道,难道那些个女同志都没长眼睛?连一个对你有意思的都没？我想了想又一摇头说,没！连长很惋惜地叹口气说,那你回去收拾收拾,过两天我让老尤赶上马车送你去,再给你配上两匹马。我一点头说,好,要不,我明天就出发吧。但我又装出漫不经心的样子说,连长,我去转场站是刘长贵排长向你建议的吧？连长说,对,这中间有啥问题吗？我又一摇头说,没。

其实,当连长一给我提这件事时,我立马就感到这中间刘长贵在搞鬼。我是在连长跟前说了谎。不是没女同志看上我,而是有好几个,其中有一个长得最漂亮的叫彩花姑娘的还紧追着我不放。我呢,也很喜欢她。但我身上有伤,我怕结婚后成不了一个真正的男人,耽误了人家。女人长得漂亮自然追求的人也多,刘长贵也是追她追得最痴心最热烈的一个。可当他发觉彩花看上我了后,就想方设法要把我弄走。当然,让我去转场站工作我没意见,但他为了达到个人的目的耍这样的手腕,让我反感！我从连长那儿出来,就径直去找他。我指着他的鼻尖说,刘长贵,明天我就去转场站,但你的心机我清楚,你那弯弯肠子别打了结拉不出屎来！说得他一脸的尴尬。

第二天,老尤赶着一辆叫六根棍的老式马车来接我说,石班长,去转场站有几十里地,咱们早点上路吧。我把行李撂到车上,发现车上已装了不少东西,铁锹、坎土曼、大镰刀、铁锅、面粉、清油,还有一坛咸菜。这些东西挤满了半个车,似乎是要到那儿去成个家了。我疑惑地看看老尤,老尤噘着嘴朝后努了努。我看到连长领着也提着行李的彩花朝我们走来。连长说,石班长,你把彩花带上,以后我不再给你派人了。你他妈昨天没跟我说实话。我惊愕地看看连长又看看彩花,彩花那双亮眼睛热辣辣地看着我,那眼神似乎在对我说,石班长,我跟定你了,连长,也支持我呢！我感到很为难,刚张口想说什么,连长就用斩钉截铁的口气说,石班长,你什么也不用说了,把她带上,这是命令！结婚证过几天我派人送去！那儿很荒凉,让你一个人长期待在那儿,我这个当领导的咋放得下心？你俩的情况彩花同我讲了,她又这么坚决愿意跟你去,你还有啥好挑剔的？我看你俩就是天生的一对！老尤,上路吧！

那辆六根棍马车有着四个木轱辘,外面围着一圈鼓着一个个半球型疙瘩的铁箍,一走起来便吱吱扭扭地乱叫,好像随时随地就会咔凛一下散架子似的。老尤连甩了几个响鞭,连长笑容可掬地朝我们挥挥手。到离场部二百多米的地方,我们看到路上站着个人。我们没看清他的脸,但我和彩花都感觉到那是刘长贵,而且还感觉到了他那两道痛苦和仇恨的目光。他对我和彩花就这样结下了怨恨。

当车上了坡,走进阳光明媚的草原时,彩花就用很坚决的语气对我说,石班长,今天你要不让我跟你来,明天我就背着行李走着来!我说,这为啥?她说,为的是我这颗心!还为那个我看不上眼的刘长贵!他追我那个死皮赖脸的样子,让我感到恶心。他想把你弄到转场站去就可以断了我对你的那份情,他那是白费心思!我偏要跟着你来,倒是让他断了对我的那份心!这个人,别看他是个排长,可他心术不正,我就看不上!我说你说他心术不正可要有根据。她说,女人的感觉就是根据。我从你的眼睛里就感到,你也喜欢我!

老尤回过头来说,像你这样的姑娘,谁不喜欢!

转场站已经荒芜好些年了,一切都是破破烂烂的,用干打垒筑起的两间房子都塌了顶,围墙也都是一个个豁口。我们走进没门的房子,里面的麻雀乱成一团,噼噼啪啪地从屋里往外窜。第二天一早老尤走后,我才感到彩花同我一起来有多么的重要!她能干、热情、倔强,又有心机。我们割草、砍树、泡泥、架屋顶、抹墙、堵豁口,今天干什么明天再干什么,她都安排得妥妥帖帖,没几天工夫就把这儿收拾得整整齐齐、利利索索的了。

在我们来的路上我就想,既然她那么死心塌地地要跟着我,那也是我的福分。况且我打心眼里也喜欢她。在我没接触女人时,我只是自我感到那次受的伤大概在这方面不行了,可真要接触了女人会不会就行了呢?有一天晚上,我们睡在一起,我激动得不得了,当我抚摸着她那滑溜溜的身子,我感到晕晕乎乎的,觉得能做成事了,可当我真正去做的时候却怎么也做不成。一连几个晚上都是这样。我感到很对不住她。可她却安慰我说,别急,以后会好的,就是真不行了,我也跟着你,反正我已是你的人了!

两年来我们在转场站生活的蛮安逸。我们也放着一群羊,养了一头奶牛,喂了一群鸡,日子过得很舒心。可我俩还是感到生活中缺少点什么,而且还缺得很深。那两年牧场畜牧业也发展得很快。过去羊群是搞自然繁殖,公羊母羊混在一起放。但这样羊群的繁殖率不高,品种也不好。那一年,就在现在试验站的那个地方建起了一个配种站,养了一群健壮的种公羊。每年入冬前,牧民们,就把发情的母羊赶到配种站去配种。俗话说,母羊好,好一只;公羊好,好一坡。那时负责配种工作的畜牧技术员叫周益民,是个中专生,长得非常英俊,大眼睛、高鼻梁、卷头发。他是陕西人,人很耿直也活泼,还爱亮着嗓子唱上几句"花儿"。那年冬天,彩花赶着我们放的那群母羊去配种站配种,两人就一见钟情了,但只是埋在心底,在行动上没表现出什么来。第二年初春羊羔呱呱落地了,而且产的大多都是双羔,我和彩花都没有接羔经验,她就去把周益民请了来,教我们怎么接羔。那时牧场已让我当这一片牧区的畜牧排排长,我得骑着马去牧民的毡房看他们羊群的产羔情况,留下他俩整天厮磨在一起,感情就更深了。

春风一吹,草原一天就换一个样子。没几天,积雪就看不到了,那碧绿的青草就密匝匝地铺满了大地,那些一碰着春风就开花的矢车菊张开了黄艳艳的脸迎着阳光在风中不时地摇摆着脑袋。这以后,彩花总是早早地起来,匆匆地把院子收拾好,就赶着羊群去了草原,黄昏时才披着夕阳回来。那些日子她的脸红扑扑地满含着光彩,眼睛也是水灵灵的储蕴着幸福。我以为那是春天的草原养人……

六月的一天,太阳刚刚西斜,彩花就赶着羊群回来了。一大片乌云带来了一阵绵绵细雨,鲜花和草叶上滚满了水珠。她回来时一脸的惶恐与茫然。我问她怎么了,她什么也不说,只是眼泪汪汪地看着我。我说你到底发生什么事了,就是天塌下来你也该告诉我。晚上吃饭时她扑在我身上哭了,说她怀孕了……我当时就猛然间明白了一切,也不再问她什么,但心里却感到痛苦。我默默地卷着莫合烟。她说,你不要怪他,也不要去为难他,一切都是我先主动,你要恨就恨我,打我骂我杀了我都行!

云雨布满了草原的上空,雨哗哗地下了一夜。我知道这事我也有责任。人家是个正常人,需要有这方面的生活,可我不能给她。但那一夜我还是睡不着,一想到这事心就绞得痛。第二天一早雨就停了,我骑着马在草原上狂奔,不时地朝着天空狂喊,把嗓子都喊得嘶哑了,喉头不时地涌出一股血腥味。我就躺在草丛中左思右想,不知该怎样了结这件事。天快黑了,空中又飘下密密麻麻的雨丝,草原变成雾蒙蒙的一片。她站在院门口泡在雨水里,她在等我。我心疼地拉着她的手说,彩花,明天咱俩去场部办离婚手续,是我坑了你,你该跟着他……

就这样,她同周益民结了婚,几个月后就生下了梅子。但梅子生下刚两岁,一场灾难就把他们那个家庭毁了。那是一九五七年的冬天,一场寒流过后,刘长贵突然带着两个人来到我这儿。他问我,周益民是不是逃到你这儿来了?我说,没呀!怎么啦?他说,场党委已经把周益民定为反党反社会主义的右派分子,你难道不知道?我当时心就咯噔了一下,心想他是个坏人?说实话,那时我还很单纯,以为既然场党委把他定了右派,那他肯定不是个好东西。刘长贵说,前两天他从场部警卫室里逃出来了,场党委要求立即把他抓回去。我们看到有一串脚印窜到你这儿来了。他说,石排长,你要是还有党性的话,就应该协助我们把他抓回去。当时我立马一拍大腿说,行,我跟你们一起去!

积雪上留下了很明显的脚印,那脚印围着转场站转了两圈。他大概是想到我这儿来,但不知为什么却没有敢进门。我们沿着脚印向山里追。我的马跑得快,跑出十几里地后我就看到有个人影在山沟那边吃力地往上爬着。我追到那人跟前果然是周益民。他回过头来看我时那乞求的眼神显得又恐慌又可怜。但那时我跳下马竟会狠狠地甩了他一巴掌,把他摞倒在雪地上。已追上来的刘长贵他们猛扑上去,把他五花大绑地捆了起来。他鼻子和嘴角上流着殷红的血,滴滴答答地落在洁白的雪地上,很刺眼。我那一巴掌打得不轻。这是我一生中做得最让我懊悔的一件事。因为我这一巴掌不只是因为他是右派,更多的倒是为了彩花。我不该这么忌恨他。世上有些事情就这么公公私私地缠在一起让人很难弄清楚。

周益民抓回去后当天晚上就上吊自杀了。彩花听到这个消息也因为心脏病突发,一命呜呼了。后来我还知道,周益民关到场部警卫室时,彩花去看他,好色的刘长贵又去纠缠过她,彩花恼怒地狠狠地甩了他一巴掌,怪不得抓周益民的这件事他会这么积极。一年多后我听说了周益民反党反社会主义的一些言行,那是什么事呀,只不过是说了两句对领导不满的话。为这件事我非常恼恨我自己。当然,梅子也只好由我来抚养,因为彩花毕竟做过我妻子,从时间上来说,梅子倒应该是我的孩子。人哪,不能去干那些丧尽天良的事,你要干了,别看眼下还可以红火,可以后总有一天会让叫你遗臭万年的。人活在世上要积德。我不信佛,但我信这话。

石柱子讲完这故事后,眯着含泪的眼睛又深深地吸了口烟,然后把烟气长长地吐了出来,仿佛吐出的是一番深深的忏悔。他说,这世界不该是这个样子,当初我参加革命时……他没再说下去,但我隐隐约约地感到他想要说的是什么。

五

也许,历史要拉开一段距离后再回过头来看,会看得更清晰,也能思考和体味出一些更深切的东西。那时,不是所有的人都在那儿随波逐流混混沌沌地过日子的,他们内心一直有着自己的做人准则。在荒僻的草原上,他们的精神世界没有受到更多的反人性的东西的污染,运动也没有更多地冲击他们,他们依然保持着他们那纯朴的心灵。正是这些美好的东西在不断地哺育着我的心灵,因此在那段苦不堪言的岁月中,我反而活得越来越坚强,越来越自信,再黑暗的天际有时也能看到星星那明亮的闪烁。人总是处在苦难与光明之间,就看自己怎么去感觉它。

春节那天,克木尔拜来给我们拜年。给我们带来一只羊、一条牛腿和一小布袋馕。他很气愤地对石柱子说,刘长贵这条毒狼还是不肯放过肖邦国的儿子,几次想把茂草从我身边弄走。他说,我嘛,不怕,我同阿依古丽说,我们嘛,就把茂草当我们正式的儿子,看他刘长贵能把我克木尔拜嘛怎么样!柱子老弟,你看呢,行不行?石柱子说,这有什么不行的。克木尔拜说,鹰嘛有巢,兔嘛有窟,人嘛总该有个家,我嘛,决不会把茂草交给刘长贵这条

中篇小说

恶狼！石柱子说，克木尔拜大哥，我代表肖站长谢谢你。那天，他俩又喝了很多酒，好像要用酒来浇灭那心中的愤怒与烦恼。

草原又开始了新的一轮轮回。青草又从积雪还没融尽的土地中钻出了嫩黄的芽芽，迎着还带着寒气但已经很柔顺的春风在瑟瑟地抖着，仅仅几天工夫，风就变得温暖而湿润了。百灵、云雀、黄鹂、麻雀在草原上空飞蹿，甩下一串串悦耳的歌声。羊群又一群接着一群地赶进了草原。空旷而起伏着的草原上，那星星点点的毡房上又飘悠着袅袅的炊烟。不管外面的世界再怎么折腾，可草原上的人们仿佛把放牧生活看成是自己的一切，他们能自得其乐，就因为他们与世无争。人的欲望太多太高就会活得太苦太累。

茂草五岁了，克木尔拜决定给他按哈萨克的习俗举行"割礼"，并且正式收为自己的儿子。那天一清早，克木尔拜抱着茂草首先到我们转场站，邀请我们去参加茂草的"割礼"仪式。石柱子也按哈萨克族的风俗拿出一条红布条别在茂草身上，以示祝愿。按哈萨克族的风俗，孩子受割礼是件大喜事。克木尔拜迎着和煦的阳光带着孩子去邀请客人，被邀请的人也都在孩子身上别上一块布条。当喜气洋洋的茂草回来时，花花绿绿的布条别满了他的全身。他觉得这一切又新奇又有趣。

牧民们很快都骑着马聚到了克木尔拜的毡房前。克木尔拜宰了两只羊，阿依古丽也烤了一摞新馕。马在嘶鸣，羊群在欢叫，狗在相互追逐，清静的草原突然变得热闹起来。

据克木尔拜说，去年入冬他们回到农场后，那些日子过得非常灰暗，天天学习开会，批斗会一个接一个，那些被折磨得鼻青脸肿的"牛鬼蛇神"在人群前低着头的样子让人看了不好受。克木尔拜说，我嘛，这辈子还从来没有这样伤害过人，人跟人嘛，这样子是干什么嘛！牧民们也跟克木尔拜一样，觉得还是回到草原上来好，骑马、放羊、唱歌，什么烦心的事都没有了。冬天那一个个噩梦般的日子都已被抛在了脑后。

这里充满了节日的气氛，人们的脸上洋溢着欢笑，草地上铺着两块毡子，大家围着毡子盘腿而坐。热腾腾的羊肉，醇香的酒，焦黄的馕，使人们脸上流出了更多的欢乐。有人已熬不住寂寞，打着手鼓弹起冬不拉唱开了，也跳开了。大家都想趁此机会来好好放松放松。人生来就该是自由的,辽阔的草原就给了人们这种自由的机会。在那欢乐而又带着些许哀伤的歌声中,茂草被一个花白胡子的哈萨克族老汉领进了毡房,老人亲热地抚摸着茂草,趁茂草不注意时,"割礼"就在一瞬间完成了。我刚听到茂草哭喊了一声就没声音了。我好奇地把脑袋探进毡房,发现茂草的嘴里塞着个剥好的白嫩鸡蛋,两行泪还挂在脸上,老汉在茂草的脸上亲了亲,给他穿好裤子。老汉把茂草领出来后,一直在门口紧张等待着的阿依古丽一把把他拉过来紧紧地搂在怀里。因为按风俗行割礼时女人是不让进毡房的,阿依古丽含着激动的泪,亲了亲茂草,又往他嘴里塞了个鸡蛋,为他抹去脸上的泪痕。从今天起,茂草要把阿依古丽叫"阿帕"(阿妈),把克木尔拜叫"阿克"(阿爸)了。但茂草不知道今天怎么了,更不知道那么多人是为他而来的。

那天从中午喝酒吃手抓羊肉一直闹腾到深夜,大约是因为受压抑的时间长了,大家都想趁机尽情地发泄个够。毡房边上又架起了熊熊的篝火,大家都围坐在火光映下的那一轮光圈中。克木尔拜也弹唱起他常唱的那只歌。那晚他唱得格外有激情,从眼角上流落下来的一串串泪珠抛洒在篝火里,发出吱吱啦啦的声响。我感到他唱的还是那个种树、盖房、打井的故事,但我觉得他唱出了一番内涵更深的意境。

那天,石柱子也让我尽情地喝酒、吃肉,我也被灌得醉醺醺的。我坐在篝火边上,热气随着风一阵阵地扑到我身上。我在昏昏沉沉中思念起上海,思念起着我的妈妈,心中又涌起一股远离故乡远离人间的繁华被人歧视被人冤屈的凄楚和孤独感。可在那晚的氛围中,我又感到一种从未体验过的人世间的真诚与纯情带给人的温馨。茂草在阿依古丽的怀里睡着了,安详而幸福。石柱子搂着我的肩膀说,可怜的茂草总算有了个安生的地方,你只要在我身边,也会好好地活下去的。对你来说,岁月还很长……我感到我的两腮也湿了,我也把泪洒进了篝火之中,让它化作一个个能让人看得到希望的梦……

草原上的宁静是永恒的,哪怕它在大风的侵袭下,拥挤的青草翻着波浪,小鸟的羽毛被风吹得蓬松起来,像一团团绒毛球在空中飘浮。风声中传来了羊叫,马嘶,牛哞,但这些反而更衬托出草原上那种永恒的静谧和沉寂。人类活动越少的地方大自然才不会被扰乱,才会有那份自由自在的清静。七月,梅子也回来了,上了一年半的课,闹了一年半的革命,包括到全国各地去大串联,她也算初中毕业,回到农场来参加工作。像他们这种情况的叫"回乡知青"。

革命闹腾了一阵后,又强调要"抓革命,促生产"了,试验站又派来了一个牧工出身的土技术员,他根据场革委会的命令要回了那十二只美利奴种公羊。石柱子特地去打听这命令是不是属实,回来告诉我说,刘长贵造了一阵反啥也没捞上,仍在生产科当科员。在那时,有男女作风的事是最臭的了,翻不了身的。那些美利奴种公羊回到试验站后,也不再搞什么改良试验了,只是到入冬前给母羊配配种,试验站又变成了配种站,有些牧民又在自家的自留羊里养起了大尾公羊。几年后,牧区的羊群里又有了不少毛呈褐黄色的绵羊,那是细毛羊与大尾羊杂交后的结果。肖邦国辛苦了几年的努力全白搭了,花几十万引进的美利奴种公羊也只是起了一般种公羊的作用。石柱子也只好无奈地摇摇头说,肖邦国在时大家都讨厌他那股"二球"劲,可现在他不在了,你才会感到他在时的作用有多重要,有时死了张屠夫,就会让你吃上混毛猪。

梅子回来的那年秋天,五棵树那片林上的沙枣长得特别的旺盛。那一串串像小铜铃似的沙枣果在树枝上摇晃,散发出一阵阵甜腻的香气,成群的麻雀和乌鸦在林中时起时落。

梅子那天跟我一起赶着羊群来到五棵树。我俩第一次见面也在这儿。梅子又长高了些,也显得成熟了许多。她那大眼睛、高鼻梁。额前那绺自然卷的刘海,使她显得又青春又漂亮。这使我想起了她的父亲周益民。我想她一定更像她父亲。她爬到树上摘了许多沙枣下来,也塞满了我的口袋。沙枣刚开始吃时甜中带点涩,但越吃到后来越感到余味无穷。她直爽而健谈,滔滔不绝地摆她在大串联的各种见闻。她说上海她也去了,那儿的人真多,楼房也高,可就是街道太窄了。她去的那几天又天天下雨,真腻烦死人了,不过商店里的东西可真多……她说着说着便突然想起了什么事,眼里就流出一缕忧伤。灿烂的阳光照着的几朵白云在碧蓝的天空中悠悠散着步,黄黄的野菊花一大片一大片地连在一起开得正艳。她坐到我身边说,姚琪,你说,石柱子是不是我的亲父亲?可我觉得我同他一点都不像。我往嘴里塞了两颗沙枣没吭声。她继续说,我觉得他好像对我没有那种温馨的父爱,有的仅仅是一种责任。我现在越来越怀疑我真正的父亲大概就是那个周益民。可他同我母亲结婚才四五个月就生下了我。如果这样算的话,我真正的父亲应该是石柱子。前年,学校里不让我参加红卫兵,说我的亲父亲是个右派,我就让他到学校里去说明,他说我妈怀上我的时候还是他老婆,以后才同周益民结的婚。他说我是雇农出身,共产党员,革命干部,石梅子是真正的革命家庭出身,可以进你们红卫兵的勤务团,这才把我的事情平息了。她沉默了一会儿,又自语着说,可要是……那我母亲……这真太可怕了……我母亲会是那样的人吗?她猛地用双手捂着脸说,我真不敢去想……沙枣树投下的阴影越伸越长,湿润的凉风从我们脚下吹过。她说,姚琪,我问你呢,你怎么一句话也不说,你生下来就是个木头疙瘩?我沉默着卷着莫合烟,抽了几口才说,石柱子是你爸,你妈是个了不起的女人!我站起来啪地甩了个响鞭,又把羊群赶向了草原。

克木尔拜说,今冬他不回农场去了,他要同我们一起在草原上过冬。入秋后,他就把毡房移到我们转场站的边上。那年,夏草长得特别旺。克木尔拜每天都过来同石柱子一起挥着大镰刀割草,把草晒干后再堆成垛。秋后,房后那两人多高的干草垛已垛了二三十垛。石柱子和克木尔拜干活都是好手,挥镰时那汗津津的裸露着的上身都隆着一块块像石头般硬的肌肉。镰刀挥过的地方,青草便一片一片地哗哗往下倒,就像海中往下倾泻的水浪。

六岁的茂草已能轻松自如地骑着一匹一岁多的小马驹,赶着羊群在草原上游荡了。克木尔拜的那两条灰色的牧羊狗也很忠实地听着茂草的指挥。看到那情景,克木尔拜和阿依古丽投在他身上的眼光是那样的亲切和怜爱,茂草也能用哈萨克语同他们交谈了,而且"阿克""阿帕"地叫得十分的亲热。

融洽的情感也使草原散发出一种浓浓的温情。我赶着羊群回到转场站,小山坡上的松树林顶端披着夕阳的金光,空气里弥漫着熏人的正在被太阳晒干的青草的芬芳,脸色红润的茂草穿着小皮裤亮着稚气而尖细的嗓音也吆喝着羊群过来了。羊只在青草间蠕动着,阿依古丽和梅子站在门口向我们招手,晚饭已经准备好了,一股奶茶和烤馕的香味飘溢了出来。那时,我就感到这是一首多么宁静而温情的田园诗啊。

但岁月不会永远凝固住那温馨的一刻。

冬天到了,随着寒流而来的暴风雪也常常从下午横扫而来,到晚上就达到了高潮。风把雪卷成一团团松松的棉花球,一个紧咬着一个在雪原上滚动,风就像无数只恶狼撕咬在一起发出撕心裂肺般的嗥叫。圈里的羊群拥挤在一起,想用集体的力量来抵御暴风雪袭来的严寒。毛上裹满了雪花的牧羊狗紧贴在圈门边卧着,四周凝满了霜花的眼睛闪着绿光警惕地看着四下里的动静。那晚我们吃着饭时就都有一种不祥的预感。石柱子听着外面的风声说,克木尔拜的毡房不知道顶不顶得住这场暴风雪,我说,要不我去看看。梅子说,我跟你一起去吧。石柱子说,你们身子骨都弱,还是我去吧。我们正说着就看到有个人影闪进我们院子,好像是阿依古丽。石柱子赶忙拉开门。阿依古丽闪进屋说,石排长,茂草从昨天起就发高烧,嘴上还长着许多水泡。下午克木尔拜就抱着茂草骑马去农场医院,我怕他在路上遇到暴风雪,要是出了意外怎么办呢?石柱子走到小桌前,把碗里的奶茶一口喝干,又打开酒瓶灌了两口酒说,梅子,你跟我一起去吧。姚琪,你和阿依古丽把羊群看好。说着他俩就出了门,骑着马消失在被风雪咬着的黑夜中。

暴风雪到第二天才渐渐地小了下来。我和阿依古丽忐忑不安地守了一夜。傍晚时天放晴了,被风暴推成一轮轮波纹的积雪被夕阳抹得血红血红的。梅子神色忧伤地骑着马回来了,说克木尔拜的右腿冻坏了,情况不大好,我爸叫我赶回来让阿依古丽大婶赶快过去。五天后,石柱子回来了,脸色阴郁,只说了一句,茂草救活了,可克木尔拜的右腿没保住,锯了,昨天下午动的手术。

六

  斗转星移，时光如流。我在草原的那种宁静与闲散中，伴着羊群度过了整整十三个年头。我骑的那匹栗色马也已显得有些老态龙钟。十七岁的茂草已经长成一个高大结实的小伙了。胸前还有一片茸茸的黑毛，显示着他那男人的气质。大约是长期在一起生活的缘故，他长得更像克木尔拜，再加上他那一身哈萨克的打扮，谁也想不到他是个汉族孩子。人的模样也会随着生活环境改变的。记得那年克木尔拜从医院回来，虽然只有半截右腿夹在马鞍上，但他依然雄赳赳地挺直着身子，脸上仍洋溢着对生活的自信和乐观。那晚，石柱子宰了只羊为克木尔拜接风，用双手捧着满碗的酒举过头敬克木尔拜。克木尔拜接过酒一口喝完后，幽默地笑笑说，你们嘛，都不要为我难过。我少的是一条腿嘛，换回的是一条命嘛，就像嘛，用一只羊换回来一头大骆驼嘛！说着他爽朗地笑起来，那笑声却震撼着我的心。

  我和梅子在没有更多选择的情况下结合了。我们天天生活在一起也有了感情的基础，石柱子对我俩的结合也很赞成。他对梅子说，姚琪是个很懂事理的人，就是话不多，但只要为人实在真诚就好。我们结婚时，我二十四岁，她二十一岁，克木尔拜为我们用哈萨克习俗举行了婚礼，转场站热热地闹腾了三天。

  一九八〇年的春天，农场突然派人来找我，说我是什么统战对象，让我和梅子都回农场去工作。我们不想离开石柱子，可他说，姚琪，以前那些日子我让你跟在我的身边，只是想尽自己的力量来保护你。你才十六岁就从大上海支边到新疆，到我们这偏僻的农场来，这不容易，这不是人人都能做到的。来后就因为那点出身上的事，就这么没完没了的折腾你。既然人生到这世上，就该让他好好活下去，只要他不去干那些伤天害理的事，只要他能为大家做点事就行。现在好了，上面为你落实政策了，让你和梅子都改变一下生活环境，我不能让你继续跟着我在草原上受这份罪。我也就这样了，你和梅子还年轻，还能为大家干点更有意义的事。你们要不去，我这心里就

中篇小说

更不好受了!

  农场领导让我先到地区的教师进修学校去进修了一年,回来后就让我到一个生产队的小学当教师。梅子也分到队上的托儿所当保育员。我们同石柱子依依不舍告别时,为自己对他的那份情谊还没报答过而深感愧疚。他却好像总算尽到了自己的责任而松了一口气,说,你们去吧,用不着为我操心,我有克木尔拜大哥呢。那时我和梅子已有了一岁的女儿芸芸,他对她倒有些难舍难离的。在送我们的路上,他一直把她抱在怀里,分手时他不住地在她脸上亲了又亲。克木尔拜和阿依古丽还有茂草也来送我们,在坡上我让他们留步,克木尔拜动感情地紧紧地拥抱了我一下,好像他要说的话都在这一抱之中了。阿依古丽吻了吻梅子的额头。可茂草却一定要再送我们一程,他也有点舍不得我们走。他同样有着草原上人的那种纯朴与豪爽,而且还有点腼腆。他同我们告别时,转过头去抹了一下泪,脸红了,大概觉得自己是个男人不该哭。

  回到队上后,我时时怀念着草原上的生活。人总是这样,依恋于长期习惯了的东西。一到暑假,我和梅子就带着芸芸到草原上去住上些日子,听那山坡上风吹松林的涛声,去五棵树尝尝那甜中带涩但又回味无穷的沙枣果,骑上马也帮着放上几天羊。那两年,农场也开始搞经济改革,牧业上也实行承包责任制了。石柱子辞去了畜牧排长的职务,也承包了一大群羊。他很疼爱芸芸。但芸芸的个儿老长不高,大声哭喊时嘴唇就发紫。他说,你们该送她到医院去检查一下身体。我说去场部医院检查过了,医生说是缺钙,营养不良,没别的什么大病。石柱子说,那就赶快给她补钙补营养,钱不够就从我这儿拿。

  我和梅子的感情还算融洽。她做事有些风风火火的,而我的性格又是柔柔的,有些矛盾也在我的沉默寡言中化解了,这也叫以柔克刚。况且我又是个工作狂,当了小学教员后我就全身心地扑在教学上,就像在当羊倌时,我就按石柱子的要求尽心尽力地把羊放好。年轻时培养出来的责任心,一辈子也改不了。所以人的好习惯也得从年轻时培养起来。梅子时不时地还是想弄清她亲生父亲的事,她说她一定要把这件事情弄清楚。她是个心里搁不住事的人。有一天晚上,她睁大着眼睛又在想这件事。我终于忍不住地说,石柱子就是你爸。她咬着嘴唇摇摇头,眼里含着泪,她似乎已经知道了什么。我也只好默然无语。我虽是她的丈夫,但我也不能把真相告诉她,除非得到石柱子的允许。

终于有一天她情绪激动地从场部回来了。她把一张照片拍到桌子上冲着我说,姚琪,你看看这张照片。那是一张已经发黄的一寸小照片。但照片上的人一眼就可以看清是梅子的父亲,大眼睛,高鼻梁,卷头发。梅子说,姚琪,你和我爸都对我说了谎。今天场部组织科的人把我叫去,通知我说我父亲平反了,而且我还知道了我的父亲和母亲是怎么死的。说着她伤心地痛哭起来。哭了一阵后她又激动地说,姚琪,你如果还是我的丈夫,明天就同我一起去见我那个爸去!

第二天一早我就陪她去了草原。

我们没去转场站,而是直接去了五棵树。天上布满了大块大块的雨云,阳光从云块的空隙间射下了一束金色的光柱。我对梅子说,不管是什么事,你同老爸都该好好地心平气和地说。她不满地瞪了我一眼说,有些情况你根本不了解,这是我同我爸两个人的事,跟你没关系。

我们上坡看到那片沙枣林,两只牧羊狗就叫着奔着摇着尾巴迎了过来。石柱子看到我们也是笑嘻嘻的。但他发现梅子脸色不大好时就问,出什么事了?我们跳下马。梅子说,爸爸,我有件事想问你,这事我憋在肚子里已有好多年了。石柱子说,问吧,有些事你也是该知道。梅子说,爸爸,我的亲爸爸到底是谁?石柱子说,你亲爸爸是周益民,我不是。我这么告诉你,是因为你现在用不着担心能不能参加什么红卫兵了。梅子说,那我亲父亲是怎么死的?石柱子说,自杀的。梅子说,他为什么要自杀?石柱子说,这我可说不清。他想一想后又说,梅子,我知道你为什么要这样问,你父亲的自杀是不是也有我的一份责任,我可以告诉你,可能有!梅子说是不是因为我爸爸从你身边抢走了我妈妈,你就怀恨在心,公报私仇?石柱子的脸上笼上了一层阴云,他痛苦地叹口气说,可以这么说吧,但也不完全是,当时我的情绪确实很难说清楚。梅子流下两行泪说,接着我妈也因为心脏病发作死了。

石柱子点点头说,是。梅子说,我明白了。接着她扑地跪下来,在草地上咚咚咚连着给石柱子磕了三个响头,然后站起来说,爸爸,这几个头是我感谢那十几年你对我的养育之恩。但你害死了我的亲爸爸和妈妈,使我感到无法原谅你,我一下就失去了两个亲人,我思来想去在感情上怎么也接受不了。石柱子默默无语地掏出烟荷包来,抖着手指卷了支莫合烟。梅子转身对我说,姚琪,我先走了,你有话要同爸说,你就说吧。她翻身上马,挥了把泪。那敲心的马蹄声走远了,消失在坡下。

我很愧疚地看着石柱子,他猛抽了几口烟,苦笑了一下说,姚琪,你也回吧。有空带着芸芸来看我,我喜欢芸芸这孩子。为人善,心就平。我没事……这时,空中的厚云块上洒下了一串串亮晶晶的雨丝。

回家后,梅子再也不对我提石柱子的事,但我感到很不安。一放暑假我就要带着芸芸去看石柱子。我问梅子去不去,梅子说,你跟我的情况不一样,你要去就去住几天,但我不想再见到他,一见到他我就会想到我爸我妈的死。

在草原上常常会遇到这样的天气。一边是层层乌云雨丝绵绵,而另一边却是阳光灿烂。草地上耀出一片金黄而亮丽的色彩,云层与蓝天交际的地方还会挂出一弓艳艳的彩虹。我抱着芸芸策马走上草坡,雨云从我们头顶上飘过。当我路过试验站时,发现有一男一女在院门口看着我,接着又热情地朝我招手并向我走来。我下马走近,好容易才认出他们来:肖邦国和殷红。他们的头发全白了,身子也有些佝偻。苍老干瘦得已使人很难辨认了。我说,怎么,你们回来了?肖邦国说,我们平反了,平反这两个字真让我伤心!我们什么也没反,又有什么好平的呢?不过出来我们当然要出来的,因为出来后我们可以做事,要做的事也还得回试验站来做!但可惜的是,那些美利奴种公羊死的死、老的老了。这一折腾就耽搁了多少年啊!历史不会饶恕那些犯下罪孽的人!这些个丧尽天良的东西!他忿忿然地挥着那两条干瘦得像枯柴棒似的手臂。这是个被深深地泡在苦海里也从不肯跪下的人。

在去转场站的路上我们遇见了石柱子。他从我手中接过芸芸并紧紧地搂着她时,脸上释放出的灿烂似乎比阳光还要耀眼。但他也显出了苍老,眼角和额上的皱纹多了,也深了。可他放牧的羊群却十分的兴旺。他说他的自留羊已发展到几十只了。他笑着说,我老了后,不愁没钱花了。他说,芸芸长得越来越像她外婆了,非常得像。我想他对彩花那份很深的情感依然埋在心里,他在芸芸身上寄托着他的情思。

那天下午,他领我去见克木尔拜。克木尔拜和阿依古丽也都显老了。过去在一起时经常见面,不大看得出这种变化。可隔的时间一长再猛见面时,就明显地可以看到时间在脸上打磨下的痕迹。克木尔拜仍用羊肉、馕、奶茶和酒来招待我们。克木尔拜也承包了一群羊,自己也有了几十只自留羊。他说现在的日子要比以前好过多了,过去嘛,过的是个什么日子嘛!连老鹰都不愿意往草原上落,只是在天上盘啊盘的,地上的生活太苦嘛!

在毡房边上闲散走动着的牛和马的影子在地上渐渐地变长了,阿依古丽在毡房里把一切都收拾好后,让我们进毡房喝酒吃肉。石柱子抱着芸芸进毡房时对我说,芸芸怎么还是长得这么瘦小?我说钙针也打了,营养品也给她吃了,可还是不见长,每次活动激烈点,嘴唇还发紫。他说,我们农场医院的水平不行,这次你回去后到地区医院去检查,千万别耽误了孩子,她可是我们的第三代!

克木尔拜进毡房后,满满地倒了一碗酒,他说,石柱子老弟嘛,今天嘛,我有件大事要同你商量。石柱子说,什么事?克木尔拜说,先喝酒,我再说。我们轮流每人都喝了一大口。石柱子撕下一块羊肉塞在芸芸嘴里。克木尔拜说,我嘛和阿依古丽商量了一下,说着他朝毡旁外看看,我想他一定是看茂草回来了没有。夕阳投下的光亮正从草原上退去,远处还没见到茂草的身影。克木尔拜说,肖邦国夫妇嘛,平反回来了。我们嘛,决定把茂草还给他们。石柱子说,可你们已经正式把他收养为自己的儿子了呀!你们和茂草之间也有了这么深的感情,我想,就是你们愿意,茂草会不会愿意呢?克木尔拜就说,这个不行!那个时候嘛,我们把茂草收养下来,当成自己的儿子,是因为他父母有了麻达,他嘛,也有麻达,现在嘛,他亲爸亲妈平反了,回来了,我嘛,再把茂草当成自己的儿子,就不像话了嘛。怎么样做人,我懂!

中篇小说

  天空已经变得灰暗,阿依古丽在毡房里点上了马灯。我看着克木尔拜和阿依古丽那布满皱纹的脸,还有已开始衰白的两鬓。我又看看克木尔拜那条假腿。我感到他们做出这样的选择有多么的沉重。
  这时毡房外传来了牧羊狗赶着羊群的汪汪的叫声,还有茂草甩出的那有力而欢快的鞭声,羊群咩咩地叫着朝毡房这边涌来。克木尔拜又猛喝了一口酒说,石柱子老弟,这事嘛,你也要帮我老哥的忙,啊?石柱子接过他递过来的酒也一口喝干了,点了点头。很少动感情的他,眼里也渗出了泪。而毡房外,茂草正扯着强壮的小伙子那特有的浑厚而辽远的嗓子在喊着:唷——呵——呵——呵——哦噢——这动人的喊声久久地回荡在这草原上……

七

  从草原上回来后,我和梅子就一起去了地区医院。给芸芸的身体做了全面的检查。后来又请一些专家作会诊,医生告诉我们,芸芸患有严重的先天性心脏病,最好尽快到有关大医院去做手术,不然生命随时都有危险。手术费大约需要三四万元。我赶回队上时,石柱子刚好到队上来办事。我把情况告诉他。他说,这会不会是遗传?她外婆彩花也是,那两年她同我在一起时就常胸口疼,我说你去医院看看吧。她说没事,歇一会儿就会过去的,老毛病了。你瞧,没去医院治,结果周益民的事一发生她也就跟着他一起走了。芸芸的病你们赶快治。你们有多少存款?我说只有四千来元。他想了一下说,好吧,这事我去想办法。这样吧。大后天你就上我那儿去,顺便也去参加一下克木尔拜把茂草送还给肖邦国的聚会。我点点头又想了一下说,茂草他也愿意了?石柱子说,开始茂草说什么也不肯离开他们,说阿克为我都留下了残疾,我怎么能离开你们呢?克木尔拜说,你亲阿爸亲阿妈嘛,吃的苦嘛更多,身体嘛,也弄垮了。他们那儿嘛,更需你去!我嘛,有你阿帕,还有你柱子叔叔。他俩给茂草做了几天工作,茂草这才含着泪点头同意了。

我到转场站时已快中午了。石柱子正在转场站的院门口焦急地等着我。他把一只沉甸甸的布包装进挎包里说,走吧,克木尔拜他们正等着我们呢。按理讲,这儿并没有什么归还儿子的风俗仪式,但大家觉得像这样的事一定要举行一个隆重的仪式,无论对谁,都需要通过这个仪式来表达自己的一番情感。我们先去克木尔拜那儿,克木尔拜和阿依古丽还有茂草都穿上了新衣服。然后我们又一起去试验站。富裕起来的草原使这一隆重的仪式有了雄厚的物质基础,有的牧民牵来了羊,也有的扛来了牛腿和马肠,还有的提来成箱成箱的酒。也像举行"割礼"一样,大家在茂草身上也别上了表达一种良好祝愿的花布条。茂草见到我,便含着泪同我紧紧地拥抱了一下。那手臂的力量使我感到他的身体有多么的强壮。我想他身上流动着的克木尔拜和阿依古丽的心血。

我们到试验站时,小溪边上的草丛中突然飞出一只锦鸡,接着又飞出一只,那羽毛在阳光下闪烁着斑斓的色彩。眼前锦鸡飞落,一定是一个吉祥的日子。牧民们在院门口的绿草地上围了几个大圈。庄重的时刻终于到了,石柱子先讲了克木尔拜收养茂草的整个经过。接着克木尔拜瘸着腿,拉着茂草的一只手,阿依古丽也拉着茂草的另一只手。他们走到肖邦国和殷红的跟前。克木尔拜说,肖站长,我现在嘛,把你的儿子好好地交还给你,那是苍天在保佑你。肖邦国已控制不住自己了,他一把拉住克木尔拜的手说,克木尔拜大哥,这不可以的,不可以的啊!茂草应该是你们的儿子!克木尔拜说,肖站长,你嘛听我说,我现在嘛,赖下你的儿子,那我克木尔拜的心就是一堆牛粪。在你遭难时,我嘛,帮了你一把,现在你们好了,我把儿子还给你们,我克木尔拜的心嘛,才是一块金子!你们要不收下儿子,那不是要让我的心变成一堆牛粪嘛,这样不行嘛!

肖邦国全身颤抖着跪了下来。他拉起克木尔拜的右裤腿,把嘴亲在了他的断腿上……而这时所有在场的人同肖邦国一样,眼泪像断了线的珍珠,哗哗地洒落在青草与花朵上。

酒一直喝到深夜,肖邦国和克木尔拜紧紧地挨着坐在一起。几堆熊熊的篝火在燃烧着。这时,已喝了不少酒的石柱子坐到我身边,他从挎包里拿出那个沉甸甸的布包交给我说,这里有三万五千元钱,是我把我所有的自留羊都卖了,还有我的一点积蓄,你拿去给芸芸治病。你告诉梅子,不管她怎么看我,我在名义上还是她的父亲,她还得叫我爸爸,芸芸名义上也是我的外孙。这里,不是我想用钱去做什么忏悔,而我这是在尽一个父亲和外公的责任。而这时,克木尔拜在篝火边上又在弹唱着那只古老的歌……

大家闹了一个通宵。第二天凌晨我告别了石柱子、克木尔拜、阿依古丽、肖邦国和茂草他们,怀里揣着石柱子给我的那三万五千元钱,骑上马离开了草原。太阳正从地平线上爬上来。肥厚的草叶上滚动着一粒粒裹着阳光的晶莹剔透的露珠,马蹄抖出了几只云雀在空中欢叫,空气是那样的清新,一洗如碧的空中有一只雄鹰在盘旋着。这时我感到在这辽阔起伏的草原上,蕴含着一种人类赖以生存所必需的、能把每个人的生命都能融汇在一起的那份厚重的情感,是他们哺育和滋养了我的心灵。我耳边仿佛又响起了克木尔拜唱的那支种树、盖房、打井的歌。我似乎更深地体味到了这支歌的内涵,它似乎包含着一个永恒的哲学命题:人该如何活在这世上……

那绵绵悠长的梅雨纷纷扬扬地下得正紧。几年后,我们根据政策回到了上海,回到了母亲的身边。妹妹已去了加拿大。我们在上海的那两间公寓大房子里一转眼又过了十二三个春秋。已经二十岁的芸芸正在上大学。我望着那霏霏的雨丝说,我们是不是该回到草原上去看看了,看看石柱子,看看克木尔拜,看看草原上的其他人,要不,恐怕就再也没有机会了。精神可以永存,但生命总是有限的。梅子说,那就今年去吧,但等这儿的梅雨季节过后,芸芸放暑假,我们全家都去。因为那时,正是草原上铺满鲜花的时节……

浮 沉

秋雨竟是那样的缠绵,密匝匝的雨丝一连几天毫不停息地从那阴沉沉的空中垂吊下来。四下里弥漫着的黏湿的气息让人难受得有些透不过气来。由于市场连着几年的疲软,这家装潢考究的咖啡馆生意也没有前几年那么火爆了。里面的摆设也显得有些陈旧。宽大的厅堂里只有冷冷清清的几个人,从墙角的音箱里悠出的音乐也由于生意的清淡而显得懒洋洋的缺乏生气。我走进这家咖啡厅时,看到程铮仍坐在我们以前多次坐过的那个位置上。他看到我后赶忙站起来迎接我。五年不见,他显得苍老多了,虽然他那笔挺的身板依然穿着面料与做工都很考究的黑西装,脖子上仍扎着鲜红的领带,但他已没有了以往那种满溢着自信的潇洒了。这使我感到五年来,他到南方去开展他的事业,大概进展得并不顺利。记得他要离开上海时,也是约我到这家咖啡馆来进行了一次长谈。八年前,当我决

原载《清明》2001年第6期

定辞去政府部门的公职下海来办实业时,也是在这家咖啡馆里他向我提出与我合伙去租赁那家面临破产的服装厂的。合伙后,表面上他积极和我一起发展事业,而在暗地里却设下了一个个圈套让我钻。正当我们把服装厂办得红红火火,产品也不断畅销时,市面上突然出现了大量的假冒产品,样式、质量、商标同我们厂的服装一模一样,价格却便宜百分之十到百分之十一,大批的客户转向了他们。我们的服装厂眼看就要倒闭。经过苦苦调查,却发现这事竟是程铮干的,他利用我们好不容易打开的销售渠道,偷偷地恢复了他在郊区的那家已停业好几年的服装厂的生产,从中狠狠地捞了一大把。在忍无可忍之中我把这位表面上是我的"合伙人"而暗地里却"背叛"了我的大学时的同窗告上了法庭。国家对保护知识产权,保护合法经营者的权益已相当重视,这场官司我很快就打赢了,法庭判他向我厂赔偿一笔巨额损失费。法庭判决后的第三天,他曾约我到这家咖啡馆进行了一次可以说是很坦诚的长谈。在官司上他是输了,而且他要把他的大部分财产抵押给我,可他依然显得潇洒而自信,黑西服、红领带,坐在我对面时一副泰然自若的样子。我们相对而视很长时间没有说话,气氛很有些尴尬。他端起咖啡杯用匙子轻轻地搅着,圆起嘴唇啜了一口,这才整了整领带打破了沉默。他说,阿晖,这次我是输给你了。我说,我俩之间好像并没有开战,我俩是合伙人,是你在暗中捣了鬼,差点弄得我倾家荡产。我不是你的敌对方,而是受害的一方,所以在这场官司上你只能是输家。其实你背叛的行为决定了你只能是输家!程铮不以为然地摇摇头说,杨永晖,你这话说得可能太理想化了,当然这场官司可以像现在这么简单,你赢、我输,我要赔你一大笔钱,但我也可以把这场官司搅得极其复杂。阿晖,我可以告诉你,在银行里我有一百五十万的存款,我只要拿出一半来上下打点活动,就可以处理成两个合伙人内部之间的纠葛,不存在盗用商标和服装设计的事。我只要肯花钱再死抓住合伙的理不放,恐怕这场官司是有打头的,说不定打上两年、三年都不会完,而最后的输家也不一定是我,难道你不认为有这种可能吗?

　　我默然。司法腐败不要说在中国,就是在法制比较健全的国家里也时有发生。他见我不回答便有些得意地一笑,喝一口咖啡后他长叹一口气说,阿晖,同你讲句老实话吧,在我同你的这两年的合伙中,我感到你是块搞企业的料,你的有些经营之道我真是很佩服,说不定你真能搞出番大事业来的。我自认为我还是你的朋友,因此我不想再给你添什么乱。人的精力毕竟有限,如果我要在官司上折腾上你两三年,不把你的厂子拖垮也会把你的身体拖垮。我是不忍心这样地作践你啊。我看准了,这几年,对一个搞实业的人来说,正是一个难得的机遇,错过就太可惜了。我一笑说,程铮,我得承认你这话说得蛮真诚也很在理,你今天约我来不仅仅只是想显示一下你虽败犹荣的姿态吧?他摇摇手中的匙子说,不!我认为在商场上也好,在朋友之间也好,让步应该是相互的。像现在这样的机遇我程铮也不想错过,我今天约你来只想同你商量一件事。我说什么事?他说,法庭的判决我执行,该赔偿的金额我如数赔偿。按法庭的判决我在银行里的存款要全部归你,另外还要拍卖掉我工厂的一部分资产。现在我想把我的工厂全部折价给你,我只要你给我留上五十万现款。因为我想用这笔钱去南方再打一次天下。如果再失败,我就金盆洗手,决不再在商海里混了。你看怎么样?其实算下来你并不吃亏。

咖啡馆里静悄悄的,音箱里流淌着的音乐含着淡淡的忧伤。我吸着烟思考了一阵,然后说,好吧,就按你说的办!他轻松地一耸肩说,阿晖,你真是个绝顶聪明的人哪!

那天天也是这么阴阴的。我从咖啡馆里出来天已黑透了,黏湿湿的路面反射出一缕缕五光十色的霓虹灯的光亮。我想,程铮那时同我合伙的目的是想通过我的力量来达到他东山再起的目的,但我也得承认在他与我合伙办厂的过程中,他为服装厂的兴旺发达也出过力,有些我无法办成的事他却能办成。人与人交往不顺利时,有时也得想想对方对自己的好处,这样可以避免双方都把路堵死走绝,随着时间的推移,谁知敌对的一方将来会是什么状况呢。所以还是给自己留点余地为好。

我们都没有食言,我盘下了他的厂子和公司,他把他的那辆奥迪车也过户给了我。在这方面他又显得很仗义。他去广州上飞机的那天我和妻子亚翎都去送他,他的那副自信而潇洒的样子可以说有点让人感动,仿佛事业的成功与滚滚的钱财已经在那儿等着他了。他说,阿晖,我勿想再在上海与你竞争了,因为我们是好朋友,在那件事情上我确实对不起你,所以我才决心到广州去发展,在那儿我用不着再顾忌你。只要三年时间,我就会发展得让所有的人都羡慕和眼红。他侧过脸面对亚翎说,亚翎,你信不信?官司后,他处理事情的那种爽快和仗义使亚翎对他又有了好感。亚翎友好地一笑说,我相信的呀。

不是三年而是五年也就这么瞬间过去了。现在他又坐在了我的对面,但他的眼中已没有了过去的那份自信,眼角上细细的网状皱纹与稍稍下陷的腮帮,映出了他被商海艰辛所打磨出来的憔悴与苍老。细想想,五年虽说是历史长河中的一瞬间,但它毕竟有一千八百多天哪!你得一天天地过,而且每天都有不少烦心的事要等着你去做,从这个角度讲,五年又是怎样的艰难与漫长!在我俩沉默着相对而视时,似乎都感觉到了这一点。我首先打破了沉默:"怎么样?"我问。

"一败涂地!"他摊开双手苦笑说,"我骗别人,发达了一阵子。可我又被别人骗,又衰败了一阵子,但我又挣扎着要了别人一把,眼看就要光彩夺目了,但却又被别人要了,虽有过几番挣扎,但却再也没有爬起来。"

"所以你只好返回上海?"

"只能这样,因为我的户口在上海。"

"准备干什么?"

"不知道,"他伤感地揉揉鼻子,眼圈也有点湿,"所以我才约你到这儿来……八年前,我们在这儿商量合伙办服装厂的事,五年前,我们在这儿分的手。今天……今天我又约你来这儿没有别的奢求。"他的眼角竟涌出了两滴泪,"只是希望你能给我一口饭吃……"我说:"程铮,你这话说得是不是太有点可怜兮兮了,这不像你程铮说的话。""不……"他长叹口气说,"士别三日得刮目相看,世事沧桑,人都是在变的,坦率地说,我程铮已没有了往日的自信和实力了。一个已落到乞丐地位的人还能要求什么呢?有一口饭吃就足矣。"他这话说得我鼻子都有些发酸。

"杨永晖,"他说,"我听说你的企业越办越大,我在郊区的那个厂盘给你后,现在已扩大了好几倍,工人已有上千名,年产值突破上亿元。我想在你那儿寻口饭吃的差事总该有吧?要不我给你开车,给你当个差头?"这时我苦笑了一下说:"程铮,我走到这一步谈何容易啊!"真的,我没有说假话,也许我眼角的皱纹比他还多,像我这样过了四十的人本该发福了,但我的腹部却堆不起脂肪,依然是干皮一张。我说,盘下你的工厂和公司后,前几年倒发展得很快,这两年仅只维持而已。我让区晓妮当了厂长,她干得相当出色。

"区晓妮这个人我可是没有看错啊。"他有些感慨地插话。

他这话突然触了我的心筋,我有些恼火地说,对,区晓妮这个人你是没有看错,但可惜你用错了。那时你让她充当了一个类似"内奸"的角色,在那么长一段时间里,你逼着她这个正直而善良的人倍受煎熬,她的痛楚与苦恼是你强加给她的,最后她只能离你而去。程铮说,可是没有我也没有她的今天。我说,当我收下你的公司后,阿倩来找我,她哭着问我,杨老板,我在公司里的这只饭碗你是准备敲掉呢还是继续让我端?我说你说呢?她说,杨老板,我承认,程铮在对你耍手段时,我是帮了他,因为那时他是我的老板,我得忠于他。一个不忠于自己老板的员工你会喜欢吗?现在你是我的老板了,因此我也会忠于你。从程铮开这家公司起我就在这儿工作,各方面的业务往来都很熟悉,老客户我能把握住,新客户我也有扩展的基础。你看呢?我很爽快地回答她说,好吧,你暂时留下。我这话的意思你拎清爽哦?她说,我拎得清的,我会用我的行动把你的气恼剔除掉的。我说,这正是我所希望的。这些年来她干得也相当不错,你回上海后首先去找的她,从她那儿了解了我的近况,对哦?程铮说是。我说,你一走她就打电话给我告诉了你同她之间的谈话内容。目前公司已不像你在的时候那样只有她一个女秘书,而是有五个部门,二十几个人,她现在是公司的办公室主任,我不在的时候,公司的业务由她全权处理。程铮,你虽会看人,但你不会用人,搞企业要以人为本,使用好人才是最大的本。你讲是哦?他一笑说,我承认,在这点上我不如你。我说,这我不谦虚,我俩合伙时,就有两大分歧,一是企业经营思想上的分歧,二是用人上的分歧。你知道区晓妮的弟弟区晓华现在在干什么？他现在是公司销售部的经理。在我这么说时我发现他的脸上挂出了些许尴尬，他垂下脑袋一个劲地抽烟，我说的那些话大概有些过了，一个暂时的成功者去数落一个暂时的失败者又有多大意思呢？于是我把话题一转，同他讲到了眼下的艰难，这两年市场开始全面地疲软了，原先风风光光的生意人都在苦叫着生意难做了，各厂家各商场的"价格战"也愈演愈烈，什么"跳楼价"什么"大甩卖"之类的招牌在商场门口挂得到处都是。而服装市场的疲软更是触目惊心，各大商场的服装台柜冷清得营业员要比顾客都多。我说，其实目前真正想要跳楼的不是商场里的生意人，而是我们这些搞企业的人，前几年开张的工厂与公司中，现在有不少相继"歇菜"了，那些"公"字号企业，工人们也开始大批下岗。程铮叹着气说，我错过了两次可以发展的机遇，而你却都抓住了。我说，不完全是这样，目前我们公司和工厂的状况也不太好，也是在疲软的市场面前苦苦挣扎，今后怎样，连我都说不清。程铮，刚才你希望我给你一份工作做，我该怎么回答你呢？他抬起头来紧张地看着我。我的心情又变得很复杂，但我还是用很友好的口气说，给你碗饭吃从目前公司的情况来看还没多大问题，难的是该给你端只什么样的饭碗？他用祈求的眼神看着我说，阿晖，我现在只要一只能填饱肚子的饭碗就行，而且我会非常珍惜这只饭碗的。我沉思了一会叹了口气说，程铮，让我再考虑两天行吗？

飘下来的雨丝在霓虹灯映照中变幻着色彩，我驾着车在雨中行驶，此时我心感到格外地沉。雨刷有节奏地把窗上的雨水刷向两边。目前由于服装销售不畅，我公司属下的两个服装厂都已处在半停工的状态。从去年六月开始，工人们按件计酬的工资也在逐月往下降，股东们的分红也越来越少。上个月，工人们的平均工资只有六百多元了，这点钱在上海滩是很难维持生计的，由于压库严重，流动资金也快要转不动了。偏偏在这种时候，程铮回到上海求我给他饭碗。当然我现在还不到养不起他这么个人的地步，问题是让他到我这儿来干什么？

八年前，我租赁下那个由街道办的红卫服装厂后，由于政策的进一步放宽，我的事业又办得很兴旺，因此我向区里的有关部门又交了一笔钱，等于把这个厂赎买了下来。但这个厂所在的地盘实在有限,很难再扩建了,由于工人的技术都比较熟练,因此这个厂就成了我开发新产品的试产厂,而我把大量的投资投向了郊区的那个厂,当新产品试销成功后,大批量的服装就放到郊区厂来生产。但随着郊区厂工人的技术程度不断提高,新产品的试制也就在大厂进行了。于是小厂就生产一些工艺技术要求高批量不太大的订货,而那些货大多数都是外商订的。自我当了公司的总经理,我就让区晓妮担任郊区厂的厂长,因为她熟悉那里的情况。市内的那个小厂先由赵水根当厂长,阿珍当副厂长,两年前赵水根退休后,我就让阿珍当厂长。可事后我发现,让她负责单个的项目还可以,但让她抓厂子的全盘工作,就有些力不从心了。虽然在主观上她是尽力想把事情办好,可仍是差错不断,尤其是前几天,一批外商订的服装由于翻译的原因,领口上压边的颜色不对,结果整批货全被退了回来,除重新赶制外,根据合同还得赔偿损失。退回来的这批货也只得"出口转内销了",可那批服装的款式和颜色都不大适合中国人的口味,再加上服装市场的空前疲软,就是亏本销售恐怕也很难销掉,这真叫屋漏偏遭连阴雨。那天我赶到厂里,阿珍正在哭鼻子,我本想说几句抱怨的话,但话到嘴边又咽了回去。因为我感到了自己的失误,时代在发展,市场在放开,竞争变得空前激烈,在这种形势下,再把厂子交给一个虽很负责但整体素质不高而又不懂外语的人来管理,恐怕是远远不够了。现在的阿珍也不是我第一次见到的那个祈求着赵厂长让她能回厂里来干活时的阿珍了。现在她是这个厂的厂长,神态、气质与说话的口气同以前也大不一样了。我走进她的办公室时,她以为我要责备她,可我没有。她用求我能原谅她的眼神凝视着我想解释什么,我对她摇摇手说,阿珍,什么也别说了,现在赶快把这批服装赶制出来尽快交货才是最重要的。但我心里却有了要赶快把她换下来的想法,我知道,真要去实施这对我也是很难的,但为了公司和工厂今后的发展,不下这个决心又是不行的。我想,等把这批货赶制出来再说吧。

雨还在下,我回到家里,把车开进车库。恬恬屋子里的灯亮着,他已上小学四年级了,也许他正在小保姆雅贞的辅导下做着作业。原先的小保姆阿英两年前结婚走了,我们又雇了个小保姆叫王雅贞,虽也是个农村姑娘却是个大专生,由于就业的艰难,又由于我们家的条件比较优越,工资开得也高,所以她愿意到我们家来做家政。而我们雇她除了做一些家务事外,还可以辅导恬恬的学习。她是家政家教于一身,这也是亚翎的主意。除吃住外,亚翎还给她每月千元的工资。亚翎说,不要吝啬这点钱,因为这关系到儿子的将来,而儿子的将来就是我们全部的希望。

　　雅贞听到车声就到餐厅置好了饭菜,他们都已吃过了。因为我吃饭从没个准点,亚翎也经常有应酬,所以我们让雅贞按时给恬恬开饭,不用等我们。那晚亚翎也在家吃的饭,因此当雅贞给我盛饭时,亚翎也由书房返回餐厅。我知道,她肯定有什么事要找我谈。由于经济上的宽裕,她常进美容院,所以现在她不但漂亮而且更有气质了。她在我的对面坐下后就问我,永晖,是不是程铮约你了?我往嘴里塞着饭反问她,是不是他也找过你了?我笑了笑说,这家伙还是那样,先扫外围,再攻中心。八年前在我同程铮合伙办服装厂时,亚翎也是我们的投资方。那时,无论从经营思想上还是在具体事务的操作上她都更相信程铮,结果被程铮所利用。事后她很懊悔也很内疚,为了表示对我的歉意,有一段时间她对我格外温柔与体贴。然而她是个好胜心极强的女人,对自己那段时间的失误,从内心深处来讲并不服气。那几年我的事业如日中天,可在我俩的日常谈话中,她却时时地流露出这样的情绪,在对程铮的认识上她是失误了,但她为厂子的兴旺还是出过不少力的,再说,人一时失误并不等于一生都会失误。我就宽慰她说,对我目前事业上的成功不但你出了力,程铮也是出了力的。但你俩的目的不一样,他是为了利用我然后背叛我,而你呢?是为我们厂的兴旺发达,是为了我好。她不再说什么,只是苦涩地一笑。虽说我俩是和好了,但我总感到她与我恢复不了过去的和谐与融洽。我仍感觉到她强烈的虚荣心还在作梗。这也是人生中的一种无奈,谁让我娶了这么个好胜心极强的女人呢?当然我仍深爱着她,因为她毕竟是个本质不错又有很高文化涵养而且还很有魅力的女人,有这样一位妻子那也是人生的一大幸事啊!我问她,程铮找你做啥?她说,他想在你公司里要碗饭吃,他希望我能在你枕边吹吹风,他今天不就是为这件事找你的吗？我说，给他一碗饭吃当然没问题，但让他干什么？我感到好为难！亚翎用小碗给我舀了半碗甲鱼汤递到我跟前说，我给你提个建议行不行？目前你的两个工厂都处在半停工状态，你正准备压缩摊子，让一部分工人暂时内部下岗，是吧？我说对。她说我的想法是与其让一部分人下岗，不如把市内的这家服装厂让程铮承包，让他每年给你上交一笔费用，这样你既压缩了摊子，把程铮的事不也就解决了？我说，如果让他承包，他拿什么作抵押呢？他现在已一贫如洗了。亚翎说，那就让他用最后的信誉作抵押吧。其实他这人并不坏，也仗义有本事。我不答，只是慢慢地把汤喝完。

　　睡觉前，亚翎坐在梳妆台前抹着面膜。现在她在脸上用功夫的时间是越来越长了，她要奋力夺回万恶的时魔从她的脸上掳走的青春风采。她又继续我们在饭桌上的话题。她说，永晖，你要知道，程铮不是个肯屈居人下的人，你让他在谁手下干都不合适，你真想再拉他一把就只能让他单独干。亚翎是个一旦有了想法就会极力把它变为现实的人，这既是她的优点，但也会让人感到心烦。我躺在床上想，亚翎的建议不是没有道理，当然还需要更全面地权衡一下。如果程铮以后真能走正道，这倒也是他再次发展的机会，但我怕……亚翎似乎看出了我的心思，她说，永晖，你可以同他畅谈一次，听听他的想法嘛，你也可以把你的担忧直接告诉他。

　　雨停了，空中闪烁着稀疏的星星。虽然我感到一天连着一天无法得到休整的疲乏死死地捆着我，但我依然无法入睡。我是越来越感到当一个企业家办好一个企业有多么的艰难，你不但要对你手下的员工们负责，你还要对你拥有的资产负责。拥有资产既是一种自豪同时也是一种负担，更是一种责任。一个风风光光的企业家他的精神负担和生存压力常人是很难体验到的。这些年来，不少影视作品中的民营企业家大多都是一些泡妞、傍高官、耍手段，对下属心狠手辣，生活上醉生梦死这么一群形象。但这些文艺家们很少去正面开掘我们这些合法经营者在事业发展上所承受的种种压力。我反复权衡着有关程铮的事，亚翎那轻微而匀称的鼾声也慢慢地把我催入了睡梦之中……

　　几天的雨水把原先污浊的空气都过滤干净了，树叶也显得特别浓绿。

我摇开车窗,一股沁人心肺的清新空气扑面而来。车子开出外环线,就可以看到绿色的田野,我拐上去郊区工厂的路。

按照厂里的规矩,只要我回厂,第一个来见我的自然是厂长区晓妮。然后再根据事情的轻重缓急,由厂长助理何雪飞来安排我该接见的人员。事业做大了,定的规矩也就烦琐起来,这也是不得已而为之的事情。雪飞刚三十出头,讲起来我同她还是校友,她也是上海财经学院经济系毕业的。她长得有点像电视剧《杨乃武与小白菜》里演小白菜的陶玉玲,因此厂里不少人背地里都叫她小白菜。但她的性格却不像小白菜那么软弱,办事泼辣利索,人很耿直,性格也豪爽,是个很有点个性的现代女性,英语也讲得相当溜,现在她正在进修第二门外语法语。她说现在领导世界服装潮流的有两个国家,一个是意大利,一个就是法国。目前她既然在服装厂工作,就得研究世界服装市场的行情,这就是她要掌握法语的目的。最早她在公司的财务部工作,后我又让她当过一段公关部经理。去年把她调到郊区服装厂当厂长助理,其实相当于副厂长。她的工作风格我很欣赏,因此关系也比较密切。亚翎听到某些风声后,曾暗地里来打听过,区晓妮告诉她,亚翎,杨永晖不是程铮,你应该相信你老公也应该相信你自己,而且雪飞也不是那样的人!

区晓妮走进我办公室时脸红红的,她给我递上一份表格说,杨总,这是预备下岗的人员名单,你过一下目。我接过名单看了看,心情变得很沉重,我说,需要这么多人下岗啊!晓妮说,从目前的生产任务来看,留下的人员也还不够吃的。我说,你先放下,让我考虑考虑再说吧。晓妮说,杨总,在这件事上你心不能软,现在工厂每天都在亏损。我说,这我知道,还有别的事吗?晓妮脸更红了,说,程铮昨晚来找过我,我……我同他和好了……说着她羞涩地低下了头。我明白她说的和好指的是什么。她同我一样,已迈过了四十岁的坎。男人四十一朵花,女人四十豆腐渣。她发福了,腰粗了,臀也肥了,腮帮上的肉也有些松弛了,眼角上也划出了一些皱纹,岁月正在收回她身上的美貌。这些年来,她也没有再找别的男人。这时我感到了一种内疚,因为这五年来,我从未关心过她的个人生活,女人大概是更需要男人去爱的,几年来她的心灵也许一直在渴望着爱的滋润,但实际上却是一片痛苦的苍白。程铮依然是个很有魅力的男人,而他俩本来就有情感基础,随着时光的冲洗,也许原先的种种不合被冲淡了,可情爱却会随着时光而变得越来越浓烈。人世间的情爱就是这样一个无法解读的谜,我无权指责她,我只有愧疚,愧疚自己只知道让她工作,而忘了去关心她的心灵与生理上的需要。但我仍感到一种担忧,我说,晓妮,你们准备还像以前那样吗?她说,不,他答应要正式娶我,而且就在最近。她微笑着,眼里流淌着幸福。她说,他告诉我,你答应让他回公司来工作。我点点头说,是不是回公司,我还没有想好,但我一定要设法让他有事儿干。晓妮,这点你可以放心。我想了想又说,晓妮,今晚我想请你和程铮一起吃个饭,我让亚翎也来,好吗?她兴奋地说,那太好了,杨总,你真是个宽宏大量的人哪。她不知道,在程铮的事上,由于他俩的和好,我踏实了许多。晓妮出去后,我立即打电话在杏花楼预订了一个雅座。

那晚的聚会很融洽,程铮显得十分激动。为了表示诚意他接连同我碰了几次酒,而且每次都一口喝干。他两眼醉红了,他说,阿晖,我程铮不是东西,我伤害过你,但你还这样待我,我该怎么感谢你?我说,话不能这么说,对我的伤害你已经做了全面的赔偿,这就够了。那个因说错一句话或做错一件事就得遭受一辈子的惩罚,甚至还要株连家人的年月早就过去了。你为我事业的起步和发展还是出了不少力的,在打那场官司时,你也表现出了大度和仗义,这些我一直是记在心里的。程铮说,你真这么想?我说,对,要不我就不会请你吃这顿饭了。而他却失声痛哭起来,晓妮也在一边陪着流泪,并且长吁短叹了一番。程铮捶着自己的胸懊悔地说,我现在清醒过来,过去我在事业上打游击,在感情上也打游击,我再也不能这样下去了。阿晖,亚翎,我现在确实需要一份稳定的工作和一个安定的家庭,所以我决定,下个月就同晓妮正式结婚!他眯着醉眼说,我也不怕丢丑,我同不少女人好过,在广州和深圳时,也有过两个,但最让我可心的还是晓妮。晓妮的心太实诚,也太善良了,想不到这次回上海后她还能接纳我。说着他眼里又涌出满把泪来。他和晓妮抱在一起哭了起来。那时我感到,他这些情感的流露都是真诚的,我也多灌了几杯酒,也有点控制不住自己的情感,把亚翎的建议和我的决定告诉了他们,我说你们结婚后,市内的这个厂就由你们夫妻来承包,虽然我现在也很艰难,但我会尽力给你们创造条件的。程铮一听立马停止哭泣,起身兴奋地做着揖说,谢谢,谢谢了。而晓妮却说,让我们回去商量一下再定吧。这下程铮又活跃起来,又显得自信和潇洒了,还给我们讲了南方流传着的一些民谣,说那些中不溜秋的官员一怕丢官下岗,二怕赃款被盗,三怕小蜜被搞,四怕老婆跟着别人跑,五怕养出的小孩像领导。还有什么一等男人家外有家,二等男人家外采花,三等男人需要时乱抓,四等男人按时回家,五等男人妻子不在家……我说,程铮,你是几等男人?他说以前是一等,现在要学你的样,做四等。我们开怀大笑了好一阵。回家的路上,亚翎说,永晖,这两年来你还从来没有像今晚这么开心过。我说,在沉重的生存压力下,我就是学不会程铮的这种潇洒和轻松,在这一点上,我倒是很羡慕他哩。亚翎说,他才是个真正的男人啊。

　　下午,蓬松的大片雪花从灰暗的空中飘洒下来,第二天早上雪仍在下,马路上铺满了银色的积雪,从高楼望下去,马路就像银线似的绕在林立的高楼之间。车流在银线上穿梭,像一条流动着的银河,大上海的雪景也有它迷人的特色。我们厂生产的冬装早上市了,但这批货仍然走不大动。由于市场的疲软,各家商场进货都很谨慎,绝大多数的商家只肯代销,等货卖出后才肯把货款迟滞地汇过来,这还算好的,而有些商家货就是销完了,货款也赖着不还,你派人去催讨,他比你还凶。所以生意场上流传一句话,说是眼下杨白劳比黄世仁还厉害。这几年市场经济中这类病态现象大家已是见怪不怪了。我们的经济还没有真正纳入正常轨道,弄得厂家也只有一法,不见兔子不撒鹰,不见货款不发货。有些厂家也只好在商场自己租柜台,搞厂家直销。好在自程铮南下后他把公司抵押给我时,也把他在好几家商场租的柜台交给了我,所以我们厂的直销就一直没有间断过。前几年我们搞的一系列促销活动这两年仍努力在搞,但大批货依然压在仓库里流不出去。我不知道这个市场到底是哪儿出了毛病。

　　下大雪那天,程铮和晓妮要回请我们。晓妮对我说,她和程铮已领了结婚证,但不想举行什么仪式,只请你和亚翎。这时,晓妮那双总是忧郁的眼睛也舒展出了幸福的笑意。我知道,在酒桌上他俩将要回答我关于他们承包市内那家服装厂的事。我的思想也做好了充分的准备,因为这些日子里我越来越感觉到,面对这个疲软的市场,我的摊子确实铺得太大了。一些发达的资本主义国家,在经济不景气时,许多企业也会大量裁员,压缩经营规模,这是无法违抗的一条摆脱困境维持生存的办法。所以我感到把市内的这家小厂转包出去的好处:一是压缩了经营规模,也等于减了员,这是最主要的;二来阿珍就用不着免她的职,只要另外再给她安排一个工作就行了;三是程铮的饭碗问题也解决了。但有一条,就是程铮他们承包的抵押金和每年上交的承包款在合同上得有个合理的让双方都能接受的数额,大概这才是今晚饭局上要交涉的最关键的事情。我不能像亚翎说的那样拿程铮最后的信誉来做抵押。

程铮和晓妮在酒店门口等着我们,我发觉婚后程铮与晓妮都显得年轻了许多,当然他俩今天都着意打扮了一番。在饭桌上我们很快就转入了正题,有关承包抵押款的事是由晓妮提出来的。她说,杨总,你既然这么大度,程铮和我也不能白吃白要,我跟程铮商量过了,我在公司的二十万股金,还有程铮原先在上海的价值六十余万的住房都算我们的承包抵押,你看怎么样?而这时亚翎突然撂出一句话说,如果这还不够的话,我可以给他们再做三十万元的担保,永晖,这总行了吧?接着程铮说,我每年按这三年厂子的平均利润的百分之七十向你上交承包款,无论厂子今后是亏是盈我都按这个数给你交,反正你是旱涝保收。你看行不行?我当然无话好说,因为他们的提议比我想要的要多得多。我说,行,就这么办,明天我们一起到律师事务所去拟合同,然后再到公证处去公证。这时程铮猛地抱住我号啕起来喊,天呐!我又新生了!我又新生了啊!他酒又喝多了。

我们回家前雅贞已打开卧室的空调,屋外虽寒风凛冽但屋内却是暖洋洋的。亚翎睡着了,我开着床头灯抽烟,似乎感觉到自己又回到七八年前的那种状况中了。那时程铮、区晓妮、亚翎在无形中,聚成了一派,现在呢?程铮和晓妮已成夫妻,亚翎又主动成了他们的担保人。亚翎的这种加入是我没有想到的,她事先也没给我通过气。他们在无形中又成了我的挑战者,我感到有些懊悔,真想立即摇醒亚翎,通知她改变决定。但第二天一早我醒来后,感觉又不一样了,我想我已经答应了的事不能再改变,在生意场上信誉比什么都重要。已故的母亲曾教诲我说,宁可破产也不要丧失信誉,因为信誉将是你重新振兴的基础。另外,我也清醒地感到,用这种方式来压缩我的摊子,也减少了许多麻烦。事情并没有我昨晚感觉的那么糟。

我们花了近一个星期的时间办完了各种手续。在办手续时,晓妮问我,阿珍怎么办?是由你来安排还是由我们安排?我说我先征求一下她的意见再说吧。眼看又快要到春节了,我想在春节前把这些事全处理好。到市内的小服装厂,我见到阿珍,她的双眼熬得红红的。她说为了赶制完外商的那批货,这些天她都没有好好合过眼,再过几天,就可以完工了,外商代理人来看过货了,表示很满意。但我还是把程铮和区晓妮要承包这个厂的事详细地告诉了她。她听后一笑说,那还不好办吗?我说,如果你还愿意跟着我,那就找个别的工作做,你考虑几天再给我回话吧。她的脸唰地变了,当我走出她的办公室时,她砰地关上门,然后是一声凄凉而委屈的哭声。我也感到心里很不好受,因为在我开始办厂时,她是位出了不少力的忠实的帮手。但为了全局,我只能作这样的选择。

南下的西伯利亚冷空气把大上海搅得阴冷阴冷的,路两边光秃秃的树枝在寒风中颤抖着。我赶到郊区厂,晓妮还在厂里,她是个有很强责任感的人,在新厂长还没接替她以前,她仍干得很卖力。我感到程铮的出现打乱了我这儿的一切,也许这就是缘分。程铮伤透过她的心,但她仍这么钟情于他,我想这除了程铮是个很有魅力的男人外,更主要的是晓妮身上那种浓厚的东方女性的温情与善良。她把厂里的生产情况给我讲完后,又提醒我说,杨总,下岗的事你不能再拖了。接着又问我,谁来顶我的班?我告诉她,就让你的助手何雪飞来顶,你看怎么样?她说,行,我觉得雪飞比我要强。我让她去请雪飞来。雪飞穿着天蓝色的羽绒服,依然显得苗条而美丽,她身上的青春活力总是让人心动。我把准备让她当厂长的事告诉她,她显得很平静,我觉得这正是她变成熟的标志。她灿烂地笑了一下说,杨总,谢谢你这么看得起我,但我现在不能马上答应你。我说,可以给你两天的考虑时间,再过一个星期就是春节了,我想在春节前把这件事安顿好。她沉思一会又笑了笑说,杨总,今晚我请你去跳舞行吗?我说,有什么特别的意思吗?她说,我只是想让你看看我生活中的另一面,没别的意思。我说,那我就去。

晚上我开车去接她,她打扮得很时髦。她说,杨总,我另外还请了我的舞伴,上海戏院表演系的教师。我说他长得很帅是吗?她说是,我说是你的男朋友?她说不是,他已经结婚了。我用开玩笑的口气说,你不会是第三者吧?她一笑说那你也太小看我了,我干吗要当第三者?我找一个帅哥做舞伴纯粹为了能得到一种愉悦和快乐,同一个丑八怪跳舞你会觉得快乐吗?寻找美、追求美、接触美,只有美才能带给人愉快和欢乐,不会享受美的人就不懂得生活,你说呢?我不答,但心里却是赞同的。

我已有好长时间没进舞厅了。以前倒是经常陪客人饭后就去舞厅或卡拉OK厅。这种应酬也很累,那些三陪小姐的俗气又使人感到厌烦,尤其是舞池里那黑黢黢的灯光让人感到很压抑,漆黑的包厢更给人一种污秽的感觉,再有个小姐偎在你身边让人实在感到很不自在,好像有种犯罪感,你就是个正经人也变得不正经了。后来我只要能不去陪的就不陪了,而是委托阿倩代我去。阿倩在这方面能应酬自如,把顾客们都能安排得称心惬意,后来大多数顾客都愿意让阿倩陪着去,我也就顺水推舟,给自己留下点清闲的时间。

我根据雪飞指示的方向,把车开到一家叫"凯凯乐"的豪华舞厅。我看到一位风度翩翩的男士迎她而来,雪飞也欢跳了两步迎了上去,他俩握了握手,还相互贴了贴脸。那位男士叫郭浩,雪飞给我们做了介绍后就拉我们进了舞厅。雪飞对我说,杨总,给你叫一位漂亮小姐吧,我说不用了。她说,你怕俗气是不是?不会的,这儿的小姐挺高档的,你接触后就知道了。不一会儿她果然请来了一位身材修长脸蛋也很标致看上去也蛮有气质的姑娘。这姑娘舞跳得很好,也很有分寸。她告诉我,她是个研究生,由于家庭条件不好,她得靠自己挣生活费。我很同情地朝她点了点头,我觉得这儿的舞厅有一种特别优雅的气氛。甚至在"蹦迪"的时候,在狂热的跳跃中也透出一种雅致来。雪飞告诉我,目前由于市场不景气,上海大多数舞厅的生意也都很清淡,而只有这家舞厅依旧很火爆,大概因为这里的陪舞小姐素质都比较高,她们只陪舞决不陪睡,也不做那些俗气的动作。舞池的灯光也很适宜,不像有些舞池灯光暗得好像所有跳舞的人都热衷于做那些见不得人的事。还有,舞厅边上的休息室是隔音的,四周墙上挂着名家的书画,造就了一种很典雅的文化氛围。这时我感到,只想满足一下原始性刺激的年月正在过去,人们已开始追求一种高雅的生活情趣了。也许,随着人们物质生活和文化素质的提高,人们动物性的贪欲正在淡化,人性正在慢慢地复原,这家舞厅的生意能这么好,正是适应了一部分高层次人的追求和需要,心灵的高雅才能呈现出一种美来。此时,我对市场又有了另一种的感悟。

那晚,雪飞也陪我跳了几曲,她主动地带我,跳得很潇洒,也很尽兴。在我把她送回去的路上,她说,杨总那个厂长的位置你是不是还准备给我?我说为什么不?今晚我过得很开心也很有意义,我明白了生意场上的一个大道理。她问是什么?我说,等我思考成熟后再告诉你吧,总之,我要谢谢你的这次邀请。她捏了捏我的手,又有一些亮晶晶的雪花在灯光中悠悠地飘了下来。

寒流一过,天气很快就变得温和了。春节前的那两天,太阳竟暖乎乎地照着大地,已使人感到春天的来临了。程铮和晓妮把市内的那家厂承包下来后,由于外商的退货事件,再加上服装市场去年空前的疲软,到年终结算下来,厂了第一次出现了亏损,而程铮却很大度地对我说,阿晖,你放心,虽说你现在交给我的厂是个亏损的厂子,但我仍会按我们的合同办,该上交的钱一分都不会少!你能拉我一把,我不会再做对不起你的事了!可从他的语气中,我感到好像不是我在拉他反而是他在拉我。由于服装市场连续几年的不景气,前两年厂子的利润就不高,再加上去年的亏损,因此这三年的平均利润的百分之七十又能有几个钱呢?但我不想再辩什么,我得承认,交出的厂子确实是个亏损厂。

潇潇洒洒的春雨就像支大毛笔在光秃秃的树枝上抹出了嫩嫩的绿色。小工厂交给程铮承包后,我每天都开车到郊区的那个厂子去上班。当然,我仍面临着许多难题,需要一件件地去解决。那天早上,雪飞夹着文件夹走进我的办公室,她神色庄重地说,杨总,我得提醒你,工人下岗的事你不能一拖再拖了,区厂长在时给过你一个名单,现在我还要再给你增加一些,所以现在下岗工人的比例是全厂的百分之五十。她看到我面有难色,就说,杨总,你要怕得罪人,这件事就由我来宣布,我是厂长,宣布这件事合情合理。你要再拖,我都要对你有意见了,因为我现在是厂长!我说,雪飞,让一部分工人下岗这件事其实我比你还急,但下岗后让她们干什么?你得有个妥善的安排。作为一个负责任的企业家,应该看到工人实际上是你整个事业的基础,善待工人就是善待你自己,这事也直接关系到企业今后的发展。雪飞说,杨总,你这话当然不错,但我们现在面对的是一个绝对无情的市场,你有情,但市场无情啊!她气恼地抱怨说,我真有点弄勿懂,前几年服装市场热得像一锅烧开的水,而现在呢?却冷得像一块坚冰!这个市场真是出鬼了!我说,雪飞,发这种牢骚的不止你一个,我也怨恨目前的市场疲软,但我现在想通了,我们不能抱怨市场,抱怨也无用!她说,为什么?我说,雪飞,我是在政府经济部门待过的人,我们国家搞了那么长时间的计划经济,再加上这些年来长官意志和政府行为仍在起作用,结果造成了投资的盲目性和产业结构严重失衡。目前的疲软正说明我国转入市场经济后,市场调节已经开始起作用了,说明我们的经济已经进入市场经济的轨道。所以从长远来看,这对我们办企业的人来说并不是件坏事,关键是目前的难关怎么去度过它?这就要看自己的本事了。雪飞说,那你准备怎么办?我说,当然首先要压缩摊子,我把市区的工厂承包了出去,你和晓妮拟定的下岗人员的名单我也都同意,而且公司的部门和人员我也准备要大量压缩,但仅仅这样做是远远不够的,最根本的办法还是要找市场,找出路。市场是在发展的,人们的需求也是在不断改变的。现在已经不是那个一切都要凭票供应,商品奇缺的年月了,那时人们只注重商品的使用价值,而现在人们更多的是注重商品的审美价值了,尤其是服装。所以那些价高质次、那些没有多少文化含量、款式不美不新的服装就不再有人问津了,而这些年来恰恰是这样一类服装在大批大批涌向市场,所以表面上看来是市场疲软,其实却是商品本身的疲软。所以这些天我得出了一个结论,没有疲软的市场,只有疲软的商品!雪飞,

中篇小说

你那晚带我去的那个舞厅的生意为什么那么火爆？为什么别的舞厅的生意却很清淡？因为它适应了人们想提高自己消费水平的需要！所以我必须用我们的新产品去打开局面！雪飞的眼睛一亮，说，杨总，你是个有思想的企业家。但现在工人下岗的事到底该怎么办？我说，过几天再宣布吧。我先要把善后的事安排妥当。

自程铮和晓妮承包了市内的工厂后，程铮倒是表现出高涨的经营热情，据晓妮对我说，他每天清晨就赶往工厂，到深更半夜才回家，有时索性住在厂里，对积压在仓库里的产品，他也是马不停蹄地到处奔走，想方设法尽快把产品销出去。晓妮在讲这些事时是满脸的欣慰与幸福，在她看来程铮确实是变好了，变争气了。我当然也希望他能这样。而亚翎作为他们的经济担保人，也时时关注着程铮他们的经营状况，她带给我的消息更为振奋，说程铮在三个月不到的时间里不但把压在仓库里的服装全部销了出去，而且又开始大批量地生产新服装了，全厂的生产是一片红红火火。这倒使我感到有些吃惊，但亚翎说这事的喜色却使我感到这事大概不会有假。晚上我们睡下时，亚翎问我，永晖，你厂里的生产为什么这么不景气？你到底准备怎么办？我说我正准备大规模的裁员，包括公司的职员和工厂的工人。亚翎从床头柜的烟盒里抽出一支烟点着后，又用很自信的口气说，永晖，我再给你一个建议怎么样？既然你要在公司大量裁员，不如把公司也交给程铮。她不冷不热地笑着说，现在我看他比你的办法多、点子广、路子宽，他在南方混了五年，虽没成功，但也没白混。而你呢？这两年你可没拿出什么新招来，你是不是有些江郎才尽了？我不语，但她这话却很伤我的自尊。亚翎察觉到了，她主动地钻进我的被窝抚摸着我。我知道，作为妻子她在怜悯她的丈夫，我想人在为事业奋斗时会遇到多少意想不到的困难啊，而商海里那风起云涌的波涛又是那样的让人捉摸不透。企业家不是好当的啊！钱也不是那么好赚的啦！尤其当个民营企业家，他将承受更大的市场压力和风险！我在想，当我国加入WTO后，会有更多搞企业的人能体味到这一点。而亚翎的建议是不是也值得考虑呢？

春天及时地回到了上海，碧蓝的天空飘浮着绵绵的白云，融融的阳光普照着大地。我去了市内的工厂,程铮完全恢复了以往的自信,满脸的喜色和得意,黑西装、红领带,潇洒倜傥,一扫半年前在咖啡馆见面时那副猥琐的样子。他领我去看了主体车间,晓妮和阿珍也陪着我。几个月前我找阿珍谈了一次话,阿珍告诉我说,程铮已同她谈过了,让她当晓妮的助手,工资还拿原先厂长的工资。程铮说,以前杨永晖给你多少,我程铮也给你多少。后来我听说,程铮还为她介绍了一个男友,并答应她,等他生意再做大点,赚了更多的钱后,就垫款帮她买套房子,让她结婚用。她说,我的事你也用不着操心了,看来程铮还是个很仗义的人,过去我对他大概也有些误解……我当然无话可说了,感觉到了她对我的冷淡。而晓妮对我仍很亲切,很热情。当我走进车间后,我看到的是一派忙碌的景象,当时我确实又羡慕又有点妒忌。程铮生产的服装和我们厂目前生产的是同一种服装,为什么他的销路那么畅而我的服装却走不动呢?我问他,他一笑说,阿晖,请别埋怨我,我不能告诉你。我明白了,我们又处在竞争的地位上了,我应该想到这一点。他拍拍我的肩说,阿晖,你太厚道了,我还是那句话,要想在市场上去抢夺优势靠厚道是行不通的。我也一笑说,程铮,我今天不是来打探你的商业情报的,我想同你商量件事,就是你的承包款能不能提前给我交上一半,目前你的生意这么旺,大概不会太为难吧?程铮说,派啥用场?我说,工厂有一部分工人要下岗,我得为他们支付生活费。他得意地一笑说,一句话!明天来取支票!不过你也太菩萨心肠了,让工人下岗一宣布不就得了,现在让工人下岗的企业不要太多噢!他又说,我听亚翎说,你公司里也要大量裁员?我说有这个计划。他说,你不要裁了,把公司交给我吧,公司里所有的工作人员我都收留下来。阿晖,不瞒你说,我想另立门户同你彻底脱钩,因为我想把生意做得更大。我说,刚好今天我想同你商量的第二件事就是这件事。他咯咯地笑起来,狠狠地拍了我一下说,阿晖啊,你真是个聪明人!我不知道他这是在夸我呢还是在挖苦我。关于亚翎的建议,我是考虑再三后决定按她的建议办,因为我感到就我目前的摊子而言再死撑下去已经寸步难行了,而退一步呢?可能会有更多游刃的余地。我说,这件事我们得坐下来好好商量,过两天我再约你吧。他一仰脖子又哈哈一笑说,行!我等你的电话!他那笑声刺得我心生疼生疼的,但我不想再说什么。

　　江南的春天是最像春天的。母亲在世时,在园内修筑的几个花坛,现在在雅贞的精心栽培下,各色鲜花都已盛开了,在灿烂的阳光下显得格外艳丽。但我的心却很沉重,因为我今天不得不宣布工人下岗的事。我赶到工厂,雪飞告诉我,工人们已经在大食堂里集合好了,你要不讲就由我来讲。我说,还是我讲吧,企业的法人代表毕竟是我。当我走进食堂时,要下岗的五百多工人的脸都阴沉沉的,与室外那明媚的春色形成了强烈的反差。我对大家说,今天我要讲的事大概大家已经知道了……我的话音没落就有人哭起来,接着许多人也跟着哭起来。这时我感到有些束手无策。雪飞却很冷静,她大声喊,大家都不要哭了好不好?又没有让你们去死!嚎什么嚎!有个人喊,让我们下岗就等于让我们去死,饭碗没了,吃什么!雪飞说,谁敲你们的饭碗了,今天杨总召集你们来开会,就是还要给你们一碗饭吃。本来我们根据政府的规定,给你们都交过三金,目前厂里用不着那么多人,我们完全可以把你们推向社会,让你们自谋生路去。本来这个会早就要开的,但杨总不想把你们往外一推就了事,只想让你们内部下岗,厂里除每月给你们发市里规定的最低生活费外,再加上五十元的补贴,为了这笔款子杨总是想方设法筹好了才来开这个会的。另外,杨总还让我腾出一个小车间,在你们下岗期间可以到小车间去练技术。为什么厂里一千多工人,不是别人下岗而是你们下?就因为你们的技术还不够过硬。市场经济就是优胜劣汰的经济,有多大本事就吃多大本事的饭!这时哭声停了,四下里鸦雀无声。雪飞回过头来对我说,杨总,你讲吧。我很感激她能把场面迅速地控制住。我说,刚才何厂长讲得对,现在要想端上只牢靠点的饭碗,靠别人是靠不住的,要靠自己有一套别人拿不走的技能。目前,厂里生产出来的大批服装销不动,是什么原因?有人说是市场的原因,其实不是,是我们生产的服装本身的问题。现在人们对服装消费有了更高的要求,要求服装样式更新颖、更美观、更大方,在面料和做工上也要更精细考究。因此对你们在技能上就有了更高的要求,所以在你们下岗的这段时间里,你们要抓紧时间练技术。目前,我们厂正处在一个调整期,等调整好后,你们还可以继续上岗,但有一条,技术上必须过关,过不了关的也只好请你另谋生路了。下面有人喊,杨总,啥辰光可以调整好？我说,我也说不上,或许一年或许两年也许要更长的时间,但我会尽我最大的努力。厂子要是经营不下去,我和你们都只能喝西北风。就这样,散会吧。

我回到办公室,身后又听到有哭声,我感到很不好受,就点上支烟抽着。不一会儿雪飞进来说,杨总,有四五十个工人在你办公室的门口静坐示威呢。那时我感到很气恼很心酸也很委屈,当你处处为别人着想时,别人却不一定会理解你。我叹口气对雪飞说,雪飞,下午我与王先生和郝女士约好,去看他俩新设计的服装图样,现在开发新产品对我们来说比什么都重要,你同她们谈谈吧。雪飞问,怎么谈？我说,你觉得该怎么谈就怎么谈,我完全相信你。她想了想说,好吧,我会把你的苦心详细地向她们解释的。

离开厂匆匆往公司赶时,我希望从王先生和郝女士的新设计中为工厂找到新的出路,八年前正是他们的设计使厂子兴旺起来。然而,当我翻看了他们的设计图后,我失望了,他们的构思仍没有跳出以往的框架,没有多少的新意。我这才感到一个服装设计师要超越自己有多艰难,王先生和郝女士都已年过半百了。当我对他俩的设计表示失望后,王先生痛苦地摇着头说,杨总,你已经第三次否定我们的设计了,在这些年里这可是从来没有过的,我和老郝都无能为力了,我们已搜肠刮肚竭尽全力了。郝女士也抱怨说,杨总你的要求也太高了。我说,老王老郝,我也别无选择,我面对的无情的市场,你们的辛劳,我会给你们一定补偿的。

"不用了。"王先生生气地说,"我们另找出路吧,我们的设计会有厂家要的。"

我带着歉意笑着说,那就对不起你们了,说不定我们还会有合作的机会。把他俩送走后我的心变得更沉重了,我埋在沙发里抽烟。阿倩敲门进来为我端来了一杯咖啡,她说,杨总,你最近的情绪怎么这么不好？我说老王和老郝是尽力了,但他们的设计我实在没法用,因此对他们我感到很过意不去。阿倩就宽慰我说,杨总,他们俩是为公司的发展出过力,但你给他们的报酬也不低呀,他们在秋湖花园买了房,这两年又买了车,所以杨总你用不着内疚,我们总不能为了照顾他们的设计而把整个公司的前程毁了吧?他们的设计压库严重,是他们有负于你呀。阿倩的话使我稍稍感到轻松一些了。阿倩又说,我听说你又要把公司交给程铮是哦?我说,有这打算。阿倩说,但我不跟过去,你要还信得过我阿倩的话,我还跟着你做。我说为什么?阿倩说,因为我觉得程铮这个人勿大牢靠。

我一笑。

亚翎对我说,王先生和郝女士从公司出来后就直接去找了程铮,程铮说这么好的设计杨永晖为什么不要?他不用我用!过两天我就批量投入生产。他还说,这个杨永晖,现在怎么变得这么谨小慎微了?目前市场的这种状况是最需要企业家展示自己大刀阔斧魄力的时候。我沉默。亚翎看我不吭声就有些恼了,说我今天提早回来是因为程铮和晓妮今晚要到我们家来找你。程铮说他已经赚了不少钱,想再向银行贷点款,想把厂子从你手中收下来,公司他也想接过去,然后更名成立一个新公司。他还说,如果杨永晖仍摆脱不了目前困境的话,市郊的工厂他也可以代为经营。我说,他们什么时候来?亚翎说八点左右。她焦虑地问我,永晖,在经营上你是不是真没辙了?如果真那样的话,你不如把整个公司都交给程铮算了!我咬牙说,行,让他们去成立新公司吧,但我在郊区的厂不劳他程铮操心。亚翎说,你有办法可以改变现状?我说那得需要时间。亚翎说,永晖,我可是你的股东,而且是个不小的股东。我说,亚翎,如果程铮想收下我市内的工厂,收回公司,那他得给我交现款,赊账的事我不干,而当他把钱划给我后,你可以把你的股份抽走!我生气地拍了一下饭桌说,亚翎,我俩之间是不是又要重演几年前的那场戏了?亚翎咬着嘴唇说,现在的情况同那时不一样,因为我现在看到的是一个在困境中束手无策无所作为的杨永晖!这时程铮和晓妮在院外按响了门铃……

第二天一早我就驾车赶往郊区厂。昨晚我与程铮和晓妮谈得很合拍,他们急着想扩大事业而我却正想缩小经营规模并能得到一笔现款,再加上程铮表现出的大度与仗义,一些技术上的细节也一谈就成了。春色宜人,阳光明媚,我把车窗摇开,徐徐和风拂面而来,我感到心情轻松了许多。到厂里后雪飞已在办公室等我,我先告诉了她昨晚我和程铮达成的协议。雪飞听后也舒了一口气,带着嘲讽的口气说,这位程铮先生倒也真够朋友,他真能把这笔现款立即拨给你?我说合同一订好他就拨。雪飞笑着说,杨总,那你起码在半年里资金上不用发愁了。雪飞比亚翎强,她揣摩到了我的意图。不过我仍忧心忡忡地想,我也只有这半年的时间了。接着雪飞给我讲了有关她与那些静坐工人谈判的事,她告诉他们,工厂再不压缩生产规模,不出一年整个工厂就会被拖垮,厂子破产了,不要说大家没活干,就连最低的生活费也拿不上。现在压缩人员减少开支,为的就是把剩余的一点钱用在刀刃上,只要厂子在,你们今后还有生活做,也就有生活费领。你们打听打听,在上海滩有几个民营企业的老板像杨总这样的?我表扬雪飞说,你这个厂长当得蛮称职的。雪飞说,杨总,勿要给我戴高帽子来,厂子再这样下去,我也要辞职了。我说,雪飞,目前我能把企业调整到现在这种状况,得感谢三个人,一个是你,一个是亚翎,还有一个就是程铮,但他决不会想到他在无意中帮了我的大忙。

上海又进入了梅雨季节,天总是阴沉沉的,让人十几天都见不到一点阳光。程铮的新公司开张挂牌了,叫"新宇服装责任有限公司"。他的活动能量你不服不行,他把不大请得动的人都请来了,政府官员、银行大员、社会名流,还有企业界的一些大拿,他还请了管乐队,嘟嘟嗒嗒地足足吹了有一个多小时。他春风得意地对我说,阿晖,我有今天全亏你那天在咖啡馆里对我的一通教诲,那时我就下定决心,非要做出个样子来给你看看。他激动地搓着手说,我程铮总算又有了扬眉吐气的一天。不过阿晖,他不无得意地拍了一下我的肩说,我今后最不希望看到的是,不要有一天我在咖啡馆里教诲你哦?

我只是一笑,不答。

不一会儿亚翎走过来把我拉到一边说,永晖,我告诉你,王先生和郝女士设计的那些服装,程铮大批量的生产后,销路也很好。永晖,你要再这样下去,我真的要从你那儿抽资了。我说,你的股金我在银行里存着呢,你随时都可以抽走,但我要警告你,你千万别把这批钱投到程铮那儿。她说,为

中篇小说

什么？我在她耳边用很重的语气低声地喊，因为我比他更保险！亚翎却不以为然地耸了耸肩。

我那"申江服装责任有限公司"的牌子依然挂着。不过那时除我这总经理外，只剩下三个人了，办公室主任阿倩、销售部经理区晓华、财务部经理闵常青。我们公司的大部分人员都被程铮收编了过去，而程铮的"新宇"公司就设在我们的楼上。阿倩对我说，从我们公司过去的那些人，现在一个个都显出财大气粗的样子，不过我是看准了，现在大多数人都是跟着权钱走，但我认为，最可靠的还是要跟着人走。我赞赏地朝她点了点头。

在我与程铮交割完一切后，我在感到失落的同时，也感到轻松了许多。那天下午，我同区晓华通了话。两个月前我派他到南方几省去开辟销售点，我在电话里让他三天内赶回上海来。有件急事要他办。在公司分家前我也打电话征求过他的意见，他在电话里说，杨总，自从你把我从失足的泥坑里拉出来后，我就下死心跟定你了，就是跳黄浦江我也跟着你跳，人活在世上不能只盯着钞票，还得摸摸自己的良心。再说程铮从来就没有对我有好感过，我干吗要到他那儿去吃他的白眼呢？

区晓华第二天就赶了回来，他对我说，他在许多城市的大商场都设了销售点，有的还签了长期合同，找了代理人，目前就等着新产品去打开销路了。他还很神秘地问我，杨总，我们是不是低价处理了一批产品？我说没有呀。他说他在好几个城市的集贸市场的地摊上，看到我们厂生产的服装，摊主用很低的价钱在叫卖。我说你没看错吧？他说绝对不会错，做工全一样的，而且像这样的服装本来就销不动，谁还会去假冒，现在卖的价连做工都收不回来。我的心顿时咯噔了一下，我怀疑到程铮，原先压在市内工厂仓库里的货他是怎么出手的？而且出手得这么快？但我没吱声，因为这同我已无关了，仓库里压存的那批货程铮是按成本价给我结算的，我不吃亏。我对区晓华说，晓华，我让你回来是想让你帮我跑跑腿，去找一些年轻的但还没有露头的服装设计人员，找得越多越好，现在全国各地都有这方面的人才涌到上海来发展。他们的设计你用不着看，只要找到住址就行。区晓华一点头说，好的，这点路道我还有。

讨厌的梅雨季节总算过去了,然而晴朗的天空也带来了异样的炎热。有天晚上,亚翎会了一个饭局回来,嘴里喷着浓浓的酒味。她到浴室冲了个澡出来,笑眯眯讨好地对我说,永晖,我想同你商量件事,你千万别生气。我说用不着商量,你不就是想从我这儿抽资投到程铮那儿去嘛。她说,永晖,最近他在生意上真的十分红火,投到他那里分红的比例必然相当可观,程铮答应我,年终分红绝对在百分之四十以上。永晖,我这也是为家里好,虽然我俩各人名下都有自己的财产,但并没有签订法律文件,也没有公证。所以在法律上各人的财产仍属我俩共有。我拿出点资金另外去找点出路有什么不好呢? 我感到不高兴,但不想发作,因为我了解这位好胜心极强、独立意识也极强的妻子,凡是有失自己面子的事她都会竭尽全力再去争回来,哪怕是面对自己的丈夫,那是她隐藏在内心的一种情结。我问她准备抽多少? 她说,抽一半吧,要是全抽走你说不定就会喊,别忘了我是你老公! 我也不愿做太对不起自己老公的事,是吧。她搂着我的脖子在我脸上啪地亲了一下。她变聪明了,不像以前那样同我硬顶,而是搞了个软着陆。我说,好吧,你要全部抽走都可以,说不定也真是留了条后路。你明天就可以去找闵经理。她把脸紧贴着我的脸,我说了,只抽一半。而我却在想,程铮这家伙是不是又在暗地里想搞垮我?

那年夏天的上海特别炎热。一天我去公司时,阿倩告诉我说程铮找我,让我抽空到他办公室去一次。他把我看成他的下属了,我心里虽不快但我还是上了楼,去了他那间装潢极豪华的办公室。有一个三十刚出点头的女人正在同他争吵,那女人身材修长,脸蛋也蛮漂亮,但她那双过于敏感的眼睛让人感到这人似乎有点神经质。她含着泪拍着茶几上叠放着的一摞服装设计图说,程铮,在广州时,你把我搂在怀里甜言蜜语的什么都答应我! 可现在……程铮看我进来了便恼怒地喊了一声,赵颖! 你说这些干什么? 赵颖一扬脖子说,怕什么! 男女之间相好又不是什么丢人的事! 她看了我一眼,但并没有把我放在心上,继续着她的话题:你那时对我说,等你发了,一定给我开一个个人服装设计展示会,而且还要把我设计的服装投入批量生产。现在你发了,生意做大了,公司办兴旺了,可你却食言了! 程铮你别忘了,我们在广州毕竟同居了两年,就凭这点你也该为我的事业出把力呀!程铮站起身大喊了一声,赵颖,你不要再说下去了行不行?赵颖说,不!你是觉得当着外人的面说这种事不体面了是不是?我不怕!不觉得这有什么可丢脸的!倒是一个男人对女人许下的愿却要赖账,这样的男人才是最丢脸的!

他们在争吵的时候,我装出无事可做的样子顺手翻着那些服装设计图,我的眼睛亮了,我的心也颤了,但我却若无其事似乎不屑一顾地把那些图纸推到一边。程铮这时说,赵颖,我是个生意人,你看看你设计的这些服装,怪不溜秋的,哪一种可以投入生产?我不会拿钱去开这种玩笑!你要缺钱用,我可以给你。赵颖喊,你施舍的臭钱我不要,不相信我赵颖在上海混不到一口饭吃,就是去当鸡,那也是靠自己的身子挣来的!程铮,你表面上像个绅士,可骨子里却是个流氓!

我感到赵颖可能要走,于是先站起来往外走。程铮喊,阿晖!我说,去洗手间!

我在电梯边的拐角上等,果然不一会儿赵颖夹着图纸出来了。我把她拉到一边说,赵小姐,我也是开服装厂的,请你留下你的住址行吗?她问,干什么?我说,因为你是个很有想法的服装设计师,我想去拜访你,我赶忙递上名片。她看着我,想了想,也很爽快地给我留下了电话和住址。我立即拐回洗手间,冲了冲手,用手绢擦着返回程铮办公室。程铮,恼怒地在办公室里来回踱着步,见我进来说,出呐!这么个神经病女人!我一笑说,谁让你什么样的女人都去沾呢。他摆摆手说,不说了,不说了。我坐下,他给我递上一支烟。窗外是林立的崭新的高楼大厦,随着市场经济的繁荣,上海可以说是一年一个样。上海只要一开放,它的人才优势、地理优势、历史优势、人们的心理趋向优势还有它特有的海派文化优势,这种综合优势全国的任何一个城市都无法与它相比,它的发展速度必然格外地令人眼花缭乱,因此上海市场上的搏杀也就特别的激烈。程铮让一个只有十八九岁身材小巧玲珑脸蛋长得甜甜的女秘书菲菲送来了两杯咖啡。他说,阿晖,我想同你商量件对我们俩来说都是十分重要的事情。你对我国准备加入WTO的事是不是注意到了？我说我一直在关注着这件事。他说,你有什么打算？我说目前还没有。他说没有可不行,我国加入世贸大概就这两年的事。你要知道,当我国的市场一旦全面开放,外国的资本和技术蜂拥而入地打进来,像我们这样的小公司和小工厂就很难再生存下去。所以阿晖,我们再次合作怎么样？这样我们的资本和力量就会更雄厚,就更具竞争力,你看呢？当然董事长由你当,我只当个总经理就行了。我一笑说,程铮,你有没有搞错啊,我俩合伙,其实从规模上讲仍是我原先的那个公司和那两个厂子,所以这对我来说毫无意义。目前,你还是发展你的"新宇"公司,我维持我的"申江"公司。有些事以后再说,我又同他闲聊了几句后就起身告辞。我走后听到他踢翻了一把椅子,还骂了一句什么。我心里有些感觉,但我不想告诉任何人。

　　下楼回到我的办公室,我问阿倩,如果程铮来你这儿打听我们公司的经营情况,你怎么回答他？阿倩说,杨总,你放心,我会应付的。我说,怎么应付？她说,瞎讲讲。

　　下了两个多小时的阵雨后,天又放晴了。区晓华陪着我去找那些他已联系好的服装设计人员。市场正在调节着人们的就业选择。记得十几年前,那些女模特露着脊背和大腿在台上亮相时,招来了多少非难声,但现在呢,成了一个很高档很时髦的职业。名模的出场费已令人咋舌,于是想当模特的人越来越多。服装设计也是这样,现在涌向上海的服装设计人员成百上千,有的住在阁楼里,有的住在石库门的亭子间里,有的同别人合租在公寓房里。区晓华很尽职,真是联系到了不少人,我与他整整跑了十几天。他们拿出一摞摞的设计稿给我们看。有的自我感觉极好,要价很高,而有的却说你只要把我的设计投入生产,我倒贴都可以。但我的感觉是,他们的总体水平没有一个超过赵颖。但从单幅设计来看,也有上乘之作,我把我看中的设计一一记下来,将来要采用时,再同他们谈报酬签合同。最后,我准备去找赵颖。

　　这次,我没有让区晓华陪,而是叫上雪飞一起去的,我先给赵颖打电话约她晚上在她的住处等我们。赵颖租住的是一套两室一厅的单元房,是与一位男士合租的,那位男士是个搞通俗音乐的。头发留得比她还长。她说,她同他很谈得来也很合得来,但绝对属于无性同居。她身上裹着睡衣,脚上套着绣花拖鞋,当我把雪飞介绍给她时,她握住雪飞的手说,你好漂亮好漂亮啊!弄得见过世面的雪飞也羞红了脸。这是个很率真的人,她一见我们就激动,就流泪,就一支接一支地吸烟,并滔滔不绝地说话。她说,她一直在等着盼着能见到我。她说她曾跑过好多家服装公司和服装厂,但人家看了她的设计后,不是嗤之以鼻就是随口赞美几句敷衍她,然后就把她打发走。她说大概人家不但讨厌她的设计而且也讨厌她这个人。当说到程铮时,她说她在广州与程铮当然是有性同居。她说你必须承认程铮是个极有魅力而且能做得使女人销魂的男人。但可惜他也只有这么点本事,而到专业上他就不行了,比如像她这样一个有创新意识、有造诣、有深厚文化功底的服装设计师,他却不识货!

她的卧室就是她的工作室,窗下是一块两米长的大工作台,上面叠满了服装设计图。墙边的小床上也铺满了图纸,屋里弥漫着一股强烈刺鼻的烟味。当她把一张张服装设计稿拿给我们看并介绍她的创意时,她舞着夹烟的手指,却很少再吸烟。她的思路很开阔,从这几年国际上流行的服饰和色彩,到国内民族服饰的演变与兴起,讲得既有文化底蕴,又有历史厚度,还有与国际接轨的广度。开始时雪飞被她神经质的言行弄得有些窘迫,而此时一面津津有味地听着一面不住地点头,眼中流出了不少的敬意。而我则为自己能在偶然中抓住了人才也抓住了机遇而感到庆幸。她兴致盎然滔滔不绝地讲了两个多小时,抽了十几支烟,烟头在烟灰缸里堆成了小丘。夜深了,我请她去吃夜宵。在饭桌上,雪飞已同她谈得蛮投机了。她俩对服装将来的走势和审美视角有许多相通的地方。这使我感到高兴,审美的相通是今后合作的基础。我决定过几天再约她细谈。

湿润的晚风拂进车内,四下里明亮的灯光在闪烁着,很有些过去夜上海的味道,历史好像是在画着圈。雪飞对我说,杨总,你蛮有眼力的,这个赵颖绝对是个怪才,说不定她会让我们厂走红。我要把雪飞送回工厂,自她当上厂长后,她一个星期有六天是整天待在厂里,只有星期六的晚上雷打不动地约"上戏"的郭浩先生去跳舞,她说她同他在一起跳舞时感到全身心愉悦,因为他身上的每一个部位都洋溢着乐感,并能触电似的传到她身上。她说那感觉是很难用言语来表达的。我问她干吗不找个男人结婚?她说女人找男人不应该用眼睛去寻找而应该用心灵去感觉。只有一见面就能震颤心房的男人她才可能爱上他,不过现在还没有遇到。我说,如果这辈子你都遇不上呢?她说,那就宁缺毋滥,与其在一起过得不愉快不如一个人单过。我说,我是不是该多给你一些单独行动的时间?她一笑说,杨总,我晓得你正在为工厂的兴旺作新的拼搏,而这次拼搏可以说是一次生死存亡的拼搏,是哦?我笑笑。她说,在这段时间里我要与你风雨同舟,其他的事放到以后再说吧。我感激地朝她点点头。搞事业能遇到一个知心的同路人,就是一种幸运,不在于他是男还是女。

  天气是那样的闷热,让人感到嗓子眼整天都在冒火。为了节约开支,雪飞在她的办公室里一般不再开空调。但那天为了我她还是把空调打开了。她知道,我要告诉她许多重要的想法。我告诉她,服装市场其实同股市一样,在牛气冲天的时候,赚钱算不得本事,而当市场显出一副死气沉沉的熊态时,你还能赚到钱,那才算是本事。没有疲软的市场,只有疲软的商品,现在我越来越坚信这一点。我告诉她,现在人们对服装的追求尤其是女性对服装的追求与过去已大不一样了。过去只要式样好一点的服装一出来,人们就会一窝蜂地去买了穿,少女穿、少妇穿,甚至连中年妇女也穿。而现在人们对服装的消费却越来越显示出自己的个性,要与众不同,别人穿过的式样与颜色就不愿再去选择。还有,随着大家生活水平的提高,女人们有了更多可以替换的衣服,因此她们逛商场的目的不是急着想买什么而是耐心地寻觅让她们更中意的服饰。只要她们仍爱在服装市场上徜徉,说明她们仍有消费的欲望,只不过是在找能让她们眼睛发亮的款式。再有,既然人们在穿着上更看重它的审美价值,所以服装的面料、色彩以及在做工上也就要更为讲究。这些日子来,我为什么要从更多的设计者那儿去寻找,就是要从不同的设计者身上去觅到具有不同个性的设计,以便适应不同消费者的爱好。雪飞笑着说,杨总,你这些想法是不是从站了大半个月的柜台上收获来的。我说是,研究市场最重要的就是要研究人们的消费心理,因为市场赖以发展的基础就是消费者。雪飞说，那现在让我做什么？我说，第一，我们再找赵颖谈谈，她是我们推出这批新式服装的主打，因为她最具个性。第二，这批新式服装只能小批量生产。雪飞说，这样成本会很高。我说成本高一点不怕，现在有些消费者只要服装中意，价钱高一点她们也会买，这样我们的盈利会更高。

  一道雨后的彩虹架在了天空。我们再次去找赵颖，几天前，我们对一些设计提出了修改意见。这次是那位与她无性同居的长发男士给我们开的门，他很客气地向我们示意她正在工作室里。门没有关，满屋里缭绕着苦苦思索的烟雾，她看到我们后说，等一会儿，等一会儿就好。她抹完最后一笔色彩后高兴地一拍手说，全好了。然后把修改后的设计图摊在她的案上说，看，怎么样。雪飞看后竟拍起手来。我看后也感到很满意。于是就问她报酬怎么定？她说，杨总，谢谢你能这么看重我，这次我一分钱的报酬也不要，但我有一个要求，我想开一个个人的服装设计展示会，你们能不能给我一点支持？因为我现在更需要的是知名度而不是钱。我说开一个这样的展示会需要多少资金？她说，大概要三四十万吧。你们只要给我支持一部分就行。余下的我再到别处筹。我说，你准备在什么时候开？她说，最好是在秋天。我想了想说，你需要我们支持多少？她说十万行吗？我说那余下的钱你有把握筹到吗？她说，不知道，争取吧。我说，赵小姐，这样吧，你个人的服装设计展示会就以我们公司的名义给你开，资金全由我们掏，到时，我砸锅卖铁也要为你开！她睁大眼睛说，真的？我也斩钉截铁地说，我不说假话。她猛地拥抱了我，在我脸上连亲了几下，杨总，你是个真正有魄力有眼光的企业家。我一笑说，不要给我戴高帽子，我这也是在为我们公司的将来拼搏！

  雪飞在边上看傻了。

  回厂的路上雪飞抱怨我说，你为她开个人服装展示会的决定是不是太匆忙了？她给我们的这些服装设计值三四十万吗？我说，有些事就该当机立断。我相信，她设计的那些服装展示出来后会不同凡响的。所以名义上，我们是为她开，而实际上是在为我们公司开，是在打我们的品牌，提高公司的知名度，也等于给公司搞一次大广告。搞一次大广告需要多少钱你不清楚？一射双雕的事干吗不干？雪飞拍了一下前额说，你看我这脑子！

雪飞的工作很有主动性，她根据我的意图迅速地把一批技术最熟练的工人组成了几个作业班，配上能干的班长，十几种不同式样的秋装同时投入了生产。这次为把新产品推向市场，我投入了所有的流动资金。程铮曾对我说，商场犹如赌场。有时就是这样，我下了最后的一注赌注，成败就在此一举了。

在新服装生产的同时，我让区晓华组成了一个六人推销组，带上样品到外省市我们的代销点去搞促销活动。那几天我又去站了几天柜台，看看新产品的销售情况，可生意仍很清淡，顾客寥寥无几，我们的新产品有人看，但很少有人买，这使我感到很失望。柜台小姐安慰我说，杨总，这几天不是休息天，大概到礼拜六、礼拜天就会有好转。但双休日过后，返回的信息仍让人感到失望。

夏天正在悄悄过去，新产品的销售仍处在低谷，资金的回收率很低，到下个月，下岗工人的基本生活费也快发不出来，连正在干活的工人的工资也很难按数发放了。这时，我又处在一种绝境之中了。有一天雪飞告诉我，下个月在岗的工人也只能发基本生活费了，人心开始不稳了，问我该怎么办？我说你是厂长，你只要给我稳定上两个月，如果情况再没有好转，那再由我来想办法。雪飞一笑说，这你放心，稳定上两个月的办法我还有，在岗的工人不干，我让下岗练技术的工人上。现在僧多粥少，不怕找不到人干活，这就叫市场。我沉思了一阵，无奈地叹口气说，这办法算不得高明，但现在也只能这样了。

而那几天，程铮对我也特别关心起来。阿倩说，他几乎每天都要来她这儿打听有关我的情况。而阿倩回答他是，一切都蛮好。他就说，勿对哦？据我所知，阿晖的情况相当糟糕。阿倩就说，瞎讲，我哪能勿晓得？有一天我碰到程铮，他第一句话就是，阿晖，我们还是合伙吧，我的立场不变，董事长你来当，总经理由我当，法人代表是你，我绝没有别的想法，我只是想拉你一把，哪能？我够大度了吧？我是犹豫了一下，但很快一笑说，以后再说吧。他说，可以，给你时间考虑，但不要太久。他走后，阿倩问我，杨总，你真准备同他合伙？我说,你的看法呢？阿倩说,反正这个人靠勿牢。她比亚翎更了解他。

正在我最为难的时候,亚翎从我这儿抽走了她的全部资金。但我没有求她,虽然她是我的妻子。她说,我得为我们留下更多的钱,你要真破产了,我还有！那还是我们的。目前公司和工厂的这种状况使我无话可说,她真的以为我要破产了？

虽然资金空前紧张,但赵颖的服装展示会我仍坚持办而且要抓紧时间办。我从工厂出来后就开车赶往赵颖那儿,她那工作室里弥漫了越来越浓的烟气,烟灰缸里已堆不下的烟头在四周撒了一圈。她疯狂地沉浸在她的创作中。她神情疲惫,脸色憔悴,那布满血丝的眼睛里依然在捕捉着什么。她对我说,杨总,你既然给了我这样一次机会,我就得牢牢地把握住,有的机遇对人来说可能只有一次,所以我得动用我所有的脑细胞来为此一搏！我点头说,赵小姐,我们是在携手一搏。因为我事业上的命运同你牵在一起了。她猛吸了几口烟仰起头说,老天爷,请保佑我们这些天生就不安分的灵魂吧……

抽走了全部资金的亚翎很少再同我谈生意上的事情。在一起吃饭,关心儿子的学业、睡觉,有时也做爱、交流一些社会上的新闻,就是不大提我公司和工厂里的事。有时夫妻间的关系就这么怪。但有一天晚上,她又提到我生意上的事了。她说,永晖,我听说你要花三四十万给一个毫无名气而且还有点神经质的女人开什么个人服装设计展示会？我回答她说,不错。她说,永晖,你在经营上是越来越走下坡路了,你现在是病急乱投医,我从你那儿抽走我的全部资金时你不高兴,但现在我越来越感到我抽对了。我听程铮说,这个女人找过他,但他一口拒绝了,因为程铮非常了解她。我说,不错,她曾是他的情人,一起同居过两年。亚翎说,那你为什么还要赞助她！我说,因为程铮只了解她是个女人,而她在服装设计上的价值,程铮并不了解。她点上支烟冷笑说,你就这么自信？我说,我一向自信！她说,可事实上是你的公司在走下坡路,而程铮的公司却在蒸蒸日上！你以前是成功过,而且有些做法我也很佩服,不过你以前成功并不等于会永远成功,你现在的做法我就很不理解！比如程铮看到你目前的这种状况，他就很想拉你一把，想同你合伙一起干，法人代表仍让你当，你却拒绝了他。他问我，阿晖到底怎么啦？是不是神经上出毛病了？我说，亚翎，你作为我的妻子爱护我关心我，我是很拎得清的，你要抽资，我当然不高兴，但我还是很顺当地让你抽了，我尊重你的想法，因为我认为相互尊重是维持夫妻感情的基础。可在商场上，你的感觉并不对！我拒绝程铮的提议有我的理由和感觉，现在我不能同你说，在生意场上我的感觉要比你灵得多准确得多，没有十分把握的事我决不会去做。不过商海中永远是会有风险的，该冒的风险我也要去冒，哪怕它会让我粉身碎骨！亚翎眼中突然涌出了两行泪说，永晖啊永晖，让我说你什么好啊！她大概认为我正极其顽固地走着一条自我毁灭的路。

肆虐的秋老虎咬得人简直没法活下去。虽然我把办公室的空调降到二十度但我仍感到闷热得难受。而阿倩进我办公室却要披件外套进来。她说，她要先告诉我一个好消息，然后再讲一件大概会让我不愉快的事。好消息是，我们生产的那些款式新颖做工精细面料考究的服装开始走得流畅起来了，而且资金回笼的势头也越来越好，这使我稍稍松了口气。我感到我的判断和选择是正确的。另一个让我不大愉快的消息是，程铮听说我要为赵颖开个人服装设计展示会，他也要为王先生和郝女士开个展示会。程铮说，杨永晖为赵颖花三十万，他要为他俩花六十万甚至八十万，规模要开得空前，邀请的人全要上档次。还说这次展示会是对王先生和郝女士这十年来服装设计的一次历史性回顾，他俩设计的有些服装曾畅销一时，人们看了会感到亲切而产生共鸣，就像那些老歌，人们唱起来就会感到格外的亲切，中央电视台播的"同一首歌"这个栏目为什么会火爆？因为怀旧是人类的一种本性。程铮还说，只要他的服装展示会一开，杨永晖再开赵颖的服装展示会就会相形见绌显得毫无意义。阿倩咬牙抱怨说，程铮这样做也太不仗义了！他也不想他是怎么起来的，干吗又要跟你过不去！接着她又长叹一口气说，不过想不到程铮会把事业搞得这么兴旺，以前我还怀疑他这中间说不定有什么"猫腻"呢。我说，阿倩，你是不是有点懊悔留在我这儿了？阿倩说，杨总，你放心，我不是那种人！只要你杨总的公司还有一口气，我决不会过去。

我也不瞒你,程铮是向我提出让我过去的事,但我回绝了。我对他说,以前我跟你干的时候是跟到了最后,我跟杨总也要跟到最后,等我没有饭吃时再来找你吧,如果你还想要我的话。杨总,我记得你说过一句话,一个人的人品才是他在生意场上最大的本钱。杨总,你最大的凝聚力就是你的人品。

下了场雨后天气突然变得凉快了许多。时光又流进了秋天的门槛。那天上午程铮一本正经地来找我,他穿着一件红底的花格子长袖衬衣。他用关切而严肃的口气对我说,阿晖,我劝你放弃为赵颖开服装展示会的打算,这个女人不会给你带来什么好结果的。而他为王先生和郝女士开的服装展示会就大不一样,因为他俩的设计是经过历史的考验并得到市场认可的。他说,所以我的这次展示会一定要搞得规模空前,要让整个上海滩的服装界都刮目相看。到时你也一定要来参加。当然,他说,如果赵颖的某些设计在会上也展示一下,作为一种点缀,我也欢迎。她的设计,也只配做个点缀,阿晖你看哪能?我说,程铮,我告诉你,我已不是八年前刚下海同你合伙时的那个杨永晖了,我已经知道在商海里该怎么摸爬滚打了。你开的展示会我一定来参加,因为我和王先生郝女士也有过很长时间很成功的合作,不过赵颖的服装展示会我还要单独为她开,决不放弃!程铮,你大概是醉翁之意不在酒吧?程铮有些尴尬地打开烟盒抽出支烟在烟盒上笃了几下冷笑一声说,阿晖,我可以告诉你,赵颖昨天已经离开上海,恐怕最近不会回来了,她的服装展示会你还怎么去开?我猛地一惊说,不可能吧?他挑衅地笑了一下说,你不清楚她同我是种什么关系吗?不信你可以到她的住处去看呀。

我匆匆赶往赵颖的住处,果然她不在。我就坐在楼道里等。赵颖是个不带手机传呼机的人,她说,艺术家不需要这些玩意儿,因为这些东西是专门让别人来使唤你的,我需要的是更多的个性与自由。我不停地抽着烟,心里充满了对程铮的愤怒,这又是他捣的鬼!同时我对赵颖也感到很恼火,两天前她还发誓要同我携手一搏,但今天却不辞而别了。难道她就这么轻易地放弃了我给她提供的机会?赵颖没等来,倒等来了那个披长发的男士,他告诉我,赵颖外出散心去了。他很用情地说,杨老板你不知道,她为那些设计都快要疯了。我问她大概什么时候回来?他说,不知道,大概要个把月吧。

他妈的这个赵颖啊!

我慢慢地开车拐出内环线,驶上高架桥,向郊区的工厂开去。我拉下挡阳板挡住强烈的阳光,这时确有一股浓烈的苦水涌上了我的心头。当然我知道我不会趴倒,我还会不顾死活地按我的目标拼搏下去。但心里的确感到很不好受,泡在苦水里的心会好受吗?我回厂后把这一情况告诉了雪飞,雪飞那漂亮的脸也气歪了,一拍桌子喊,神经病!怎么能这样不负责任啦!反正同这样的人合作太靠不住了!杨总,算了,我们还是另找出路吧。我咬着牙说,不,我得找到她,我一定得找到她!可雪飞却对我发火了,大约这一年来连着的都是一些不顺心的事,她似乎也有点顶不住了。她说,杨总,我认为你应该取消为赵颖开什么服装展示会的计划!现在厂里资金这么紧张,你还要为这么一个不负责任的人去花三四十万!我想不通!我垂头沉思了好久,接着抬起头来说,雪飞,我想她的展示会不能取消。雪飞说,为什么!我耐下性子说,因为我看重她设计的服装,因为她为此付出了极大的心血和劳动。任何有创造性有价值的劳动都应受到尊重,不管她是个什么样的人!雪飞说,好吧,杨总,我也要给你一句话,你要继续同她合作,那我就走人,你给我一个明确的答复!我说,你不能走!同赵颖的合作也不能取消,因为这两者并不矛盾。雪飞一转身,好吧,那就我走!门砰的一声关上了,雪飞消失了。这时我想起了赵颖的那句话,老天啊,保佑我们这些天生就不安分的灵魂吧……

当然,我先要把雪飞请回来。

奇怪的是,第一个星期六的晚上下细雨,我把车开到"凯凯乐"舞厅后,打着伞在门口等雪飞,一直等到晚上十二点,我还进舞厅去搜寻了一番,但没看到她的身影。第二个星期六又下雨了,晚上我又打着伞在舞厅门口等她,又等到十二点,还是没有见到她。第三个星期六从早上起就下起霏霏细雨来,傍晚时我就打着伞在舞厅门口等她。秋已真正地到来了,夜雨中的风已含着凉气,我感到有些冷,缩着脖子耸着肩胛戳在舞厅门口,霓虹灯的光亮在秋雨中显得特别耀眼。舞厅里往外喷着热烈的音乐。雨下得很密,涌动的人流在我眼前穿梭,但此时我反而感到孤寂和凄凉。可这时我感到有人在轻轻地拉我衣服,我回头一看,是雪飞。她一下扑进我的怀里,拥抱了我一下后,整了整我的衣领,雨在我们脚下飞溅。她说,杨总,走,带我回厂去。

我感到繁华的雨中的夜上海突然变得这样的美丽,我们拥进川流不息的车队中。雪飞紧挨着我,她说前两个星期六的晚上她也见到我了,她是有意躲着我的。她说,要是今天再躲开你,那我就太缺乏起码的人性了。刘备三顾茅庐请诸葛亮也不过如此,何况我这样一个小人物呢。她又问,赵颖找到了吗?我说找到了,三天前她主动给我打的电话,她说她要对她的设计做最后的定稿。雪飞说,你去见过她了?我说,还没有。她说,做啥?我说,没有把你雪飞厂长请回来以前我不会去见她,要见,得我们俩一起去见,我不想让她知道我俩之间的这段小插曲。车灯下的雨珠在我们眼前闪出一团团晶亮的水光。雪飞说,那我们现在就去见她。我说,做啥?她说,她也太不像话了,我得教训教训她去!

雨刷在不停地刷着雨水。我说,去教训她一下可以,但展示会的事不能弄泡汤。你要知道,赵颖用她全部的生命和智慧倾注在她的设计上。她既勤奋又有才华,我相信她不但会成功也会给我们公司带来好运。雪飞点点头,依偎着我,她的手轻轻地捏着我的肩膀,向我传递着她对我的敬重与歉疚。我想一个搞企业的人,对人才的重用不能仅仅停留在待遇上,而更需在他们身上倾注自己满腔而真挚的情感。

车开到赵颖的住处。雪飞首先跳下车跑上楼用拳头敲开了赵颖住房的门,我跟进去后,雪飞已拍着桌子冲着赵颖喊,赵颖!你也太不像话了,你做人缺少最起码的道德修养!杨总和我为你的事费了多大的心血,可是你却不辞而别,一走就将近一个月。雪飞在训她时,赵颖仍伏案趴在她的设计稿上。过一会儿她才抬起疲惫的眼睛,把烟头插进烟头堆里说,杨总,我在电话里不是已经给你道歉了吗?雪飞厂长你干吗还发那么大的火?好吧,既然这样我就当面再给你们作些解释。为了开好我的展示会,我在案头上拼搏了几个月,感到太劳累太疲乏了,再拖下去我要彻底垮了。因此我想好好地放松和休息一下,而那个时候刚好程铮约我去桂林、昆明旅游一次,我答应了。他让我在昆明等他,但我感到这事在你杨总跟前难于启齿,本来我可以扯个谎瞒过去,但我感到对一个我敬重的人扯谎对他对我都是人格上的亵渎。因此我只好不辞而别。由于这几天的苦战,她的脸色显得有些憔悴,她又抽上支烟说,话既然说到这份上我也不怕丢脸了,作为一个女人,我还有性的需要,而程铮在这方面能使我得到充分的满足。当然我也可以告诉你们,程铮约我出去还另有目的,他想搅黄我与你们的合作,让我参加他为王先生和郝女士搞的那个展示会,但我坚决拒绝了。我告诉他,同你上床那是我需要你床上的功夫,可在事业上我决不会靠你!我得靠杨永晖,因为事业需要眼力、忠诚和信誉,但你没有!

雪飞看着我,不再说什么,雨依然在不紧不慢地下着……

每一场秋雨后都会迎来更多的凉意。而我们服装的销售形势在悄悄地变得越来越好。没有了轰动效应的服装市场已趋于平稳,我们需要争取到更多的在消费者中的份额,那我们就得花费更大的精力,去研究不同消费者的不同心理,去把握市场的脉搏。目前我们经营状况的好转,正是我们在这上面花了大力气的结果。

天色正在昏暗下来,我家门前的那棵梧桐树上有几片枯叶被秋风抖落了下来。我把车开进车库后,只想吃了晚饭赶快冲个澡后就能上床休息。这些日子来,我和雪飞与赵颖全身心地投入到十月初举办的赵颖个人服装设计展示会上了。赵颖对她准备要展示的上百套的服装设计稿作了最后的定案。雪飞在厂里挑选了十几位技术上最精巧成熟的老工人和一名技师组成了制作小组,由她亲自抓。雪飞和赵颖这两位受过高等教育的女子,她们从大学出来后就直接感受到了市场的竞争和压力,在私生活上她们都有各自的追求,但在寻找和选择自己在人才市场上的位置时,她们都感到要想体现出自身的价值只有通过不断的拼搏才有可能实现。她俩都黑夜白天地泡在工作里。赵颖对制作出的服装的每一根线条和每一个纽扣的定位都要求得非常准确,只要嵌条差一点或一个纽扣斜移了一点,那么整套服装美的平衡就会受到破坏。而赵颖只要有一点点的不满意,雪飞就亲自监督进行返工,直做到赵颖满意为止。我很赞赏她俩的这种工作态度。

公司服装的销售状况变得越来越好,但资金的回收还不是很理想,我决定从银行贷款为赵颖办这次展示会。而阿倩告诉我,程铮为王先生和郝女士办的展示会也在加快进度。他想抢先我们一步举办,程铮也感觉到了赵颖的展示会可能产生的效应,以及对他公司的威胁,他知道要不我不会下如此大的决心这么干,而且他清楚我是个什么样的人。我们两家似乎都感到这是一次生意场上的生死较量。

那天下午,我正在公司为展示会的地点、工作人员的组成忙碌时,亚翎突然走了进来,而阿倩也赶忙送来了两杯咖啡,阿倩真是个很有眼色的女人。亚翎说,她刚从楼上程铮那儿来。她说,永晖,作为你的妻子,我再次劝你放弃赵颖的那个展示会。因为从目前的筹备情况来看,无论从投入的资金量、规模和气势上,你都无法同程铮比。你再硬撑着这么搞又有什么意义呢?我说,亚翎,是不是程铮让你来做说客的?亚翎说,我俩都出于好心,是为你好。我说,亚翎,你们有没有搞错啊?一个展示会的成败得失不是靠资金、规模来决定的。起决定作用的是它所要展示的内容!程铮搞的展示会只是一次历史性的回顾,而我的展示会是要推出服装的新构想、新思维、新内容、新款式,具有更多的文化内涵,和更高的审美价值,是一次大胆的开拓。程铮想用规模与气势来压倒我,恐怕结果是不会让他如愿的。亚翎说,我知道我是劝不动你,但我仍要来劝,因为这是我做妻子的责任。既然这样,你们两人的展示会我都不想参加了。程铮那一方我是投资方,而你呢?又是我丈夫。你们俩现在剑拔弩张的,我的处境就很尴尬。刚好主编让我到南方的几个企业去采访,大约需要一个月的时间,家里的事我已给雅贞安排好了,你就安心为那个神经质的女人搞展示会去吧,今晚我不回家吃饭了!她把那只精致的真皮小包往身后一甩,搭在肩上走出了我的办公室,这一幕以前也曾演过,但这一次我却感到,她嘴上虽这么说,但她心里肯定也察觉到了点什么……有时候夫妻间的关系也是很难把握的,俩人虽同床而寝,可肉体上的亲密无间却往往成了心灵相通的障碍。因此,我感到最不了解自己的可能一是自己本人,二就是长期共同生活在一起的伴侣了。

吃罢晚饭,我在浴室冲澡。我听到雅贞喊,先生,有人找你。我冲好澡,匆匆赶到客厅,看到晓妮坐在那儿等我。她脸白胖了许多,腰也粗了,可神情看上去却不太好。我说,晓妮,你找我有事?她点点头,那双秀气的眼睛又含满了忧郁。她还没说话,泪就涌了出来。她用手绢抹去泪说,杨总,我同程铮结婚看来又是一个错误。去年你把工厂给他承包,他也同我结了婚,我真希望从此他能同我一起好好过日子,把事业也搞上去,但现在……我错了!他根本不是个能做丈夫的人。上个月,他带着那个赵颖到桂林、昆明潇洒了几周,回来他也不瞒我,说他需要她,她也需要他。他直言说,我这个人花心,但我现在绝对能做到一条,就是"尽管外面彩旗飘飘,但家里红旗永远不倒"。她痛苦地摇了摇头。我说,晓妮,你来找我就为这事。她说,杨总,我不应该离开你的厂,就是同他结婚了,我也不该跟他干,还是阿倩聪明。我说,他现在的事业不是搞得蛮兴旺的吗?她说,表面上是很兴旺的,但这中间我总感到有猫腻!我说,他的经营状况你不知道?她说,开始时他还告诉我一点,但现在他什么也不告诉我,我问他,他就恶狠狠地说,你只要把厂给我管好,把服装保质保量给我生产出来,你就是我的好老婆!他越是这样,我的疑心就越大,同他在一起生活,真是太累太压抑了!说着,她又伤心地哭起来。但我不知道该怎么宽慰她好。她也感到了我的为难。她哭了一会,就叹口气揩干眼泪说,杨总,我知道在这种时候你也帮不了我什么忙,我既下不了决心同他彻底决裂,也无法改变我目前的状况,何况我现在肚子里又怀着他的孩子。我太苦闷了,只想到你这儿来说说……

王先生和郝女士的服装展示会赶在我们前面举办了。规模确实是空前的,请来了政府的重要官员,大牌的影视明星与歌星,还有不少企业界的名流,模特儿也请的是上海滩上的名模,服装展示会后就是冷餐会。但那天的服装展示会我却感到并不成功,一是展示的服装仅仅只是对王先生与郝女士近十年的服装设计的一番介绍,没有一点新意,也不吸引人,大家稍稍鼓鼓掌只是出于一种礼貌。另外,在展示服装的中间,不断插上歌星的演唱,结果反而倒更像一个演唱会而不是服装展示会了。还有,由于明星大腕来得多,人们更多地去关注同那些明星大腕们合影、签名,把服装展示这一主

中篇小说

题也大大地冲淡了。这次展示会的主打人物王先生和郝女士也就被冷落在一旁了。气得王先生在冷餐会上愤愤然地对我说,杨总,我真的很想再同你合作,程总事体虽然办得比较大气,但也有些太过于形式化了,不像你办事那么实在。我只是感慨地笑了笑。而这时穿着黑西服扎着红领带的程铮端着酒杯春风得意地走来拍着我的肩膀说:阿晖,哪能有点气派哦?我程铮办事情要么不办,要办就要办出点轰动效应来。我只好一笑。因为我感到他轰轰烈烈的背后似乎藏着更多的空虚和泡沫。

那天阿倩、雪飞、赵颖都去了。在冷餐会快要结束时,赵颖大概多喝了几杯,她晃着醉步走到程铮跟前,嬉笑着同程铮碰了碰杯说,程铮,你这个会办得好气派好热闹!如果说是为展示你的社交手腕,那你是大大地成功了,我祝贺你!她一仰脖子把酒干了,程铮也高兴而得意地一口干了,还说了声谢谢。他刚转身想走,赵颖一把拉住他说,你别急忙走嘛,我的话还没说完呢,服务小姐,倒酒!两人的酒杯斟满后,赵颖又说,不过亲爱的,后面的话你听了别生气,她冷笑了一声说,可是作为服装展示会,我要用一句很不雅的比喻,叫牛头不对马嘴,名称和内容大不相符,我的结论是:彻底失败!程铮的脸唰地变白了,接着猛地将酒泼在了赵颖的脸上。赵颖反而哈哈放声大笑起来,喊:"知我者,非程铮,而是杨永晖也……"她醉了。

十六天后,我为赵颖举办了她的个人服装设计展示会。正式举办的前几天,我们搞了一次彩排,找了几位服装设计方面的专家来看,并写了几篇评论和介绍文章在报上发表,这也可以说是先造舆论。那几天我们让模特儿反复地试穿,走台。赵颖和雪飞又不断地做进一步的改进,天天工作到深夜。服装展示会举办那天,我们不但请来了服装方面的专家,杂志社的编辑与记者,一些年轻的服装设计人员,雪飞还通过郭浩的关系,请来了一些造型艺术的创作人员和评论人员。我又请了不少与我打过交道的新老客户,还有一些国外的客商或外商在上海的代理人。我也去请了程铮,但程铮拒绝参加,以表示他对赵颖那天对他无礼的抗议。赵颖知道后冷笑一声耸耸肩说,他妈的程铮,他在床上确实像个男子汉,但在事业上却是个"小儿科!"

展示会的规模不大,但却开得非常紧凑,精粹而集中。赵颖以她那特有的新颖、大胆而别致精巧的设计,引起人们阵阵由衷的赞叹。接连几天,一些有影响的报刊介绍和报道了这次展示会,电视台的服饰专栏对展示会也作了重点介绍。不少客户,包括港台客商和外商也纷纷来索要照片和录像带,而来我们公司接洽业务的客商也接连不断,赵颖在服装界也出了名。有一天,打扮时髦的赵颖突然出现在我的办公室门口,我一时没有认出她来,她显得特别靓丽而富有气质。她紧紧地拥抱了我,拍着我的背说,杨总,我成功了,谢谢你!

她哭了。

上海的秋色变得越来越浓了,飘抖着的柳条不时地撒出一片片枯叶。公司的销售额在不断地上升,工厂的生产也开始全面恢复。厂里弥漫着一片喜气洋洋的气氛,但那是一种平静而悄然的喜悦。那时我和雪飞都感觉到,人们对服装的消费欲望依然是强烈的,只不过消费者们的追求已进入了另一种层次。雪飞感慨地说,杨总,你说对了,没有疲软的市场,只有疲软的商品。

夜,天空阴沉的看不到一颗星星,储满潮气的秋风也显得有些阴冷。因为又有一批新式服装要投入生产,我在工厂的食堂里吃了晚饭后,才准备开车回家。而我的手机里却传来桯铮很着急的声音,他用很恳切的语气又要约我到那家咖啡馆去见面。当我想起他前些日子干的那些不友好的事,我真不想再见他,但我还是答应了他。而他反复强调说:勿见勿散噢,我等你!

我开车从郊区赶到市区又穿过市中心赶到那家咖啡馆时,夜已深了。生意依然显得清淡的咖啡馆里只有程铮一个人坐在那儿,小桌子上搁着几样点心,他在慢慢地吃着,但见了我后,表现出格外的热情和殷勤,已不像在为王先生他们开服装展示会时那样自负而自信了。我在他对面还没坐下,他就把烟递了上来并且喊,小姐,上咖啡。他的脸色大概由于很重的精神压力而显得有些憔悴,而眼角上的皱纹增多了也加深了。我想,在商场上混对谁都不容易!墙角上悠出的音乐也带着淡淡的忧伤,大概咖啡馆老板的心情也不好。我们点上烟后,相视了一会,他朝我笑了笑说,阿晖,你说奇怪勿奇怪,每次我请你到这家咖啡馆来,我的命运似乎都要发生变化。我说怎么了?他说,阿晖,我又要求你帮忙了。我说,程铮,你开什么玩笑,你把事业搞得这么轰轰烈烈,只有我来求你帮忙,我哪有力量来帮你呢?他摇摇手说,阿晖,勿是这个意思,你理解错了。事情是这样的,他很庄重地说,我在南方混了五年,虽然没混出什么名堂来,但也交了不少朋友,也帮过不少人的忙。前些日子有一位我帮过忙的朋友打电话给我,说他现在的事业搞得非常大,但管理跟不上去,想请我去帮帮忙。他的事业当然要比我在这儿的事业大出不知有多少倍。因此,我想投奔他那儿去,所以我想把我在上海的公司和工厂原封不动地无代价地交还给你。我要你帮的就是这么点忙。我现在在银行里还有七十余万现款,当然,我知道你目前的经营状况已有了明显的好转,在市场空前疲软所造成的艰难中,你硬是挺过来了,我佩服你,但我也知道,你的流动资金仍很紧张,我银行里的七十余万,也全给你。阿晖,你不会拒绝吧?说完,他泰然自若地抿了口咖啡,又捏了块点心放进嘴里,但我感到他的眼睛却很紧张地盯着我,就像一个溺在海里的人在等着那漂浮过来的救生板。我沉默着一口一口慢慢地抽着烟,而墙角流淌出来的音乐变得越来越响,似乎在我耳边轰鸣。最后,我在烟灰缸里摁灭烟头说,程铮,你的慷慨很使我感动,但这些我不能接受。我的经营状况虽有些好转,但难关还没有真正地渡过去,就像一个病危的人,虽然病情在好转,但危险期还没有过一样,我已缩小了的摊子目前无力再扩大。你真要到南方去,可以把摊子交给区晓妮,有些需要我关照的事,我可以抽空帮帮她。他说,你不再考虑考虑了?我说不!他的脸一下变得又绝望又难看,可在一瞬间,这神色就在他脸上又消失了。他又松快地说,既然这样,那就算了,我再想别的办法吧。接着他又轻松自如地同我闲聊起来,又给我讲了一些他在交际场上听来的笑话。讲完一个后,我还没笑,他就哈哈哈地放声大笑起来,但在那笑声中却含着一种令人心寒的东西。我只好站起来,同他告辞。

  秋雨绵绵,但泡在凉气和潮湿中的大上海依然显得忙碌、繁华而热闹。在上海,人人都在追求着什么,虽然他们追求的目标、层次各不相同,但都在风雨无阻地为自己的大目标、小目标甚至是当天的目标拼搏着,他们是在拼搏中寻找着生命的意义。因此你要在躁动的大上海寻觅或保持一种清静而平稳的状况与心态那是很难的。我记得那几天就几乎没有晴过,也就在那几天,连续发生了几件让我感到吃惊但又感到是意料中的事。

出差刚回来没几天的亚翎有一天是在深夜的雨中走回家的。她那一头被美发师修饰得优美典雅的头发被雨水打得一片凌乱,她的脸上布满了痛苦、失望、愧疚与懊丧。

"怎么了?"我问

"……我……"她哭了,"我又上程铮的大当了。"

"想抽支烟吗?"

"不……好,还是给我点一支吧。不,不要摩尔,抽你的红双喜,味足一点。"

"先洗个澡,换换衣服怎么样?你好像是刚从黄浦江里捞起来的一样。"

"我真的差点去跳黄浦江。"

"洗好澡换好衣服再说,天塌不下来。"

等她洗完澡换好衣服走出来后,她的神色变得平静了些。我又给她点了支烟,并冲了杯热咖啡。她说,我是从程铮那儿来的,程铮,今晚把什么都告诉我了,当然是我逼着他说的。到目前为止,他已欠银行贷款三千八百多万!

天呐!他怎么能贷到这么多?

"玩的是空手道。"她说,"他在这方面的本事你是望尘莫及的。这点你大概比我更清楚什么样的关节他打不通?"

"他的服装销得不是一直很好吗?"

"不错,表面上服装只要一生产出来就可以很快销掉,那是因为他暗地里给了对方大量的回扣。那些假冒伪劣产品为啥也能推销出去,就是比例惊人的回扣在那里作怪!程铮生产的服装当然不是什么伪劣产品,但他也采用了这种手段,因此这两年他搞得实际上是亏本经营。他是不断从银行贷款来维持着表面的虚假繁荣。前几天银行里与程铮有关的那两个人的事被发现,开始追查责任了,事情也就暴露了。"

我也点上了一支烟。

中篇小说

"他的公司彻底破产了,而我和阿珍作为他的股东,也分文无回了。当然其他股东也都栽了进去。他害了一大帮人。我的几十万哪,一瞬间就化作了泡影。"她又哭了,"还有晓妮,也跟着他变得一贫如洗了,永晖,我……"

在程铮力求想同我再次合伙并坚持要由我来当法人代表时,我就怀疑他了,怀疑他搞的是一种泡沫经济,他想把他背的债全压到我身上来,而那天晚上他约我在咖啡馆里的那次谈话,就更加重了我的怀疑,果然如此!但可惜那时我拿不出一点证据来,因此我也无法告诉任何人,包括自己的妻子。我望着眼泪汪汪的亚翎,沉重地叹了口气。我强压下心中的恼怒,宽慰她说,亚翎,这没什么,你不是还好好地活着吗?你不是还有我这个在事业上又迈开了新步子并且还深爱着你的丈夫吗?你这个温馨的家不还是好好儿的吗?学习上一直名列前茅的儿子不也是好好的吗?以前有些干部在经济上因决策失误而造成金钱上的巨大损失时,用了一句很能维护他们面子和推卸责任的话,叫付学费。你也就算付了一次学费吧,虽然对个人来讲这笔学费太昂贵了些,但对你走今后的路,恐怕也有用处。所以亚翎,作为你的丈夫,你听我的话,吃上两片安定,然后好好睡上一觉,打起精神过好以后的每一天!

睡觉时,我主动钻进了她的被窝,她翻过身紧紧地拥抱着我,她把脸紧贴在我的胸前,我的内衣很快被她的泪水浸湿了,她咬着嘴唇说,永晖,你这是在给我恩惠吗?我抚摸着她的脊背说,不,亚翎,我活在这世上,既想做一个像样的民营企业家,同时也努力想做一个合格的丈夫与父亲,因为一个对家庭负责的人才会对事业负责。她喊声永晖……就咬住了我胸上的肉,有些疼,可我知道,她已懂得了世上什么才叫爱……

第二天清早,我在霏霏细雨中开车去公司。想到亚翎的事就感到心口堵得慌,但人生有时是需要在自身的失误中来认识自己认识社会认识世界的。亚翎也正需要给她这么个教训,她太好强了,好强并不坏,但她……

我赶到公司后阿倩告诉我说,有一个法国的服装商在找我,想同我们合资办服装联合企业,而且同意由我方控股百分之五十一。他们正在华亭饭店等着我。这是个让人高兴的消息,我立即打电话给雪飞和赵颖,让她们坐出租车立即赶到公司来。她俩的英语讲得都很流利,赵颖因为要看服装设计的资料书,还懂一些法语和意大利语,雪飞学的第二门外语就是法语。我把阿倩也叫上,一起去了华亭饭店。那位法国服装商叫弗朗士,他在中国的代理人是刘先生,我们之间谈话很有诚意。他们说,赵颖小姐的服装展示会给他们留下了深刻的印象,说她是一流的服装设计师。这又是一件我们没有意想到的事。我们相互谈了意向后,又约定了详细合作事项的商谈时间。

在回公司的路上,我问阿倩,楼上程铮的公司有什么情况没有?阿倩疑惑地看看我说,蛮好呀,跟以前一样,上班的人依然喜气洋洋的,发生什么事了吗?我说,没有,我只是随便问问。看来,程铮把他的事只告诉了亚翎一个人。在控制局面上,他也可以算得上是一个"大手笔"了。

那天,我和亚翎都不约而同地赶回家来吃晚饭。我感到在这种时候,夫妻间需要更多的交流、宽慰和理解。稳定家庭也就是在稳定事业。雅贞给我们端上饭菜后有些犹豫地看着我们说:她想同我们商量件事,她几天前到一家公司去应聘被录用了,虽然工资不如在我们家高,但像她这种情况的人做家政不能做一辈子,总得在社会上找一份工作做,这样也能学到更多的东西。我们点头同意了。亚翎就说:永晖,等雅贞走后,恬恬学业上的事就由我来负责吧,生意上的事我再也不掺和了,我跳进海里两次,都差点被呛死。今后在家我要当一个好妻子,当一个好母亲,在外面,我就当好记者。她的意思是保姆不用再请了。我说,这恐怕不行,这么一栋楼,我俩都没有时间收拾,恬恬在生活上还需要人来照顾。雅贞在边上说,我可以给你们推荐一个,年龄比我小两岁,也是个大专生,情况同我差不多。

我们正准备睡觉时,外面响起了急促的敲门声,雅贞匆匆披上衣服去开门,披头散发的区晓妮冲进客厅,扑倒在沙发上,凄楚地喊,杨总,程铮他……他自杀了……

我们急忙赶往医院,程铮已被送进了太平间。护士为我们揭开了盖在他脸上的白布,对生活充满强烈欲念的表情已消失了。这当儿,人生的各种酸甜苦辣一下都涌到了我的心头,我再也无法控制自己,眼泪一串串地滚落了下来。

中篇小说

程铮的公司破产后,银行在拍卖他的服装厂时,我又把它收买了回来,但所花的钱只有程铮付我钱的一半。阿珍曾在程铮那儿有二十万元股,但现在也一文不名了。我叫阿倩通知她来见我,但她不肯来,说她没有脸面再见杨总,我让阿倩陪着我去找她,她与女儿租了一套工房住着,她看到我后脸上布满了愧色。在谈话中我恳请她到我郊区的那家工厂去当雪飞的助手,专管质量上的事,还有程铮曾答应给她垫钱买房子结婚的事,程铮办不成了,就由我杨永晖来替她办。阿珍要给我磕头,我拉住她说,阿珍,你以前帮过我,我是不会忘记的,今后你再好好帮我就行了。她哭了,我也流了泪,那天我显得很脆弱。

程铮火化那天,我和亚翎分别站在已腆着大肚子的区晓妮的两边,我勾着晓妮的胳膊说,我同亚翎商量过了,你还回到我们公司来工作,到时我会安排的。等孩子出生后,我们将负担孩子完成学业的一切费用。晓妮说,不,我能养活他。我说,那我就为孩子存上一笔钱,作为他的教育费吧,世上的事最好是"有备无患"。

从火葬场出来后,天仍在飘着绵绵细雨。我与雪飞、阿倩又要赶往华亭饭店去同弗朗士和刘先生商谈办联合企业的事。赵颖本来也该去,但她说因为程铮的自杀她现在的情绪太坏了,等到下午再去吧。我也不勉强她。在车上,雪飞摇头惋惜地说,程铮干吗要走绝路呢?这个男人还是很讨女人喜欢的。我叹口气说,他是很能干,他认为他完全可以凭着自己的能力和本领在商海中搏出一番大事业来,但可惜的是他走在了一条歧路上,因此只能是一次次的失败。最可悲的是他把商场上的这条歧路当成是一条也能走向成功的路。而这次的失败,他大概感到自己再也没有翻身的机会了,他就做了这样自私和不负责任的选择。阿倩也叹惜地说,我庆幸自己没有回到他那儿去。雪飞说,我没想到在火葬场,赵颖哭得比谁都伤心,她没有作假,她是全身心地在为程铮哭泣……我说,赵颖是我见过的活得最率真的一个女人,也许你可以不理解甚至讨厌她的一些行为,但她的率真与坦诚却让我佩服和感动,还有她对事业的那份疯狂与执着。我感到,程铮缺少的正是这些东西。一个企业家在商海中的浮沉说明,办企业需要实实在在地去干,任何虚假的泡沫都经不起商海浪潮的冲击。我们国家正要入关,但我们不能用泡沫经济去入关,而要靠实实在在受人欢迎的产品去入关。雪飞说,杨总,你的这些话,含着一条生命的代价! 车开出内环线时,东边的雨云裂开了许多缝隙,阳光一杆杆地斜射下来,而西边的雨依然下得很密。于是我想起了刘禹锡的那两句诗:"东边日出西边雨,道是无晴却有晴"我想,这大概不仅仅指的是自然现象,也不仅仅是在指爱情,恐怕也道出了人的一种生存现状吧?

　　一缕阳光射进了车窗里,而车头上,那雨点仍在不断地溅着无数朵美丽而晶亮的水花……

中篇小说

活 法

周一宏感到人最难把握的不是自己的感情,而是自己的命运。一想到命运的不可捉摸,他的情绪就变得很恶劣。又是一个炎热的天气。早晨太阳刚升起,从戈壁上扫来的干燥的风就变得灼热灼热的。市第一建筑公司那高大的外面用白色瓷砖装饰的办公大楼正在阳光下闪烁。已经有五天没有回家了。他相信潘玉婉的眼睛正在一楼她的办公室里往窗外扫射着他。一想到这点他心里就感到很不舒服。这一年多来,他们之间的隔阂已变得越来越大,感情也变得越来越疏远。他感到自己甚至有一种不想见她同她说话的感觉。但开始时表面上还算平静。他感到平静的关键是他能忍,忍的目的当然是为了保持家庭的稳定,为了避免外界的舆论,为了不影响即将高考的女儿,为了维护自己总工程师的形象。为了这一切他感到自己不能不忍。他感到正因为他的这种残酷而痛苦的忍耐,似乎给

原载《绿洲》1996年第6期

了她一种错觉,你周一宏没法离开我潘玉婉!因为你周一宏不可能再找到比我更好的女人了!更不要说为了你自己的良心了!因为你现在的一切都是我潘玉婉给你的!人生的好处是需要付出代价的,世上哪有白得好处的事?

但人总有忍不下去的时候。女儿高考结束后,他们之间就爆发了几次争吵,每次争吵后周一宏借口工地上要处理的事情太多而几天不回家。但周一宏感到事情可悲的是,他已感到他俩的感情已到了彻底决裂的程度,可她的感觉还是周一宏离不开我也无法离开我!这种争吵只不过是他向她示威,争取他在这个家庭的一些发言权。

但这办不到,有第一次让步,就会有第二次第三次的让步,男人都是些得寸进尺的货。她潘玉婉作为一个女人是很懂得这一点的,她不会从主宰这个家庭的位置上退下来的。

周一宏上了楼,他刚拧开办公室的门,电话铃就响了。是她打上来的,她计算好了他进办公室的时间。

"一宏吗?"

"对,是我。"

"今晚还不回家吗?"

"恐怕不行,工地上还有事……"

"周一宏!"那边开始歇斯底里了,"你想要毁掉这个家吗?啊?"

他捏着电话沉默着。

"你说话呀!"她在尖叫。

"玉婉。"他想了想说,"我并不想使我们这个家破裂,但你能不能改换一下谈话的口气,让我们以平等的地位心平气和地来谈一谈行不行?各自都可以说说各自的想法。你这种毫无商量余地的口气,使我没法同你说我心里想说的话。"

"那好,你今晚就给我回来!"那口气依然是居高临下毫无商量的余地。

电话挂上了。

中篇小说

  一束热辣辣的阳光从窗口冲进来,在办公桌的玻璃板上划出一个亮晶晶的方块。玻璃板下压着一张他和她以及女儿妹妹的合影照,那是三年前他们团聚在一起时照的。每个人的微笑里都透出幸福和希望。可现在……这时他感到他胸口堵得有些喘不过气来。他掏出烟来闷闷地抽着。
  他想起三年前,淅淅沥沥的秋雨潇洒了一天。傍晚,西边的天空透出一长溜的红霞,而他们的头顶上仍覆盖着阴云,飘着绵绵的雨丝。他坐着那辆沾满农场污泥的长途公共汽车驰进市里的汽车站,车还没停,他就看到一个烫着卷发身材匀称而略显丰满的妇女打着红色花纹雨伞,伸长着脖子朝一个个窗口探视,他马上感觉到并认出她就是潘玉婉。而她在他下车时才认出他来。那时,她也顾不得周围还有那么多人,便一头扎进他的怀里痛哭起来,头把他的胸部顶得生疼。她哭着说:"周一宏,我等你等得好苦啊……"当时他也很激动,搂着她的肩膀说:"老天还是有眼啊,我们总算能在一起了。"这时,他看到离他俩五六米远的地方站着一个穿着红塑料雨衣的亭亭玉立的十四五岁的漂亮姑娘。她的眼睛、鼻子、嘴巴同他长得那么像,顽强而伟大的遗传力量使他马上感到她就是他女儿。这时他心中涌出的幸福与激动、心酸与哀伤是无法用语言来表达的。他冲上去搂住了女儿,她雨衣上那湿漉漉的水珠凉凉地渗进他的衣服里。他喊了声:"妹妹!"而妹妹也很亲切但又很陌生地喊了声:"爸爸……"
  那天,当他们三个在雨中在已显出繁华来的这个城市的街道上走着的时候,他的心中确实满溢着幸福与希望。
  他感到自己将有一个经历了苦难考验的温馨而可爱的家了。玻璃板下的这张照片就是他们第二天去照相馆照的。
  他眯缝着眼睛,深深地吸了口烟。这时,他的肩头上仿佛又感到那天飘下来的那凉凉的秋雨。他感到鼻子有些酸。觉得不可捉摸的命运似乎又一次无情地戏弄了他。他不能再忍了,他得赶快结束这一切,不然的话,他的痛苦就会像漫漫的长夜那样无尽无头。他想,既然今晚她要求他回去,那他就向她摊牌:我们无法生活在一起,分手吧。他猛抽了一口烟,似乎又坚定了一下自己的这个决心。这时他想起了唐玲,因为这几天唐玲总是找机会陪着他,今晚她又约他出去散散心。他拿起话筒,拨向三楼的施工科。

"唐玲吗?"

"是我。"

"今晚我不能同你一起出去了。"

"请说明理由。"那边好像微笑了一下。

"我想同潘玉婉好好谈一谈。"

"准备谈什么?"

"分手的事。"

"下决心了?"

"我想我别无选择了。"

"再好好考虑一下吧。这种事还是慎重点好。这样吧,如果你真下决心了,那今晚就算了,如果你还需要考虑呢,那晚上我就在老地方等你。今天你准备干啥?"

"等一会儿潘总让我同他一起到六工区去。还是为了阮朝晖那个该死的工房的事!"

"请你在我跟前别再提阮朝晖这三个字行不行?我一听到这三个字就恶心。我看这样,上午我要到酒厂工地去。下午七点我们再通一次话。你把BP机带上,我呼你!"

他刚给唐玲打完电话,公司总经理,他的老岳父潘自力就打电话给他让他赶快走。天气变得越来越炎热,他下楼时就感到胳肢窝和后脊梁被汗水都浸透了。他出大楼时经过现在叫材料供销公司过去叫材料科的办公室门口,从微开的门缝里可以看到已是材料供销公司常务副经理的潘玉婉正在给人打电话。但他加快步子从她门前一闪而过,他现在确实一点都不想见到她,更没有想同她去说几句话的愿望。爱情其实是很脆弱的,虽然他俩的爱情也可以说经过了不小的磨难。但也许他俩之间并没有多深的爱情,只不过是一种生活的捏合。但这一切都让人说不清,世上有些事你确实没法说清楚。

他走出大楼,钻进停在门口的奥迪小轿车。潘自力已经坐在里面了。潘自力身材矮小,但额头很大,还有些微微往外凸,一看就是个智慧型的人。潘自力朝司机挥挥手,旋转的车轮碾着地面发出<u>丝丝</u>的声响。

潘自力呆板的脸上毫无表情。周一宏知道,他与潘玉婉之间的不和,她肯定告诉潘自力了。利用当总经理的父亲,这已是她的拿手戏了,而在家庭关系上,她也不会放过这一手的。默然了一会儿后,潘自力微侧着脑袋还是发话了:"一宏,你同玉婉到底怎么啦?"

"我没法说清楚。"周一宏叹口气说。

"一宏啊,"潘自力思考一下后说,"我看哪,作为一个建筑业的工程师,你是称职的。但作为一个丈夫,我看你并不怎么称职。"

"可能。不过……"

"不过什么?"

"不过玉婉作为一个妻子,是不是也太盛气凌人点了?"

潘自力的脸立马阴了下来。但不再说什么,只是把眼睛直视着前方。

公路两旁那浓绿的林带在热风中摇曳。略有些弯曲的路像一条柔柔的线一直延伸到地平线上,然后是巍峨的天山山脉。热浪一股股地从车窗外扑进来,司机刘师傅回过头来说,周总,把车窗关上吧,我开空调。周一宏摇上车窗,一股冷<u>丝丝</u>的空气便从车前飘了过来。潘自力想到了什么,叹了口气后自语着:"水至清则无鱼,木至刚则易折啊。"周一宏知道这话是对他说的。他对他这个女婿并不满意。把他刚才的话演变一下,就是周一宏是个好工程师,但不是个好女婿。而这时,周一宏微闭着眼睛,把头靠在软软的靠背上,心里在想:今晚同潘玉婉摊不摊牌呢?他感到犹豫了。

路深得好像没有底。

周一宏在想,他与潘玉婉的感情会破裂得这么快,这是他不曾想到的。说起来,他与她的情爱还带着某种浪漫而崇高的传奇色彩。二十几年前,在那场史无前例的运动刚开始时,由于一时的冲动,他为自己争取到了一顶可怕的政治帽子。

接着从农场的场部中学下放到一个生产连队去接受群众的监督劳动。两年后,有一批知青到他们这儿来插队,其中就有潘玉婉。一年多后,这位姑娘痴迷而大胆地爱上了他,而且还追得很紧。她长得并不漂亮,不过身材蛮匀称,眼睛也大,脸也白,这三者组合在一起也使她显露出一种美来。而周一宏呢?自从戴上那顶政治帽子后就感到很自卑,虽然是个青年男子,却不敢去想爱情,也不敢奢望有哪个姑娘会来爱他。因此,当潘玉婉向他爽直地表达爱情的时候,他确实有种受宠若惊的感觉。他觉得自己没有理由也没有资格来拒绝她的爱情。那一年冬天出奇地寒冷。过不了几天便会来一次西伯利亚寒流。有一天他们顶着刺骨的寒风从羊圈往地里拉肥。下午的时候,天色阴沉,不久便飘下了雪花。她拉着爬犁匆匆赶到他身边,神情有些紧张。她说:"周一宏,今晚我要到你的地窝子来。"

"干吗?"他有些吃惊。

"我听说,明天要把你押到山上修水渠去了,"她眼里涌上了泪,"我们可能再也见不上面了,我一定要来!"

他的心轰地往下一沉。这些天广播上天天播着同"苏修"在边界上打仗的事。虽然那几仗我们的军队打出了国威和军威,但听说仍要预防"苏修"会打进来。前几天晚上队上开大会时,指导员就传达了有关这方面的文件。为了防止国内的阶级敌人与"苏修"里应外合,反攻倒算,就得把他们押进荒无人烟的深山沟去做苦力。他当然是"他们"中的一分子,他感到很凄然。因为他知道,进深山沟修水渠不但艰苦而且危险。在那个把人命不当命的年月,他不知道自己进山后能不能活着出来。于是他想了想说:"好吧,你来吧。"

深山沟里不会有女人。他想自己生命可能会在那儿结束。在这之前,他作为一个男人需要得到一次女人这样的爱。

那时,他孤零零地住在一间远离连部的破烂的地窝子里的那晚,寒风裹着雪花在夜空中飘舞。他焦急而激动地等着她的到来。他拧亮了煤油灯,烧暖了屋子,眼巴巴望着窗外,雪花飘落的声音在万籁俱寂中显得那样的清晰。

中篇小说

  他真害怕她会不来,他等啊等啊等得似乎有些绝望了,然而他终于听到了脚踩积雪的声音。她走走停停,停停走走,那脚步声带着一种警惕与激动,那时一种巨大的幸福感袭来使他感到有些头晕,而那狂乱的心跳使这间破烂的地窝子也在发颤。她轻轻地推开了门,喘着粗气紧张而激动地看着他。她解下围巾,脱去黄棉衣,脱去红毛衣,紧身的内衣裹着她那高耸的乳房。他便拧小了灯,她一头扎进他的怀里紧紧地抱住他,向他展示了她那白皙而细腻的身子。那一晚,他俩是在一种骚乱不安但又激动幸福中度过的。一次次爱的宣泄后便是一次次筋疲力尽的叹息。天亮前,她离开了他。
  第二天一早,他果然同一些人一起被押往深山沟,而且严禁他们与外界通信。在那儿苦苦地熬了近八个年头。他记得在那荒无人烟空前寂寞的深山沟里,他面对着哗啦啦冲流着的雪水,常常会回忆起他同她度过的那一夜,甜蜜而刺激。但时间一长,他感到自己身上有了许多幻觉,他就开始慢慢地怀疑他是不是同她有过这一夜,他甚至怀疑世上是不是有过她这么个人。后来他认为也许这一夜仅仅也只是他在异样孤寂中的许多幻觉中的一个幻觉而已。他不愿再去想了,好像这事已在他心中渐渐地消失了。只有当他在那个秋雨绵绵的傍晚,他从车上下来看到潘玉婉与女儿后,他才相信那一夜是真实的。现在当他回想到那一夜时,就在想,当时他们是肉欲大于爱情呢,还是爱情大于肉欲? 他也已无法回答了。那时他只是感到,他欠了她一笔很大的感情债,需要他好好地偿还她,正是基于这种想法,他就时时处处都让着她,从而使这个家庭从一开始就失去了平衡。

  林带稀落下来,两边是茫茫的荒凉的戈壁。一路上潘自力抽了一支烟后,也把头靠在靠背上,闭目养神,同周一宏再也没说一句话。周一宏心里很清楚,他俩虽是翁婿关系,但在思想上和感情上却并不融洽。可是在三年前,恰恰是这位潘自力首先找到了他,当然不是为潘玉婉,而是为了他的公司。不过第一次同周一宏见面,他对周一宏的印象就有些差劲。
  那时,周一宏为自己能在深山沟的八年苦熬中活下来而感到庆幸,随着政治上的高压渐渐减轻,他的命运也随之得到了一些改善,但奇怪的是,一种不平的愤懑反而变得越来越大。他想,自己是个全国最有名气的大学的建筑系的毕业生,在自己最能发挥才能的青春年华,在一种现在看来是如此荒谬的政策下遭受到如此不公的对待,这到底是为什么？那几年,他好像心中就有这么一股无名的怨气想要往外发泄。他从深山沟出来后,被分到一个远离城市的偏僻的小农场的中学去当教师,算是为他落实了政策。但他并不感恩。两年后,说是根据他的才能与学历,准备提升他当教导主任,他心中的怨气反而更大,以前这么弄他,现在又要这样待他,他觉得自己好像被别人在随意玩弄似的。他想,这样下去不行,他得表现一下自我,让他们知道我不是一个可以让别人随意挤捏的人,要不人还有什么人格可言？农场管教育的领导为这事同他谈话时,他便冷冷地回绝说:"这个教导主任我不当,我不稀罕！你们另找别人吧。"弄得那位场领导很不痛快,说他不识抬举。他听到后冷笑一声说:"什么识不识抬举！那是地地道道老爷对奴仆的语言,可我不是奴仆!"为此事他也窝了一肚子的火。而不几天,潘自力就来找他了。

说是要以经济建设为中心了,建筑业也在大干快上,搞得红红火火的,但建筑方面的人才却奇缺,于是不少建筑企业纷纷派人出去寻觅和收罗这方面的人才。潘自力当时是市一建的总工程师,他亲自外出寻找这方面的人才。

他在离市二百多公里的这个偏僻的农场里竟发现了周一宏这个名牌大学建筑系的毕业生,再仔细查看一下档案,还发现他是一个高才生。潘自力真是如获至宝,同农场领导商量,想同周一宏谈谈话。场领导说这家伙脾气很怪。潘自力说,让我同他谈谈再说。谈话果然很不投机。潘自力告诉他,他们市一建,是这个地区最大的建筑公司,他们热切地希望他能到他们公司来工作。还说,只要他同意,一切调动手续都由他们公司出面办理,用不着他操心。

但周一宏却表现得很冷淡,说:"我觉得我在这儿当教师也蛮好。什么名牌大学,什么高才生,那又怎么样？过去不值钱,将来说不定又会不值钱。我不想改变我目前的生活。"潘自力知道他有情绪,就劝他说:"那个年月谁

中篇小说

都有一大堆苦水要吐,怨气想发。我潘自力的遭遇其实也很惨很坎坷,但过去毕竟已经过去,现在不是在号召要向前看吗?我们还是要面对现实,在能体现自己的价值和表现自己才能的时候还是要抓住这种机遇。你看,过去我是右派,现在不是也入了党当上了总工程师。你不能因为仇恨过去而同现在较劲。"可周一宏却一耸肩说:"对不起,我不是那种损害了我的过去然后再对现在喊万岁的人!"

谈话不欢而散。

事后,周一宏有些懊悔,觉得不该同人家潘自力讲这样一些话,人家毕竟是出于好心,他找错了发泄的对象。而他留给潘自力的印象也就不怎么样,正像那位场领导告诉他的,这人有些不识抬举,人才再缺,也不能用像他这样的人!但潘自力没有想到的是,正是这个不识抬举的人却是他那宝贝独养女儿过去的情人,他那漂亮可爱的外孙女的父亲。当这种关系得到最后的证实后,他点着头说:"对,姝姝就是像他,他妈的这个周一宏!"

六工区的所在地是市郊的一个经济开发区,几年来快马加鞭地建设,现在已初具规模,楼房林立。当小车驰进六工区的工地时,周一宏看到穿梭的车辆与人流。由于心情不好就感到人活着毫无趣味,他就想,人这么忙忙碌碌地到底在图个什么?想到自己调到建筑公司的这几年,事务总是那样的繁忙与杂乱,再加上家庭生活的烦恼,他倒很怀念过去农场生活的平淡与宁静,独身生活的单调与自在。

他们今天要去的是六工区九队的工地,那儿的施工队长就是让唐玲感到恶心的阮朝晖。表面看来他俩好像也是属于那种恋爱不成而反目为仇的,但其实原因不完全在于他们自身。他俩的恋爱一开始就遭到唐玲的父亲,公司党委书记唐全友的反对,一时还闹得风风雨雨的。唐全友反对的理由很简单。一年前,阮朝晖的父亲阮士林、工区的材料保管员因发错料而使工程造成了重大事故,三人死亡,十六人受伤,直接经济损失数十万元。阮士林在专案组调查他的第一天晚上在材料库房畏罪自杀。调查组没有得到他任何一点口供。唐全友认为自己的女儿同这样一个人的儿子结婚说什么也不合适,虽说他儿子也是个施工队长。但唐玲却认为这仅仅是她父亲表面上的反对理由,内在的理由是他希望他女儿同市工交局赵局长的儿子结合,因为这样更门当户对一些。而赵局长的儿子追唐玲又追得很执着。唐玲与她父亲的关系本来就不融洽,而在这件事上她更是强烈地反抗她的父亲。她斩钉截铁地对她父亲说,第一,你无权干涉我的婚姻;第二,你作为一个党的领导干部,希望你带头遵守人民政府颁布的《婚姻法》;第三,人类已将要跨进二十一世纪了,你怎么还有那种门当户对的封建观念?唐全友对女儿这种抗议的回答是狠狠地甩了她一记耳光。唐玲捂着隆起五个指印的火烫的脸强忍着泪说:"你已经没有资格做我的父亲了,你不要以为你这记耳光是白打的!"

唐全友知道压女儿已无用了,于是就压阮朝晖。但没想到阮朝晖竟很快在他的压力下屈服了。虽然唐玲苦苦地哀求他顶住,顶住,一定要顶住!但阮朝晖无奈而痛苦地说我无法再顶下去,不是我软弱,而是我必须面对现实。因为我很懂得同权力抗争的后果,那将毁掉我的前程。我还年轻,我还有很长一段人生的路要走。我认为为爱情牺牲自己的一切既没有必要也不值得。况且我父亲的这么一个悲惨而痛苦的结局,也使我无法挺起腰来。他含着泪对唐玲说:"唐玲,我们都现实点吧。虽然我知道我很对不起你。"唐玲冷笑一声说:"你身上还有一丁点儿男人的骨气吗?"

唐玲输了。她恨透了她父亲,也恨透了阮朝晖。但周一宏却很同情她。在唐玲同她父亲抗争时,公司里的人也在私下里议论着这件事。周一宏也随便说了句,儿女的婚姻当父母的最好不要干涉。眼下的社会毕竟是在趋向民主,家庭也应该这样。但这话后来传到了唐全友的耳朵里,唐全友很反感,说他发什么议论,吃饱饭撑的!而唐玲听到后却感到振奋。唐玲问他你真说过这话。周一宏也很坦然地说,对,我说过。虽然有人告诉了你父亲,你父亲很恼火,但我觉得我这话没说错。唐玲很激动地一把握住他的手说:"就凭你这一句话,我就要叫你一声大哥!"

小车穿过两旁是酒楼、商场、舞厅与咖啡馆的街道,拐了个弯,就来到了六工区的建筑工地。建筑物的脚手架上爬满了像蚂蚁一样蠕动着的人群。

中篇小说

小车在九队队部门口停了下来，阮朝晖已经恭候在门口了。阮朝晖长得还是很帅的，一米八的个头，白脸、大眼，下巴上抹着一片青青的络腮胡子，很有些男子气。但外表与内心毕竟不完全是一码事。

他们一下车他就告诉他们，中午饭已经安排好了，在星星酒楼。潘自力以前对这种吃喝是很反感的。但随着建筑业的市场化，竞争也就变得越来越激烈。他作为公司的总经理，为了揽下工程，也不得不入摆酒席。自己这么做了也很难再阻止下面的人去这么做。开始安排酒席时他也是满腹牢骚，说这样腐败下去怎么得了。但后来又不得不承认，不这样做就会办不成事，说不定这是市场经济的需要。原先他还规定，摆酒席对外可以，但在公司内部不许这样做。可"市场经济"的规律也渗入到内部来了，有些科室改革成公司下的公司，像材料科改成了材料供销公司，车队改成了运输公司，安装队改成了安装公司。既然这些公司由过去的服务型改成了经营型，那就得拉客户、搞关系，那也就不得不摆酒席。潘自力也只好面对现实，对摆酒席不再提什么看法，有请他也必到，而且酒量还不错。后来到下面检查工作，没酒席招待，他心里反而感到有些不自在，怀疑是不是他们对他有意见了？要不干吗这么冷淡？

阮朝晖把他们引进办公室后。潘自力就开始问工程上的事，主要是那幢工房预制板的事。阮朝晖说前两天唐书记来过了，他的意见是立马继续施工。他说完朝周一宏看了一眼。自他与唐玲的事在唐书记压力下屈服后，他得到的回报是改善了与唐书记的关系，获得了唐书记的好感，觉得这小伙子是个识时务的人。于是唐书记也在明里或暗里悄悄地关照着他。这使阮朝晖也越发地感到，他当时的选择是正确的。要不，爱情与前程两头都抓不住，而现在他毕竟抓住了一头。潘自力说既然唐书记这么说了，你们为什么还停着不动？唐书记的意见就是我的意见嘛。我们是碰过头的。阮朝晖有些为难地一笑说可周总还没签字。潘自力轻轻地在周一宏的肩上拍了一下说所以我今天把他请来了。你们当面谈，不要老在电话里扯，老在电话里扯是扯不清的。

周一宏怔了一下，他没想到潘自力会这么将他的军，这似乎不是潘自力一贯的工作作风。这时他明显地感到自己在公司的处境是越来越不利了。他已处在一种两难的选择之中。看来,在这件事上,潘自力的身上也渗入了许多其他的因素。人在相互有成见的时候是最难沟通的了,哪怕你与他有某种特殊的关系。

这是半个月以前的事。周一宏发现那批盖厂房的预制件没有达到设计要求,主要是里面的钢筋质量不过关。

自从阮士林的事故发生后,周一宏在工程材料问题上就显得特别认真和谨慎。因此他不同意把这批预制件用在这幢厂房上,而要用符合质量要求的钢筋重新再打。阮朝晖发愁了,因为这样一来要使队上蒙受很大的经济损失。现在是搞承包,队上不该承担这笔损失。理由是这批钢材是由公司的材料供销公司提供给他们的。钢材质量不合格应由材料供销公司负责。这事闹到潘玉婉她们那儿,潘玉婉发火了,说这是有意在损害我们公司的信誉!说我们进的这批钢材有国家有关部门签发的质量合格证。我们除供应公司内部外,我们也供应了别的建筑公司,别人都没有提出这方面的问题,你周一宏怎么横里出来这么一说。她认为当时他俩正在闹别扭,这是周一宏在有意刁难她。而周一宏坚持说他说话的根据是科学而不是感情。因为他在预制场取了钢筋的样品在仪器上做了拉压试验,与设计要求差了一点。可潘玉婉反驳说我这里的合格证就说明这些钢材是已经经过国家权威部门测试验收的,还抵不上你那破仪器?而你那试验说不定带有更多的主观意图!在这场争执中,唐书记明确地站在潘玉婉一边。他说,他们确有合格证,我见了。我们不信国家的信谁的?我倒觉得周一宏带着私人的成见有点无理取闹。可潘自力却感到这事有些为难,他也是工程技术人员出身的人,知道材料质量的重要性,上次阮士林的事故就出在材料上,造成多大的损失啊!这次可千万别再出事故了。但潘玉婉的话也不是没有道理,而且周一宏会不会真的带有个人的情绪在里面呢?他经过反复思考后,决定从供销公司的库房取出同一批钢材让公司质检科再做一次质检。质检的结果出来说符合质量要求。这使潘自力对周一宏也感到很不满。认为他是由于私人的情绪而干扰了正常的工作。可周一宏仍不服,也不愿就此台阶下,仍然坚持说预制场上的那批钢材肯定有问题。于是潘自力说那好,那么我们就从预制场上留下的钢材做试验。潘玉婉就提了要求,试测不能让周一宏参加,而仍应由公司质检科的人做。测试结果下来也是合格,唐书记发火了,拍着桌子对潘自力说:"他这个周一宏怎么能这样!我说老潘,你当初就不该把他调到公司来,以后更不该提他当总工程师,这一类狗屁知识分子我见得多了,酸臭得让人受不了!"潘自力叹口气说:"当初是为了玉婉……"唐书记说:"我看玉婉当时是鬼迷了心窍了!你看着吧,跟着这样的人,以后有的苦好吃!"

潘自力摇摇头,不再说什么。

几天后,质检科的张科长私下里偷偷地告诉周一宏,说预制场那批钢材测试下来的真实情况是:三组试验,两组合格,一组接近合格。他咬着周一宏的耳朵说:"周总,这事你知道就行了……你知道,"他一摊手,"有些事我也没办法。"周一宏低下头,不再说什么。现在什么事情后面都像狗连蛋似咬着其他种种根本不相干的东西,似乎已没有什么事可以具有比较彻底的透明度,一切都被搅得混浊而杂乱,使你看不清应该由你看清的东西。

那些预制件都用上去了,可是在工程阶段质量验收时,周一宏不肯签字。他仍坚持说,那些预制件不该用上去。问他原因,他说,我仍坚信我上次自己亲自做的试验!阮朝晖很为难,因为没有总工程师的签字就不能继续施工,就是施工了,他不签字验收你也无法交工。阮朝晖找周一宏辩过,理由也很充分,可周一宏就是不签。说我掌握的实际情况同你们讲的不一样。阮朝晖要他说得明确些,可他也不说。阮朝晖觉得很无奈,只好去找唐书记和潘总经理。唐书记认为这是周一宏在滥用职权,他甚至提出要把周一宏的总工拿掉。潘自力说,还是做做工作再说吧,因为他毕竟还是他的女婿。唐书记这才让了步。说那好,你老潘去做做工作,不能再拖了。再拖下去延误工期经济上受损失不说,公司的信誉也受影响。潘自力说,行,我尽快解决。这就是潘自力今天把周一宏拉到工地上来并且当着周一宏与阮朝晖的面表明他与唐书记的态度的原因。他的潜台词是很清楚的:周一宏,你今天就得签字!

周一宏明显地感到了这样的压力,他怎么办?这时潘自力和阮朝晖也正看着他。他想了想好吧,我到工地上再去看看。但他心里却在说这个字我不能签!

从队部到施工现场有百多米远,硕大的厂房上已经有人在打圈梁。周一宏皱了皱眉。阮朝晖马上解释说,打圈梁也属于前一段的工程量。周一宏也不再说什么。潘自力走进工地边上的工棚里。阳光很强烈,他那有些往外凸的前额上冒出一片油汗。工人看到潘总经理来了,赶忙拿出把椅子让他坐在工棚下的阴影处,又从屋里提出一台落地电风扇搁在他身边。他掏出一支烟来抽着后说小阮,你陪着周总看,我已经看过一遍了,不去看了。于是阮朝晖陪着周一宏爬上厂房四周的脚手架。在只有他俩时,阮朝晖说,周总我知道你对我有看法,在我同唐玲这件事上,我确实很对不起唐玲。听说你也无意中受到了一些牵连。但那毕竟是私事……周一宏一挥手说阮朝晖,你想到哪儿去啦!我怎么可能把这事与你同唐玲的事搅在一起呢?这不太荒唐了吗?阮朝晖一看周一宏发火了。就忙说不,周总,我不全是那个意思。周一宏说但你有这个意思!阮朝晖说,我是怕你在这件事上对我个人有看法。周一宏说叫那是两码事!他很厌烦地耸了耸肩,情绪又变得很坏。

已经中午,阳光既强烈又刺眼,远处那空旷而荒凉的戈壁在太阳的烤晒下冒着烟气。

他们身上都在冒汗,衣服被汗水浸得黏湿黏湿的。阮朝晖堆着笑脸说周总,你也别生气,就算我刚才的话说得不当,但就工程本身来说,钢筋都进一步测试过了,有关人员也都签了字,潘总和唐书记也都表了态。我觉得你要再不签,好像有点……阮朝晖把后面的话咽了回去,避免更多地刺激周一宏。周一宏不应,他当然不能把张科长的话撂出来,撂出来又有什么用?张科长肯定会不认账,他同他谈话时又没录下音来。做人苦啊难啊。阮朝晖说,周总,我讲句实心眼的话吧。我这个人虽然软弱,但我是个施工队长,也当过几年的施工员,对施工质量的重要性我也是认识得很清楚的。我觉得在这方面你不该信不过我。周一宏摆摆手无奈地说,小阮,我不是信不过你,我是……好了,我不说了。他叹了口气感到自己无法说清,他只是感到心头变得越来越沉重。

火辣辣的太阳在头顶上燃烧着。

周一宏把厂房上上下下全部细细地看了一遍,除了他怀疑的那些预制件外,其他的他也挑剔不出什么来,阮朝晖还是很能干的。可周一宏觉得,在工程上越是无可挑剔,他的心头就感到越沉重,因为他已没有理由再不签字。

他们从脚手架上下来,被汗水泡湿的衣服紧贴着他们的身子。他们回到工棚下,对着电风扇吹了一阵子。潘自力问:怎么样?阮朝晖说,周总又上上下下仔细地看了一遍。周一宏猛抽着烟,沉默了一阵子,最后一咬牙说"好吧,我签。"

阮朝晖赶忙把质检书递了上去。周一宏签了名。在场所有的人都感到很高兴,包括那些在边上站着的工人。他们都如释重负般透了口气,脸上露出轻松的笑容。只有周一宏感到自己仿佛在签着一份死亡通知书。

星星酒楼装潢得富丽堂皇。以绿色为基调的单间餐厅也显得幽静而典雅。空调机轻松而柔和地嗡嗡地响着。从外面的炽热走进这清凉的环境里,让人有一种舒心的快感,有圆转盘的餐桌上还是空的,他们先在四周的沙发上坐下。阮朝晖把穿红制服的服务小姐拉到一边在商量着什么,那意思好像要提高酒席的档次。"按一千五的办,上王八!"说完,他看看潘自力,潘自力微笑了一下,许可了。而周一宏感到这档次的提高是冲着他的签字来的。是对他终于肯签字的回报。周一宏坐在空调下的一个大沙发上,又点燃一支烟闭着眼睛在大口大口地抽着。他想努力克服掉刚才签字后心情上的沉重感。这时,他倒希望:在钢筋的测试上是他错了,他希望他的担忧是无中生有的。可他知道世界上有些事情不是按你的希望来的。有时你希望的事情不会来,而你没想到的事情却会不断向你涌来,弄得你应接不暇。许多人都说我们怎么活得这么累?累就累在你得不断地应付那些你意想不到的事情上了。

他又猛抽了几口烟,又想起了自己与潘玉婉之间的关系。

他记得在他同潘玉婉重新生活在一起的最初的那些日子里,他俩的感情是那样的融洽,他们之间的情爱也像喷发着的火山那样炽热,显得疯狂、贪婪、热烈而毫无节制。他想,是不是经过长期磨难后的爱情就会是这样?他们办好结婚手续后,公司就分给他们一套三居室的新房,而那套新房就成了他俩日夜喷发爱情的一座炼钢炉。每当一下班,他们就匆匆在潘自力家里吃完饭,然后赶回来就上床。由于他们的女儿姝姝从小就是外婆带大的,所以一直住在外公外婆家。外婆见不到外孙女就睡不成觉。这就给了他们更放肆的自由。有时她骑在他身上仿佛是在爱情的原野上奔驰;有时他附在她身上,又像是在情爱的大海上航行。他们好像要急于把过去岁月丢失了的情爱赶快弥补回来。这种情与肉的发泄有时弄得他们神魂颠倒,筋疲力尽。几个月下来。他们俩都明显地瘦了一圈,眼圈上也泛着一轮淡淡的青色。那时他俩如胶似漆,充分享受着情与肉带给他们的幸福与甜蜜。那时他俩都觉得生活并没有亏待他们。但火山的喷发渐渐地趋于平静,炽热的情爱也降了温。有一天早上他醒来,突然有了一种很奇怪的感觉,感到睡在自己身边的这个女人怎么会这么陌生。他对她过去的印象是模糊不清的,而对她的现在他又了解多少呢?他感到他对她什么也不了解,她的思想,她的性格,她的为人。其实他只知道她叫潘玉婉,十几年前在一个雪花飘舞的晚上同他过了一夜,并且有了个女儿。而这几个月来,他与她熟悉的东西仅仅只是两性间肉体的交往,而对她的内心世界他可以说一无所知。那天他们起床,她裸露着身子从被子里钻出来,将那两个已有些松弛的下垂的乳房塞进乳罩里,他就看着她发愣。她发觉后说:"你怎么啦?看我就像看一个陌生人似的。"他忙掩饰地一笑说:"哪里。"其实那时他就是这么一个感觉。而这两年多来。他慢慢地看清了她,熟悉了她。但他却感到他需要的妻子不该是她这样的。在生活之路中人有时就会在不知不觉中走进一个他不该进入的误区,于是人就有了许多烦恼与懊丧。因为要从这个误区中走出来又会是多么的困难!他感到现在他的处境就是这样!

"周总,请上席。"已显得很轻松的阮朝晖拉了他一把说。那含着微笑的脸是那样的英俊。大约正是他的英俊,使唐玲也进入了一个误区,结果弄得她非常狼狈。唉,人啊,有些事还是怪自己,谁让你没看清道就往里走呢。

"周总,"阮朝晖站起来说,"为了感谢你以往对我的支持和帮助,我再敬你一杯!"

"好,我喝。"周一宏接过酒杯说,"反正我老婆出门没给我做什么交代!"说完,一口把酒干了。

潘自力皱眉。

那天他们三人从汽车站回来。西边的天空透出一股鲜亮的红红的晚霞。而他们头顶上仍然飘悠着细细的雨丝。姝姝在他们前面走着。她勾着他的胳膊向他热烈地讲着她这十几年来的遭遇和她对他的思念,她对他那份无私的爱情。她含着泪很动感情地说,一宏,你不知道这些年我是怎么过来的,真难熬啊!谁让我对你的感情是这么专注呢。其实我每一天都在想着你。那天爸爸从你们农场回来,说到同你的谈话,介绍了你的情况,我就脱口大叫起来,爸爸,那个人正是我在苦苦地等待着寻找着的周一宏呀!姝姝的父亲呀。世上真有这么巧的事!她用手指抹去涌出眼角上的泪。她说,这些年来,有多少人看中我,追求我呀!有的条件又那么好,爸爸妈妈也劝我,但我都一口回绝了。我说,我只爱周一宏一个!我一定等他,哪怕等到走进坟墓!听到这里,他周一宏也感动得眼里涌满了泪。他想,他虽然这些年来也没有结婚,不是不想找,而是没有合适的。其实,他早把她忘了。他曾有过强烈地想过家庭生活的渴望,想象过家庭生活可能带来的温馨与安宁。人家也给他介绍过几个,但一见到具体的人他就退却了。那些女人不是长得不好看,就是拖累着几个孩子。当然也有过一个曾让他动过心的女人,那女人三十刚出点头,长得非常漂亮,还有些文化,性情也十分的温顺,交往了几次,那少妇也对他很投入。但在做最后决断时他又退却了。因为一是她原先的丈夫是个杀人犯而被枪决的,二是她也拖着三个孩子。这些虽然不是那女人的责任,但一想到这些总让人感到不自在。那时他想,自己的前半生过得太不幸,后半生过得也不能太凑合了,也不要太亏待了自己,再熬一熬吧,总要找个比较合适的。虽然那少妇被回绝后眼泪汪汪的使他有些不忍,但他还是咬了咬牙控制住了自己。也就是回绝那少妇后的第二年,他突然收到了潘玉婉的信,而且知道他们还有了一个女儿。当然,这用不着再去思考,直奔她们而来,自以为做出了一个合情合理的选择,但实际上却隐藏着很大的盲目性。

这两年来,他发现她并不像她开始时标榜的那么纯洁。他发觉她同市物资供应公司总经理田惠民的关系就很说不清楚。后来他从建筑公司直属医院里得悉,她曾在几年前刮过一次宫。但这些都是他没有掌握直接的证据而无法向她提起的事。但她那纯洁的形象已经在他心目中消失了。而她的粗俗、专横、贪婪又使他感到吃惊并让他感到越来越难以忍受。当他们在床上释放完过去长久积压的情欲后,日常生活就变得平淡而无聊了。她很快也就显露了她本来的面目。她对他专横是因为她认为在他最艰难的时候是她无私地委身于他的,她生下他的女儿后也是她在艰难中把她带大的。而这一次又是她找到他,使他有了这么一个让多少人为之羡慕的家。而他呢?一到公司就当上施工科的副科长,然后是科长,后又升到总工程师,三年爬三级。当然这又是全靠她!没有她他能有今天?在这个家理应由她说了算。她为此也感到满足与自傲。她不无夸耀地对别人说,在咱们家,老周听我的。开始时他是心甘情愿地让,让到后来就忍,但长期的这种忍让使他感到很压抑,人总有一点自己的尊严,而且这种感觉变得越来越沉重。有时他只要稍稍表示出一些不满,她就会喊,周一宏,你可别没良心噢!他只好在忍让中沉默,尽量避免可能发生的争吵。家庭的安定团结也需要一部分人来忍受不平与痛苦。在他跟前,她总是摆出一种居高临下的姿态,甚至跳舞时该怎样走步,做爱时该采用什么姿势,都得由她来安排由她来摆弄,她把他当成了一个机器人。本来很欢悦的事,结果不但弄得索然无味,甚至还窝了一肚子的气。

夫妻间的生活就是这样,有许多你本不想去接受的事却不得不去接受。有人说,我惹不起还躲不起吗?而夫妻间的一些事你是躲不成的,你没法做到眼不见心静。从这个角度讲,凑合着忍让着在一起过的夫妻着实是件很痛苦的事。周一宏发觉,潘玉婉不但在家里霸道,自从她父亲当上公司的总经理后,在公司里也变得耀武扬威起来。别人想求她父亲办的事,那先得同她打招呼,你要想越过她那你就别想办成事,她可以用她父亲的名义在别的渠道上把你这事给卡住。她毫无顾忌地接受别人的贿赂,当然开始时她还瞒着她父亲,因为潘自力是个视自己的清白为生命的人。但面对物欲横流,腐败成风的现实,正像面对酒席一样,他潘自力也感到无能为力。他说,百鬼狰狞,上帝无言。此话我过去不太理解,但现在我体会到了。酒席他虽已是每请必到,但收受贿赂他还是坚决不干,因为他感到这是对他人格的侮辱。而对别人,他已是睁一眼闭一眼了,包括他的宝贝女儿在里面。于是她更有些肆无忌惮了。对这种污浊周一宏本能地感到反感。而对她另一个无法忍受的事是她的穿着打扮。这个家经济上这些年本来就很宽裕,再加上她又有了那么些额外的油水。厚实的经济基础使她有资格去追逐新潮的服装,只要市里一有新的服装款式出来,她就去买,说不要亏了自己这一副好身架。她那种自信有时也让人吃惊。有一年夏天她竟也穿起了超短裙,露出两条又白又肥的大腿,而那已变得硕大的臀部紧绷着裙子溢出一种让人感到恶心的臃肿。她这样的年纪穿这样的超短裙连女儿也看不下去了,说:"妈,这太难看了!"可她却不满地板下脸说:"可公司的人都说我穿着好看。"周一宏知道,那是那些马屁精存心在出她的洋相,但她却以为别人在真诚地赞美她。他对她越来越感到格格不入。以前他听说外国有试婚期,他觉得这不道德,但现在他却在想,如果中国也能推行试婚期的话,那该有多好啊!

酒是一杯接一杯地往肚子灌,周一宏感到自己酒量虽好,但脑袋也开始有些晕乎了。

"周总,你真是海量,名不虚传哪。"那是许会计的声音,好像是从很遥远的地方传过来的。许会计这个人他不怎么看得惯,诡谲、狡诈、能说会道,心术不正。可阮朝晖却很信任他也很器重他。阮朝晖说,外交公关的事我全得靠他,他也确实挺神,许多人办不成的事他就能办成,路子甚至通天。可也有不少人私下里说,那全是他手头上的"润滑油"充足,如果不凭他手头上的那些"润滑油",恐怕他也没折,现在能通天的是钱不是人。而阮朝晖则认为,花小钱办大事,值!眼下谁不在这样干?

"周总,有人找你。"不知谁在他耳边说了句。

周一宏眯着醉眼抬起头。哈,是田惠民。他怎么也来了?几年前,他是市物资局的副局长,后来市物资局改为市物资供应公司,他就成了公司的总经理。在材料供应上,潘玉婉同他打了多年的交道,他俩的亲昵关系大概就是这样建立起来的。现在业务上的往来仍很密切。说起来他周一宏同他也是老朋友,二十几年前,他周一宏的政治帽子就是为他打抱不平才给戴上的。他的命运也很坎坷。但现在他西装笔挺地站在雅座的门边,红红的脸膛,一定也在另一个雅座里灌着酒。他两鬓已有些斑白,也显出一些老相,但依然风度翩翩。周一宏站起来迎上去,说:"你怎么也在这儿?"

"生意上的饭局。"田惠民一笑说,显得从容而潇洒,"走,再到我那儿去坐坐。"

"行!"周一宏说,"我也真有话要同你说!"

田惠民很热情地挎着他的胳膊,朝另一个雅座的包厢走去。而这时他的脑袋既晕乎又清醒,他很想恶狠狠地对田惠民讲上几句解气的话。你这个田惠民,玩过我的老婆!但他没有骂出口,话只在喉咙里打了个弯。可二十几年前的往事却又涌上他那被酒气搅得发烫的脑袋。

每当想起那个年月的事,仍会让人有一种毛骨悚然的感觉。那年学校刚放暑假,根据上面的指示精神,农场里所有的教师都被集中到离坟地不远的良种场平时为牲畜配种的一个小院子里。周一宏不清楚为什么农场主管教育的领导要选这么个地方来"集训"他们教师。是不是因为他们这些教师已沦为牲畜的地步了呢!后来证实果然有这一层意思在里面,当然不是全部,而是指那些将要被揪出来的牛鬼蛇神。那为什么又要靠近坟地呢?意思也是很清楚的,在集训中每个人都要背靠背地揭发,不老实就要叫他灭亡,而灭亡后该去的地方就是坟地,就近解决,省却了许多麻烦。为安排这样一个集训地领导也真是费了心思了,因为它产生出来的威慑力量你是可以想象得到的,它可以让你不寒而栗!那次集训,周一宏最感到惶恐的就是集合开大会。因为每次开大会就要当场揪出几个牛鬼蛇神来,而被揪的对象除了集训的核心小组的人知道外,其他的人都不知道,包括那些将要被揪出来的人。这种突然袭击的方式弄得每个人都提心吊胆,背对背揭发使谁也不知道谁揭发了谁,揭发的又是些什么问题。有些甚至是最亲近最要好的朋友揭发的。当时在农场场部中学,只有周一宏和田惠民是名牌大学的本科毕业生。他是学建筑的,而田惠民是学理工的,他俩都在数理化教研组,关系挺不错。田惠民平时还爱写上几句诗,学着诗人的风雅与浪漫。但他没有想到,这一爱好却差点要了他的命。每次开揪斗大会都颇具特色,先是大会主持人宣布大会开始,然后让批判揭发人自己报名批判揭发,当然事先已经做了安排,等批判人列举出被批判者的种种罪状并激起广大革命群众的无产阶级义愤后,主持人就像阎罗王似的下了命令,把现行反革命分子某某某揪上来!早已事先安排在某某某后面的两个身强力壮的小伙子便像饿狼逮兔一样地扑上去,连拖带拽地把被批判者押上了台。揪斗田惠民的那天下午,天气很炎热,大家都穿得很单薄。田惠民没有想到的是揭发他的人竟是他的女朋友,叫于丽珍,初中的语文教师,一个剪着短发大眼睛薄嘴唇心志很高的漂亮姑娘,批判的内容就是他献给她的几首诗。当时,不但田惠民惊讶得瞠目结舌,就连周一宏也吃惊得头发直竖。而当两个小伙子扑上去把田惠民往上拖的时候,他便死命地挣扎,于是又有两个小伙子冲上去想制服他。不知是有人故意恶作剧还是无意造成的,他那长裤连着裤头一起被拖了下来,又有人硬把他两腿拉开,使那垂软的阳物像钟摆似的晃荡着。周一宏感到这太过火了,太有损于人的尊严了,在热血冲上脑门的一瞬间,他怒不可遏地喊叫着:"要文斗不要武斗,这太不人道了,你们这是在侮辱人格!"这一声喊叫,他自己也把自己推进了深渊。那代价是,戴上一顶政治帽子,下放到生产连队去接受群众的监督劳动。因为包庇坏人比坏人更坏!

岁月改变着人生。眼下的灯红酒绿让人不愿再去回想那个可怕的岁月。可当田惠民勾着已有几分醉意的周一宏时,周一宏脑中闪过的竟是他被拖上去时裸露下身时的情景。现在衣冠楚楚的田总经理是不是也想起了那时的狼狈呢？但可惜人类普遍的弱点是：好了伤疤忘了痛！

进入小包厢，田总经理把周一宏介绍给了他生意场上的几位朋友，他们点着头说久仰久仰，立马都递上自己的名片，周一宏也带着醉意向他们散了名片。大家让了座。周一宏坐下后发现席上还有几位年轻漂亮的陪酒小姐。

他身边的一位马上斜着身子靠紧他说："周总，我先敬你一杯啦。"他马上想起了那句顺口溜：有陪酒小姐你别花眼。但也斜视了她一眼后，赌气地想，我今天也潇洒上一回。

"好啊。"他说，"但咱俩得同喝这一杯！"

"可以的啦，想不到周总也这么有情趣啦。"那姑娘抿着嘴一笑说。

生意场上的人都鼓起掌来。田惠民在他身边咬着他的耳朵说："老朋友，想不到你也这么开放了。市场经济也是个革命的大熔炉，也能熔化人改造人啊。"周一宏闪出一个苦笑。周一宏同那姑娘喝干了酒后，感到心头反而更堵得慌了。田惠民又特地为他点了几个菜。酒过三巡后，两人都已有八九分的醉意。田惠民把周一宏拉到一个角落里坐下说："一宏，有件事我早就想同你讲了。这事搁在我心头已搁得太久了。三年前，你刚来这儿时，我请你们全家吃过一次饭，你记得吗？那时我就想，无论如何我都得把这事讲给你听。可我却又不敢讲，可不讲良心又在受煎熬。"

"是不是你同潘玉婉的事？"

"怎么，你知道了？"

"我早感觉到了。今天我想问你的也是这件事。你们到什么程度了？"

"我不瞒你。这些年来我同她业务上的往来比较频繁，也有了感情……"

"我问到什么程度！"

"上过床。"

"她刮过一个孩子，那孩子是谁的？"

"我的。"

中篇小说

"你们这算什么?"

"我想这不用解释了,你硬要我解释,我只能用眼下通用的说法,她那时是我的情人。"

周一宏曾听他讲过。在生意场上混的人,没个把情人还行?那是要叫人看不起的。他早猜到有这事了,但他仍感到有些受不了。他觉得酒在他的胸腔里翻滚,脑袋涨得好像要炸。

"那你们现在呢?现在怎么样?"

"现在更多的是业务上的往来。"

"这话什么意思?"

"偶尔也还有过……"

"在我们重新结合以后?"

"是……不过现在非常非常的少而淡。"

"但有!"

"你知道,感情上的事是很难说得清的。"

"但你已经说清了!"刚才,他们一直是压低声音在说着话。而这时周一宏突然熬不住了,冲着服务小姐喊:"小姐,给我们倒酒!"

"一宏!"田惠民按住他的肩膀说,"你喝多了。小姐,去开两碗醒酒汤来!"

"不!我要喝酒,小姐给我倒酒!"周一宏发现自己有些控制不住自己了。小姐没有给他倒酒,而是端来了热热的酸酸的醒酒汤。周一宏接过汤,咬牙用力泼在了田惠民的脸上。田惠民痛苦地惨叫了一声。酒席上顿时乱了,周一宏感到有一帮人七手八脚地把他拖回到原先的包房里。潘自力听完情况后,愤怒地一摔筷子说:"一宏,你在搞什么名堂!"

有人说:"他醉了……"

阳光太刺眼了。无遮无拦的戈壁滩的阳光真是有些让人受不了。奥迪车开足马力风驰电掣般地往回赶。车开到大公路上,潘自力仍很恼火地回过头来说:"一宏。你今天喝得太多了!竟做出这样有失体统的事!田总经理是我们最要好的朋友,也是最重要的关系户。在我们公司材料最困难的时候,尤其是钢材、水泥、木材最紧缺的时候,都是他帮了我们的忙。你怎么能对他这样?!"

车里虽放着空调,周一宏仍觉得车里太闷,他把车窗摇了下来,一股热浪便扑了进来。他本想恶狠狠地冲潘自力一句:"田惠民这些年同潘玉婉一直在干着些什么你知道不知道?"但他知道,他这话不能说。有些话就像一颗重磅炸弹,那是要炸死人的!这时他已能控制住自己了。他只是冷冷地对司机说:"刘师傅,请把大哥大给我拿一下。"潘自力把大哥大往后传给了他。他接通电话:"潘玉婉吗?"对方说:"是。"他说:"我是周一宏,今晚我不回家了!"不等对方说话,他就嚓地关了机。他不想听她在电话里歇斯底里地吼。潘自力知道,周一宏是用这种方式在向他示威。但他毕竟是个有城府的人,他们夫妻间的事他也不便过多地参与,但这事也真让人烦心。他还是闷闷地长叹口气说:"一宏,以后再不许喝那么多的酒。你同玉婉的关系也得好好地改善一下了。"

无法改善了。周一宏这么想。

汽车快到市区时,周一宏让刘师傅停车,对潘自力说:"我到酒厂工地去一下。今天下午厂房要上大型工字梁。"潘自力朝他一挥手,那动作像在赶一只讨厌的苍蝇。他下了车,朝酒厂工地走去。他知道,唐玲一定还在工地上。他现在,只有看到唐玲感到亲切。

下午三点多钟,正是这儿太阳最毒的时候。他感到阳光像一块烙铁似的在热辣辣地烙着他的背。他酒已醒了许多,想起把汤泼到田惠民脸上的事,自己确实做得过火了,有失体统。但想到他与潘玉婉做的这种事,也真该惩罚他!

他又想,如果他早知道她有这种事那该有多好,他可能就不会有这样一种既痛苦而又很难摆脱的困境!但生活摆给你的只能是一种现实而不是什么假设!

说来也巧。他调到公司当施工科副科长时,唐玲也刚好从下面的施工队调到施工科来。当他知道唐玲是公司唐书记的女儿时,他的第一个想法就是,靠她老子上施工科来的。而唐玲竟也猜出了他有这种想法。她就笑着对他说:"周工,你也许认为我是靠老子的权势进的机关吧!我不想解释,因为这类事情眼下也太普遍了。但我以后会用行动来向你证明,我是靠我自己的本事进的施工科!"她是省工学院工民建毕业的本科生,年轻、苗条、漂亮,身上透出一种爽爽朗朗的泼辣劲和纯真的气息。经过一段时间的接触,周一宏感到她同唐书记完全是两个不同类型的人,但她却是他的女儿。唐书记长得矮胖,满脸横肉,一副粗俗相。公司的老职工私下里告诉周一宏:"他是吃运动饭的。"据说,每一次运动他都要整上一些人,而每整过一帮人后他就会升一职,最后成了公司最大的头儿,党委书记。但前几年根据《企业法》要实行厂长经理负责制,他就活动着想当总经理,但却没有如愿,吃亏就吃亏在他没有文凭,而形势也告诉他,将来恐怕"运动饭"也不太吃得成了。他的心里就失去了平衡,心想有文凭有什么了不起,以前不就是在我这个政治人物跟前点头哈腰我吼一声他们就会发抖的臭老九们吗?但后来他也不知到什么地方去带职进修了一年,弄来了个大专文凭。但可惜那时潘自力已当了公司的总经理。不过潘当总经理也得到了他的赞同,因为权衡来权衡去,他自己当不上,让潘自力当要比别人来当好。因为他了解潘这个人,他不揽权,在当总工和副总经理时就很听他的话,他相信潘自力当总经理后也会听他的话。这点他看得很准,那几十年的政治饭他不是白吃的。以后的事实也确实证明了这一点,他感到很得意。虽说公司实行经理负责制,但重大问题潘还是请示他由他最后拍板。在公司他依然大权在握。他感到了自己政治上的成熟。他对周一宏不满是因为周一宏明显地看不起他。他不知道周一宏由于那些年的遭遇,对他们这些吃运动饭的人有一种本能的反感。周一宏第一次去见他时,他摆出一副居高临下官架十足的模样,说话时还不时地用手指敲打桌面以增加他的威严。他告诉周一宏,为把他周一宏调到公司里,他是亲自出马上上下下地打通各种关节,真是跑断了腿,磨破了嘴。他以为周一宏会感动,但周一宏脸上却毫无表情。他又说你一来就提你当施工科的副科长,这事老潘不好说,因为你们已经有那么一层关系了,这事是我向党委建议的。他以为这下周一宏会感动了。但周一宏却只是点点头,连一句感激的话都没有说。他就感到很不舒服。后来讲到了周一宏与潘玉婉的关系时,他想来上一句幽默意图也是想挖苦一下周一宏。他说:"想不到周工这么文质彬彬的人,想当年也会那么浪漫啊!"周一宏却回了他一句说:"不对吧,我们是那年月被那些爱整人的人逼成那样的。什么浪漫!那时连生存都感到困难还能浪漫得起来?"弄得唐书记灰灰的。周一宏走后,他便拍着桌子骂:"翘他娘的什么尾巴!"

周一宏感到,在他与唐全友的眼光相碰撞的那一瞬间,就有一种同他格格不入的感觉,仿佛真是前世有仇似的。而他感到奇怪的是,潘玉婉与唐书记的关系却相当地热火。唐书记长唐书记短的,并且一再关照他说,你得敬重唐书记,他是个好人,他对我们潘家是有恩的,要不是唐书记,老爸当不上总经理,你也不会有今天的位置。为了家庭,有时他也努力想同唐书记改善关系,但每次努力最后总因为对某一件事有不同看法而告以失败,两人之间的成见也越来越深。在唐玲与阮朝晖的事上他无意中表示的看法,又一次地得罪了唐书记,唐书记愤怒地说:"我这个人真浑!我干吗要调进和重用一个存心来同我作对的人!"周一宏感到,他与唐书记之间的矛盾是很难愈合了。

周一宏朝酒厂的扩建工地走去,而这时他感到自己有一种从未有过的孤独感,好像自己又回到了那个荒无人烟的深山沟。他感到自己的脑子就像是一个空落落的大仓库。酒厂里弥漫着一股刺鼻的酒糟味,突然有人在背后喊他:"周总!"那是甜蜜而熟悉的声音,唐玲的。

"你怎么来了?"唐玲飘逸地小跑步走上来说。

"路过这里,顺便来看看你。"

"喝酒了?"

"喝得太多了而且出了洋相。"他叹了口气,但并不感到有什么内疚。

"那字你签了?"

"签了。不签不行,再不签,我那挺直的腰杆就要给压折了。"他苦笑了一下。

"我能理解。"她轻轻地摸了摸他的手背说。

"唐玲,"他翻过手掌捏着她的手说,"这些日子你干吗神秘兮兮地老往这儿跑?"

"例行公务,没别的什么事。"

"不对吧?"

她笑了。说:"在偷偷地了解一件对别人来说可能已经毫无意义的事。但我却很想弄弄清楚,起码知道个大概。"

"什么事?"

"这绝对要对你暂时保密,而对别人将永远保密。"她钩住他的胳膊说,"大中午的,我送你上酒厂招待所去歇一会儿吧。你喝得真是太多了,以后别这样!"

"心里苦啊!"

"酒减轻不了痛苦。先去睡一会儿,等一会儿我再来找你。你下午不去别的地方吧?"

"不去了。"

唐玲说她从小就仇恨她父亲。她母亲是在"文化大革命"刚开始时被她父亲遗弃的。遗弃的理由是她的出身太糟糕,社会关系也太复杂,亲戚中有在美国的也有在台湾的。这两个地方是最敌视我们共产党的。唐全友说她这种情况会直接影响他的政治前程,他找了个感情不和、性格不合的理由同她离了婚。而她在当时的形势下也不敢做什么反抗,只是要求把女儿留给她。但唐全友说:"你那出身要影响女儿一辈子的!"为了女儿将来的前程,她便孤身一人离开了他们,从此再也没有了音息。据唐玲讲,她母亲长得非常漂亮。她父亲当年就是看上了她的美貌。英国有位国王可以不要江山要美女,而她父亲却把自己的政治前程看得高于一切。人跟人是很不一样的。而唐玲倒遗传了她母亲的美貌。在唐玲看来,她父亲遗弃她母亲的理由太自私太卑鄙了。因此她父亲再次结婚后,她很少再进家门,上学时她就住宿在学校里。后来工作,她就在集体宿舍。她非常想念她的母亲。她说在她的记忆中,母亲不但美丽而且温柔。她但愿母亲还活着,并有找到她的一天。周一宏感到在唐玲身上有一种非常吸引他的东西,当然不仅仅是她的青春与美丽,而是一种人格上的东西在吸引着他。

周一宏躲在酒厂招待所他们公司包下的一间套房里。房间非常的整洁,又有空调。生活确实在发生着明显的变化,人们是越来越懂得享受了。周一宏想到自己在山沟修水渠时的艰难与困苦,那时他做梦也不会想到会有今天。现在的他同那时的他相比,他是应该感到满足了。但奇怪的是这个世界仍让他感到大惑不解大不满意,仍有那么多烦心的事弄得他心神不宁。他觉得自己的心仿佛仍泡在苦海里。人活在世上难道是来受苦的吗?佛教上把苦归纳为"四苦"或"八苦",大概指的就是这些吧?他闭上眼睛打了个盹,但很快就醒了,一想到田惠民与潘玉婉有过那种关系,他感到自己不但受了骗受了辱更感到自己的尊严受到了无法弥补的摧残。他不愿再去想,他宽解自己说,这件事他早有怀疑,只不过现在得到证实罢了。但他还是感到心酸痛得有些承受不住了。田惠民这个人还算是坦率的,用他的话说再不把这事如实地告诉他,那就不够朋友了。好像"朋友"就要包含这么一层意思:玩了朋友的老婆后就得向朋友坦白,不然就是"不够朋友"。那么妻子呢?是不是妻子有了外遇也得如实地向丈夫坦白才算是个像样的妻子呢?但潘玉婉是绝对不会的。因为潘玉婉在他面前始终在扮演着一个圣母玛利亚的形象。世界有时候也需要用虚伪来支撑。

他睡不着就抽烟,这时唐玲走了进来,由于被烈日烤晒过,那嫩嫩的漂亮的脸蛋红扑扑的更诱人。唐玲看到他醒着,便一笑说,到外间去接一下电话吧,你女儿打来的。周一宏惊讶地张了张嘴:她怎么知道我在这儿?唐玲说,可能是她外公告诉她的,说你上酒厂工地来了。周一宏捏掉烟拖上鞋到外间去接电话。

"爸爸吗?"

"妹妹,是我。"

"爸,今晚你回家来一次行吗?"

"……"

"爸,不是我妈找你,是我有话想同你说。"

"姝姝,爸爸今天情绪有点……"

"爸,我知道。你和妈的关系我早看出来了,外公一回来,妈就同他大闹了一通。爸,我十八岁了,有好些事我都懂,我知道你活得很苦。可高考的分数线已经下来了,我肯定会被重点大学录取的。到时我就要离开你们了。我现在有好多话想同你说。爸,看来你和妈妈都不关心我,只有外婆一个人关心我……"女儿哭了。

"好吧,姝姝,晚上我……"他感到很内疚,他想了想后说,"但今晚我不能回家,因为今晚我怎么也无法同你妈见面。希望你理解我。你现在在哪儿?"

"在外婆这儿。"

"那好,姝姝,今晚你出来同我下一趟馆子怎么样?酒家由你挑。下班后我上外婆家来接你,行吗?"

"行,爸爸。"

周一宏放下电话后,心中充满了对自己的谴责,他感到人生的痛苦大概就是因为人无法摆平一切感情上的纠葛。世上有了女儿,生活自然也就有了那么多的希望,但也带来了那么多搁不下的心事。

秋雨顺着窗玻璃在哗哗啦啦地往下流。灯光在窗上映出一片亮晶晶的水花。记得两年前的一个晚上,女儿轻轻地敲开了他书房的门,女儿进门就搂着他的脖子在他脸上亲了一下说:"爸,我好喜欢你!"已经十六岁的女儿自他来到这儿起就对他亲。女儿告诉他,自她出生后就没见过爸爸,但老想着自己的爸爸会是个什么样子。妈妈告诉我说,我的眼睛、鼻子、嘴巴都像我爸爸。我就天天照镜子,就对自己说,我爸爸的鼻子是这样的,眼睛是这样的,嘴巴也是这样的。所以你一下汽车,妈妈还没迎上你,我就认出来了。啊!这就是我的爸爸!我爸爸就应该是这个样,可惜,爸爸,你鬓角上已有好几根白发了。在我的想象里,你的头发也应该像我这样黑亮黑亮的。

他感到他女儿在相貌上像他,在性格上也有些像他,为人坦率而真诚,但也有些倔脾气。女儿喜欢他,是因为她想象中的父亲就应该是这样英俊,而且女儿还发觉父亲很有学问。父亲不仅数理化方面很精通,他当过多年中学的数理化教师,而且在文学艺术上也很有些见地。另外,他的建筑专业知识在整个公司也是拔尖的,使那些建筑工程师都很叹服。不愧是六十年代初的名牌大学里的高才生!那时女儿正在上高一,女儿的聪明再加上父亲的指点,女儿的成绩在班里由原来的中上水平一下蹿到班里的前三名,一直保持到高中毕业。女儿崇拜父亲的为人和真才实学。而对母亲的世俗与浅薄也越来越有看法。虽然母亲为带大她这个"私生女"也受尽了艰难与屈辱。在最近周一宏与潘玉婉的一系列冲突中,女儿明显地偏向她父亲,甚至公开为父亲辩护,这使潘玉婉恼火透了。有一次在饭桌上,潘玉婉又拿出以前的事向周一宏发难,说:"周一宏,你也不想想当初我是怎么跟的你!我为你担了多大的风险……"

"妈,别再提这些陈芝麻烂谷子的事行不行,我耳朵老茧都听出来了。"女儿把筷子放到碗边说,"爸爸当初那么个处境,又不是爸爸的错。你那时看上爸爸,说明你有眼力,但不等于你给爸爸施舍了什么。要是爸爸放到现在,你能跟上他,那妈妈你也算高攀了。"

"放屁!现在是现在,当初是当初。没有当初哪有现在。"潘玉婉气恼地喊起来,"你也是个没良心的孽种!"

"可我觉得爱情是相互的。"女儿说,"谁都不能说谁多给了谁一些什么,就是在那个年月,爱情也不存在施舍!"

"你爸给了你什么?!十几年来他连一根毫毛都没关照过你!"

"我说了,那是时代的错,不是爸爸的错!可这两年,我觉得爸在尽他一个做爸的责任。我的成绩单就说明了一切!"

潘玉婉端起汤碗要泼女儿,女儿躲到父亲的身后说:"爸,我回外婆家了。"女儿走到门口拉开门又回过头说:"妈,我觉得这次还是你不讲理。"砰!汤碗砸在了刚关好的门上。周一宏也觉得自己用整个身心在爱着女儿,以弥补过去的欠缺。

而女儿也确实让他感觉,世上有个好女儿也是人生的一大幸福。打完电话。周一宏感到鼻子有些发酸。他走进里屋,带着歉意朝唐玲笑笑说:

中篇小说

"唐玲,今晚我不回家了,我想陪女儿吃顿饭。""那我不能剥夺你爱女儿的这份权利。"唐玲一笑说:"我也可以说没有父爱,所以很懂得对一个女儿来说,父亲有多么的珍贵。我们明晚再约吧。"

"不!等我同女儿吃好饭后,我们还在老地方见面,因为有些话我只有同你说。说实话,我已经有些承受不住生活的压力了。"

夕阳从那龇牙咧嘴的群山间往下沉的时候,一股惬意的凉风便从山谷那边涌了过来,而且还带着润润的潮气。东边大半个天空上也已布满了厚厚的乌云。周一宏回到市里后没有再回公司的办公楼,他怕在那儿会遇到潘玉婉,她要见到他,她会不顾一切地同他大吵大闹。他万万没有想到她会这样的霸道、蛮横、毫无羞耻感而且贪得无厌。她以为这样活着才叫潇洒。一个时代雕塑着一个时代的人。他弄不明白她过去就是这样,还是现在变成这样的。他受不了她,但他又摆脱不了她。他今天不想同她见面是因为怕同她正面冲突,因为他感到自己的承受力已到了极限,只要她同他一吵,说不定他就会把她同田惠民的事抖出来。但他不愿走出这一步。他觉得出现这种情况太有失体面了。这一切就会很难收拾。潘玉婉做事会不顾一切,但他需要顾及。回避有时也是一种选择。

快下班时,他去潘自力家。他们住在一幢带前后院的平房里。前院花团锦簇。他岳母是五十年代医学院毕业的老医生,现已退休在家,满头的银发,慈祥的皱纹堆在眼角上。她跟着潘自力也是一生的坎坷,因此活得也总是战战兢兢的。这位充满慈爱之心的女人,现在她正把全部生命之爱倾注在她那可爱的外孙女身上,其实真正把妹妹从小带大的是她而不是潘玉婉,她爱整洁,也爱花。退休后除照顾好潘自力和外孙女外,就是把屋子收拾得干干净净的,然后就精心培植和浇灌他们前院的那些鲜花。她很少打听和评论外面的事情,也从不参与潘自力在公司里的工作。能拾掇好这个家她就感到满足了。但对女儿潘玉婉有些行为她也是有看法的,她倒不是有意要庇护女婿,而是站在外孙女这一边,站在自己的观念这一边。因为她感到这个世道是有些污浊了。

姝姝在前院等着她父亲,看着外婆正修剪着花枝,同外婆讲着她父母间发生的事。

"外婆,"她说,"你年轻时也是这么管着外公的吗?"

"把丈夫死捏在手里的女人,不是个守妇道的女人。"外婆说。

这时周一宏走进院子。姝姝就迎上去搂着他的腰。他搂着女儿的肩膀对岳母说:"妈,我领姝姝出去吃晚饭。"

"去吧,但得让姝姝早点回来。"

"知道了。"周一宏对岳母是敬重的。

他们一出院门,女儿就哭了,说:"爸,我预感到咱们这个家就要破裂了。"周一宏感到鼻子一阵阵酸痛,拉着女儿的手说:"姝姝,别哭,咱们吃饭时慢慢说好吗?"

这是座被林木覆盖着的城市。四处喷飘着花香。鲜红的夕阳抹在树梢上像涂上了一层血,而茂盛的树叶投下的阴影却使城市提早进入了黑夜。唰地齐整整睁开眼的路灯朝道路两边洒出了光明。姝姝挑选了一家幽静的小饭馆,她说外婆曾带她来这儿吃过两样菜,非常好吃。当然更主要的是这儿来的人少,现在进饭馆来吃饭的越来越多,所以热门的饭店经常会遇到熟人。女儿自然不愿有人来打扰他们。他们进了一个静僻的雅座,人约是出于一种偏爱,餐厅里竟仍在放邓丽君唱的歌,那甜润润的嗓音依然很醉人。点菜后中间有一段空档时间,女儿就对周一宏说,妈妈今天中午气势汹汹地到外婆家,先同刚回来的外公闹了一场,又把我拉进我的屋子里指着我的鼻尖骂,说我是个天下最忘恩负义的女儿,她当初根本不该把我生下来,她威胁我说,从今天起不许我再叫你爸,说你是天下最坏的男人,根本没有资格做我的父亲。女儿说到这里眼里又涌满了泪。

"我真想不通,"女儿说,"妈怎么会变成这样!爸,我也早看出来了,自从你到这儿来后,其实生活得也并不幸福。妈妈老是在压迫你,你就忍啊忍的,这有多痛苦啊!家庭也需要公平,没有公平的家庭是不牢固的,因为总有一方要做出牺牲,但牺牲的时间太长了,家庭的平衡也被破坏了。"

周一宏激动地捏着女儿的手腕。女儿真是长大了,懂事了。他们这一代青年人对世事的看法要比他们年轻时成熟得多了。他们年轻的时候,一切思想都是别人的,只是跟着一个声音去说话去行动。你只要发出一丁点与众不同的声音,你就要栽跟斗。现在好多了,年轻人可以有自己的想法,可以有自己的声音了,也开始有自己独立的人格了。社会毕竟是在进步,虽然很慢也很艰难。

"爸,今天你又同妈发生什么事情啦?"

电话,她自然是在为他在车上打给她的那个电话在发火。因为他在气势上也压了她一下。可他看着女儿,心里又是酸酸的。因为他无法把详情告诉她女儿。能把田惠民今天谈的事告诉女儿吗?这正是他打电话给她妈时的情绪。

"姝姝……"他紧捏女儿的手,眼里也含着泪,女儿看出了父亲有难言的苦衷,于是不再问,只是说:"爸,你是不是有同妈离婚的想法?"周一宏点点头说:"有。"

笑容可掬的服务小姐把菜端了上来。

"要酒吗?"小姐问。

"不要,请拿两罐饮料。小姐,这儿的一切让我们自己来行吗?"

服务小姐会心地点了一下头,出去后把门拉上了。

"爸。"女儿说,"今晚我一定要见你,是因为我感到你和妈可能要分手了。我当然很伤心。但我也细细地想过了。分手说不定对你们都有好处,尤其是对你。你和妈妈的结合,可能也是个时代的错误,虽然那时你们的结合好像很崇高,可事实上是一个错误。"

"世事在变,人心也在变。"周一宏点燃个支烟说。女儿说得虽有道理,但他感到他与潘玉婉的冲突更主要的原因是,因为她跟着世事变得太大太快,而他却没有多大的变化。虽然他经历了那么些年的磨难,结果他还是当初的那个样子,现在他的处境、地位都有了变化,但处世水平还似乎是老样子,依然活得又艰难又痛苦。别人可以潇洒起来,但他潇洒不起来。潘玉婉可以随波逐流,田惠民可以风流倜傥,但他不行!这就是为什么他老是感到自己与周围的人那么的格格不入,感到孤单和苦恼的原因。他深吸了一口烟。

"爸爸,"女儿说,"你同妈妈的事,我不想再说什么,可我现在对你有个请求。"

"说吧。"

"大学的录取通知书大概很快就会发下来了。在我离开这儿以前,你不要同妈离婚。"女儿鼻子一酸,滚下两行泪来,"我有你们离婚的思想准备,但真要面对这样的事实,我还是接受不了,爸,不要当着我的面离婚,行吗?"

"好,我答应……"他的泪也禁不住滚了下来。

"爸,谢谢你。"

外面的大餐厅里,邓丽君正在唱:"我家的小妹呀刚满了十八岁,生得像一朵花,笑起来人更美……"

周一宏看了看女儿,突然又感到鼻子一阵发酸。

他们默默地吃了一会饭。

"爸,"女儿想起了什么又说,"你要真跟妈离婚了,将来准备怎么过呢?"

"再说吧。"

"爸,我看唐玲不错。"

"不!"周一宏摇着头说,"我们只是很谈得来,她比我小十几岁呢,这不可能。"

"爸,我觉得年龄并不是障碍,障碍是在性格和思想上。"

"不谈这个,咱们吃饭吧。"

现在的年轻人同他们真是不一样了,他们年轻时怎么敢同父母谈他们的婚姻生活,而现在的年轻人却以平等的身份很自然地与父母探讨和谈论父母辈的婚姻。这也是进步,这样的进步周一宏感到自己能接受得了。可他不愿再谈这个话题,因为这个话题对他来说太沉重了。

女儿点的几个菜确实不错,清淡而干净。女儿说,外婆就爱吃这样清清爽爽的菜。吃完饭,他们走出饭店,站在林带边上,他搂着女儿的肩膀说:"妹妹,爸爸想好了,为了能安安稳稳太太平平地送你去上大学,我决定向你妈再去认个错。虽然这对我说实在是太难太难了。"女儿抱住他的腰,脸贴在他胸前说:"爸,我知道。"

现在的城市生活与过去是大不一样了。过去只要夜幕一降临,整座城市也就变得静悄悄的了。但现在却是夜深人不静,马路上的人流依然熙熙攘攘,而那些霓虹灯闪得人心里烦乱。周一宏把女儿送回外婆家,腰间的BP机就叫了。屏幕显示凯乐咖啡馆。

唐玲着意打扮了一下自己,但看上去又不过分与显眼。他喜欢唐玲的这种把什么事情都能很好地把握住分寸的本领。过去他以为唐玲比他小十几岁,可能也是个爱追逐潮流的人。钻营门道,利用关系,玩弄手腕,以便更多地捞取金钱,然后让自己生活在一种高档次的物欲之中,就像现在潘玉婉所做的那样。而且凭她唐玲的相貌与气质,要傍个大款什么的她也绰绰有余。但她却没有,虽然世事在变,但各人仍有各人的活法。可是想要活得清白,却已显得越来越不易。不过这只是他周一宏的感觉。也许唐玲并没有这种感觉,她觉得自己这样活着也很洒脱很轻松。她穿着一条素色的连衣裙,上身加了一件鲜红的小坎肩,一条很精致的金项链衬着她那白嫩的脖子,青春中透着一种成熟,朴素中显出妩媚。她在咖啡馆门口笑着迈上一步勾着周一宏的胳膊说:"同妹妹谈完了?"周一宏点点头。

"妹妹跟我也很谈得来。"唐玲说,"她很懂事,对生活已有了自己的看法。我觉得她不像她母亲而是像你。"

咖啡厅里人声鼎沸,桌子一个紧挨着一个,就是雅座也只隔了一层薄薄的板,只隔影不隔音,另一头正在唱卡拉OK,五音不全的人也在那儿信心十足地唱,只顾自己潇洒,也不管别的人痛苦。但在这种场合说话也很安全,耳朵只能全神贯注听对方的,无法顾及别人在说什么。周一宏把同女儿谈话的内容告诉了她。

"那你准备怎么向你夫人认错?"唐玲说。

"说我中午喝多了酒,又在一份我不想签的施工报告上签了字,因此心情很不好,所以就对她发了火。请求她原谅。为了女儿嘛。"

"签字可悲,认错也可悲,但又别无选择。是吧?"她一笑说。

"是呀,人有时就得生活在这么一个可悲之中。"

"来,抽一支摩尔吧。没劲,但挺可口。"唐玲扔给他一支烟。

"我很少看你抽烟。"

"也抽!有时还抽得很凶,尤其是孤身一人时。"她点着烟说,"我这根说不定带点大麻,口感有点特别,抽到嘴里很舒服。给你抽吧?"周一宏摇着头笑笑,点燃自己那根烟,凉凉的,但确实没劲。不过有时抽烟也只是仅仅为了摆脱一种无事可做时的尴尬。

"周总,"唐玲说,"今晚我也确实有话要同你说。我憋不住了,主要是在良心上憋不住了。"她的脸色显得有些庄重。

"什么事?"

"今天中午我还想暂时瞒着你。但现在我感到我再不告诉你,就等于在折磨我自己。我急于想告诉你这件事的目的和动机,完全是为了我自己,可以说是自私的。"唐玲说着往前坐了坐,有意把膝盖顶在他的膝盖上,"周总,我要告诉你,我爱你,我喜欢你。"她看着他的眼睛,"我要使你成为我的人,所以我就要当着你的面说说潘玉婉的坏话,让你增强同她决裂的决心!虽说这有点恶劣,但我也要做!"

"唐玲……"他说。

"你先听我把这事说完。"她喝了口咖啡,更是一脸的严肃,"你知道阮朝晖的老爹是怎么死的?"

"不是自杀的吗?"

"什么原因?"

"发错料,造成了恶性事故。"

"不!"她猛吸了一口烟,"我最近探听到的情况是,不是他发错了料,而是他发的料在质量上不合格。这批料是潘玉婉从田惠民那儿进的。事故发生后,田惠民和潘玉婉都很快在暗地里做了手脚。结果在那些做了手脚的文件跟前,阮士林只能承认是自己发错了料。我想,他自杀不仅仅是觉得对不住那些在事故中丧生的人,也顶不住自己所受到的那份无法申诉的冤屈。"

"你的证据是什么?"

"我拿不出有力的证据来,但我从直观上相信这事的可能性!"唐玲轻轻地拍了一下桌子说,"我并没有想到翻这个案,我也无力翻这个案,我只想告诉你,潘玉婉和田惠民他们是做得出这种事的!"

周一宏点了点头。金钱腐蚀人的灵魂。但现在更多的人垂涎金钱万能的魅力。花天酒地,挥金如土成了一种津津乐道的时髦。周一宏想起他调到这儿来的那几天,田惠民来看他,并邀请他们一家三口去吃饭,说是为他接风。田惠民头发梳得油光,西装笔挺,皮鞋锃亮,一副绅士派头。

他风雅而精神焕发,从他身上你丝毫也看不出他曾在劳改队里待过几年的痕迹。走进饭店时他拍着周一宏的肩膀轻声地说:"一宏,你可是显老啊。"

"心灵上的折磨太多。"

"不该自己折磨自己。"田惠民说,"唉!现在回想起来,那时你也太冲动了。看来,感情容易冲动的人,在生活上就会得不到安宁。"

"那是过去。"周一宏说,他们围着餐桌坐下,"现在恐怕冲动不起来了,我觉得我对这个世界显得冷漠得多了。"

"行!一宏,你成熟了!"田惠民微笑着说,"对世界的冷漠才是人自身成熟的标志。来!"他端起酒杯站起来说,"祝你们全家团聚,另外,我还是要为一宏过去的正义感,为他对我的友谊干杯!"干了酒后,大家又坐了下来,他慨叹地说:"不过,当邪恶紧紧掌握着权力的时候,正义的力量是太软弱了。所以我现在要做的事是:忘掉过去,珍惜现在,跟随权力,开掘自我。来,一宏,为我们对人生有了新的认识干杯!"他又一口把酒闷了下去,激动得眼睛都有些湿润。似乎他感到自己已经读懂了人生,是个大彻大悟的人了。周一宏把酒也干了,但却感到心酸。他无法忘掉过去,他也无心去跟随权力,他感到自己大概很难按田惠民所说的道去走。但潘玉婉却在边上说:"惠民说得对。我们不能老让过去的苦难压得喘不过气来。三十年河西,三十年河东,过去我们吃苦,现在该我们乐一乐了,我们的后半生也得好好潇洒一回了!"

他们俩现在确实在"潇洒"。

"太可怕了。"周一宏看着唐玲说,"如果他们这样干的话。"

"知道这事我也感到很心寒。"唐玲说,"我在想,二十几年前那个可怕的阶级斗争年月的事我不记得了,因为我那时还太小。但我从记载着这些事的文字中,从经历过这些事的人的口中我感到那时的触目惊心,因为无意中说错一句话,做错一件事,都可能遭到灭顶之灾!那个年月,是在政治上弄得人人自危。可现在呢?现在就安全了?为了追逐金钱,什么事做不出来!假酒、假药、假广告,甚至假警察、假钞票。伪劣产品涌向市场!而在我们建筑行业上,因为使用了那些盖着合格公章的劣质材料而造成的大小事故不是时有发生吗?我就想,一个没有文化内涵的政治是野蛮的政治,'文化大革命'就是这样,而没有文化内涵的经济也同样是可怕的经济。想当年,砸四旧,把老祖宗给砸了,现在经济大潮,有人挖古坟,把老祖宗给卖了。中国五千年的文明恐怕不是葬送在外国人手里,而可能葬送在这些不肖子孙手里!我想,我们需要的是一个有法制、有民主、有高度文化内涵的有秩序的经济繁荣。人类一旦扔掉了文化,那就等于扔掉了人类自己!你说呢?"

可这样的谈话太严肃,让人也感到太压抑了,周一宏喝下剩下的半杯咖啡说:"唐玲,我们出去走走吧,这儿太烦嚣太闷热了。"

在戈壁滩上建起来的城市就有这点好处。哪怕在最炎热的季节,只要夜幕降临后,戈壁上就会涌来一股爽爽的凉气。唐玲钩着周一宏的胳膊挨着路边的林带往前走。路灯通过林带投下斑斑驳驳的光点。"生活啊,"唐玲说,"人从生活中得到的东西比什么都多。我相信中国的一句老话,患难见真情,日久见人心,要真正认识一个人了解一个人可太不容易了,我就没想到阮朝晖会这么脓包,这么世俗!会在我老爹的压力下这么轻易地屈服了。"这时周一宏想起了田惠民说的那句话:"跟随权力。"眼下中国可怕的不是媚俗,而是媚权。

凉爽的风一阵阵地拂来,由于城市里栽满了树木,那风也被润得含满了绿色的水分。

"在我和阮朝晖的事情上,你是个局外人,"唐玲说,"但你这个局外人却比他显得正直!"

"我这是本性难移。"周一宏苦笑一下说,"我这辈子吃亏就吃在这里。"他对她讲起了二十几年前田惠民的那件事,唐玲紧搂着他的胳膊,把脸贴在他的肩头上说:"可我喜欢你这样。"

天空晴朗,星光闪烁。湿润的风拂在脸上让人感到说不出的惬意。周一宏望了望天空,抚摸着勾着他胳膊的她的手说:"唐玲,你刚才说你喜欢我,但我们之间会是个无言的结局。"

"为什么?是你不想离开潘玉婉了?"

"不,是我们的年龄。"

"你这话真好笑。年龄怎么啦?现在少女找成熟男人已成了一种时髦,更何况我们之间的年龄相差并不大,我们是属于同代人。周总,我看准了你就绝不会放弃你,除非你拒绝我。像你这样的人,应该得到一个女人真正的爱。你这一生也太不幸了。像你这样的人就不应该不幸。世道也真有些不公平,坏人活得潇洒,好人活得太累;心地歹毒的人活得自在,想保持良心清白的却活得很苦。这种不公正让人伤心。所以我要把爱放在应该值得我爱的人身上。周总,今天我选择了你,我倒觉得这是一种命运的安排。所以我反而应该感谢阮朝晖对权势的屈服和对我的背叛!"

周一宏捏紧她的手,他感到鼻子有些发酸。他说:"唐玲,再给我点时间行吗?"

"但不能太久。"

"多长?"

"最多两个月!"

天气变得越来越炎热。戈壁上扫过来的阵阵热浪使天空中总是时不时地涌上一团团乌云,几十分钟的一场狂雨倾泻以后,天空又在湛蓝中溢出一股热量,大地在一片水光中反扑出更强烈的炽热。唐玲穿着一件似乎能影影绰绰地透出点胸罩的连衣裙往楼上走时,她听到她父亲叫她:"唐玲,你到我办公室来一下。"唐玲回过头来看着她父亲。由于炎热,她父亲那肥胖的脸上挂满了汗珠。她说:"是公事还是私事?"

"公事私事都有。"

"但只谈公事,你一谈私事我就走。"

"可你是我女儿!"

"你那记耳光已经把这名分打掉了。"

"唐玲,你别忘了,你身上也流着我的血。这一点恐怕没法改变吧?"

"对,我承认这没法改变。但人是活在感情世界里,而不是活在遗传因子上。被人强暴后的女人也会生孩子,那孩子同他父亲是不是同样也有这种血缘关系?"

"但我们不是!"

"可你强暴过我母亲的感情!"

唐全友怒火中烧,胖脸上涌出了更多的汗水。他又想冲上去扇她的耳光。但这里是公司的办公大楼,他又是公司的党委书记,他总还得保持住自己的尊严。于是他痛苦地长叹口气,把心中的怒火吐了出来,然后压低嗓音说:"唐玲,好好,我们只谈公事,请到我的办公室来吧。"

唐全友的办公室很大也很豪华。两米多长一米多宽的大办公桌上镶嵌着一块大厚玻璃,下面衬着一块绿色的绒毯。几个真皮大沙发围着办公桌一圈。靠窗的墙角上立着一个雕刻着各种图案的木架子,上面恭恭敬敬地放着一尊毛泽东穿着一件在风中飘动着的大衣的全身石膏像。唐全友说,这尊像已经伴了我三十多年了。我这一生与这位世上最伟大的人是分不开的。我有今天,是因为我一直忠于他。可惜啊,他离开我们早点了,要不,今天哪会是这个样子?

屋子里开着空调,要比屋外凉快多了。不过在运动一个接一个的年月,他好像不曾能有这样的享受。但他不稀罕,他仍怀念着过去的那个年月。他坐到办公桌后面那把可以升降转动的靠椅上。习惯地用手指敲着桌面,既然只谈公事那么就用谈公事的架势来谈,我是领导,你是下属,这点威严我得有!但唐玲却没把他这点放在眼里。挺胸昂头地坐在沙发那宽大而柔软的扶手上。

"唐玲,"他说,"最近我听说你在调查阮士林的那个案子。是不是有这事?"

"有!"唐玲一扬脖子把滑到额头的长发甩到脑后。

"这个案子已经结束了,你还调查什么?是谁授权给你的?"

"谁也没有,完全是我个人的行为。我是出于好奇。"

"荒唐!"唐全友用指关节狠狠地敲击了一下桌面,"现在下面到处在传,说唐书记可能想翻这个案,让女儿在私下里重新调查呢。昨天潘玉婉来找我,问我有没有这回事,接着田惠民也打电话来问我。唐玲,这个案子证据确凿,事实清楚,有什么好再调查的?你这是要把你老爹往绝路上逼啊!现在人际关系这么复杂,盘根错节,牵一发就会动全局,你这是在干什么?!"

"我说了,我这是出于个人的行为,他们紧张什么?你又紧张什么?"

"可别人不这么看!你不想认我这个爹,但别人却认准你是我女儿!唐玲,你少再给我惹麻烦了行不行?不要再搞下去了行不行?"

唐玲看看她爹,她爹那张官气十足的脸上竟也露出了乞丐似的表情,那双平时熠熠发光的小眼睛似乎也在乞求。她叹了口气,他毕竟是她爹啊!

"好吧,"她说,"我停止。但我心里已经明白这是怎么回事了。我知道,我不能也无力翻这个案。我只要弄清楚可能是怎么回事就行了。"

"唐玲,别再胡猜测了行不行?"

"可你阻止不了我怀疑的自由!"

"行,行。"唐全友无奈地摆摆手说,"我不说了,只要你答应不再调查下去就行。我还要同你说一件事,就是你同周一宏的关系。"唐玲唰地站起来要走。但唐玲没想到她那矮胖的老爹比她的动作更利落迅速,在一瞬间他那肉球一样的身子就堵在了门前。

"唐玲,我告诉你,我这一生犯的最大的错误就是把周一宏这么个人弄到公司来并且重用他!他年轻时在政治上就犯有严重的错误,这我不说,而他在生活作风上也同样的不检点,他没同潘玉婉结婚就把人家的肚子搞大了,自己一拍屁股走了,扔下她们母女不管,潘玉婉一提起这事就泪流满面。这一点我也不说,可现在他快奔五十岁的人了,又无耻地在勾引你!可你却还同他一起喝咖啡、吊膀子、压马路!唐玲,他是个有妻室的人,而且潘玉婉是潘总经理的女儿。你这是存心要把我往死里逼啊！你！"

"好吧,我再叫你声老爹。老爹,我也快三十岁了,我自己的事我自己会处理的！你干涉了我的婚姻,又来干涉我的私生活,这不行！你让我走,你要不让我走,我就撞死在这里！"

"唐玲！"

"我要往桌角上撞了！"

唐全友痛苦地捂着脸,流泪了。他让开门说:"那好,你走吧。也许这也是报应……"他沮丧地垂下了肥大的脑袋。唐玲这时似乎也有些不忍了,但她还是挺着胸走了出去。门又关上了,她听到她父亲愤怒地痛心疾首地喊道:"周一宏,你怎么不死啊！你这个臭知识分子！"

远处那群山顶上的积雪好像正在慢慢变得稀薄。而横穿过城市的那条河里的水却在猛涨,这儿就是这样,天气越热河水就越大。湍急的水流发出哗啦啦的声响。唐玲沿着河道往市中心的公园走去。绿树成荫,鲜花盛开的公园显得很幽静,人工湖上碧波荡漾,几个游人在划着船。唐玲在湖边的一个长椅上坐下来。从手提包里掏出支摩尔烟来抽,她已从同她父亲的争吵中平静下来。她觉得周一宏在她的心目中要比阮朝晖高得多。她觉得周一宏吸引她的不仅仅只是男女间的情爱,而是一种心灵冲撞后迸发出来的两团迅速融在一起的热热的火球。他身上有着一种既成熟又很纯真的美。她也见过田惠民,田惠民也英俊潇洒而且洋气,也显出一种成熟,但他的这种成熟并不美,在他那无法捉摸的神情中透出一种老于世故的浑浊和一种势利的俗气。因此像周一宏这样年纪的人却依然保持那种感情和思想的纯真就显得越发的可贵。她感到她同周一宏有着共同的情感和语言。在变得越来越浑浊的世界上,这种情感就显得更为难得。她想用自己的纯真来同邪恶抗争,但泼向她的却是一盆盆污水。这些年来,她看到不时有邪恶战胜正义,虚伪战胜真诚,这到底怎么啦？不时有平庸的奴才得到重用,粗俗的浪子潇潇洒洒,而真正的人才却在受压受气,活得既艰难又狼狈。这个世界是不是出了什么毛病了？唐玲低着头用手罩着眼睛,一只游船划出水声在她跟前滑过。在这一个多月的时间里,在她偷偷地调查阮士林的案子时,别人告诉了她那么多的事,但对她讲这事的每一个人都关照她,说你千万别说这事是我告诉你的。要不我就不讲,你真要讲出去反正我也不承认。这正像许多人围观歹徒作恶而无人敢挺身而出一样。人心哪,已经到了这种程度!

权力掩盖着真相,改变着一切,无法受到限制的权力像个出色的魔术师在改变着世界的颜色,而金钱又为它增加了更多的魔法。怪不得眼下会不断有人崇拜和追逐权力与金钱。正义呢?正义到哪里去了?给人的感觉是正义仿佛正在一点点淡化……唐玲抬起头来,为自己心中的正义感找不到出路而痛苦。她觉得自己的眼角有些湿润。她本来是想到这儿来散散心的,反而却想得这么多,心情也感到格外的沉重。在她还是少女时,她就听到许多人提到她母亲,说她母亲不但漂亮而且心地善良。在好几次政治运动中,她母亲就曾偷偷地帮助过不少正在挨整的人。对她这种丧失阶级立场的做法,唐全友既恼怒又无奈,这大约也是他要同她离异的原因之一。唐玲感到,也许她身上流着更多的是她母亲的血液。

她站起来,扔掉还在冒烟的烟头。径直朝一个公共电话亭走去。因为她现在多么想听到周一宏说话的声音啊,哪怕这声音是从电话筒里传出来的。

天色正在暗下来,被太阳暴晒了一天的城市又迎来了凉爽的风。四下里灯光闪烁,马路两边那油绿的林带上的树叶在灯光下发出粼粼的闪光。周一宏穿着一件淡绿色的短袖衬衣,一条丝质的太子裤,也显得飘逸而潇洒。唐玲想,他现在仍这么英俊,而年轻时一定更英俊。当年潘玉婉爱上他并委身于他,恐怕也不会是无私的,她看中了他的英俊,并且想占有他。正像一个男人占有处于逆境之中的美貌女子一样,算不得什么高尚。对相貌平平的潘玉婉来说,周一宏只有在那种境遇下才会接纳她,要是在现在,他会要像她这样的女人?而潘玉婉却认为自己为周一宏做出了多大牺牲似的。暗中占了便宜却要做出一副受委屈的样子,是不是人的一种恶习?

在路灯的金黄色的光线下他那英俊的脸是柔和的,显得年轻了许多。她更坚信他在年轻时一定英俊惊人。他们相视一笑,她挽起他的胳膊。

"他们要对我们群起而攻之了。"她说,"你那边怎么样?"

他只是苦苦地一笑。

那天晚上他离开她后,犹豫了半天,心想,为了女儿,他得回家。他们家住在三楼,那是个让人满意并能满足虚荣心的楼层。那是去年,公司盖了十幢档次比较高的住宅楼,潘玉婉稍稍活动了一下,他们就分到了这套三室二厅近一百平方米的房子,潘玉婉又凭着自己的地位、关系和经济实力,把房子装修得富丽堂皇,但却泄出一种暴发户的世俗气息。在装修时她根本不征求他的意见,自以为在装饰房子方面她比他建筑系的高才生都要强。

房子装饰得虽豪华,但他住在里面却感到很不舒服,似有一种住进高级宾馆的陌生感与冷漠感。感受不到一点家庭的温馨。他想,他是为了女儿才再次走上这一级级楼梯,为了女儿,他不得不再一次在她的淫威下低头。他觉得自己这么一个堂堂的男人在过着一种什么样的生活啊,但人间所有的爱都是需要付出代价的,代价越高爱就显得越有光彩。女儿爱他体谅他理解他,他也得体谅和理解女儿。

他感到心里恹恹的烦烦的,但他还是掏出钥匙打开门。女儿也在,她没有像往常那样睡在外婆那儿。她们正在看电视剧《唐明皇》。她正赞慕着皇宫里的豪华气派。皇帝戏受欢迎,就是因为它迎合了一些人对皇宫奢华生活的向往。女儿为了及早打破她父母见面时可能出现的僵局与尴尬,便站起来说:"爸,你回来啦?"

"你是怎么回事!"埋在柔软的真皮沙发里的潘玉婉还是发火了,"你电话里是同谁在发火?用这样一种口气同我说话。不管怎么说,我现在还是你妻子!"

"对不起。"周一宏强忍住心中的怒气,朝她勉强地一笑说,"中午我酒喝多了。所以有些控制不住自己……"

"那你是把我当作你酒后泄恨的对象了?"

"妈,"女儿在边上轻轻地跺了一下脚说,"爸都向你道歉了。"

"说句对不起就行了?"

"妈!"

周一宏赶紧躲进书房,他想哭,是不是把人逼上绝境也是一种快乐呢?她现在对他的这种恼恨到底是怎么回事?是因为这几个月来他不再肯屈服,不肯再俯首帖耳、低三下四,所以才这么仇恨他吗?好像在中国甚至在家庭生活中平等都这么难?不是主子就是奴才?这时他听到潘玉婉在对女儿喊:"姝姝,你给我回外婆那儿睡去!"

"妈,今晚我要睡在家里。"

"我有话要同你这位老爸谈,但这些话不能让你听!"

"妈!你不要这样!"

这时周一宏想推开书房的门对潘玉婉说,你今晚要叫姝姝走,那我也走!但他忍住了,只要捂着头,想把这屋里所有的东西都砸烂,她听到潘玉婉把女儿推出门外,并狠狠地关上了门,女儿又在门外叫了几声,接着就听到女儿下楼时的脚步声,沉重而缓慢。他想,女儿的心一定也很苦。女儿的脚步声消失后她就对着书房门喊:"周一宏,你要真心向我认错,那你今晚就老老实实地睡到我的床上来。"

他没有上她的床,他不可能再上她的床。在了解她同田惠民的那层关系后,他怎么还能与她同床交欢呢?

那一夜屋里像死一样的沉寂。他在书房,她在卧室。但这种沉寂却蕴含着一场巨大的风暴。他想,再熬一熬吧,熬到女儿去上大学。答应女儿的事不能食言。但这真是太难熬了。女儿,你知道爸爸的心吗?

他与唐玲肩并肩地在街上走着。天上看不到星星,凉风中透出一股潮气,树叶在沙沙地响。这又是一个让人舒心的夜晚。唐玲把今天上午她与她父亲的谈话告诉周一宏后说:"周总,现在我有个想法。既然他们都那么怕再提阮士林的那个案子,那我们索性把我们的怀疑捅出去。捅到市纪委,省纪委,甚至中央纪委去!我手头的证据虽然不充分,但起码可以证明这个案子有许多可疑的地方!"

周一宏沉默无语。

"你怎么啦?"

他依然默默不语。风里裹着的潮气越来越浓,甚至于让人感到那黏丝丝的水珠。闪着蓝光的树叶抖得很厉害。他掏出烟背着风把烟点着,深吸了一口烟。"周总……"

他把她拉进林带的黑暗处,紧紧地搂住她。"唐玲,"他说,"因为有你在我身边,我才又感受到了生活的价值和乐趣。真的,唐玲!"他把她更紧地压在自己胸前。

"周总……一宏……"她被他的激情感染了,眼里也突然涌出了泪,她仰起头,迎上了他探过来的嘴唇。细细的雨丝从空中飘悠下来。不一会儿,四下里便闪烁出一片黄幽幽的水光。

雨开始下大了。

下了一夜的透雨,天气就变得凉快些了。潘玉婉又把电话打了上来。而现在他一听到她的声音就觉得反感。但她却变得越来越盛气凌人。那天他向她道了歉,但她却不知道其中的原因,以为他还是不敢与她闹翻,因为闹翻后他将失去许多东西,而这些东西正是目前许多人在孜孜地追求着的。他的认错也同样使她的虚荣心得到了满足。或许在人间正是因为这种感觉上的偏差,才酿成了许许多多的悲剧。

"有事吗?"他拿起电话冷冷地问。

"我问你,这两天你为什么每晚深更半夜才回来?你一回来就躲进你的书房,我们到底还是不是夫妻?"

"你说呢?"

"那你就该到我床上来!这两天我在床上一直醒着等你回家,这你就没感觉到?你算什么丈夫!"

"我以为你睡着了。"他说,心想,她大概是很长时间也没同田惠民亲昵了,有些熬不住了。他知道她现在是全身营养过剩,弄得她在性欲上的要求也很强烈。"潘玉婉,电话里最好不要说这种事行不行?让别人听见不太雅吧?"

"那我就上来同你说,你等着我!"她啪地把电话挂了。

他想赶快离开办公室,躲开她。但他仍不由自主地等着。老躲也不是个办法呀。听到她的脚步声上了楼,门嘶地被推开了,接着她又把门呼地关上。她气喘吁吁地看着他。他感到她的这张脸怎么这样的陌生?甚至,可憎?

她穿着大红的连衣裙。像她这样的身架穿连衣裙已经很不合适了。况且又是那么艳丽的大红色。上身套了一件白色的绣着金丝边的短坎肩,让人感到有些不伦不类的。再加上项链、耳环,戴在两只手指上的大钻石戒指,一副暴发户的俗气相。他感到这个女人与他在苦难中相爱的那个小姑娘完全是毫不相干的两个人了。因此这种陌生感就显得越发的强烈。

"周一宏!"她坐在他对面的沙发上,裙子撩到大腿的上部,一眼就可以让人看到那粉红色的三角裤衩,她瞪大眼生气地说,"我觉得你那晚的道歉根本不是真心的。"

周一宏没吭声,他只感到一股热血在往他头上涌。

"你要是真心的,就该同我和好如初,同我睡在一起,我们有好几个月都没过夫妻生活了!"

"我现在无法与你同床!"

"为什么?"

"这我今天不想说。但只要你好好扪心自问一下,那我想你就不会再说什么同床之类的话!"

"我不明白。"

"你应该明白!"

潘玉婉的脸突然由红变白,接着又变得发紫,眼睛冒血尖叫起来:"周一宏,你这话是什么意思,你给我讲清楚!今天你要不给我讲清楚我就同你没个完!"

"潘玉婉,我说了我今天不想说,请你不要逼我。而且现在是上班时间,你该回去办你的事,赚你们的钱去。"

"不行!你不同我说清楚我绝不走!而且你也别想走出这个门!"

"我说了,你不要逼我。"

"逼你什么?逼你同唐玲一起逛马路、喝咖啡,一起上床乱搞吗?"

周一宏的脸顿时紫涨起来。

"我要你上我的床,就是想要知道你到底同唐玲到什么程度了。现在我明白了,你不肯上我的床,就因为你在同她,同这个连自己的老子都不认的小婊子在乱搞!"

"你给我闭嘴!"

"怎么?你心虚了?骂她婊子你心疼了?"

"她不是婊子,而你才是婊子!在我来这儿以前你就同田惠民鬼混,等同我生活在一起后,你还同他搞!"

"胡说!"

"这可是田惠民亲口告诉我的!"

"放屁!"潘玉婉抓起办公桌上的墨水瓶就朝周一宏的头上砸去。周一宏闪开后墨水瓶在墙上炸成一个乱星状。潘玉婉看到没砸着他,便又冲上去揪他的衣领。周一宏也已控制不了自己,扇了她两个耳光,她也在他脸上抓出几道血印,她又想咬他,他用力拉开门,把她推了出去,她的屁股墩在地上,并滑出一米多远的距离,整个裙子都撩到了腰间,露出了那半透明的粉红色的三角裤衩和两条肥嘟嘟的白嫩的大腿。走道上顿时涌满了人,潘自力和唐全友也出现在他们眼前。

"一宏!"潘自力苦着脸恼怒地说,"你太不像话了!你是个受过高等教育的人,怎么这样粗野动手打人呢?而且打自己的老婆!"

"周一宏,我告诉你!"唐全友也怒气冲冲地吼,"你要不愿在这个公司干,你就趁早给我滚!我们不稀罕你这样的什么知识分子!"

"周一宏,你这个流氓!畜生!混蛋!没人性的东西!我当初为什么要……啊!"潘玉婉坐在地上撒起泼来。

周一宏低下头,双手捂着脸,他什么也不想说,只感到脑子里是一片混乱的空白。

傍晚快下班时,田惠民来找他了。显然是潘玉婉向他透的风,说不定还哭诉了一番。但田惠民却显得很冷静,一副绅士派头。他对周一宏说:"一宏,咱们出去聊聊吧。别焐在办公室里,大热天的,焐了一整天,身上一定焐出不少痱子。"他说着笑笑:"中午饭都没吃?何苦呢?"

西下的夕阳把群山顶上的积雪抹得红红的,像涂上了一层胭脂。洒了水的街道上依然散发着热气。门口停着田惠民的那辆新的皇冠小轿车。他把周一宏拉进小车,拍拍驾驶员回头说:"去明珠楼。一宏,今天我请你吃海鲜,全是活的。这个亚洲大陆的腹地,能吃到海鲜可不容易。过去不要说吃,就连看都没有看到过,还是改革开放好啊!"

周一宏感到头昏昏沉沉的像针扎一样疼,他想自己怎么会这样?在动手打人时自己的样子一定非常丑恶吧?我干吗要动手打人呢?暴力不但解决不了问题,反而会使事情复杂化。为这点,他无法原谅自己。

"来,抽支烟。"田惠民说,"别再多想了,事情都已经过去了。"

我干吗要活成现在这个样子呢?周一宏抽着烟想:自己也像他田惠民那样既浑浑噩噩但又潇潇洒洒不也很好吗?现在却像只犯了错的狗一样,需要得到别人的宽恕和安抚。

明珠楼在市东边的绿化区内,浓浓的绿荫覆盖着整个街道,车窗外扑进来的空气湿润而凉爽,服务小姐把他们引到二楼一间典雅的小包房里。里面已经坐着两位很漂亮的小姐。田惠民在服务小姐耳边说了句:"今天不用了。"服务小姐向那两位小姐使了个眼色。她们一笑,便知趣地出去了。

"一宏,今晚就咱们俩聊。"坐下后田惠民往酒杯里倒上酒说,"有些话我早就想同你说了。'四人帮'粉碎后,你该出来自己闯,不该在农场待得那么久。"

周一宏沉重地叹了口气,一口把酒干了。

服务小姐端来了几盘精致的凉菜。

"一宏,我们是好朋友,二十几年前你为我打抱不平而因此遭受苦难,为这事我内心里是永远感谢你的。那天你把汤泼到我脸上,今天又打了潘玉婉,又把我与她的事抖了出来,既伤害了她也伤害了我。可我还是把你看成是我的好朋友。"田惠民也一口干了酒说,"但一宏,我要劝你一句,你得改变一下你的生活方式了。因为你这样下去,太不合时宜了。"

周一宏也不吃菜,连灌了三杯酒,睁着有些发红的眼睛说:"这事我不是没想过,可我做不到。我感到我的眼前有一条无法逾越的墙挡着我,使我无法跨到你们那边去。"

"是一道心理上的墙?"

"对。"

"道德?良心?自身的清白?"

"是。"

"我把这些东西也曾看得很高过。"田惠民冷笑了声说,"但其实不值钱,在眼下更是一文不值!"

"人们已不再需要这些了?"

"需要,但那是对别人而不是对自己的。那个年月不是这样吗?对老百姓是这不许那不许,连穿个花衣服都要受到谴责。但有些人呢?照样花天酒地!我记得鲁迅曾讲过,那些极力鼓吹贞节烈女的人,自己却心安理得地拥有着三妻四妾。虚伪,可怕的虚伪!我为什么那么傻,要受这种虚伪的骗!白白地苦了自己!谁不会乐!要乐大家一起乐。你用你的本事乐我也用我的本事乐。谁的本事大运道好乐的档次也就高。"

田惠民用筷子敲了一下桌边:"你还记得那个于丽珍吗?她上台揭发我时,我真是让她敲懵了、敲傻了,那时我痛苦得想去自杀。后米我想,我干吗要为她痛苦?我干吗要把这种感情看得那么认真那么高尚呢?人家为了政治目的可以玩弄这种感情,我干吗要认真!"

衬着绿叶的鲜红龙虾端了上来,使人感到这块大陆深处的土地似乎离海并不远。现代化的交通工具正在把世界变得越来越小。

可人心的距离却从未变小过,也许现在反而越变越大了。田惠民拿过调料碟,用力剥开龙虾说:"很新鲜,来。"

"现在不了。"田惠民品尝了两口龙虾,掰下一条虾腿说,"现在是你黑我也黑,不然你就无法活得潇洒、自在。你要硬撑着自己的清白,那你就得付出大代价,面对这种现实你也就永远摆脱不了心中的痛苦。而且你的清白似乎还会妨碍别人,别人还会讨厌你甚至仇恨你,现在没有人会来崇拜你的这种清白的,你硬撑着又有什么用?我可以说,再清白,生意人,他的最终目

中篇小说

的也还是卑鄙地赚钱！而且赚得越多越好。一宏,你别忘了,眼下搞的可是商品经济！谁也躲不开它。"

周一宏也拉下一条虾腿吮着里面鲜嫩的肉,但他的手在抖。

"对人生我不再认真了,我用不着对它认真。"田惠民喝了一口酒说,"所以我也坦率地谈谈我对女人的看法。世上到底有没有纯真的爱情?反正我是没有看到,我看到的只是两性间的相互需要,一种性伙伴的关系。你同潘玉婉的那段恋情看上去好像很纯真很执着。但事实上呢?她又上了我的床,而且还是她主动敲的我的门。现在你再看看周围,情爱已洒上了浓重的金钱的色彩,她需要金钱,我需要女色,两人凑在一起,得到了各自的需要后就散伙,没有痛苦,有的只是相互间的愉悦,这不也挺潇洒?认真带来的是痛苦,随意才会带来快乐。人干吗要把自己弄得那么苦呢?那个史无前例的'文化大革命',玩弄了多少人崇高而纯洁的感情啊!每想到这些都让我感到不寒而栗。现在我不了,那天你把汤泼到我的脸上,但我一笑了之。我很轻松地对在场的人说,他喝多了,朋友之间嘛,有时就会这样。在场的人都说,田总经理真是有绅士风度,够朋友!你看怎么样?在旁人眼里,你低了,我高了。而今天为了我同潘玉婉的事你打了她,就是因为你把这事看得太认真。你打她,可能理在你这一边,但事实上呢?所有的人都在谴责你,其中还包括你自己。结果呢?她对了,你反而错了。"

周一宏猛地干下一杯酒,突然笑了几声。是呀,心苦到极顶后也想笑,记得他在深山沟修水渠时,与他同组劳动的一个戴着副深度近视眼镜的知识分子,人瘦得像猴一样。他是研究古典文学的。在那个年月研究这种东西的人是最不值钱的,是典型的封建主义的卫道士。有一次他病了,在帐篷里躺了两天。管教就在组里开他的批判会,说他是抗拒改造要死狗。批了他后他反而很高兴,哈哈哈地笑了,吃晚饭时还用筷子敲着饭缸子哑着有气无力的嗓子唱了两首歌。第二天一早拖着病体去上班,趁别人不注意时,他跳进了湍急而冰凉的渠水中,同山上冲下来的大石头一起流向了戈壁的深处。他在笑和唱时他的心一定更苦。

"老田,我明白了。"周一宏掰下一条虾腿说,"人好像只有跟着污泥浊水一起流,才能活得潇洒和幸福。那么人呢?人自身的人格又到哪儿去了呢?物欲横流的结果是,人和牲畜就会在一个水平线上。"

"那好。"田惠民一笑说,"刚才那些话就算我白说。"

"不,你没有白说,就因为听了你刚才的那些话,我才下决心继续走我自己的路,按我自己的方式活在这个虽然涌着污浊但仍有希望的世界上。因为像你们这样的人虽不少,但像我这样的人也不只我一个。好了,谢谢你今晚的款待。"

"怎么,你要走?"

"对。"

"那我用车送你。"

"不!我坐出租。"

一丝秋意已从林带里的几片黄叶中吐了出来。炎热也在悄悄消失。女儿的录取通知书来了,是北京的一所重点大学。周一宏既感到高兴也感到一种惆怅。虽说他觉得自己仍该像现在这样活下去,但这几天精神上的折磨仍使他有些憔悴,他感到了自己的感情上的脆弱。有一天下午,潘自力把周一宏叫到他的办公室里。他看到他那副憔悴的样子,心里也有些不忍。不管这个人身上有多大的毛病,但在建筑业务上却是公司里的顶梁柱,许多疑难问题他都能处理得很得法。作为公司的总经理他知道人才的价值。唐全友想把他弄走,但潘自力说人才难得,暂时还留着吧。等找到合适的顶替他的人再说。唐全友说老潘啊老潘,你的心也太软了。周一宏在潘自力的对面坐下,潘自力递给他一支烟后很诚恳地说;"一宏,这事已经过去了,你也不要缠在里面出不来了。眼下公司里的事情那么多,各工区来人来电话不断。你该打起精神来,重新投入工作。你与玉婉的事大家先都冷静一下,要是实在过不到一起了,要分手我也不反对。你不是我女婿但也还是我的总工程师,也还是姝姝的父亲。"周一宏想,是呀,自己没有必要为这件事跟自己过不去。过去那么艰难的日子都熬过来了。现在这点事算什么。现在毕竟比过去要好多了。潘自力能同他说这样一些话,姿态还是很高的。于是他也很内疚地说了一句:"这次我又做了一件大傻事。"算是向潘自力表示了歉意。潘自力说:"这事不要再提了。安下心来,好好工作。这样吧,明天早上我们送姝姝上火车后,你下午到六工区去一下。阮朝晖昨天来找我,说那幢工房出现了些问题,你去处理一下。在那儿住上几天,就算是去那儿蹲点吧,啊?"

周一宏站起来说:"好,明天送走姝姝后我就去。"

第二天早上他约了唐玲一起去火车站,但没有去站台,怕在那儿会见到潘玉婉。他与唐玲在站台尽头的栅栏处,火车开过这里时速度还很慢,姝姝会看到他们的。早晨那黄嫩嫩的阳光柔柔地洒在大地上。唐玲穿着一件嫩绿色的毛衣,一条花格呢裙子,在鲜亮的阳光下显得越发的青春与美丽。他俩靠在栅栏上,她微笑着,虽然在生活上她也同样遇到了不少麻烦,但她依然显得很轻松。可他周一宏却缺乏这种心态。他们这一代人,心理的负荷太重。我们是生活在同一个星球上,问题是看你怎么个活法了。各人都有各人的活法。唐玲微笑着告诉他,她要辞掉这儿的工作,到沿海的一个城市去,那儿有她的几个同学,都写信邀她去。她说她要到那儿闯出条新路。周一宏也点点头说,你先去,姝姝走了,我同潘玉婉的事也该了结了。到时,我也去。他在凄苦中微笑了一下,因为有了新的选择,也就有了新的希望。

站台上开车的铃声响了。几声刺耳的汽笛叫过后,铁轨开始隆隆地响起来。他俩不再说话,凝视着迎面而来的火车,反射着阳光的车窗一个接一个地从他们眼前闪过。在一个窗口他们看到了姝姝,姝姝也看到了他们,她使劲朝他们挥着手喊着,但车轮声淹没了她的喊声,但从口型中他知道她在喊:"爸爸多保重。祝你们幸福!"他看到女儿眼中闪着两点被阳光映黄了的泪花。

当天下午,他根据潘自力的安排去了六工区,但从此再也没有回来。

凉凉的秋风把墨绿色的树叶染成了点点斑斑的黄色,九月六日的市报上登了这么一则消息:市第一建筑公司在市东郊的经济开发区施工的一幢工房突然倒塌,造成死亡一人,伤十六人的严重责任事故。该公司在一年前也发生过类似的事故,不过在这次事故中,该建筑公司的总工程师周一宏为了救护他人当场死亡。经调查该项工程在阶段性质量验收时,恰恰是这位总工程师签字验收的。据悉,上级纪委派来了联合调查组调查此案。

  绵绵的阴雨在城市的上空飘散。唐玲拿着这张当天发行的报纸去了火车站。她相信潘自力、唐全友、潘玉婉、田惠民还有受了伤的阮朝晖也都看到了这篇报道,不知他们有什么感想?不过她倒想起周一宏说过的一句话,你说我该怎么活?他人已死了,但这个问题依然需要回答。然而事故发生那天,唐玲记得整个城市的上空万里无云,阳光灿烂。可今天她却在绵绵的秋雨之中带着一颗破碎但仍怀着希望的心登上了东去的列车……

中篇小说

我的大爹

一

　　我大爹叫杨自胜,我叫他大爹那当然是以后的事。不过我叫他大爹叫惯了,所以在讲述他以前的事时也用大爹来称呼他。

　　我母亲柳月的老家在西北黄土高坡的一个小镇上。小镇的周围都是一些光秃秃的山,只要一有点风,就会尘土飞扬,小镇便笼罩在一片灰蒙蒙的尘雾中了。我的母亲与我的大姨柳叶是一对双胞胎姐妹,外祖母在生下这对双胞胎后就离开了人世。因此母亲和大姨是我外祖父一手带大的。外祖父是个非常严厉守旧的人,他把人的信誉、忠诚看得比自己的生命还重要。这恐怕也是他一直没有续弦的原因之一,因为对女人也得讲个忠诚。在我母亲和大姨十八岁的那一年,镇上一位姓姬的大

原载《小说选刊》2004年第12期,后来作者改写为长篇小说《热血兵团》

地主也是我的祖父在为他儿子物色媳妇时,看中了我大姨柳叶。我祖父家几代人都是读书做官的,所以也很热衷于老家的文化事业,而我祖父尤其酷爱秦腔。自己唱还要请戏班到家里唱。每年的正月十五,他都独自出资搭台,让那些镇上的秦腔迷们都能到台上来,在众乡亲们跟前亮一亮自己的嗓门。我大姨和我母亲的秦腔也唱得十分可人,尤其是我的母亲,唱得连专业戏子都叫好。但我外祖父却严禁她俩上台去演唱。因为我外祖母同外祖父定了亲后,在镇上的戏台上亮过一嗓子,我外祖母差点被别人抢走,我外祖父也险些儿闹出人命官司来。舞台这玩意儿既能让人显摆,但也容易引来祸水。

有一年,我大姨抵挡不住上台露一手的诱惑,背着我外祖父,冒着将会被我外祖父严惩的风险,上台过了把瘾,台下是掌声雷动,叫好声震天,大姨也得意忘形,接着又连连上台唱了几口。一直闹到第二天黎明,大姨这才尽兴地想偷偷地溜回自己房间,但外祖父正在院门口等着她,吓得她两腿都发软了。但她没有想到的是,外祖父不但没有责罚她,反而朝她笑了笑,对她说:"姬老爷听了你唱的那口秦腔,就上家里来了。说你人长得心疼人,戏也唱得心疼人。想让你当他的儿媳妇。"外祖父用烟杆敲敲大姨肩膀斩钉截铁地说:"这门亲事我答应了!姬家在镇上的名声是没得说的,连共产党都说他是个开明士绅!"

第二天一早,祖父就派人把聘礼送来了。外祖父还与他们交换了生辰八字,这门亲事就算是铁板钉钉了。外祖父对能攀上这门亲感到得意,可这事对大姨来说却不是什么喜事而是祸水。大姨躲在自己的屋里只是哭,而且哭得很伤心很沮丧很后悔,恨自己不该上台去露那一脸。我母亲问她为啥哭,大姨什么也不肯说。母亲也不敢告诉外祖父,告诉了肯定对大姨不利。但我母亲没有想到的是,在我祖父选定了一个黄道吉日来迎新娘时,大姨突然失踪了,怎么找怎么打听都毫无音信。外祖父感到这下这个脸可丢大了,他认为与其丢这脸面还不如去死。第二天人家就要来迎亲了,外祖父决定用自己的死来惩罚这个不孝的女儿!那天下午起风了,浓浓的尘雾笼罩着小镇,五步外就见不到人影。但母亲还是发觉外祖父的行为有些反常,外祖父穿着平时不舍得穿的衣服,把自己收拾干净就出了小镇,母亲就离外祖父五六步远的地方,紧紧地尾随着他,当外祖父爬上山崖要往下跳时,母亲一把抱住他的大腿喊:"爹,还有我呢!"

第二天风停了,清晨时还下了一阵细雨,空气清新,阳光明媚,姬家大院四周的花坛里鲜花盛开。花轿抬着我母亲进了姬家的门。我父亲姬元龙是我祖父的独苗,刚从西北大学的工程系毕业。用当时的话说,父亲是个要求进步的热血青年。西安一解放,他也想去参加人民解放军,但他又是个孝子,怎么也得回去征求一下老爷子的意思。祖父倒真的很开明,说抗日时我就支援过八路军,将来的天下肯定是共产党的。祖父说:"你去参加人民解放军我不反对,但你得结了婚再走,你爹这身体,活不了两年了。我已经给你定了亲了,姑娘长得很疼人的。"父亲虽然反对这种包办婚姻,但看到祖父那虚弱的身子,不忍心再忤逆老爷子的心愿,于是也就点头同意了。拜完天地进洞房,我父亲和我母亲心里都结着块疙瘩,都感到一种丧气的无奈。我母亲是自己把红头盖撩开的,父亲于是看到的是一张似乎是人家欠了她的债而不肯还,但却很漂亮很水灵的脸。父亲马上察觉到母亲对这门婚事的不满。父亲笑着说:"咱俩天地是拜过了,但还没圆房,你要不愿意,门开着呢,你现在就可以走。其实你根本就不该上轿。"我母亲说:"我要不上轿我爹就要跳崖。"我父亲又笑了说:"咱俩一样,我要不跟你拜天地,我爹就会气死。"我母亲忍不住嗤地笑了。看着父亲那张英俊清秀文气的脸,她长长地吐了口气,两人刚才紧张的气氛一下就缓和了。父亲说:"你坐着,我给你去打洗脚水,你给我唱句秦腔,我爹说你秦腔唱得老到。"那时在我们老家,男尊女卑的习俗是很根深蒂固的,哪有男人给女人倒洗脚水的?母亲听了笑着说:"那不倒过来啦?"父亲说:"今天就倒过来一回。"父亲真的去端来了一盆洗脚水,母亲的心被融化了。父亲把几把太师椅拼在一起,抽出一条被子铺在上面说:"你要不想跟我,你随时都可以走,你要不想跟我圆房,我就天天这么睡。"母亲走上前去,把被子扔回床上说:"天地都拜过了,死活都是你的人了,想听秦腔,躺到枕头上,我就在你耳边唱!"

二

关于我大姨失踪的原因,其实我母亲是打听到了,但她不敢跟我外祖父说。原来那时我大姨已经跟镇上完小的一位叫陈明义的教师相好上了。上个月前,陈明义就投奔解放军去了,临走前与大姨在一个山洞里告别,两人依依不舍,难舍难分的。陈明义走后的两个月,大姨发觉自己的肚子里多了一块会活动的肉疙瘩。所以不管姬家来不来迎亲,大姨都得逃跑。在当时,这辱没家门的事,外祖父是非要逼着她去死不可的,而大姨也感到她在老家咋也丢不起这个脸!

大姨逃跑后,一路去寻找解放军,希望在部队里能找到陈明义。她在大路上终于看到一支向西挺进的解放军部队,于是她钻进队伍里去打听,弄得战士不知是急行军好还是同她说话好。结果一位姓李的营长把她从队伍里叫出来,那位营长叫李松泉,长得精精干干的,只是下巴有点尖,眼睛有点小,不如陈明义那么英俊。听她说完后,李营长就告诉她:"咱这西北野战军就是第一野战军,彭总领导的,有几十万人呢,分布在西北各个战场上,你要这么找人那不是海底捞针吗?反正在我们团没有叫陈明义的这个人。"李营长又劝她说:"你还是回老家去等消息吧,眼下这革命形势离全国解放也不远了。等全国解放了,你要找的人就会回家去,或者捎信给你的。"但大姨没听他的劝,一直不屈不挠地紧跟着部队,她认为,只要跟着部队就有希望,反正陈明义就在部队里!而且她那正在一天天往外鼓的肚子也不允许她再回家了。可跟了些日子就跟出事情来了,部队急行军,她也跟着急行军,有时是几天几夜,真是非常的艰苦,但大姨硬是紧紧地尾随在部队的后面。那时大姨心里真是恨透了陈明义,正是陈明义的越轨把她推到这样一种境地。要是真找到陈明义,她一定要狠狠地咬上他几口来解解气。这一路跟下来李营长却开始同情、怜悯起她来,接着很快就爱上了她。那时,他不但不再劝她回去,还时时地照顾她。遇到飞机抛炸弹,他为了掩护她还差点丧命。而他把她压在身下的时间一次比一次长,有一次等飞机飞走很长时间了,他还这么紧紧地压着她。别人还以为他俩出意外了,但他俩起来,身上只是抖去一层土,一点儿彩都没挂,其中的原因只有他俩才会感觉到。

秋风扫落叶,黄土地上那稀稀落落的杂草也已一片枯黄,我大姨的肚子明显凸了出来。李松泉也明白了大姨怎么也不肯回家的原因。但李松泉还是托有关领导,把大姨安排到战地医院去帮忙照料伤员。有一次战斗打得比较大,也很激烈,还牺牲了一位师长。那次大姨也要求上前线去抬伤员。当黄昏时,大姨抬下的第三个伤员就是我大爹杨自胜,那时他是副团长,当时28岁,满下巴是青青的络腮胡子茬儿。大爹是个乐天派,虽然头上绑着绷带的伤口还在渗血,但脸上却仍堆着笑容,好像受伤是件挺有趣的事。大姨和另一位抬担架的老大爷急急地朝山坡背后的战地医院一路小跑时,大爹就喊:"大妹子,别急,当心摔跤,我这伤一时死不了!"我大姨觉得这人很有意思,于是回头朝他笑笑。说来也巧,我大爹前脚被抬进战地医院的大帐篷,李松泉营长后脚也被抬了进来,他的大腿扎进一块弹片。两人的伤势都不太重,以前他俩参军时就被编在一个班里,后来部队整编时,被编到了不同的师里。两人的铺位紧挨着,大爹的伤口被处理了一番后,就同李松泉说笑开了。天黑下来了,帐篷上挂着的马灯在闪着幽幽的黄灿灿的光芒。

帐篷外正在飘着密密麻麻的雨丝,我大姨仍忙着在离他俩五张折叠床远的地方替一位伤员换纱布。李松泉看了我大姨一眼后就问我大爹说:"你们团你们师其他团有没有一个叫陈明义的人?"大爹说:"有啊,就在我那团,你问这干啥?"李松泉就指指大姨说:"她正在找他。"大爹的眼睛就有些黯然与伤感,同情地摇摇头说:"完了,那个叫陈明义的人在打兰州时牺牲了。"李松泉也就是我的大姨夫那时的心情很复杂。但为了证实大姨要找的陈明义与牺牲了的陈明义是不是同一个人,大姨夫还是把大姨叫了过来,让大爹与她对证一下。对证的结果是那个牺牲了的陈明义很可能就是大姨要找的那个陈明义,于是我大姨就伤心地大哭了起来,大姨夫就在边上一个劲地劝解。从我大姨夫的眼神中,我大爹看出了我大姨夫的心思。后来我大爹在同我讲这件事的时候,说我大姨夫在这方面他妈的蛮会钻空子补缺的。其实呢,这件事倒是在我大爹热心的撮合下才弄成的。大爹只要看到通过他出力后别人能喜气洋洋的,他也就高兴。所以当大爷主动向大姨夫提出由他来做这个媒人时,大姨夫顿时感动与兴奋得满脸都放光。但嘴上却说:"可她……"还用手比画了一下肚子。大爷笑着说:"你个狗屁还挺封建的,那你不娶她,我娶她。"李松泉急了,一把拉住大爷说:"杨副团长,你还是给我做媒吧。"而大姨也感到自己恐怕已没有更好的选择了,因为自己已不是一个黄花闺女了。但大姨仍担心两件事。一是陈明义是不是真的牺牲了?二是她这种现状,李松泉会不会嫌弃她。大爷说:"陈明义牺牲在担架上时我是亲眼见到的,而且还给他脱帽敬了礼。对于第二个担忧也完全没有必要,这事李松泉同志已经考虑过了,而且这件事也不能怪你,那是陈明义同志搞腐败的结果,虽然陈明义同志为革命牺牲了,但错误还是错误。"

深秋的寒风扫尽了树上所有的枯叶,第一场大雪便纷纷扬扬地下了下来,部队暂时休整时期,大姨与大姨夫在一间小茅草屋里举行了婚礼,门口还贴了副对联:携手同走革命道,并肩共度人生路。横批是"白头偕老"。大爷参加完他们的婚礼后又回他那个团去了,而且担任了团里的政委。

第二年开春,大姨生下个儿子。当时部队正自甘肃向新疆挺进,所以大姨夫就给孩子起名叫李进疆。

也就在那一年初秋,我父亲在西安参军后,带着我母亲坐着军用大卡车,也行进在前往新疆的路上。那时,我母亲也大腹便便将要临产了。

西北的大地很辽阔,但有些道路却很狭窄,尤其是桥,有些桥很长,但却只能通过一辆大卡车。有一天傍晚,夕阳正沉重地往群山间降落下去。在母亲怀我五个月时,我父亲从西安把这个信息告诉了我那重病在身的祖父,我祖父欣喜地笑着说,我们姬家有后了,他似乎肯定我母亲会生个男孩似的。第二天我祖父就去世了,他好像一直熬着等待着的就是这个消息。母亲在卡车的颠簸中肚子突然剧烈地疼痛起来,大卡车刚驰上一座窄窄长长的小桥,车上身背红十字箱的女卫生员便敲着驾驶室喊:"车快停住!男同志和帮不上手的女同志都下车!"卡车就停在了桥中间。车上只留下女卫生员与一位生过孩子的中年妇女。而那时,大爷正带着他的团也要过桥,但桥被卡车卡住了,大爷的部队过不去,天色正变得越来越昏暗,大爷急得像热锅上的蚂蚁,手按在腰间的手枪套上直骂娘,甚至命令卡车立即下桥,但卫生员掀开帆布篷探出脑袋喊,娃娃的头刚生出来,车一动小孩大人都有生命危险,出了事谁负责?而那时父亲同大爹在车下争吵起来,吵到后来两人都不冷静了。大爹骂我父亲是臭知识分子,父亲骂大爹是军阀作风。在一片争吵声中我在那辆大卡车上出生了。卫生员高兴地喊:"生了!是个男孩!"卡车徐徐地下了桥,大家都松了口气。我大爹朝他的小车走去。但他突然心血来潮想起了什么,立马转身匆匆走到我父亲跟前充满自信地说:"哎,这位姬同志,我给这孩子起个名字吧。这孩子是在进军的路上生的,就叫进军吧。姬进军!多好听多响亮的名字,啊?就这么定了!"大爹说完兴冲冲地跳上了他坐的那辆吉普车,父亲看着一溜烟远去的小车,笑着摇摇头。父亲感到我大爹在粗鲁中却也透出一份率真与可爱。不过大爹没见到我母亲,当时我母亲筋疲力尽地在车上含着泪紧紧地搂着我。

三

我大爹是在三年后才见到我母亲的。大爹说,那年有两件事让他感到很惊讶。春节刚过不久,根据上级的安排,部队就要开往戈壁滩去开荒造田。有一天,有一个也叫陈明义的人突然出现在他眼前,他是调来任他们团政治处宣教股副股长的。大爹一问他的情况,同牺牲了的陈明义有许多相似之处,但大爹不知道那个牺牲了的陈明义的出生地,而这个陈明义却恰恰是我大姨柳叶那个镇上的人。大爹心里暗暗叫苦,很可能自己办了件错事。大爹是个不大会掩饰自己感情的人,当时皱着眉头抓着头皮自语着说:"他娘的,这事大概有些麻烦了。"陈明义见我大爹突然冒出这么句话来,倒感到有些丈二和尚摸不着头脑了。忙惊奇地问:"杨政委,啥事麻烦啦?"大爹又想,管他呢,反正生米已经煮成熟饭了,到时候再说吧。大爹忙一笑说:"没事,欢迎你来啊,我们团就缺少像你这样有文化的干部啊。"

那年三月,我父亲是作为工程技术人员分到我大爹的团去工作的。当时大爹的团已经开进荒原了。我父亲是骑着马驮着行李来到荒原的。大爹见到我父亲高兴得不得了,咧着嘴笑着说:"不打不相识啊,欢迎欢迎。"他紧紧地捏着我父亲的手关切地问:"那个在车上生的娃是不是叫进军?"我父亲点了点头说是。大爹满意地哈哈大笑起来,拍着我父亲的肩头说:"好!服从命令听指挥,你是个好同志!"我父亲只好苦笑了一下。

父亲到荒原后,除了看地形,测量土地,搞条田规划外,还要参加劳动。那时开荒造田,主要是靠人力,犁地也是。后面一个人扶犁,前面两个或三个人肩上背着绳子往前拉。我父亲自告奋勇要扶犁,我大爹和两个战士在前面拉。父亲是大地主家的公子哥儿,从小上学读书,从来没有干过农活。参加革命后就一直想好好表现自己,努力同工农兵打成一片。于是父亲一本正经地扶好犁,用力把犁头插进土里,但大爹和前面两个战士用力一拉,犁头就滑了出来,父亲也被绊倒在地上,还被拉出一丈多远。连着数次都是这样,大爹火了,转身把父亲推开说:"起开,绣花枕头一包草!"弄得我父亲一脸的尴尬。父亲只好换到前面去拉犁。大爹把犁头狠狠地往地里一插,喊了声:"开拉!"黑油油的土地就被深插着的犁翻开了。那真是个强体力的活儿,一天十几个小时下来,父亲的肩头被绳子磨得全是血泡。在父亲学着扶犁摔倒的时候,大腿被犁头划开了个大口子,但他不吭不响地忍着。第二天拉犁时,腿一瘸一拐的。大爹问他是咋回事?父亲说:"我止在改造我这绣花枕头呢!"

几天后,父亲的伤口化脓了。有一天他向大爹提出,想把我母亲接过来,大爹就嘲讽地笑着指着父亲的鼻尖说:"你们这些有了老婆的人哪,几天不见就打熬不住了。"可大爹又一挥手说:"给你两天假,去把你老婆接来吧,快去快回,啊!"大爹还把伙房用来拉柴火的一匹马拉的小马车派给了父亲。

父亲赶着那辆小马车拉着我们一家三口来到荒原。那时积雪已经融化,荒原上显现出一片青嫩的绿色。那奇形怪状弯弯曲曲的梭梭树的枝条也萌出了嫩黄的绿芽。那些天,母亲的心情不好,因为老家来信,我外祖父突然猝死在家里,身边没有一个亲人,还是我父亲家的人去给办的后事。母亲就怨恨我大姨,怨恨那个陈明义做下的事,要不,我母亲就可以留在外祖父的身边了,外祖父也不会去世得那么快。后来,母亲把这想法告诉了父亲,父亲说:"这事说来说去还是我不好,我不该娶你。"母亲破涕为笑,捶了一下父亲的背说:"去你的!"

荒原上那辆小马车的木轱辘在吱吱嘎嘎地尖叫着。母亲很感激父亲和父亲家的人。那天母亲说:"有一件事我不想再瞒你了。当初你父亲看中的是我的姐姐柳叶。我姐不愿嫁给你,她另有相好,在成亲前逃走了,我只好顶替我姐嫁给你,要不我爹就没脸活在这世上了……"父亲很同情地叹口气说:"那就委屈你了。"母亲摇摇头说:"我嫁给你是嫁对了,好心是会有好报的,不过你把我刚才说的这事现在就烂在肚子里!今后的日子不管过的是苦是甜,我都会跟你在一起好好过的!"母亲又很心疼地说:"你早该来接我了。"她指指父亲的腿说:"你这腿再不好好换药,就要废了!"父亲感动得眼泪汪汪的。有两只百灵突然从马蹄下惊飞起来,那时我已三岁,我指着那两只鸟喊:"爹,娘,鸟……"百灵飞得不见踪影了,但却还留下一串婉转的叫声,父亲把母亲和我紧紧地搂在了怀里。马蹄在空无一人的荒原上敲打出一长溜嘀嘀嗒嗒的深情而清脆的声响……

四

父亲抱着我领着母亲去见大爹时,又让大爹大吃一惊。大爹看着我母亲愣神了很长时间,父亲觉得很奇怪,说:"杨政委,怎么啦?"大爹问我母亲:"你认识不认识李松泉?"母亲笑着摇摇头说:"不认识,没听说过。"大爹抓了一阵头皮说:"那我认错人了。"然后自语着说:"太像了。"后来母亲告诉我,她当时就想到了大姨,可她同我大爹是第一次见面,很陌生,所以在脑子里一闪就过去了。大爹摸摸我的脸说:"这就是进军吧?"父亲说是。大爹得意地笑着说:"嗨,娃儿,你的名字还是我给你起的呢!"父亲请大爹安排我母亲的工作。大爹说:"那就到伙房吧,伙房正缺人手呢。"但连大爹也没想到,第二天早上,大爹竟关了母亲半天禁闭。

春风一瞬间就把荒原吹绿了。梭梭林,枇杷柴,红柳丛,骆驼刺都亮出了绿色,还有那一束束矢车菊,竟在春的寒气中绽放出黄艳艳的花朵。我母亲上伙房去帮厨。炊事班的杜班长看到我母亲长得秀秀气气的,穿着也挺讲究,就说:"你能干个啥?"母亲说:"干啥都行。"杜班长就让母亲到离伙房有一里多地的涝坝去担水,说:"担不动就担半担。"我母亲说:"我就是担上满担的水,五里地也可以跑个来回都不用换肩而且不洒一滴水!"

母亲担着桶踏着那翠绿的青草走出伙房。那时陈明义正朝伙房走去。他看到不远处我的母亲,眼睛一亮,便朝母亲奔去,一个劲地喊:"柳叶!柳叶!"我母亲吃惊地一回头,看到竟是陈明义。母亲说:"我不是柳叶,我是柳月!"陈明义说:"你是柳月?你咋到这里来了?"母亲说:"我姐呢?我姐不是找你来了吗?"陈明义说:"我没见到她呀?那柳叶到哪儿去了?"母亲恼火地说:"你问我,我问谁去?"说着,想到自己易嫁,父亲气得吐血早亡,姐姐又不知下落,是死是活也不知道,这一切都是他陈明义造成的,一股怒火便一下烧上心头,于是母亲狠狠地扇了陈明义一巴掌。刚巧我大爹扛着坎土曼准备下地去开荒。那几天大爹心情也不好,上级批评大爹带的这个团开荒的进度太慢,大爹在工作上总是吃表扬很少挨批评的,所以挨过批评后的感觉就很不好受。他在晚上开大会时再三强调,要排除一切干扰,把开荒的进度跃上去。因此当他看到母亲甩陈明义的巴掌就很生气。他走到母亲跟前问我母亲:"怎么回事?"当时母亲也吓坏了,没想到自己怎么会去扇陈明义的耳光。她看着大爹不知该怎么回答好。大爹又追问一句:"他?"大爹指指陈明义:"侮辱你了?"母亲摇摇头。大爹又问陈明义:"你调戏她了?"陈明义说:"没有。"而陈明义挨了母亲这记突如其来的耳光也蒙了,一时也不知该怎么解释好。大爹对母亲说:"这位女同志,一来就搞干扰,无组织无纪律!要不是你刚来,又是姬技术员的家属,我非关你三天禁闭不可。这次就去坐上半天禁闭吧,不这么处理你,以后这个部队就没法带了!"后来父亲也抱怨母亲说:"不管怎么说也不能打人家耳光,人家怎么也是个副营职干部。"

母亲也感到自己这事做得不妥,于是便心甘情愿眼泪汪汪地到一间地窝子里去蹲禁闭了。而大爹在走往开荒地的路上越想越觉得不对头。他想我母亲打陈明义耳光肯定有原因,一个女同志怎么可能无缘无故去打一个男同志的耳光呢?在劳动间休时,大爹就把陈明义叫到跟前坐在一个土墩上,他问陈明义:"姬技术员的家属为什么要打你耳光,你不给我说清楚我就处分你!"陈明义就一五一十地对大爹说了。当说到我母亲和我大姨是双胞胎姐妹,我大姨柳叶是他的恋人时,大爹自然什么都明白了,而且知道自己犯了个大错误。陈明义说:"柳叶四年前就从老家跑出来找我了,但现在有关柳叶的信息一点儿都没有。大概柳月认为这事都是我的责任,所以才打我耳光。"大爹突然想起什么,问陈明义:"你跟柳叶结婚手续办了没有?"陈明义说:"还没哪。"大爹说:"我关柳月的禁闭关错了,你就该挨打!没结婚就搞腐败!"陈明义傻愣愣地看着大爹,一副云里雾里摸不着头脑的样子。但大爹很快又很同情很内疚地叹了口气,递给陈明义一支烟说:"陈副股长,我告诉你吧。几年前,柳叶就同别人结婚了,还是我做的媒。"陈明义像被炭火烫了一下似的,嗖地站起来说:"政委,这是真的?"大爹一把把陈明义拉回来坐下说:"激动个啥!"大爹是个直肠子,毫无保留地把事情的前前后后很坦诚地告诉了陈明义。陈明义说:"不行,我得去找柳叶!"大爹一把拉住他严厉地说:"陈明义,我要警告你!你别去给人家和睦的家庭添什么乱了!这事情你有责任,没结婚就把人家搞了,人家只好跑出来找你,要不,哪会有那档子事!再说,你是个党员,那是在犯纪律,在党内是要受处分的!"陈明义不敢再说什么,只是痛苦地流了一夜的泪。而心里对我大爹也结下了疙瘩,他认为是大爹乱点鸳鸯谱,破坏了他的幸福。然而大爹却再也不提陈明义与大姨的那一档子事,在党内也没给他什么处分与警告,在团里需要提一名政治处副主任时,大爹还把陈明义提了上去。

　　血红的太阳落到地平线上,用人拉犁翻开的一垄垄的土地似乎望不到边,静悄悄地躺在夕阳的余晖中。中午时,杜班长来工地送饭,大爹就命令他赶快回去把我母亲放出来。晚上下班后,人们涌到伙房去打饭时,大爹带着歉意走到我母亲跟前,母亲给他打了一勺子用盐水煮的囫囵麦子。大爹说:"柳月,我调查清楚了,我不该关你禁闭,我向你检讨。"母亲宽容地朝他笑笑说:"政委,这事是我做得不当,我不该打人。"大爹笑着说:"不,柳月,你对陈明义还不够狠,应该再给他一巴掌,这家伙,欠揍!"说着便爽朗地笑起来。

晚上,母亲把这事告诉父亲后说:"杨政委这个人工作作风是粗了点,但人倒是蛮可爱的。"父亲叹口气说:"这个人心地很善良,只可惜……"父亲不往下说了,挥了挥手说:"累了,睡吧。"荒原上月色似水,在厚厚的寂静中,有几只夜莺蹲在红柳枝上凄凉而婉转地鸣叫着……

五

人与人之间的那种缘分真的是说不清道不明的。我的名字是大爷给起的。母亲在伙房工作时,大爷还救了我一次命。有天晚上开饭时,杜班长敲着铁锅对大爷说:"杨政委,你看看,现在是天天盐水煮囫囵麦子吃,战士们的劳动强度又这么大,要支撑不住的,有的战士已经得了夜盲症了,得想办法改善伙食啊!"大爷说:"杜班长,这任务交给我吧。"

第二天一清早,大爷就扛着杆枪,带着两位战士进了芦苇滩,不到中午,大爷得意扬扬地从芦苇滩里钻出来,后面紧跟着两个战士扛着一头大野猪。他们到伙房门口撂下野猪。大爷说:"杜班长,咋样?这任务完成得不错吧!"班长高兴地踢踢野猪屁股说:"政委,起码有百十来斤,够改善两天伙食了。"人爷对我母亲说:"柳月,烧水,烫毛。"母亲说:"听说野猪要剥了皮吃。"杜班长说:"把皮熬烂了一样吃。"杜班长和大爷把猪拖到灶前,解开绑着野猪腿的绳子。谁也没想到野猪没有死,又醒过来了。它突然撒开腿,朝着正蹲在离伙房不远的地方玩泥巴的我冲过来。母亲吓得尖叫着连毛发都竖起来了。大爷很镇静,拔枪的速度比美国西部片里的牛仔还要快,母亲的喊声还没落,野猪的大腿上就挨了一枪,野猪滚倒在地上,但翻了个身又爬起来,瘸着腿朝大爷奔来,大爷不慌不忙地又朝野猪的脑门上射了一枪,野猪彻底地跌倒在地上,伸了伸腿再也不动弹了。母亲早已冲向我,把我紧紧地抱在怀里,感激而敬服地看看大爷,吓晕的我这才哇地哭了起来。

这一事件改善了我父亲与大爷间的关系,也更加接近了大爷与我的感情。大爷只要有一点儿空闲,就抱着我玩,领我在荒原上跑,在梭梭林里给我寻野鸡蛋,到山崖的洞里给我掏鸽子蛋,回来煮给我吃。他看到我吃得十分的香甜时,他的脸就绽成了一朵花,说这小子爱吃蛋!他一直把这记在心里。

  冻土化开后,部队就开始挖坑盖地窝子住。在挖地窝子时,父亲挖到一半,就留下三边不挖了,只挖另一边。大爹看了感到很奇怪,问我父亲。父亲说:"政委,你看,留下这三边的土台子,将来地窝子一盖顶,这土台子上铺上干草,不就是现成的床了?这中间留下个方土台,上面铺上芦苇席,不就是现成的桌子吗?这就叫就地取材。"大爹乐得不住地点头,叹服地说:"姬技术员,我改正一下我以前说你那句不正确的话,你不是绣花枕头!不愧是一个学工程的大学生!"父亲反而不好意思地笑了。

  有一天母亲拉了辆架子车,到河边去搬了一块大的两块小的鹅卵石拉了回来,大爹看了奇怪地问:"柳月,你这是干啥?"母亲一笑说:"给大伙改善一下伙食。"大爹说:"这石头也能改善伙食?"母亲说:"到时候你就知道了。"大爹笑笑抓抓头皮,怎么也想不出这些卵石与改善伙食有什么关系。

  五月的荒原同样充满了生机,各色野花星星点点地散落在碧绿的草丛中。母亲提着个柳条筐,领着我到野外去摘野菜,不一会儿就摘了满满的一筐。回来后母亲就坐在大卵石前,把麦粒散在大卵石上,然后一手拿一块小的卵石,把麦粒砸扁,整整砸了一下午。晚上,母亲熬了一大锅麦片粥,里面再放上野菜,切了一些腌的野猪肉,顿时香气四溢,离伙房百步远都能闻到。大爹喝上一口,赞不绝口,说:"好喝,好喝,比我们家乡的腊八粥还好喝!"他也晓得了那卵石与改善伙食的关系。他对我母亲说:"柳月,你丈夫姬技术员是我们团工程技术上的一块宝,你呢,是我们团改善生活上的一块宝!行!"

  正当我们家与大爹的感情变得越来越深时,上面突然来了个通知,要调父亲到水库工地去工作。新疆是灌溉农业,新修的水库关系到四周十几个农场的生存。而当时像我父亲这样的大学毕业的工程技术人员奇缺。大爹开始怎么也不肯放我父亲走,上级领导就发火了,大爹只好通知父亲,让我们全家都去水库工地。上面派了一辆道奇车来接我们。大爹亲自把我们一家送上车时说:"姬技术员,我真舍不得你走啊,但水库建不起来,咱们辛辛苦苦开垦出来的土地就又会荒芜。我知道,你对我有看法,但我喜欢你这个人,坦荡,心里不做鬼,我就爱同你这样的人相处。"他从母亲那儿接过我,亲着我的脸说:"小子哎,千万别忘记了你这个伯伯,咱们可是有缘哪!"说着,他的眼圈儿就红了。他对我母亲说:"柳月,你那麦片粥我一辈子也忘不了,有机会我把你请过来再给我们做一次。"

父亲紧握住大爷的手说:"政委,你的坦诚、豁达让我心服……"父亲的眼圈也红了。道奇车喷出一股臭气,开离了荒原,大爷一直在向我们挥着手。我们一家在荒原上与大爷相处还不到三个月,但仿佛已相处了很长很长时间似的。车轮扬起了一团团尘土,大爷已变成一个小黑点,但他却还在朝我们挥着手……

六

水库工地在山下的一片戈壁滩上。我们到工地时,已落山的太阳在西边反射出一长溜紫红色的霞光。来水库前,大爷就告诉我母亲,我大姨柳叶和我大姨夫李松泉就在水库工地上,因为我大姨夫就是水库工地的总指挥,他是他们那个团的参谋长。在经历了这么几年的坎坷后,姐妹竟可以见面了,因此母亲已经忘记了对大姨的怨恨,而是感到又兴奋又激动。母亲与大姨的相见是很富有戏剧性的。指挥部给我们腾了一间地窝子安家。当天晚上父亲就去见我大姨夫,而母亲则忙着收拾地窝子。父亲回来说,李松泉明天一早就让他带上两位年轻的水利技术员去山上探察水情,以便规划引水渠的路线。因为上级要求在播种冬小麦前,一定要把引水渠修好,水库里蓄满水,好让几个团开垦出来的荒地能及时地灌上水。所以第二天天不亮父亲就上山了。等上班的哨声吹响后,母亲就把我往工地的临时托儿所里一送,自己也挑着担子,上工地干活去了。

那时,我大姨刚生下我的表妹红霞,在家里坐月子。我母亲到了工地上,跟着别人一起挑着一担土往围堤上走。我母亲干活从来都是风风火火的,在人群中看上去也挺显眼。我母亲担着满满的一挑土大步往堤上走来,让大姨夫的警卫员刘明山见到了。刘明山吃惊地跑去告诉大姨夫说:"参谋长,不好了,嫂子也上工地上来干活了。"大姨夫奔上围堤一看,见我母亲挑着一担沉甸甸的土走得飞快。大姨夫就冲上去一把把我母亲挑的担子拉下来说:"柳叶,你不要命了!刚生下娃还不到四天,就跑到工地上来干活!"母亲吃惊地看着大姨夫说:"柳叶?她在哪儿?那是我姐!"

就这样,我母亲与大姨夫接上了茬。大姨夫让警卫员刘明山领着我母亲去见我大姨。两人相见,抱在一起。泪流满面,百感交集。大姨问我母亲:"姬元龙这个人咋样?"母亲说人很不错。大姨说:"人好就好,可惜成分高了点,将来恐怕对孩子的前途有影响。"语气中带点自己丈夫出身好的优越感。母亲与大姨虽说是双胞胎姐妹,但脾性与为人却很不相同。母亲为人很实在,而大姨却好虚荣也有点俗气。母亲听后就问大姨:"怎么没同陈明义结合而同现在这位结婚的?"大姨就惋惜地说因为陈明义牺牲了。母亲笑了:"陈明义没死,就在我来的那个团当宣教股的副股长呢。"大姨不信,母亲说我亲眼见的还能有假。大姨说陈明义真没死?母亲说:"你是我姐,我瞒你干吗?"大姨正在给孩子喂奶,气得拔出奶头把孩子往床上一放说:"不行,我得去找李松泉问个明白!说不定他和那个杨自胜合伙在蒙我!"她掀开被子又说,我要去见陈明义!母亲一把摁住大姨说:"姐,人家陈明义已经知道你结婚了,他也痛苦得哭了一夜。但有啥办法?总不能让你跟李松泉离婚,再跟他结婚吧。那现实吗?你想想,按爹的意思,姬元龙才是你的男人,可我却嫁给了他,你逃走去找陈明义,但却同李松泉结了婚。认命吧。"当时大姨哭着喊:"我不!"

李松泉忙到深更半夜才回到家里。大姨一直气恼地等着他。大姨夫刚进家门,大姨就抓起枕头、衣服、小孩的尿布朝他身上脸上摔。大姨夫问咋回事?大姨边哭边喊:"你和那个杨自胜串通起来骗我!陈明义根本就没死!"大姨跟大姨夫闹了个天翻地覆,而且咬牙切齿地要跟大姨夫离婚。大姨夫是个没多少文化心眼又比针尖还要小的人。他把这一切都怪罪到我母亲身上了,认为这全是我母亲挑拨的。

十几天后,我父亲从山上下来,李松泉对我父亲说:"姬技术员,想不到咱俩还是连襟啊。不过你最好管好我那位小姨子。"我父亲吃惊地问:"柳月咋啦?"大姨夫恶狠狠地说:"嘴太碎!"他把大姨发的火气全转嫁到我母亲身上了。

人与人之间的关系是个很复杂的东西,感情上融洽了,为公为私都能相处得很好;可一旦伤了和气,情感上有了隔阂,无论是公事还是私事,都会引出不少疙疙瘩瘩的事情来。

父亲下山后,为了尽快把引水渠的图纸拿出来,趴在床头上连着奋战了几天几夜,母亲看着父亲这么熬夜,心疼得想哭。图纸终于绘好了,拿给大姨夫去看,大姨夫看后不满意地用手指着图纸说:"一个引水渠,干吗要拐这么多弯哪!"对他的无知父亲感到好笑,但父亲还是很耐心地对大姨夫说:"从山上到水库的坡度很大,渠道拐几个弯是为了缓解水的冲力。"大姨夫说:"水流急一点有什么不好?流到水库不就更快点了吗?我得在播种冬小麦前完成任务,按你的图纸,我们起码得干到明年开春!重新设计!按上级规定的时间设计!"

父亲又熬了两天两夜,把图纸交了上去,大姨夫还是不满意。这样来回折腾了几次,两人之间的争论也越来越激烈,火气也越来越大。父亲拿出最后的图纸说:"就这样了,我没有能力再改了。"大姨夫看着图纸说:"我看还是不行!弯是少了两道,但这里干吗要弄这么大的一个转圈?"父亲说:"我说了,为了缓解水的冲力,水流太急,渠堤要出大问题的。"大姨夫说:"我说妹夫,你是存心要让我犯错误啊!引水渠不能及时修好,水库蓄不上水,周围几个农场开出的荒地灌溉不上,部队几万官兵明年吃啥?上级首长是要拿我李松泉是问的!"父亲说:"我要对我的设计负责!"李松泉说:"我是这儿的总指挥,全面负责的是我!我要的是按时完成上级交给我的任务!"父亲想了想说:"那好吧,我只好去向上级反映了,不然的话,这个责任我担不起。"

两人都不肯让步,但到晚上,大姨夫突然来找父亲说:"这样吧,明天修引水渠的工程就要上马了,没时间了。我想通了,就按你现在的图纸施工。不过你得同刘明山同志一起出趟差,上乌鲁木齐去采购生产工具,你懂行,别人去我还不放心。妹夫,你得帮我这个忙。"

父亲带着满腹的疑惑,无奈地同管后勤的刘明山一起去了乌鲁木齐。几个月后,引水渠出了大事故,在追查责任的调查中,刘明山才向有关人员交代说,去乌鲁木齐前,李松泉对他说,把姬元龙给我看住,把他拖在乌鲁木齐,什么时候引水渠完工了,什么时候再让他回来。正是这件事,使我母亲一直都无法原谅大姨夫。

七

六月的太阳火辣辣地烤着戈壁滩。我们走后没几天,一批湖南女兵来到了大爹的那个团。开荒的任务越来越重。上级要求明年部队不但要做到粮食自给而且还要上交。因此女兵的到来,用我大爹的话来说,就是给全团增添了巨大的力量。这话里有两层意思,一是增加了干活的人力;二是激发了大家的情绪。男女搭配,干活不累嘛。

女兵们到来的场面是很有意思的。当时大家都住的地窝子,因此戈壁滩看上去仍是光秃秃的一片。女兵们的车队到来时正赶上中午,官兵们正在地窝子里睡午觉,十几辆大卡车在地窝子前停住了。司机跳下车说:"姑娘们下车吧。"女兵们说:"又让我们方便啊。"司机说:"啥方便,到了,你们看四周,不都是开出来的地吗?"那些开出的条田已一望无根,而只有眼前这块稀稀落落地长着几株杂草的土地还荒芜着,但奇怪的是,一瞬间一个个人头突然都从这块荒芜的土地底下冒了出来。

女兵们的到来,说白了,就是为男官兵们解决个人问题的。一个多月后,这件事就进入到实质性阶段了。当时大爹与陈明义同时看上了一位叫罗秋雯的姑娘。在这场角逐中,表面上大爹似乎是占优势,因为那时有一个不成文的规定,先解决屁股冒烟的(坐小汽车的),再解决骑马的,往后是挎盒子枪的,最后才轮到当兵的。大爹屁股冒烟了,自然首先应该先解决他的。这件事团长张福基自告奋勇地亲自出马,他找罗秋雯谈了几次话,软硬兼施,终于让罗秋雯点头同意了,高兴得张团长手舞足蹈地对大爹说:"老杨啊,速战速决,把婚事赶快办了!不然夜长梦多。"于是在张团长的策划下,我大爷平时做办公室的那间地窝子就被布置成了新房,晚上伙房弄了两个荤菜,几茶缸酒,算是结婚宴席。接着,张团长把大爷和罗秋雯送进了洞房。张团长还朝大爷色眯眯地一笑。

　　罗秋雯进入洞房后,一直蜷缩着身子坐在床边的墙角上。大爷走到她跟前时,她突然捂着脸压着声音痛哭起来。大爷问:"你咋啦?"罗秋雯用袖子在眼睛上狠狠地一抹,说:"没啥,你想睡就睡,怎么睡都行!"大爷听了这话很不是滋味,有些恼火地说:"睡就睡,这婚都结了,还能咋样?"但大爷的上衣扣子解到一半,手就停住了,因为他越想越觉得罗秋雯那话说得味儿不对,有点侮辱人的味道了。大爷就大吼一声说:"有话你就直说!我杨自胜不是个没老婆就活不下去的人!"罗秋雯说:"杨政委,请你原谅,我不想骗你,我对你真的没感情,我心里已有别人了。"

　　"谁?"

　　"陈明义!"

　　大爷扣上衣扣,猛转身大步走出了地窝子。

　　宁静的荒原像睡死过去一样。星星或稀或密地布满了天空,弯弯的月亮就挂在连绵不断的群山顶上。大爷先是坐在一棵枯朽后倒在地上的梭梭树干上,一支接一支地抽烟。接着他扛上一把坎土曼去了荒地,拼命地挥着砍土曼开荒,一直干到黎明,浑身的汗水把衣服浸得像水中捞出来一样,砍土曼的把柄上沾满了血,手一伸开,手掌已是血肉模糊的一片。他撂下砍土曼,背着初升的霞光,敲开了张福基团长的门。他用抱怨的口气说:"老张,你是怎么跟罗秋雯做的工作?今天你就去把我们的离婚手续给办了!"张团长惊奇地问:"咋啦?婚都结了,她还能咋样?"大爷气狠狠地说:"我又不是条公狗,见了母狗我就往上爬!"张团长说:"政委,瞧你这话说得多难听!"大爷说:"话虽难听,但理就是这么个理嘛!"

　　由于修渠的任务太紧,上级要求各团都要抽出一部分劳力去支援水利工地。那时陈明义已经升为政治处的副主任了。大爷就让他带队去,让已同他办了离婚手续的罗秋雯也跟着去。罗秋雯感激大爷,临走前,她甚至跟大爹说:"政委,我还是跟你过吧。"可大爹坚决但又很和气地说:"好马不吃回头草,强扭的瓜也不甜,你去吧。"二十几年后,当罗秋雯成为我的岳母时,她告诉我,那时,她倒是真心想同我大爹过了。可我大爹,决不会再回这个头。在我结婚时,大爹亲口对我说,那一次婚姻,在他心里留下的创伤是很重的,从此,他很害怕再向女人去提这种事。

八

父亲去乌鲁木齐出差的那几个月,李松泉一直让母亲待在水库工地上干活,不让她去修水渠,说是修渠工地离家太远,姬技术员又出差了,水库工地离家近,照顾孩子方便些。但大姨却被李松泉叫去修水渠,说是修水渠的任务更重,大姨那时生下红霞没几个月,当时母亲还觉得李松泉挺照顾她的。但到后来才知道李松泉不让她去修渠工地,就是怕她会把修渠的情况透露给我父亲。

当修渠工程快竣工时,李松泉才让父亲从乌鲁木齐回来。父亲到水渠工地一看,差点气得要吐血。引水渠根本就没有按他设计的图纸施工,渠道基本上是直直地伸向山下的龙口。父亲怒不可遏,他找到李松泉,骂了句:"李松泉,你是个大浑蛋!"

说着一拳就把李松泉撂倒在地上,李松泉的鼻子顿时喷出一股血。李松泉捂着鼻子说:"姬元龙,你等着,我要关你的禁闭!"

晚上,从来不抽烟的父亲也一支接一支地抽起烟来。母亲说:"那你快找上级去。"父亲摇摇头说:"来不及了,明天他们就要开闸试水了,现在正是山上积雪融化,水流量最大的时候。"

第二天清早,龙口上红旗招展,锣鼓喧天,人群涌动。李松泉得意扬扬地喊了声:"放水!"两名战士正准备开闸,父亲冲下渠堤,站在渠中间喊:"李松泉,你要放水,就先把我冲走,我不能看着你酿成大祸!"父亲这一不协调的举动与声音也激怒了李松泉。李松泉下令,让几个战士把我父亲五花大绑地抬出了渠道。接着母亲也冲下渠堤喊:"姐夫,听元龙的,不能放水啊!"

是我大姨领着几个娘儿们把我母亲也拉出了渠道。水流像憋足了的尿,哗啦啦地冲了下来,沿着渠道滚滚而去,于是四下里响起一片呼喊声。而我父母那不合拍的行为,却也深深地印在了不少人的心里。

两天过去了,渠堤也没出现啥问题,而水库里已是碧波荡漾了。李松泉很得意地向上级汇报说,要不是我当机立断,排除干扰,水库说不定现在还蓄不上水。他下令,关我父亲一个星期的禁闭。母亲与大姨和大姨夫闹了一场,从此,母亲再也没同大姨与大姨夫说一句话。

第三天的傍晚,天空乌云密布,到吃晚饭时雷电交加,大雨瓢泼。李松泉似乎也有了什么预感,调兵遣将地增加了许多巡渠的人。但到天黑下来的时候,还是传来了大渠垮堤的叫喊声。李松泉命令工地上所有的人都上堤堵缺口,妇女们把孩子们都送进托儿所。但父亲还被关在地窝子里蹲禁闭,并且还让一个警卫看守着,说没有他李松泉的许可不许父亲出来。一听到垮堤消息,父亲让警卫员也去堵渠去,并且告诉警卫员,如果缺口堵不住,就让大家脱下衣服和裤子,往里面装上石子与泥沙,然后扎成捆,往缺口里扔。另外也希望警卫给李松泉带个信,让他也能去参加堵渠,禁闭的时间以后可以补上。警卫走后,冲出渠堤的流水就已经朝家属们居住的地窝子群涌来,不久,地窝子就开始进水了。水淹过膝盖时,父亲就逃出了地窝子,但他听到了小孩的哭声,那是从大姨家传出来的。父亲知道大姨没把红霞送托儿所。

父亲奔向大姨的地窝子,哭声突然噎住了,父亲就急忙潜进地窝子。地窝子里已灌满了水。父亲摸到红霞就往外爬,但一条腿被塌下来的屋顶卡住了,水流仍滚滚地涌来,父亲用足吃奶的劲把腿拔了出来,但大腿顿时血喷如注,父亲知道自己的动脉血管被划破了,但他仍抱着红霞坚持着走进地势较高的指挥部的帐篷,就一头栽倒在了地上。

渠堤的缺口是用父亲讲的方法堵住的,当大姨赶回家,地窝子全被水淹没了。大姨又拍大腿又捶胸地哭喊起来。而这时,从指挥部的帐篷里传出婴儿的哭声。大姨同几个妇女奔进帐篷,看到红霞在我父亲的怀里哭着,而我父亲已离开了人间,他的身下是一大摊与泥浆混在一起的黏糊糊的血……

黎明时,渠堤垮口的喊声又传了过来。天亮时,渠堤已到处是缺口,堵不胜堵。到下午,渠道已无法引水了,四下的洼坑里已是一片汪洋,景象十分凄惨。上级领导看到这情景后,严厉地对哭丧着脸的李松泉说:"这就是不尊重科学的后果!还损失了我们一位优秀的工程技术人员。等这件事调查清楚,再做处理!"在调查中,大爹也知道了这件事,他就在电话里大骂李松泉,喊道:"李松泉,你还我姬元龙!你他妈同知识分子搭不成伙,那你就还给我呀!把一个工程技术人员弄到乌鲁木齐去当采购员,那不是在浪费人才吗?亏你想得出!我看你是个党内的阴谋分子!"李松泉听着心里恼火,但也无话可辩。

为此事李松泉在党内的会议上做了几次检查,但没给什么处分。表哥李进疆和表妹李红霞拉我到他们家去玩,被母亲知道了,母亲气恼地说:"你爹就是你大姨夫害死的,你还到他们家去玩!以后不许去,要长记性,听到没有!"母亲眼泪汪汪的,她一定又想到了我父亲的死。母亲的这种情绪在我幼小的心灵上也刻下了重重的一刀。

水渠按我父亲生前设计的图纸重建了。有一年,暴发了几十年未遇的特大洪水,渠堤也没有垮。工程竣工后,其他团来支援工程建设的人员都要返回原单位。大爹让陈明义捎话给我母亲,欢迎母亲带着我还回到大爹的团去。但母亲坚决地摇摇头说:"我得守在这儿,因为这渠是根据元龙生前设计的方案重修的,守着这渠,我就是在守着元龙生前的心愿。我哪里都不去,我要在这守一辈子的渠!"大爹听后什么话也没说,只是无限感慨地深深地叹了一口气。

一年后,在水库水渠上的工作人员被划归到水利工程处。李松泉被调到大爹的团去当参谋长,没有让他当水利工程处的领导。他们临走前,大姨来找我母亲,劝我母亲跟他们一起去大爹的那个团,说可以相互有个照应,但被我母亲一口拒绝了。说你们早该离开这儿了,我可以眼不见心静。弄得大姨一脸的尴尬。

九

那时我已经记事了。母亲每天扛着铁锹到渠堤上去巡渠。母亲把这条渠与我父亲的生命连在了一起。她对这条渠有着一份深沉的情感。所以她巡渠就巡得特别仔细。出工前,她要把我领到离幼儿园不远的一条小路的路口,看着我奔进幼儿园才离开。傍晚下班时,她就在路口等我。那时候生活很艰苦,而每天早上,母亲都要在我口袋里塞上两个煮鸡蛋。因为每隔半个月,大爹就让人捎来一篮子鸡蛋。每次大爹捎来鸡蛋时,母亲就会对着那篮鸡蛋愣神,发好长一阵子呆,接着就长长地叹上口气。大爹有几次让人捎鸡蛋来时他也来了,但就不来见我母亲。大爹后来坦率地告诉我,他一直深爱着我母亲,就在他喝上我母亲煮的麦片粥时,他的心中就萌出了这么一股甜甜的深情。我父亲牺牲后,他却不敢往这上头想,有好几次,他鼓起勇气想来见见我母亲,可当他一走上渠堤,就气馁了。那次失败的婚姻让他一想到这方面的事就感到胆怯。他心里仍储存着希望,那希望就像火苗一样一直在他胸膛里燃烧。可惜大爹不知道,其实每当母亲估摸着大概大爹要派人捎鸡蛋来的那几天里,母亲总是仔细地打扮着自己,大概她认为,大爹说不定会亲自来看她的。鸡蛋捎来了,大爹却没有来,母亲那失望的情绪便溢满了整个脸庞。晚上呢,她会盯着那篮鸡蛋看上很久很久,然后就深深地叹上口气。

每年入冬后的破冰引水,是母亲他们的水利工程队最艰苦也是最危险的活儿。虽然是冰天雪地,但依然有水从龙口涌向渠道,如果渠道被冰块堵住,水流就会溢出渠堤,引发水灾。所以水利队的工人,每两人一组,一人腰间系上根粗麻绳,拿着十字镐下到渠堤去破冰,另一个人在渠堤上拉着绳子以防渠堤下的人滑进湍急的水流中。虽然有这样的防护措施,但那两年仍有两人滑入水渠里被急流冲走。一人获救,另一人牺牲了,连尸体都没找到。

我记得那天下着鹅毛大雪,母亲煮上两个鸡蛋放进我的口袋里。但那天我自己也感到奇怪,我突然对母亲说:"娘,我现在就想吃个鸡蛋行吗?"母亲说:"行啊。"我剥开鸡蛋先塞到母亲嘴里说:"娘,你先吃一口。"母亲甜甜地笑了笑,在蛋尖上咬了一小口然后让我吃,我心里也感到很甜。雪花把阴沉沉的天空搅成灰蒙蒙的一片。母亲依然把我送到小路的路口,我向幼儿园奔去时,母亲在后面喊:"下雪路滑,要当心!"我回头摸着口袋里的鸡蛋喊:"娘,这只鸡蛋我放着跟你回来一起吃。"母亲笑笑说:"乖孩子,你自己吃吧。"我第一次发觉,母亲真的很漂亮。

母亲是跟一个叫周少川的叔叔一个组。母亲下渠时,周叔叔在堤上拉着绳子喊,柳月,冰上有雪,千万小心。母亲说,我会当心的。但话音刚落,母亲的脚下一滑,整个人就顺着倾斜的冰面滑进了渠水里。速度快得连周叔叔都来不及收绳子。其他几个组的人也都赶来救母亲,但新下的雪使冰面太滑,下去的人也都滑倒了。系在母亲腰间的绳子没几下就被锋利的冰刃割断了,母亲像一片树叶一样,被湍急的水流冲得浮沉了几下后,就不见了踪影。

那天下午,流着泪的周叔叔,还有水利队的队长都到幼儿园来接我,告诉了我这个消息。那时候,我已经知道死是怎么回事了。我举着那只鸡蛋哭着沿着渠堤奔跑着。我喊:"娘,这鸡蛋,我要和你一起吃……"

那天傍晚,大爹又捎来一筐鸡蛋,还像以前一样,他坐在小车里让驾驶员把鸡蛋给我们送来。但驾驶员刚拎上鸡蛋篮子准备上渠堤时,大爹像突然下了最后的决心似的说:"小方,我自己去送吧。"

他走上渠堤时,就看到我在渠堤上跑着哭喊着叫娘,他问紧跟在我身后的周少川。当周少川叔叔告诉他事情的经过时,他整个人呆住了,手一松,一筐鸡蛋摔翻在了地上,鸡蛋零零落落地滚进了渠水中。那天他含着泪紧紧拉着我的手,顺着大渠往下游走,一直走到深夜。我哭累了,跑累了,在他的怀里睡着了。大爹抱着我坐在渠堤上,直到黎明。我醒来看到他时,他的帽子上眉毛上都挂满了白绒绒的霜花,他的脸被泪水浸得湿漉漉的。他看我醒了,就对我说:"进军,你杨伯伯不是个男人!"

那天,大爹没有把我带回去,是因为虽然母亲的尸体没有找到,但也要给母亲开追悼会,得让我参加。大爷回到团里后,就把这一消息告诉给我大姨和大姨夫。开追悼会那天我大姨和大姨夫也来了。会后大姨就要把我带回到他们家去。

但我不愿意上他们家去。当时我认为,是大姨夫害死了我的父亲,要是父亲不死,母亲也不会遇到这样的不幸。我从大姨手中挣脱出来,往渠堤上跑,大姨夫追上来一把抱住我,把我扔进小车里,我又从小车上蹿下来,边逃边喊:"我不上你们家!不上你们家!"大姨夫又一次追上我,抱着我坐进小车。小车开了,他才把我撂到一边,恼怒地说:"我枪林弹雨都闯过来了,还收拾不了你小子!"我说:"我不上你们家,是你害死了我爹我娘!"大姨夫扇了我一巴掌。我脸上火辣辣的,但我捂着脸不哭。大姨夫对大姨说:"这小子跟他娘一个样!"大姨把我搂进怀里,眼泪汪汪地没说话。

小车在大姨家门口一停,我跳下车就跑。有一个人一把抓住我,我抬头一看,是大爷。大爷蹲下身子问:"进军,你咋啦?"我搂住大爷的脖子哭:"杨伯伯,我不在他们家住。"大姨夫走上来,把我拉走了,我听到大爷长长地叹了口气,对大姨夫喊:"老李!你得好好待这孩子!"

我在大姨夫家住下了。但我白天跑出去,晚上才回到家里,然后溜进厨房从馍筐里抓一个馍,在水缸里舀上碗凉水,填一填肚子。有一天晚上我回来,但馍筐里没有馍了,水缸里也没水。红霞就探出脑袋对我说:"进军哥哥,我娘说,你不按时回来吃饭,就不给你留馍吃。"我说:"不吃就不吃!"我爬上我的小床。李进疆说:"我娘说了,你小小年纪,仇也记得太没道理了。你爹不是我爹害死的!全是你娘心眼儿小才对你这么说的。"我说:"不许你说我娘!"李进疆说:"你娘就是小心眼!"我说:"你再说一个试试。"李进疆说:"我就说,你娘就是小心眼。"我冲到他床上,同他扭打成一团。大姨冲进来,拉开架,气恼地喊:"进军,你再这样,我养不了你!你要走你就走!"我说:"走就走!"我奔出他家的同时,大姨在我身后伤心地流着泪喊:"你这个小孽种!饿你几天就知道味儿了。"

那天夜里,大爷一直找我找到深夜,他含着泪迎着风雪喊着:"进军,快出来,别躲了,天这么冷,你要有个三长两短我怎么对得起你爹你娘啊!你要不肯跟大姨过,跟杨伯伯过还不行吗……"那时我正悄悄跟在他身后,他回到家我就靠在他家的门框上,他打电话给警卫班让警卫跟他一起找,接着又匆匆拉开门,猛然看到我,一愣,一手把我扯进了怀里,又激动又抱怨又心疼地说:"你这个小子,小小年纪心好沉啊!"

他先给大姨夫打了个电话,大姨夫在那头说了一大堆抱怨的话。大爹说,老李我看这事也不能全怪孩子,以后再说吧。接着他又给警卫班打电话,让警卫班的人到伙房去给我弄饭,还关照说:"别忘了煎两个荷包蛋,这孩子爱吃蛋。"我鼻子一酸,泪就哗哗地流了下来。

不一会儿,一位年轻的警卫从伙房给我端来了一碗面条和两个焦黄的荷包蛋。大爹抽了一下鼻子说:"这鸡蛋咋臭的?"警卫说:"政委,是新鲜鸡蛋,打出来时蛋黄都不散,我亲眼见的。"大爹说:"那哪来臭鸡蛋的味?"那臭鸡蛋的味是从我的口袋里散发出来的。母亲煮的那只鸡蛋我一直放在口袋里。大爹从我口袋里掏出那只已有些压碎的臭鸡蛋。我说:"这是娘给我煮的,我没舍得吃,我想跟娘一块儿吃……"我又伤心地哭了起来。大爹把那只鸡蛋放在手心上,盯着说:"你娘煮的?"我点点头说:"就是娘走的那天煮的。"大爹摸摸我的脸说:"快吃饭吧,这鸡蛋杨伯伯想办法给你保存起来好吗?"

第二天早上我起床时,大爹已去办公室了,我就把屋子收拾得干干净净的。开早饭的钟声敲响后,大爹端了饭回来,看到屋子收拾得这么干净很高兴,说:"小子,活儿干得不错。"我说:"我娘教我的,她还教我烧水熘馍哩。"大爹说:"你娘是个好女人哪,唉!怎就这么走了啊……孩子,这样吧,我跟你大姨和大姨夫商量过了,你就跟杨伯伯一起过吧。"大爹把我搂进怀里时眼睛湿润了说:"我就认你当儿子吧,将来,我就是结不成婚,总算也有个儿子也有个根了。"我说:"那我叫你啥?"大爹说:"叫爹呀,你不愿意?"我说:"愿意是愿意,可……你大还是我爹大?"大爹说:"我比你爹要大三四岁吧。"我说:"那我就叫你大爹吧。"大爹哈哈大笑起来说:"大爹?世上也有这个叫法?行!大爹也是爹嘛!"

十

我父亲领着母亲和我来到大爹这个团时,这儿还是一片荒原,但现在农场已初具规模了。现在盖农场场部办公室的地方,就是当年的伙房,也是大爹从野猪蹄子下救出我的地方。办公室的门前是个花坛,花坛两边种着两棵大榆树,榆树的四周用灌木围了起来。在东边的那棵榆树下有三块卵石,一块大的两块小的。那就是我母亲从河边拉来砸麦粒用的。大爹让人用水泥沙浆砌好固定在那儿,作为永久的纪念。

我在大爹家住下后,大爹经常骑着自行车带着我下地。有一天他带我来到一块条田前,拖拉机正拖着犁在犁地。他感叹地拍着我的脑袋说:"儿子,我们开荒的第一犁就在这块条田上。那时你爹在前面拉,大爹就在后面扶犁,把人累个臭死,一天也翻不了几亩地。现在拖拉机一耕就是一大片。"我突然想起我爹的事,就问大爹:"大爹,我爹是不是大姨夫害死的?"大爹仰望了一会儿天空,然后摸着我的头说:"你爹是救红霞时牺牲的。"我说:"可是我娘说,我爹是大姨夫害死的。"大爹说:"那是你娘讲的气话,因为你爹当时受了很大的委屈,你娘气不过才这么说的。好了,这事都过去了。你要记住,大爹现在是这个团场的政委,你大姨夫是参谋长,你是我儿子,不能再记这个仇了,啊?"

我点点头,觉得自己也慢慢地懂事了。

大爹很疼爱我,但从不娇惯我。他说,从小能吃苦的孩子才是好孩子。记得有一年的春天,种下的棉花刚顶出两片叶芽,大风沙就刮了两天两夜。白天也被风沙搅得黑沉沉的像是夜晚。风沙过后,地里除了一层黄沙外一棵苗也见不到了。大爹下令,全团男女老少都下地扒沙解救棉苗。他让我也跟着他下地。我扒开泥沙,棉苗就露了出来。棉苗从泥沙中挺了出来,我感到这很有意思。我扒得挺快,一直紧紧地尾随着大爹,大爹也时不时地回过头来朝我笑笑。但扒的时间长了,人累不说,就是十个手指也开始渗血,一碰到沙土就钻心的疼。李进疆也来了,他不是用手扒,而是用一根树枝挖。这家伙干活总爱耍滑。去年夏天拾麦穗时我比他拾得多,但是他却比我多了两公斤。一打听,是他把他妹妹红霞拾的麦穗据为己有了。去年秋天拾棉花,他把一块沉甸甸的土疙瘩塞进棉花兜里去过秤,被我揭发了,他恼羞成怒,与我打了一架,虽然他比我大几个月,但我却比他长得壮实,他哪是我对手。三下五除二,我一连把他摞倒了几跤,从此他再也不敢同我交手。扒棉苗时他得意地朝我举举他的小树枝,挑逗我。我没理他,继续用手扒泥沙。因为我知道用树枝挖,不但速度慢,还会把棉苗挖断。天黑透了我们才回家。一到家我就爬到床上睡着了。是大爹给我洗脸洗脚。还用盐水给我冲洗那十根红肿的渗血的手指。我疼醒了,大爹说,这手指不用盐水消毒,会烂的……我看到大爹的眼里闪着满眶的泪花。

　　大爹处世的简单与率真也会得罪人。陈明义与罗秋雯结婚后,生了个女儿。他们把大爹请去喝满月酒。大爹问陈明义:"女儿叫啥名字?"陈明义说:"叫陈湘箕。"大爹问:"湘箕是啥意思?"陈明义说:"湘箕就是湘江边上的大竹子。"大爹不以为然地摇摇头挖苦地说:"我说陈明义,你有几个文化就把你臭美的,起这么个名字,有几个人能看得懂听得懂?我给姬元龙的儿子起的名字叫姬进军,多好听多响亮,姬元龙是大学生,比你有文化吧?可他还是采纳了我起的这个名字!"弄得陈明义好不尴尬。罗秋雯却还在一边说:"杨政委,那你给孩子起个名字吧。"大爹苦笑着摇摇头说:"不好,就因为我给进军起了名字,结果倒成了我的儿子,让这孩子没了亲爹亲娘。就叫湘箕吧,湘江边上大竹子也不错嘛。"罗秋雯说:"那就让湘箕认你当干爹吧。"大爹说:"那倒可以,那我现在有儿也有女了,虽说不是亲的,但也是儿女双全了。"陈明义的心里却老大的不愿意。

　　几年后,陈明义又升任团场的政治处主任。大爹一直认为,陈明义与罗秋雯的婚姻是他成就的,陈明义的提升也与他有关,这是不说自明的事。但大爹错了。在我17岁那一年,"文革"运动开始了,他看到的就是另一个陈明义了。

　　陈湘箕比我小四岁,长得很漂亮也很可爱。我大爹是她干爹,所以她叫我哥也叫得特别亲。"文革"开始时她也13岁了。学校成立红卫兵组织时,李进疆、李红霞、陈湘筼都被批准加入红卫兵了,就我没被批准。大爹问我是咋回事?我说因为我填成分时填的是地主。大爹说:"为啥?"我说:"我怕人家说我隐瞒成分。"大爹恼了,说:"扯淡,你爷爷是大地主,但你爹是1949年在西安参的军,就是革命军人!你是我抚养大的,那就是革命领导干部的后代!去,把它改过来,你现在就去!"

我的成分还没有改过来,大爹接着也作为团场最大的走资派被打倒了,他叫我去改成分也成了他的罪状之一。在露天电影院的大广场召开的批判大会上,有人点着他的脑袋批判说:"还有最不可容忍的一件事,这个自称为老革命的杨自胜,却把一个大地主的孙子收在自己身边当儿子,还要强迫这个地主阶级的贤孙篡改自己的出身,是可忍,孰不可忍!"接着在一片口号声中,有些人的拳脚也跟着上去了。

我不忍心再给大爹添麻烦,我离开家时给大爹留了张字条。那天刚好过寒流,夜里大雪纷飞,我没地方去,就拿了件皮大衣,到教室把几张课桌拼在一起,心想睡一晚上,明天再说。大爹回到家看到我留下的纸条,就瘸着被打伤的腿,拄着根棍子,在纷纷扬扬的风雪中叫喊我,寻找着我。罗秋雯见到了,就让陈湘筼陪着大爹一起找我。这才在教室里找到了我。大爹的神色显得严峻而庄重,他说:"孩子,既然大爹把你收养做儿了,大爹就不怕担任何风险。不管你亲爹亲祖父是什么人!你就是在我的教育下长大的。更何况你们家的情况我清楚。你爹是个革命军人,你娘是个烈士,你祖父虽是大地主,但在当时是拥护抗日,拥护共产党的开明士绅!你有什么好自卑的!挺起腰杆来做人!你在纸条上写了,你不会忘记我的养育之恩的,可现在你大爹被打得遍身是伤,需要你照顾的时候,你却要离家出走,你就这样来报答我的养育之恩?你如果还认我这个大爹,那你就有责任照顾我,回家!"

我鼻子一酸,眼泪便情不自禁地流了下来。陈湘筼把大衣披到我身上。我看到大爹瘸着腿走出教室,我上去背起大爹,大爹说:"放下我,我能走!"我说:"不!我要背你回家,我不会再离开你了!"

外面的风雪好大好猛啊,我觉得伏在我背上的大爹把我搂得很紧很紧。

中篇小说

十一

  我大姨夫家要比我们家惨多了。大姨夫在参军时,报的成分是富裕中农,可在"文革"中审干时,外调回函却是富农。隐瞒成分!阶级异己分子。李进疆当时不但加入了红卫兵,而且还进了红卫兵勤务团。当李松泉是阶级异己分子的大幅标语一贴出来,李进疆不但被开出了勤务团,连红卫兵也被开除了。气得李进疆坚决要同李松泉划清界限,他倒真是离家出走了,到农场最偏远的一个生产队去插队落户了。大姨夫既沮丧又恼火,对大姨说:"他本来就不是我儿子,有什么好划清界限的?"大姨不愿意了,反唇相讥说:"当初我怀进疆的时候你是知道的,你还死皮赖脸地追着我不放,怎么?现在你后悔啦?有后悔的时候,就不要隐瞒家庭成分呀!"大姨夫委屈地说:"我参军时,我们家定的就是富裕中农,谁知道现在又变了呢?"大姨说:"这话你找你老家的人说去,别在我跟前说。"大姨是个极要脸面的人,她也觉得大姨夫这事让她丢了脸。

  大姨夫,我大爹,还有张福基团长都被关进了牛棚,由警卫押着,每天让他们打扫厕所。那时学校都已停课闹革命了,我不是红卫兵,闹不成革命,于是每天就去帮大爹干活。最脏最累的活儿都是我干,比如跳进粪坑里往外起肥料,而且干活干得挺利索。张团长就说:"政委,你这儿子虽说不是亲的但比亲的要强多了。"说着看看大姨夫,大姨夫那脸顿时拉得好长。他不服气地说:"我女儿才是我最亲的!"这话张团长没听懂,我大爹听懂了。大爹说:"可惜啊,红霞是个女娃,是男娃也会来帮参谋长干活的。"但这话说过没两天,大姨板着个脸来找大姨夫了,说:"红霞也学她哥,离家出走了,走得更远,跟几个同学一起到牧场去当牧民了。喏,这是她留的条,你看吧!"大姨冷笑着说:"李松泉,看来我也得离开你,我要不离开你,我的儿子和女儿就不会回到我身边来!"大姨把条子拍到大姨夫手上说:"全是你造的孽!"大姨夫看着那纸条,显出异样的沮丧与绝望。大姨气呼呼地走后,大姨夫深深地叹口气,对我大爹说:"政委,晚上我想喝口酒。"大爹看看大姨夫,把红霞写的纸条拿过来看了看,然后笑了一下,很认真地宽慰大姨夫说:"柳叶讲的跟红霞纸条上写的不一样嘛,你瞧,'辽阔的大草原是多么神奇而美丽啊,那正是我向往的地方,我决心要在牧场锻炼自己,成为一个真正的无产阶级接班人'。这说明红霞不是因为你才出走的嘛,有啥好伤感的。进军!"大爷把我从粪坑里叫出来,往我手上塞了二十元钱说:"去商店买上几瓶酒,几听罐头,再上小食堂去买只烧鸡,今晚我请你大姨夫和张团长喝酒。"当时二十元钱可以买不少东西。除了大爷让我买的东西外,我又在小食堂里买了一些猪蹄、卤肉。小食堂的师傅听说我大爷要吃,又往里塞了一大块酱牛肉。我提了一大兜送了过去。

晚上,他们就在那间作为牛棚的地窝子里大口地灌酒,猜拳,讲笑话,喝得很精彩。张团长比我大爷心细,他老觉得大姨夫的神态有些反常。到半夜里,喝得八九分醉的大爷呼噜呼噜睡着了。大姨夫偷偷地爬起来,对门口的警卫小唐说,要去解大手。可这一去,好长时间没回来。一直警觉着的张团长把我大爷摇醒说:"政委,起来,我看李松泉这家伙要出事。"

那晚天空又在飘着雪花,但风不大,雪花直直地往下落。我大姨夫走到一条林带里,坐在林带的坡子上连抽了三支烟,然后找了棵大树,解下裤带,准备上吊。他刚把脖子挂上,大爷已冲上来,一把扯开绳套,接着狠狠地甩了他一个耳光,把他摞在地上。大爷又揪着他衣领把他拎起来,吼道:"李松泉,你他妈是个彻头彻尾的孬种!"张团长也走上来说他:"你咋能干这样的傻事!"大姨夫哭丧着脸说:"先是儿子跟我划清界限,接着女儿又离家出走,老婆也说要离开我,我又戴着这么个阶级异己分子的帽子,参加革命革了这么个结果,活着还有啥意思!"大爷说:"儿子跟你划清界限,你还是他爹!这能划拉清?女儿是去牧场劳动锻炼,这是好事。你应该支持才对。柳叶说要离开你,那是气话,她真要离开你,就把离婚报告拍到你手上了。那些地富反坏右都咬着牙坚持着活下来呢,你有啥活不下去的?好死不如赖活,回!"

中篇小说

十二

第二天我去帮大爹干活时,大爹说:"进军,这两天的活儿我自己干,你去帮我办两件事。一是去把你大姨叫到我这儿来。二是你到牧场去一次,把红霞叫回来,你对红霞说,想当牧民是好事,但总得跟爹娘讲一声,这是做人最起码的道理。"

我先去把大姨叫来了,大爹把昨夜发生的事同大姨一说,大姨的脸刷地黄了。大爹说:"柳叶,不是我说你,你比你妹妹柳月差远了。姬元龙不管遇到多大的困难,她就像一根顶门的柱子,把姬元龙这块门板顶得结结实实的。你倒好,李松泉一遭难,你就跟着拆墙!今天你去把进疆找来,当着李松泉的面叫一声爹!红霞的事,我让进军去办。"大爹的话说得大姨泪涟涟的。

红霞去的那个牧场离我们团不太远,几十里路,一上山就到了。我骑马上山去找红霞。那已是三月,皑皑的积雪虽依然覆盖着大地,但风已不那么刺骨,变得柔和多了,整个大地已透出了一点儿春的气息。我在牧场找到了红霞,她比我小两岁,但已发育得挺健壮了,她听我把情况说完后,舌头伸得老长,说:"哎呀,后果会这么严重吗?"红霞告诉我说,她来后,牧民们待她非常好,她还在这认了个干妈,叫丁春花,她非要让我见见她这位干妈后再跟我下山。在羊羔房,我见到了她干妈,一位跟我大姨或者说跟我母亲有些相像而且非常爽朗、热情、慈祥的中年妇女。红霞给我们做了介绍后,她一定要我们在家吃了饭再走。红霞在我耳边悄悄地说:"她比我娘还要好,真的。"我说:"你有这么好的一个干妈,我大姨也可以放心了。"

在我大爹操心着帮我大姨夫家重新整合在一块儿,让大姨夫有活下去的信心时,他没想到的是陈明义却在这中间插了一杠子。"文革"开始后,作为团政治处主任的陈明义不但没被打倒,反而成为革命干部的代表结合进领导班子了。大爹说,这个陈明义就是会看风使舵,成了政治上的不倒翁了。但大爹并不后悔把他提起来。他说:"路遥知马力,日久见人心,有的人,一时一个样,真要把人看透也不容易。"陈明义早就猜到李进疆就是他的儿子。这一点连罗秋雯都有觉察。她对陈明义说:"那个李进疆一点都不像李松泉,怎么越长越像你了?"陈明义没好气地说:"怎么,吃醋啦?我真要有这么大一个儿子就好了。"其实他倒真想认这个儿子。十几年前,他领着人到水利工地去修引水渠时,他就去找过我大姨,结果大姨把他臭骂了一顿。大姨说:"既然你已经知道我在这儿的消息,你为啥不来找我?"陈明义说:"那时你已经结婚了,我能来破坏你家庭吗?"大姨说:"狗屁!我结婚了,你就不能来见我了?谁让你来破坏我家庭了,但见一面的情义总该有吧?那你现在咋来见我了?"陈明义说:"我听我们团杨政委的口气,你没同李松泉结婚时,肚子里已有孩子了,我想那应该是我的儿子。"大姨气恼地说:"你少来搅和这事!那不是你儿子!当初我真是瞎了眼,你这个无情无义的东西!你把我害得好苦啊。那天我不愿意,你偏死皮赖脸地缠着我要了我的身子!"说着,也像我母亲一样,气狠狠地给了他一个耳光说:"现在你倒好意思要来找儿子了!"还好,大姨扇他耳光时是在一片红柳丛中,没人看见,算是给他留了面子。不过陈明义捂着脸发誓说:"我一定会认这个儿子的!"大姨说:"你做梦去吧!"可这一愿望陈明义却一直耿耿于怀。

"文革"中,大姨夫被打倒关进了牛棚。李进疆也宣布要同李松泉划清界限。陈明义认为认儿子的时机到了,于是他亲自去找李进疆,给李进疆透了个风,只说李松泉不是他亲爹,至于他亲爹是谁,让他问他娘去。李进疆真的去问大姨了。大姨立马就想到准是陈明义在中间捣的鬼。大姨就去找陈明义,陈明义理直气壮地说:"我的儿子我当然有权去认,我不能看着我儿子在一个阶级异己分子的家里待着。柳叶,你要是还疼咱们儿子的话,就该亲口告诉他,他亲爹是谁,我没直接告诉他,是想给你一个主动的机会。"大姨说:"陈明义,你是只披着羊皮的狼!"

大姨真也发愁,家里已经狼狈成这样子了,陈明义却又这么从中添乱。大姨就把这事告诉给我大爹,让大爹帮她出出主意。大爹听后气得脸涨得通红,直喘粗气。他让看守他们的警卫小唐去叫陈明义,说是他杨自胜有急事找他。但陈明义借口工作太忙,等有机会再找大爹谈。大爹就让我去叫陈湘箢,让陈湘箢去叫她爹。一次不行两次,两次不行三次,大爹就这么缠着不放,弄得陈明义头都大了,只好在一个晚上让我大爹去见他。大爹一进他的办公室就点着他的鼻尖骂:"陈明义,你要认儿子,我不反对。但人家正在遭难的时候,你却趁火打劫,落井下石,你做人就这么个做法?"陈明义也毫不退让地说:"杨自胜,那全是你造下的孽!你谎报军情,才有这么个结果!"大爹说:"我这个错不是已给你弥补上了吗?"陈明义却满是醋意地说:"谁知道你跟罗秋雯结婚的那个晚上发生了什么!你这个情我不领。"大爹顿时怒不可遏,一拳把陈明义打倒在地上,喊:"陈明义,你不是个人!那晚我杨自胜堂堂正正、清清白白的,我没动罗秋雯一个指头!"

十三

时光如水,岁月如梭。"九一三"事件后,一些老干部开始悄悄地被起用了。而那时,陈明义已当上了团政委,他把分给团里上工农兵大学的指标暗地里弄了一个给了李进疆,李进疆风风光光地去北京上大学了。大姨夫也得到了起用,当上了副团长。我大爹虽从牛棚里出来了,但却一直坐着冷板凳,大爹心里清楚是陈明义在这中间起的作用,但大爹也不在乎。他每天一清早起来,就骑着自行车到各个生产队去转悠,脸晒得黑黑的,身体也显得越发的健壮。大约是为了报答大爹的救命之恩,大姨夫在党委会上提出,让我到一个生产队去当队长,张福基团长也坚决支持。陈明义心里不愿意,但嘴上也没有反对。所以在我22岁的那一年,我成了全团场最年轻的队长。在我当队长不久,张福基团长调走了,由于陈明义已顶在政委的位置上,所以上面就起用我大爹当团长。在全团的领导中,大爹是最后一个复职的。上面曾提出让大爹到别的单位去任职,但大爹坚持要先在这个团复职,以后再调都可以。

我当队长后,那年春节我没有回去同大爹一起过年。年三十晚上,我从伙房提上酒菜到马厩去慰问夜间还忙着喂马的农工,然后又去粮场,代替看守粮场子的老汉看场,让老汉回家去跟家人团聚。我记得那晚,月亮只是一个窄窄的弯钩,远处队部可以听到不断响着的鞭炮声。夜很深了,不甘寂寞的孩子还要点上几个鞭炮稀稀落落地放上几响。这时我听到了脚步声,接着是敲门声,我打开小门一看,竟是大爹掂着两瓶酒和一大团纸包站在我眼前,他笑着说:"你不回家过年,我就来你这儿过年。"大爹打开纸包,里面有几样菜。我们喝着酒。大爹说:"孩子,你做得对,当领导就该这么当! 来,咱俩干一杯,我只一句话,做一个对得起你爹你娘的人!"大爹这话,说得我眼泪汪汪的。

那年冬天雪下得特别勤。三月初,眼看就快开春了,却一连下了三天三夜的大雪,积雪都没到膝盖了,有的积雪甚至深到人的腰间。有天早上,雪还在没完没了悠悠地下着。大爹就坐着小车来找我说,进军,有件急事大爹要派你去办。就是红霞在的那个红光牧场遭了雪灾,牲口赶不进山里吃草,储存的牧草也用完了。母羊正在产羔,如果草料跟不上,损失就大了。所以牧场领导打电话来向我们求援。我想,你们队离红光牧场最近,粮场上留存的麦草也最多。你们队派上两辆拖拉机,我再从别的队给你调两辆来,拉上麦草,立即出发,你亲自带着去,要不惜一切代价,把麦草给我送上去!

大团大团的雪花仍在飘洒。我带着四辆拖拉机,装满了麦草与干苜蓿草向红光牧场进发。那时,天已黄昏。一上山,我才知道这场雪卜得有多大,厚厚的积雪使拖拉机都无法前进。我们只好下车,用铁锹把山路上的积雪往山坡下推。这么推上一段才能前进一段。当我们快到红光牧场时,已是第二天的黄昏了。由于对困难的估计不足,我们只带了吃一顿的干粮。再加上铲了一天一夜的雪,手心打满了血泡,人也筋疲力尽了。所以当我们的车队开进牧场场部时,我看到红霞和她的干妈兴奋地朝我奔来,我也高兴地跳下车,可当我的脚刚落地,眼睛一黑,便一头栽倒在雪堆里,就什么也不知道了。

当我慢慢地醒过来时,看到红霞和她干妈坐在我床边,她干妈正一点一点地给我喂着糖水,红霞在边上说:"进军哥,你救了我们牧场了,全牧场的人都感谢你呢!"她干妈也感激地朝我点点头。

大爹的团长只当了半年,就调到明珠市去当市长了,我们团就紧挨着明珠市。大爹走马上任后,是大姨夫顶了他的缺。

　　我当队长的那个生产队是团场最边远的一个生产队,李进疆离家出走后,就在这个生产队上干农活,一直到他去上工农兵大学。在这期间,他与一个叫耿佳丽的上海女知青相好了。可我大姨知道这事后就极力反对。当时我大姨的理由也是很充分的,耿佳丽是官僚资本家出身,而且还有海外关系。大姨责骂李进疆说:"你爹因为出身由富裕中农变成了富农,你就要跟你爹划清界限,离家出走。可你却同一个有海外关系的资本家的小老婆的女儿相好上了,这个理你倒给我掰掰看!"

　　李进疆上了工农兵大学后,每年假期都回来,还经常同耿佳丽约会。我来这个队当队长时,有一位排长指着正在干活的耿佳丽在我耳边说:"这就是李进疆的对鼻子。"耿佳丽长得很小巧和秀气,在那儿干活干得挺卖力。对上海知青我是很同情的,他们千里迢迢从大上海来到新疆的戈壁滩上也真不容易。

　　树枝在一夜之间绽出了嫩芽,那榆钱也纷纷扬扬的像雪花一样在飘舞,落得满地都是。有一天傍晚,我正在地头检查春播的情况,耿佳丽神情忧伤地来找我。她说:"姬队长,我想请假回一次上海。"我说:"现在春播这么忙,队上的劳力也有点拉不开栓,等过了这阵子再说,行吗?"她苦着脸摇摇头说:"姬队长,我要是有特殊的理由,你能准我假吗?"我说:"啥特殊理由?"她含着泪飞红着脸说:"我怀孕了。"我吃惊地问:"咋回事?"她说:"是你表哥李进疆惹下的。"她告诉我说,李进疆放寒假回来,临返校前,他们在粮场的麦垛堆上幽会时,就发生了那种事。但事后她很后悔也很不安,就怕会出现现在这种情况,那丑就丢大了。她就跟他提出结婚的要求,哪怕先领上结婚证,婚礼以后再办也行。这样就是有事了,也可以搪塞过去,结婚证都领了嘛!可李进疆却嬉皮笑脸地说:"不可能,哪有这么准的。"但她却知道这事的严重性,就对他说:"你要临走前不同我把结婚证办好,我就要去你们家,把这事抖搂出来。"她没想到,李进疆第二天就匆匆返校了。她去他们家,李进疆的母亲见了她就像见了贼一样,反而把她数落了一通。耿佳丽说着,又伤心又委屈地哭起来。她咬着牙说:"但我再也不会去求他们,因为我的骨

| 257 |

头还没这么轻这么贱!我回上海,是想把肚子里的孩子处理掉,再晚,处理起来就困难了。"

一阵风后林带里又扬起一片白花花的榆钱,我叹了口气。我那位表哥的德性我是再清楚不过的了。我很同情地看着她说:"你这假我批,但处理后养好身体尽快回来。"她感激地朝我点点头说:"姬队长,谢谢你。但我希望你能替我保密。对我来说,这并不光彩!"她眼里又滚落下长串的泪。我说:"行,就这样吧。"她走后,我很气愤地骂了一句:"他妈的这个李进疆,干的全是这种没长肚脐眼的事!"

十四

转眼间,秋天又来临了。新疆的气候就是这样,一年中,可以感受到炎热的夏天与漫长的冬天。而春天似乎没感觉到就过去了,而秋天也是一瞬间的事。枯叶铺满了公路,踩上去柔柔的软软的。我正在棉田里拾棉花。值班的通讯员突然匆匆跑来找我,说有一个从南方来的男人抱着个婴儿非要立马见我,现在正在我办公室等着我呢。当我匆匆走进办公室,那个南方人就笑容可掬地递给我一封信。信是耿佳丽写的:

姬队长,您好!

古人说,一失足成千古恨,事情真是这样。我回到上海后,把一切告诉了我母亲,我母亲哭得死去活来。她想不开。我母亲是个宁肯丢性命也不肯丢面子的人,况且我又是她的独生女儿。她说,不能去医院做人流,因为做人流要单位的证明,这样这件丢人的事就会传开。她说,你就对别人说,你结婚了,回上海来生孩子的。就这样,我对你食言了,没能履行处理掉胎儿就回队的承诺。而现在,我不可能再回来了,因为我母亲为我办了出国的手续,过两天我就要去法国了。当然,我不可能带着这孩子走。母亲说,送还给那个负心汉,那个流氓痞子,让他负起抚养孩子的责任来!所以,我把孩子托人带给你,因为只有你,才有办法把孩子送到李进疆的手上。我相信你,但我也知道,这也太难为你了,可我又想不出更好的办法。附上孩子的一笔生活费,谢谢你,姬队长,总有一天我会报答你的。

  我确实感到太为难了。我对那位带孩子来的人说:"同志,你还是把孩子带回给耿佳丽吧,这事我恐怕办不成。"那个人摇摇头说:"不可能,因为我来新疆时,她们母女已经出国了,连她家里的房子都处理掉了。至于这孩子怎么处理,你看着办吧。"而那个才两三个月大的婴儿却睁着大眼睛望着我,好像也在乞求着什么。我心一软,就说:"好吧,那就把孩子留下吧。"

  当天我就抱着孩子去了大姨家。可大姨的态度很冷淡也很坚决,她说:"这孩子是亲的也好,不是亲的也好,我都不会要。进军,你帮大姨一个忙,你把孩子送给别人去,送给谁都行。最好送得远远的,别让我知道!"她又说:"进军,不是我说你,你就不该把这孩子收下!"我从头顶凉到脚跟,对大姨的这种态度我心里很是愤然。我什么话也没再说,抱着孩子转身就走。心想,还好那时是大爹收养了我,真要是待在他们家,我的日子也不会好过。我看着这孩子,她突然又睁开了眼睛,还朝我甜甜地一笑,这孩子很乖,一点儿也不闹人,她似乎能感觉到她的处境,希望命运能给她一个好点的选择。我心中猛地萌发了想抚养这个孩子的念头,我应该像大爹抚养我那样地抚养她,等她长大后,她也能体味到因为我的抚养而带给她的这份人间的温暖深情。我为自己的这一想法而感动。

  秋天既萧条又迷人,人字形的雁行在碧蓝的高空中向南飞去。我脚下踩着的枯叶在沙沙地响着。这时我想起了在牧场的红霞,还有她那位可亲而慈祥的干妈。再说孩子是红霞的亲侄女,红霞跟她母亲不一样,是个很懂事理的人。她们会让孩子得到很好的照料。

  第二天一早,我骑马带着孩子上了山。金黄的草原在明媚的阳光下,闪烁着金灿灿的光亮,鸟儿时起时落在啄食着地上的草籽儿。我把这事和我的想法告诉了红霞,红霞兴奋地领着孩子去见她干妈。我对她们说:"不管怎么说,我跟这孩子也带上点亲,亲人不尽这义务,反而把责任推给别人,这怎么行。"红霞说:"进军哥,这孩子由我来抚养吧,我是她的亲姑姑嘛!"她干妈笑着说:"你个姑娘家,抚养个孩子,将来怎么嫁得出去!"红霞脸唰地红了。她干妈就自告奋勇地说："这孩子还是我来带吧！我们这儿是牧场，牛奶，羊奶，马奶多的是，孩子就不愁没吃的。孩子叫啥？"我说："我给她起的名字叫姬舒好。"她们说："这名字挺好，挺雅的！"

我下山时，夕阳把金黄色的草原染得鲜红鲜红的，一只雄鹰直伸着翅膀在高空中盘旋。我的心中涌动着一股激情。在这世上我有了个女儿，虽然不是亲的，但她会叫我爹。在夕阳下，我的脸上溢满了笑容。

十五

在我大爷由明珠市市长升任明珠市委书记的那一年，我被任命为团场的基建科科长。三年后，我被调到明珠市开发区管委会，去当管委会的主任。我知道这事肯定是在大爷的授意下办的，但也都是严格地按照组织程序进行的，先是由市委组织部派人来进行考察，然后再提交市委常委会讨论。市委组织部的同志在介绍我时说，在我担任生产队长时，政绩就很不错，农作物年年增产，经济效益也年年上台阶。而且群众基础也极好。在我担任团场基建科科长时，我在农场的四周种植人工梭梭林，种植苜蓿草，在保持生态平衡方面受到了上级有关部门的重视，还在我们团场开了现场会。说我工作踏实肯干，思想解放，有开拓精神。这些话都是我去上任时大爷透露给我的。他说："孩子，从小我就感到你会是个人物，我是举贤不避亲。你要名副其实地做到组织部门对你的评价。"我说："大爷，我知道了。"其实我心里也清楚，按目前的干部政策，大爷说不定明年就要退下来了，这是大爷利用职权为我办的唯一的一件事。后来他也承认，他说为这事他思想也斗争了很长时间，但在我国目前的体制下，他为我做的这一步，对我将来的一生都会有影响。他说，当然他首先想到的是工作，因为开发区成立几年来，局面老是开拓不了，他就想到了我，认为我合适到那个位置上去工作。这对我将来的成长是一次很好的机会。所以他这样做于公于私的因素都有。

我上任后才看到，开发区除了管委会的几栋简陋的房子外，基本上还是一片荒芜的土地。如何招商引资也没有一个具体的计划，就是说，一切还要从零开始。当时我心里也确实发毛,大爹对我的期望值又很高。我就想在如何打开局面上去讨点大爹的主意。但大爹却板下脸一副公事公办的样子,很严厉地对我说:"这管委会主任是你在当还是我在当?"大爹还是第一次这么严厉地同我说话。他的意思很明确,自己大胆地好好干去!

在当队长时,我就知道这辈子要去上正规大学的可能性不大了。我就通过自学拿到了大学本科的文凭,我也大量地阅读了有关经济方面的书籍与报刊。我在一次管委会的会议上提出,开发区的主要任务就是招商引资,那就得去招去引,得主动出击,守株待兔是不行的。而且重点还要去出击那些有知名度影响大的商家与公司,只要能把那些大块头企业招引到我们这儿来,哪怕只有两三家,那么其他中小企业就可能会接踵而来。有人说,这样做恐怕难度太大。我说,在市场经济里,风险与效益是经常联系在一起的,而难度大小也与成就大小紧密连在一起。只要我们把最难的事做成,那后面的路就好走多了。招商引资又是件双赢的事,因此一定要根据我市所具备的条件去选择有关的企业。当时有人就提出康康集团可以去试一试,因为这家企业集团是以加工农产品为主的,而农业恰好是我们明珠市的强项。于是我就让招商部的同志先与康康集团去接触一下。

大爹一直在关注着我的事,当我把人派出去的第二天,大爹就在电话里对我说:"你这第一步就迈得很有想法嘛!领导干部就要有想法,没想法就当不好领导,工作就没有主动性、独立性。"

招商部的人带回来的是很失望的消息,说康康集团从不在地级市投资设分厂,他们的分厂都设在省府。他们说:"要在新疆设分厂,也只能设在乌鲁木齐。"我说:"那就继续接触,把他们的人请到我们明珠市来,让他们实地考察一下,要用我们明珠市的优势,用我们的真诚来吸引他们,感动他们。这一次,你们争取去把他们的人请过来,级别低一些都没关系,只要是他们集团的人来就行!去请人家时一定要有诚意要有耐心,尤其是要有耐心。"

果然招商部的人软磨硬缠地把康康集团派驻在西安办事处的陈主任请来了。大爹知道这消息就打电话给我说:"你先陪着他参观考察,临走前我请他吃顿饭。"我陪这位陈主任转悠了两天,陈主任看得很兴奋,说他回宾馆就给他们老总打电话。当大爷晚上请他吃饭时,他显得很泄气,说:"我在电话里把你们这儿的情况向老总汇报得非常好,可我们老总说,不在地级市设分厂,这是原则,没有讨论的余地。"大爷说:"那我们就想办法把你们老总请过来看看。进军,这次你亲自去请,要有刘备三顾茅庐的精神,我们还可以四顾五顾,我们要表达的是我们的诚意。重要的是我们明珠市适合他们康康集团的开拓和发展。只要你们的老总亲自来,就能感觉得到,你陈主任不就感觉到了吗?"陈主任举着酒杯,笑着点点头。

我在康康集团总部所在的城市待了有一个多月,一次次地预约,一次次地等待与失望,但我想起我看《曾国藩传》中的一句话,叫屡败屡战。我就继续预约,陈主任也从西安赶来帮我打通关节。我的诚意终于打动了这位老总的心。

我把康康集团的赵总请到明珠市时,正值八月,那是新疆的黄金季节。市内环街的海棠果林带里挂满了一串串红艳艳的海棠果。广场、马路边绿草成茵,鲜花盛开。我对赵总说:"我们这座城市是被联合国评为最适合人类生存的城市之一,又是北疆地区的交通枢纽,北通塔城、阿尔泰,南通南疆的库车,西通伊犁,东与乌鲁木齐相连。另外,这儿离与哈萨克斯坦接壤的阿拉山口只有二百多公里。"赵总不住地点头说:"不看不知道,看后真是感慨万千啊。"

晚上,大爷又亲自出面宴请赵总一行。而那时,餐厅的电视里正在播放有关康康集团的专题片。这是我与电视台台长联系好的。赵总看到后吃惊地问:"这是怎么回事?"我说:"这是我们在向市民们做宣传,要让市民们知道我们在目前开发区招商引资中正在做着的事情。"赵总说:"你们太让人感动了。"事后,大爷点着我的鼻子悄悄地对我说:"小子,想不到你也狡猾狡猾的。"

赵总要我们等他的佳音,因为最后得由集团董事长拍板。我们热切地等待着一切。一个多月后,传来的不是什么佳音,他们董事长说,分厂设在省府的原则不变,那个明珠市不予考虑。我准备再次去他们总部,跳过赵总直接去见董事长。大爷知道了,说这次我同你一起去,世上有些事的成功,就在你有没有决心再坚持着走那么一步。

康康集团的董事长是一位白白胖胖的老太太,当她听到赵总告诉她,明珠市的市委书记杨自胜想见她时,老太太笑着摇摇头有些不大相信。赵总说:"杨书记我见过,真是他,他是专程赶来见你的。"老太太就很感慨,说:"既然人家市委书记专程来见我,我也不能太失礼了,晚上我宴请他。"

宴会上,老太太与大爹碰了碰杯说:"杨书记,我真不敢相信你会专程来见我。我知道,你们这些当父母官的都是很有点架子的。"大爹说:"市场经济了,不一样了,再硬的架子也会被商品经济的海水给泡软的。"老太太笑了,说:"你们的诚意很让人感动,但我们只在省府设分厂的原则不变。不过你们的事我现在不封口,你们先回吧,等我做出正式决定后,我会亲自通知你们的。"大爹看了我一眼说:"就是仍没希望,我们这位还会再争取希望的。"老太太也幽默了一句说:"这点我已领教了。"

在回程的飞机上,大爹对我说:"你还记得你七岁时在泥沙中解救棉苗的事吗?还有你当队长时上牧场去送草料的事?人要办成事,就得有这么一股劲!"

其实没过几天,这位董事长老太太不带任何随员,一个人悄悄地坐飞机,然后又坐火车潜到我们明珠市。她要了一辆出租车说,你就开着车在市里转,角角落落你都给我转转。但那位出租车司机一下就认出她来了,司机说您不是康康集团的董事长吗?老太太吃惊地说:"我是第一次到这儿来,你怎么认识我?"司机说:"介绍你们康康集团的电视片在我们电视台已经放过好几遍了,里面有你不少镜头,所以你一上车我就认出来了。"司机又热情地说:"张董事长,今天我免费为你服务,你想到哪儿我就开到哪儿!"

张董事长在电话里激动地对我说:"姬主任,我决定了,就破例在你们这儿设分厂!"

红旗飘飘,锣鼓喧天,在康康集团投资建厂的奠基仪式上,大爹比我还要激动。当他剪彩时眼睛里含着泪,手也在发抖。他满意地朝我看了一眼,那眼中传给我的那份深情与期望,连我心里都感到一阵震撼。

那年的十二月,大爹从市委书记的位置上退了下来。

十六

　　正当我用我的毅力与耐心一次次地想去摇动康康集团的那个不能变的原则时,我的婚姻问题也经历着波折。陈湘箐是越长越漂亮了。我俩之间的感情也越来越深,在青梅竹马的基础上迸发出了浓浓的爱情之花。她高中毕业后,她父亲就安排她在团场的加工厂当会计,后又去上了三年的成人大学,毕业后分到了明珠市的财政局工作,一路走得挺顺。我和她虽然一直都没有谈婚姻上的事,但我俩都有一种感觉,就是两人的那种关系已是不讲自明了,什么时候结婚,只要有一方提出来就行了。就在我调到开发区管委会工作不久,有一天晚上她来找我,向我暗示了这事,我就很干脆地回答她说,那就明年春节办吧!我们也都老大不小了。但眼下我正忙着康康集团的事。我的回答使她很高兴,我俩就在林带里拥抱,接吻,虽然是第一次,但却有一种已经熟知的感觉。她兴高采烈欢天喜地地回家,把这事同罗秋雯与陈明义一说,罗秋雯很赞成,但陈明义却大发雷霆。说:"不行,你找什么人都行,就是不能找姬进军,因为我决不同杨自胜这家伙做亲家!"

　　十几年后,我才把这件事情弄清楚。陈明义对我大爹耿耿于怀主要有三件事。一是我大姨与大姨夫的婚事,他一直认为是我大爹故意编造了一个陈明义牺牲的谎言才撮合成的,就是他说的谎报军情。二是我大爹享有了罗秋雯的初夜权后,才把罗秋雯让给了他。他的理由是,哪有一只饿久了的猫放着眼前的腥不去尝的?三是在他认亲生儿子李进疆的最佳时机,是大爹插进来阻止了这事而且还让他吃了狠狠的一拳。从他内心来讲,他对我大爹满是仇恨与敌意。罗秋雯与陈湘箐也没想到陈明义的反对会这么坚决与激烈。陈湘箐朝他哭喊着说:"除了姬进军,我谁都不嫁。"陈明义说:"那你就别认我这个爹!"陈湘箐伤心而痛苦地走出家门,骑上自行车就回到财政局的单身宿舍去了。罗秋雯抱怨地看了陈明义一眼说:"湘箐同进军从小一块儿长大,知根知底的,有什么不好。"陈明义冷笑着说:"你当然说好。"这话里的味儿罗秋雯品出来了。她鼻子一酸说:"那一夜的醋你吃一辈子去吧!"

过了不到一个小时,有位姑娘打电话给罗秋雯说,陈湘筲一回宿舍就晕倒了,现在正在市中心医院抢救。罗秋雯瞪了陈明义一眼说:"女儿要有个三长两短,我们就别在一起过了。当初我真该跟着杨政委一起过!"然后匆匆去了医院。

我没想到,这事发生后,陈湘筲的态度忽然来了个180度的大转弯。她含着泪对我说:"进军哥,我爹反对得这么厉害,咱俩这事就算了吧。"我说:"如果只是你爹反对,那咱俩的婚就非结不可。"她说:"请你原谅我,我确实不能跟你结婚。"我说:"那你就给我一个让我信服的理由,但你不要说不爱我,因为我不信!"她哽咽着说:"我没法不爱你,但我真的不能跟你结婚。"说着紧紧地拥抱了我一下,就转身跑了。

我很痛苦,因为我真的非常爱这位跟我一起长大的美丽而温柔的姑娘。大爹不知怎么也知道这事了,他在电话里语气严肃地说:"婚姻的事自己处理,但不要影响工作。"表面上,大爹对我的要求总是挺严厉的,但内心他怎么也割舍不了对我的疼爱,就像扒拉完棉苗后,他用盐水清洗我那红肿而渗血的手指时眼里闪着的泪花。在我为争取引进康康集团投资设厂的事在外奔波的那些日子里,大爹亲自去找了陈明义。他说:"陈明义,进军是进军,我杨自胜是杨自胜,你别把咱俩的事扯到孩子们的身上行不行啊!"陈明义说:"你同姬进军两个人能扯得开?"大爹火了,说:"你这是在搞株连吗!陈明义,我告诉你,我这辈子有两件最后悔的事,一是当初不该提拔你;二是我与罗秋雯不见得就过不到一块儿!"陈明义冷笑着说:"当初你提拔我,是因为我能干,你需要找这么个帮手,你是从自身考虑才这么做的!至于我以后的进步,靠的全是我自己。杨自胜,什么时候你都自以为是,可我就不服你这口气!别以为你是市委书记,可你管不着我!我明白地告诉你,我就是不允许湘筲跟进军结婚!"大爹也上劲了,大爹就是这样的人,火药味越浓他就越上劲。他说:"陈明义,我也明确地告诉你,只要他俩相爱,他俩这个婚就非结不可!不然,我就不叫杨自胜。"

第二天下午,大爹就让秘书把罗秋雯请到他的办公室里。大爹问罗秋雯:"湘簀同进军一同长大,两人从小感情就很好,人长大了,尤其是湘簀紧咬着进军,就像甲鱼咬木棍似的咋也不松口,可怎么说变就变了呢?"罗秋雯叹口气说:"杨书记,我对你实话实说吧。我知道在你心里,进军的事比你自己的事还要重,你看上去是条硬汉,但心胸比女人还要热还要软。正像你说的那样,湘簀爱进军是往死里爱的。正因为这样,所以有天晚上她为这事晕倒了,但医院一检查,她有严重的先天性心脏病,婚是能结,但要生孩子就有危险了。她怕拖累进军,陈明义的反对倒不是最主要的。"大爹说:"如果是这样,那就好办了,那你去把这事告诉给进军,让他俩自己来决定。秋雯,我求你帮我这个忙,因为进军这孩子心太实诚,像他娘,可怜他娘走得太早也死得太惨。"罗秋雯感叹地看着大爹说:"杨书记,你又让我想起三十年前我俩的事,我好后悔啊!"大爹笑了一下说:"秋雯,过去的老皇历别再翻了,婚姻上的事,也要有个缘哪!"罗秋雯感动地抹了把泪。

其实陈湘簀的心也一直泡在情感的苦水里。她根本无法摆脱对我的感情。所以当罗秋雯跟她又提起这事,她就扑进母亲的怀里说:"娘,我顶不住了。"罗秋雯问她:"啥顶不住了?"她哭着说:"我的理智顶不住我的感情了,不能跟进军在一起生活,我都没法活!"

我从外地回来后,大爹就把湘簀患先天性心脏病,不允许生育的事告诉了我。第二天我就去医院做了结扎手术,医生们都惊愕地张大嘴半天说不出话来。做完手术后,我到财政局,把手术单拍在陈湘簀的办公桌上说:"湘簀,这就是我的决心,你还担心什么?再说,你也知道我们已经有个女儿了,用不着再生了。湘簀,你看这婚我们还结不结?"湘簀一把紧紧地搂住我,泪如泉涌地说:"进军哥,你干吗要这样啊!这全是我的错!"

十七

那年,在我把收养舒好的事告诉大爹时,大爹就很赞成。说抽个时间到山上去看看这个孙女。可他这个市委书记整天忙得脱不开身。但有一年的春节,他突然打电话给我说,他要上山去牧场慰问牧民,顺便去看看他的小孙女,还有红霞和带小孩的丁春花。

　　大爷见了红霞的干妈后,千谢万谢的,弄得丁春花很不好意思。丁春花又领我们去见舒好,那时舒好已有三岁了,很活泼可爱。丁春花说,舒好听收音机里的歌,只要听上两三遍,就能哼个八九不离十,还会跟着音乐即兴跳自己编的舞。大爷看着舒好跳舞时乐得嘴都合不拢,眼中充满了爱怜。

　　舒好六岁那年,大爷认为应该把她从山上接下来,因为市里各方面的条件都比山上强。何况他已退休,有时间来照顾这个孩子了,而且我也结婚,孩子也就有了一个完整的家。他对我说:"不过这事一定要得到丁春花同志的同意和理解。只要她哪怕有一点点的不愿意,那也别做。人家把孩子带到那么大,不容易啊!"我和湘筼一起上山去接孩子,我把这事跟丁春花阿姨一说,她很爽快地同意了,说:"这孩子聪明,该让她到市里去接受教育,老待在这个偏僻的地方,人要呆傻的,耽误了孩子那可是罪过。"把舒好送上车时,她还是哭了,我们说一定经常带着孩子来看你!

　　她一直站在山上的路口,看着我们的车子消失在路的弯道上。我不由得想起了在我三岁那年,大爷在荒地上送我们上水库工地时的情景……

　　舒好进了市里的幼儿园,由于我和湘筼都忙,接送孩子自然是大爷的事了,大爷则是兴高采烈,乐此不疲,尽职尽力。继续发扬着当领导干部时的那种作风,得到的回报是舒好对他比对我们还要亲,说爷爷跟奶奶一样的好。她喊的奶奶就是丁春花。舒好有文艺细胞,大爷利用他以前当市委书记的影响,向电视台的人打了招呼,就把舒好送进了电视台办的绿洲幼儿演唱队去接受培训。当年就出成效,在市里举办的春节晚会上,六岁的舒好在台上唱了一段豫剧《花木兰》选段,那地道的做功和唱腔再加上她的稚气,引来了观众的满堂彩,大爷更是咧着嘴笑得满脸都是泪。那晚我大姨和大姨夫也看了,大姨后悔不已,说当初我真应该把这孩子收下来。大爷像待我一样地待着舒好,那份爱也许要更浓烈。大爷拿出了自己不多的积蓄为舒好买了架钢琴,每次去学钢琴课他都要陪着,陪的时间长了,大爷那僵硬的手指也能在钢琴上弹出几个美妙的音节,逗得舒好直乐。在舒好18岁那年,我担任了明珠市的市委书记。舒好也在那年考上了市里的绿洲大学艺术系声乐班。

那年九月,天气热了一阵后,下了一天的绵绵细雨,气温一下就降了下来,树上也就显出了几片金黄色的树叶。有一天下午,秘书小贺走进来对我说:"有一位从国外回来的中年妇女一定要见你,正在会客室等着呢。"我走进会客室,见到一位很有气质的女人,穿着十分得体高雅。她看着我说:"姬队长,你还认识我吗?"我愣着,看了她半天都没认出来。她叹了口气说:"我是耿佳丽呀!姬队长,我的变化就这么大吗?"当时我的心头一惊。她的变化虽很大,但大致的模样还在。我马上笑着说:"耿佳丽,你跟以前可真是判若两人了,快请坐吧。"她对我说,自她去法国后,继承了她祖父的一个葡萄园与一个葡萄酒厂,经营得也很成功,物质生活可以说是很富裕,但精神生活却很虚空。她说由于那次受骗后,在婚姻上她就一直是前怕狼后怕虎的,时光也就这么拖走了,年过四十,就再不想结婚了,所以她女儿的事也就时时涌上了心头,也就越来越想见一见自己的女儿了。她说:"姬队长,我把女儿是交在你的手里的,你应该知道我女儿的下落。听说你已经是市委书记了,工作一定非常忙,可我没别的选择,请你原谅。"我沉默了一阵说:"耿佳丽,我可以告诉你,你的女儿,现在也就是我的女儿,她叫姬舒好,因为当时李进疆不肯收留她,李进疆的母亲也不要她。但要送给别人,我就觉得对孩子有些不负责任了。是我干妈,我大爹,我和我妻子把她抚养大的,如果你只想见一见你的女儿,那你与她的关系就不用说穿。但如果你要认她,我就得先同我家里的人和你女儿通通气,尤其是我大爹,他把他后半生的心血全花在你女儿身上了。"耿佳丽的眼中含着泪,想了想说:"那就先见一下再说吧。"她又说:"姬队长,真是难为你了。"

舒好正在练功厅练功,她看见我就高兴地朝我奔跑过来。面对身材秀美、容貌可人、气质高雅的女儿,耿佳丽惊呆了。我对舒好说:"我陪这位客商路过这儿,顺便来看看你。"耿佳丽盯着舒好,那眼神里显得有些异样。

舒好又去练功了。带着寒意的风夹着几片枯叶送到我们脚下,耿佳丽走到小车前就站着不走了,她流着泪说:"姬队长,我想认我的女儿。"我真怕她说这句话,但我知道她见到舒好后,肯定要说这句话。我说:"耿佳丽,请

中篇小说

你给我点时间。"

　　这事首先通不过的当然是大爷,他气得浑身发抖说:"这个理我咋掰也掰不开,当初她就这样怀上了孩子,怎么说也是有责任的!结果她把责任推给别人了,为了出国,就这么把孩子扔了。现在倒好,看到女儿长得这么有出息,就想摘桃了,这太可气了!进军,我告诉你,这是原则问题,绝不能退让!"全家都支持大爷的意见,这真让我感到很为难。因为我看到了耿佳丽见了女儿后那滚滚而下的泪水……

　　那天晚上我要开市委常委会,没想到岳母和我妻子湘簧一起到宾馆去找耿佳丽,为这事双方争吵起来。耿佳丽说:"她是我的亲生女儿,我有这个权利要她,而且我还要把她带出国。你们把她抚养大了,这不假,但经济上我可以加倍地偿还你们!"湘簧说:"耿佳丽,我可以告诉你,在法律上,舒好就是我的女儿,我还可以告诉你,为了舒好,姬进军在跟我结婚的时候就做了结扎手术,他说,因为我们已经有了个女儿了,不用再生了,这些你能用金钱来补偿吗?再说我们在孩子身上所付出的精力与心血,尤其是大爷,他是个市委书记,但退休后,他把自己所有的心血全都放在了孩子的教育上,这你又用什么来补偿?"岳母说:"耿佳丽。你好好想想,如果你还有良心的话,你就知道该怎么做。"

　　第二天上午,耿佳丽给我打电话说:"姬书记,舒好是你们的女儿,我不认了,但我还想再见她一面,行吗?"我说:"行,那你就自己去吧,我很忙,抽不出空来陪你。"她说:"姬书记,谢谢你这么体谅我。"我也感到有些伤感,应该说她有权认她的女儿,我想再跟她说些什么,但却不知道该怎样说才好,我放下了电话。

　　舒好穿了一套非常合体的嫩绿色的西服去见她。耿佳丽再也控制不住自己了,感情冲动地扑向舒好,喊了一声:"我的女儿啊!"就昏厥过去。

　　舒好从医院给我打来电话,我正在开常委会走不开。舒好说:"那我就去找我爷爷吧。"

　　大爷每天早上都要到老年书画社学习书法,以前大字不识几个的大爷刻苦地练了几年书法后,写出的字也是龙飞凤舞的很有些气势。舒好先赶到爷爷家,发现爷爷不在,就往书画社赶去。当大爷听舒好把事情经过讲完后,大爷就有些慌神,拉住舒好的手说:"走,咱们去医院。"但赶到医院时耿佳丽已经不在医院了。医生说:"她醒过来后就坚持要走,听听心脏,量量血压都很正常,大概是一时受到什么强烈的刺激才晕过去的。"大爷就和舒好去了宾馆,宾馆总台告诉他们,耿佳丽已经结完账叫了辆出租车走了,大爷感到有些懊丧与内疚。那时已经是中午了,大爷在我办公室等我。等常委会一结束,他就对我说:"进军,看来我们的做法有点自私了,人家毕竟是舒好的亲生母亲,她是在那样一种情况下才舍弃女儿的,而且这事我们也不用再瞒着舒好,瞒也瞒不住,瞒了舒好,她反而会有想法,做人做事都应该是一是一,二是二。舒好也成年了。"我说:"大爷,这件事你认为该怎么做合适,你就怎么去做,在舒好身上你花费的心血最大,拥有最大的发言权。"大爷说:"那这件事就由我来做主了。"

我笑笑,我感到我和大爷的心一直是相通的。

大爷不愧是当过政委、当过市委书记的人。只要他自己一想通,做起别人的工作来,那道理就会一套一套地往外翻。他对我岳母和湘箮说:"要说舒好,我在她身上花的心血比你们谁都多,但现在我可是想开了,这世上的事你们只要仔细地琢磨琢磨,就会发现许多领养的孩子长大后,一旦知道自己的身世,都会想着法儿去找自己的亲生父母,这是挡不住的事。话再说回来,就是自己的亲生儿女,不也会总有一天要离开父母吗?但有一点,咱们可以问心无愧,就是舒好现在成长得这么好,这么有出息,我们是用真情把她抚养长大的,咱们尽到责任了,这就够了,进军这个做爹的,湘箮你这个做娘的,和你这个做姥姥的,还有我这个做爷爷的,尽的不就是这么个责任吗?咱们还要什么呢?再说,舒好就是认了亲娘,叫进军,叫湘箮,叫你,叫我,不还是叫的是爹是娘是姥姥是爷爷吗?"这些话让湘箮和我岳母感动了。湘箮趴在她母亲的肩头上哭着说:"天下做娘的心都是一样的,大爷说得对,也该为舒好的亲娘想一想……"

岳母感叹说:"杨政委,当初你干吗不死皮赖脸一点儿呢,你只要一上床,我不就是……"

中篇小说

大爷一挥手说:"那我就不是杨自胜啦。"

晚上,舒好带着满腹的疑惑回到家里。大爷把她的身世告诉她后说:"孩子,那个女人就是你的亲生母亲,她想认你,你也应该认她,在这世上你对她来说是最珍贵的,你爷爷是个过来人,一辈子都没结婚,没有真正尝过这种亲情的滋味,所以爷爷感到这亲情对一个人来说是多么重要,要不,你娘也不会见了你以后就晕过去了。"

舒好是个懂事的孩子。她说:"我知道我该怎么做,我到学校去请几天假,到乌鲁木齐去找她,她一定还没离开乌鲁木齐。"大爷说:"爷爷陪你一起去吧。"

第二天一清早,大爷就和舒好赶到乌鲁木齐,走遍了乌鲁木齐所有的星级宾馆,终于在一家宾馆找到了耿佳丽。大爷平静地对耿佳丽说:"瞧,你的女儿看你来了,你俩先单独谈谈吧。"大爷离开后,舒好对耿佳丽叫了声妈妈,耿佳丽一下跪倒在舒好跟前,泪流满面地说:"孩子,我不配做你的妈妈。"舒好抱住耿佳丽把她拉起来说:"我是你生的,你就是我妈妈,这谁也无法改变,我爹,我娘,我姥姥,都让我来认你这个妈妈,爷爷还说,只要我愿意,还可以跟你出国。"

耿佳丽跌坐在沙发上,闭上眼睛,任泪水哗哗地往外流。窗外,已开始下入冬后的第一场雪了,团团的雪花纷乱地在空中飞舞。

舒好含着泪对耿佳丽说:"妈妈,当昨天爷爷正式告诉我,他们不是我的亲爹、亲娘、亲姥姥、亲爷爷时,我突然对他们的感情变得更深了,更加亲了,我感到太幸福了。庆幸的是他们给我这么一个弃儿的是一个真正的家,还有家庭的温馨。妈妈,我现在想要告诉你的是,他们让爷爷领着我把我交给了你,让我认你这个妈。那么,你也应该领着我跟爷爷一起回去,把我再交给他们,那么我会永远认你这个亲妈妈的,或许有一天,我也会出国去看你。"

耿佳丽站起来,拉住舒好的手说:"孩子,今天你叫我一声妈,这就够了,我也就心满意足了。走吧,去见你爷爷,现在,我就跟你爷爷一起把你领回去。"

271

当天晚上,大爷打电话给我说:"你再忙,也要回家一次。"我一到家,看到耿佳丽拉着舒好的手走到我跟前说:"姬书记,我把舒好领来交给你们,你们永远是她的爹、她的娘、她的姥姥、她的爷爷,现在你们给我的已经超出我的要求了。"

耿佳丽在明珠市住了两天,我们让舒好一直陪着她,她离别时留下了一句话:"明年我再来。"

耿佳丽走后,大爷高兴地说:"这不解决得挺圆满的吗？世上的事就是这样,有时退上一步,为别人想想,得到的却是海阔天空。"

十八

俗话说,三个女人一台戏。其实我大爷杨自胜,我大姨父李松泉,我岳父陈明义这三个男人,在人生的戏台上,也唱了一连串的戏。自从我和陈湘箦结婚后,陈明义就发誓不再同罗秋雯和陈湘箦往来,但岳母同我们住在一起,我大爷又经常来串门,陈明义更是醋意十足。在我跟湘箦结婚的当天,陈明义把自家的屋里砸得一片狼藉,大爷知道后直摇头:"何苦来,这不是在跟自己过不去吗？"我知道,岳父一直记恨着大爷,他与我大爷的冲撞也不断,可大爷并不记恨我岳父。有一年的年三十,我们全家吃团圆饭时,大爷就很感慨地说:"要是陈明义也能坐在这儿,那我们吃得才是真正的团圆饭啊！"我岳母说:"别提他了,让人扫兴！"大爷说:"秋雯啊,我们那一夜的醋,他可是吃到现在啊！但总有一天,我会让他信的！"

陈明义退下来的第二年,他的亲儿子李进疆就出了事。自李进疆上完工农兵大学回到团场后,陈明义曾给了他不少关照,在不到几年的时间里,就由农业技术员到副队长,然后是队长接着进生产科当副科长又很快升任畜牧科科长。但他总是不肯走正道,歪点子一个接一个地冒出来,弄得当团长的李松泉特别的恼火,有一次他不通过李松泉,而且以李松泉的名义跟人家签合同,结果给团场造成了三十几万元的损失,李松泉跟我大姨大吵大闹了一场,坚决要同李进疆划清界限,说:"你不是我儿子,你的亲生父亲是陈明义！"李进疆也反唇相讥道："你也不配当我爹。你看看姬进军的大爹，对姬进军照顾得多好，到市里当上了开发区管委会的主任。"李松泉说："你就没进军那能耐，你是个扶不起的刘阿斗！"那是我跟陈湘筼结婚后的第三天，李进疆同他新婚不久的漂亮媳妇走进了陈明义家门，恭恭敬敬地叫了声爹，陈明义觉得走了一个女儿，又回来一个儿子，脸上也就有了光彩。李松泉再也不肯关照李进疆，但陈明义却加倍地给了他照顾，让他当上了刚成立的团场畜产公司的总经理。但这个畜产公司被李进疆折腾了几年，是一年比一年亏得邪乎。其实那只是富了和尚穷了庙，畜产公司再也办不下去了。自己腰包装满了的李进疆就同公家脱钩，跑到明珠市来自己开了家畜产公司。由于过去公款私用打下的关系，所以他私人开的这家畜产公司弄得倒还像个样子。李松泉退休后不久，陈明义也退了下来，事情就发生了变化。李进疆在担任团场畜产公司总经理期间贪污与挪用公款的事被抖搂了出来，结果经检察机关批准，他被关进了看守所。那些天，我大姨带着李进疆的媳妇，天天来找大爹，一把眼泪一把鼻涕地求大爹帮忙。大爹说："我早已不是市委书记了，我就是市委书记，这个忙我也不能帮啊。"大姨说："那你让进军出面说说话，他现在不是市委书记吗？"大爹说："那你们不是在害进军吗？"大姨拉着李进疆的媳妇给大爹下跪。这一跪大爹的心也就软了，但大爹还是说："其实李进疆是让你，李松泉，还有那个陈明义给害的！人谁没有私情？我杨自胜也有，但那私情是要把孩子往正道上引，让他成为国家的有用之才，不过进疆的事我试试看，但你们得让进疆配合我。"

　　李进疆出事后，我岳父脾气变得越来越狂躁，那几天天天缠着我大姨夫下棋。两人一面下棋，一面互相指责。我岳父说："李松泉，你咋教育你儿子的？"大姨夫说："这能怪我吗？那可是你的种！"我岳父说："他娘的这事怪来怪去都怪那个杨自胜！乱配鸳鸯，弄出个陈明义牺牲的谎话来糊弄你们，要不，我儿子也不会成现在这个样子！"大姨夫说："那我的红霞为啥好好的？现在是牧场的副场长了。你的品种不行，土地再好也不中！"我岳父气恼得哗啦一下把棋盘带棋子全撂在了地上。岳父本来就有高血压。孤老头坚持自己一个人过，又不肯向我岳母低头认错。自己又不大会照料自己。他和大姨夫下棋就这么一面下一面吵吵闹闹地骂娘,越骂还越缠着要下,下到最后总是不欢而散。有一天下午,为了一个棋子,一个要悔一个不让悔,两人越吵越凶,结果是岳父一下晕倒在地上,送医院一检查,中风!岳父躺在医院里全身都不能动。大爹到医院看过陈明义后,回来就劝岳母说:"你和陈明义又没办离婚,总还是夫妻嘛,再断绝关系他也是湘箐的爹,也还是进军的老丈人,也还是我的亲家嘛。秋雯,看在我的老面子上,回去照顾陈明义吧。"岳母没说什么,只是感慨地叹了口气,打了个的去了医院。

也就是那一天,大爹领着舒好去了看守所,他关照了舒好几句话就去见李进疆。那是耿佳丽走后没几天的事。大爹对舒好说:"你看,这就是你亲爹。叫爹。"舒好很听话地叫了声爹,李进疆满面羞愧地点了点头,接着号啕大哭起来。大爹说:"进疆,看见没有,这就是被你遗弃的女儿,上个月在自治区青年歌手大奖赛上获得了民族唱法的第一名,今年下半年还要去参加全国的青年歌手大奖赛。刚才我让舒好叫了你一声爹,你要是对得起这声爹,你就好好彻底交代,积极退赔,重新做人!我杨伯伯也破个例,找有关部门给你说说情,要不,舒好再也不会叫你爹!"李进疆抹着泪说:"杨伯伯,舒好,我一定努力争取宽大处理!"说着,捂着脸泣不成声了。

从看守所回来,大爹又带着我和湘箐、舒好去看陈明义,还让舒好叫了他一声爷爷。大爹对舒好说:"他才是你的亲爷爷哩。"说得我岳父老泪横溢。大爹把一本书拍在了我岳父的床头说:"这书里有两篇文章,是我们原先那个团里的两个干部写的回忆录,里面就提到了那个牺牲了的文书陈明义!你抽空看看,我杨自胜从来不说谎,还有我同秋雯结婚的那一夜,啥事也没发生,我和秋雯都是清白的!小肚鸡肠疑神疑鬼害不了别人,最后害的是自己!从现在起,你就好好跟秋雯过。进军现在是市委书记了,把个明珠市闹腾得红红火火的,你不也光彩吗?"陈明义含着泪,愧疚地朝大爹点点头。

两个月后,李进疆得到了从宽发落,判刑三年,缓刑三年,大爹亲自同大姨一起到看守所把他接了出来,让他继续经营着他的那家畜产公司,到现在生意倒也做得规规矩矩。

中篇小说

  那年五月的一天,也就是我岳父出院住到我家去的那天,我正在开市委常委会议,湘箮突然打电话对我说,我大爹急匆匆地来家里把我岳母叫出去,坐了一辆客货两用的小轿车走了,那神色挺紧张,不知道发生了什么事,让我抽空一定去大爹家看看。湘箮随后又通知了舒好,舒好到大爹家,发现大爹不在,于是也过来找我。等我开完会已经是中午了,我跟舒好匆匆往大爹家赶去。

  到了门口。我们听到了大爹和岳母正在说话。原来这天,有人捎信给大爹,我们原先团场的场部要进行全面改造,场部门前的花坛也要推倒重建,这让大爹想起了那棵榆树下,用水泥砌起来的我母亲曾用来砸麦粒的三块鹅卵石。于是他急匆匆地拉上我岳母去把那三块石头抢救了回来。大爹住的那栋二层小楼前的院子里也弄了个花坛,花坛的两边种了两棵丁香树。这会儿大爹正忙活着和水泥,在我岳母的协助下,准备把三块石头重新砌到一棵丁香树下。大爹问我岳母:"秋雯啊,这三块石头你还记得吗?那是进军的母亲从河边拉来砸麦粒的,后来你也在这上面砸过,我把它保存下来留作纪念,看到这三块石头,我就会想起那时我们过得是啥生活!"大爹说完,又回到屋里拿出一个精致的铁盒给我岳母看,盒子里放着一只干透了的发黑的鸡蛋,他说:"这是进军的母亲走那天煮的,那天她煮了两个鸡蛋,一个进军和她一起吃了,这个进军一直放在口袋里,想不到那天上午她就……进军就拿着这个鸡蛋在渠堤上奔啊喊啊哭啊,一声声地叫着娘,我就在他身后紧紧地跟着。我收养进军时,这个鸡蛋还在进军的口袋里,已经发臭了。我把它烤干了,就这么保存了下来,因为这是进军的母亲,柳月煮的……柳月是个好女人啊,还有进军的爹。他俩,就一直在我心里搁着呢!"

  岳母抹着不断涌出来的眼泪,唏嘘不已地说:"杨政委,你真是个性情中人哪!"

  我大爹也长叹一口气:"秋雯,这辈子我虽然没有结婚,但我养了个好儿子,现在成了市委书记,我还有个好孙女,如今也是个名歌手,说不定有一天,她会在全国扬名,我这辈子啊,活得也值了,我算是对得起我自己了!"

  大爹最后的这几句话,我和舒好都听到了,我们推开院门,舒好冲向大爷,搂住了大爷的脖子泪流满面地说:"爷爷,有你这么个爷爷,我感到好幸福耶……"我看看大爷,又看看在那棵丁香树下砌好的三块鹅卵石,深深地叹了一口气,似乎觉着,那丁香树上绽放着的一团团鲜艳的紫莹莹的丁香花,此刻正焕发出一阵阵沁人肺腑的幽香,让人沉醉,回味悠长……

附录

好友韩天航

江水寒

一

记得是前年了,农七师文联常务副主席韩天航和我们在奎屯一家宾馆的前厅,恭候北京来的一位有名的大作家,说是去伊犁,中途要在奎屯停留一下,饭后休息片刻继续赶路。

做东的是老韩,作陪的是我,还有老马。我们三人一边等,一边闲聊。电话里告知的时间过了一个多小时,还没有见到京城里来的那位贵客。

"老韩,不等了吧。可能车没有拐进来,直接过去了。"我说。

"说好了的,再等等吧!"

又抽了半个小时的烟,人仍未到。我耐不住了,将手中的烟头掐灭:"我看不会来了。"

本文刊载于1999年5月《中国西部文学》,获新疆"支边青年"文学奖征文一等奖。作者江水寒,本名杨任志。新疆作家协会、书法家协会、诗词学会会员,原奎屯报社总编。

"该不是车在路上出了什么毛病?"老韩坐在原处没动,轻声地说。

"不会的。"这时老马也站起来,伸了伸懒腰,"京城里那些大爷,说话不算数,我是领教过的。"这位老马,去年在北京鲁迅文学院待了一年,跟京城一些作家有过交道,也知道那些人的一些底细,说话中少了些敬意。

老韩不抽烟,坐在那里,慢声地说:"不会吧。"

"什么不会?老韩,我告诉你,去年暑假时,×××来新疆,从南疆的喀什到北疆的伊犁,我陪了他半个月。一路上像侍候大爷一样。没想到,不到半年,我在王府井大街上偶然碰到他,他竟不认识我,真是一张热脸贴了个冷屁股。我也就不客气起来:'怎么,×××,不认识我了?暑期你到新疆,我陪你半个月,难道全忘了?'你猜怎么着,这位作家大爷愣了一下,又眨巴了几下眼睛,若有所思了几秒钟,最后点点头:'对,对。老张,对不起,我有点急事,先走一步,失陪了。'像兔子一样溜了。还给我老马改了姓,你说气人不气人?"

我哈哈大笑。老韩也露出一口白牙,轻轻地笑了:"怎么会这样呢!"

又过了半小时,人仍未来。管他呢,我和老马甩手走了,留下老韩孤零零地坐在前厅里。

几天后,遇到韩天航,我问他那天人等到没有。他摇摇头,苦笑了一下:"你们走后,我又等了两小时。晚上才接到电话,直接到伊犁去了。"

"就是嘛,那天老马说的你明明听到了,可还要守株待兔。"

"也许是人家走的地方多,认识的人太多了,一时记不起老马了,不过,也不应该的。"他不紧不慢地说。

说来也真巧,今年轮着我们骂老马了。前几天,韩天航给我打了个电话,说江水寒你过来一趟,有好消息告诉你。我去了,他笑眯眯地说:"老马到底找到了,我有他家里的电话号码,现在我们就打过去。"

这位老马,一年前搬到石河子去了,走后,电话也没来一个。老韩向石河子熟人打问过好多回,人家也只听说在石河子某单位,具体情况不知道。我也曾顺路到石河子找过他几次,找到了单位,但没有找到人。我和老韩见面时,总要提起他。每当我骂老马太不仗义时,老韩只是担心:"他为什么电话也不来一个,该不会有什么事吧。"

这老小子,今天我们到底把他找着了。

电话挂过去时,老马正在家。韩天航显出几分兴奋,几份亲热,问长问短。告诉他,这一年多,我们很想念他,可一直没有他的消息,我们很着急,轻言细语,温良恭俭让得很。我在旁一急,一把夺过话筒,大声喊:"老马吗?"

对方一听是我,高兴地问好。

"你出国了?"我问。

"没有呀!"

"你调到北京,进了政治局啦!"

"老兄,惭愧惭愧。"老马一听来者不善,连连陪着不是。

"那你为什么一年多不跟我们联系,我们找你找得好苦,你知道吗?"

"对不起,对不起。"电话那边一个劲地道歉,可以想象出老马以前抱歉时双手作揖的滑稽模样。

老韩向我摇摇手,示意我不要再说难听话了。

我又挖苦了老马好几分钟,最后告诉他,我记起了小时候,有次在山里放牛,牛跟我捉迷藏,天黑了,还找不到,我又气又急,最后好不容易找着了,气得我狠狠地给了它好几鞭子——

"你混蛋!"轮到老马在电话里骂我时,我咔的一声挂断了电话。

老韩抿着嘴,在旁边暗暗地笑。

二

在奎屯,我和老韩、老马三人是文友。老韩是上海支边青年,老马是女侠秋瑾的同乡,本人来自湘西。巧得很,我们三人同庚,属猴,日本鬼子投降前夕,来到这个世界。60年代又殊途同归到了新疆。

认识韩天航,是1984年在五家渠新疆作家笔会上。那时,我在塔城报社,老韩在农七师宣传处。他给我的印象是个奶油小生,小白脸,说的虽是普通话,可一听口音就知道是上海阿拉。一天傍晚,我们在林带散步闲聊,他告诉我,他是1963年来的上海支边青年,到新疆后,开始在石河子财校上学。毕业时,适逢一场叫"四清"的大运动席卷全国。韩天航被分配到农七师一二六团的"四清办公室"。学财会的,主要从事清理干部们经济上"四不清"的问题。从上海支边来新疆,组织上把他送到学校学财务,他对组织充满了感激之情,觉得只有努力工作才对得起领导的培养,争取进步,一腔热血,可想而知。工作上抢着干,业余时间出黑板报,写新闻报道。那时,除了革命工作,别的什么也不想。可他怎么也想不到,1966年上半年,团里批判"三家村"一开始,就有人揭发他,写大字报批判他。说他在中学时,就发表过黑文章,到新疆来后,1964年还在上海刊物上发表过东西。韩天航是一二六团的"小邓拓"。他不明白这到底是怎么回事,自己得罪了谁。挨了一阵批判后,把他从"四清办公室"清理了出来,下到连队大田里去劳动改造。

"'劳动就劳动嘛,改造什么。'我嘟哝了一句。他们一听,又把我这话上纲上线到与毛泽东的关于知识分子要接受改造的教导相对抗的高度。这下,我还能说什么呢!我在连队浇水、修渠、装车,什么重活都干。有时白天在大田里浇水,躺在田埂,曲肱而卧,仰头看天空的朵朵云彩,聚聚散散,随意组合成白云苍狗,变幻无常,也是一种享受。有时看到空中的一只苍鹰,任意翱翔,留在麦地里的身影飘忽不定,这也常引起我对苍鹰的自由自在好生羡慕。有时,夜晚我一个人浇水,开始,我在大田里听到野狼的嚎叫,毛骨悚然。后来听人说,只要带着手电筒,射出的光亮,狼很害怕。以后一听到狼叫,我就朝它的方向射出手电光,果然,狼害怕了我,逃走了。我堵好水口,让渠水无声无息地流淌。在无月的夜晚,远离喧嚣的世界,静静地享受轻风温柔的抚摸,闻着麦苗清香的气息,听着庄稼拔节的生命的律动,心里有时也涌动着某种强烈的生命欲望,脑际里浮现着种种斑斓绚丽的幻想。在那个年代里,别看是团场一个小小的连队,也是一个大千的世界。人们全在发疯。我看到了各色人物,为了生存需要表现出各种嘴脸。有不自觉丧失人格的,有自觉地把自己人性的丑恶发挥到极致的,有无知者的愚蠢和麻木,有胆小者的随声附和,有卑怯者的苟且偷生,有卑鄙者的无耻告密……

那十年,我算是一边浑浑噩噩地干重活,一边清清醒醒地看世人。"

他谈起这些,像春蚕吐丝,不紧不慢,轻轻柔柔。说起那些倒霉的往事,仍然很少激愤,好像在向人讲述一个古老而又遥远的故事。

我们一边溜达,一边闲谝。7月的傍晚仍很闷热,五家渠多树多水,蚊蚋成阵,追着人叮咬。走着走着,啪,自己扇起了自己的耳光。不一会,我的两手竟血迹斑斑。可他韩天航,手里拿着的是杨柳枝条,像观音娘娘似的,轻轻摇拂。他赶蚊子那模样,令人忍俊不禁。

那时,他虽然在《北京文学》《广州文艺》上发过作品,但还不是新疆作家协会会员。在这个笔会上,并不怎么显眼。几天后,他拿出一篇《车行五彩湾》的小说让我看。他曾随建筑公司在油城克拉玛依市施过工,小说写的也就是石油工人的生活。第一次看他的作品,觉得他的小说生活气息很浓,语言也跟他这个人说话一样,舒舒缓缓,流畅细腻,清新飘逸,阅读时没有语言障碍,能让人一口气读完,虽不能说是篇上乘之作,但作者的生活积累和文学功底显而易见。

笔会结束时,我们成了好朋友。知道他所在的奎屯,有新疆卷烟厂,听说卷烟厂内部供应一种价廉物美的白皮烟,分别时,我这个烟虫顺便提了句,请他想办法给我弄些。

他听后,犹豫了一会儿,又很快地点了头。话虽说了,过后我也没怎么把它当回事。不料过了不久,他写信告诉我,白皮烟他正在托人想办法。又过了不久,他果然托人给我捎来了十条。

我有些感动。韩天航这个人,虽然性格和我这种人不一样,但他诚恳,守信用,够朋友!

1986年7月份,我们又在博乐赛里木湖笔会上见面了。我问他这些年发的作品多不多,他摇摇头,说自己这几年,主要是读书,散文、游记、小说、文艺理论,古今中外,什么都有兴趣去读。并说,除了读书之外,就是思考,思考人生、思考社会、思考人性。在那次笔会上,他好像没有拿出什么像样的作品。只有一件发笑的事,给我留下了深刻的印象。

笔会结束后,我们笔会全部人马乘大轿车去伊犁。同行男男女女,大约

30人左右,记得还有位是从四川大学邀请来的曾绍义老师。到伊犁,正是吃晚饭的时候,天还未黑,天气也很热。半个月的笔会,大家都觉得很累,都想好好放松一下自己。有人提议说,伊犁这地方,有的饭馆对外地人有些欺生。今儿我们几十个大老爷们,不如来它个"客多压店",热闹热闹。找到一家饭馆后,在那位老兄的提议和组织下,一坐下,哗的一声,男人全赤裸着上身,一个个挺胸露肚的大汉,或像鲁智深,或像青面兽。只有两人,怎么也不愿脱光上身,一位是川大来的曾老师,另一位就是这位显得腼腆的韩天航。记得曾老师为反抗有人要强剥他的衣服,钻到了桌子底下。老韩呢,看他那副文质彬彬,白面书生的文弱模样,大家不好意思太难为他。嬉闹够了,开始喝酒。端的都是大碗。有人喊"嘀西",大家齐吼一声"嘀西",声音惊天动地,震得桌上碗筷跳动,引得门口围满了看热闹的人。我们中的一位胖子,站起身,端着酒碗,装成醉汉,瞪着大眼,摇摇晃晃迎到门口。哗——人们纷纷逃散。

"一伙狂徒。"

"一群酒鬼。"

大家哈哈大笑。那位曾老师大受感染,一碗酒下肚后,褪去了斯文,也把上身扒了个精光,露出了扁平的胸膛和清瘦的双膀。只有这位韩天航依然穿着白衬衣,斯斯文文地坐在那里,象征性地同大家一道举起大碗。

为我们餐桌上菜送茶的是两位姑娘。后来韩天航告诉我,他注意到了,在我们"嘀西""嘀西"大疯大狂时,老板娘将那两位姑娘叫到一旁,交代说:"这不知从哪里来的一群土匪。今天想找事,你们千万小心点,不要让他们找着岔子。就是有人在你们身上捏一把摸一下,你们就千万忍着点,不要吭声。"韩天航说:"我也捏了一把汗,以为你们真的要喝醉,闹出事来,没想到你们也只不过当闹着玩而已。"

"文人无行嘛。"我朝老韩笑笑。

笔会散了后,我和老韩仍旧天各一方。也断断续续见他在报纸杂志上发过一些作品,似乎反响并不大。文学创作要想有点突破,难啦。

三

1990年,一个偶然的机会,我从偏远的塔城调到了北疆腹心地区奎屯,与农七师的韩天航同在一个城市。本想去见老韩,可刚调来,琐事太多,心想忙完这一阵子再去看他。不意有天我经过新华书店门口,突然听到有人叫我,回头一看,是老韩。

他一点也没有变,还是那么白白净净,斯斯文文。

"我叫你好一阵子了,你没听见。我一直在跟着叫你呢。"

可能是老韩喊的声音太细,在这熙熙攘攘,人声鼎沸的大街上,我听不见。

"你怎么出现在这里?"

我告诉他,我已调到奎屯,到这里才三天。

"来前,你如果给我打电话,我会去车站接你的。"

我们都很高兴。

"老江,这个星期天到我家,我给你接风。我还有位朋友老马,在兵团教育学院,也是写小说的,把他叫上,你们认识认识,会谈得来的。"

老马是条魁梧大汉,身板厚实,走起路来,足音跫然;说起话来,声若洪钟,似乎还带着铜音;大笑起来,眼睛眯成一条细缝,露出两颗银牙。

桌上的菜肴,是老韩的手艺,精细、清爽、清淡。其中有道菜,韩天航端上来时,专门做了介绍,说新疆的文友,不少人在他家里吃过,都很称赞,你们尝尝怎样。

原来是盘豆腐,白亮亮的,没有什么佐料,好像没有什么特别的地方,可一入口,细腻滑溜,香软绵爽,风味独特。

"喷香,这豆腐看起来不怎么样,味道可特好。老韩,这道菜叫什么?"

"韩家豆腐。"老韩笑笑,"真的,他们都是这么叫的。"

席上,老马谈起了自己的身世。他出身没落官宦之家。上高中时,组织了个文学社被说成反党小集团,一气之下,未等学校宣布开除,自己只身逃了出来,做了"游侠"。先在青海柴达木盆地晃悠,差点饿死,后又到了塔里木盆地,在一个林场"两人面对面,脱了衣服干,为了一条缝,弄得满头汗",你们说说是干什么,哈哈,拉大锯呢。到后来,在林场当教员,因为没学历,派到兵团教育学院来捞文凭,没想到留了校。

那年,我们都46岁了,可老马还是独身。

"你一直没结过婚?"我问。

"结婚干啥?"他瞪着眼睛,"告诉你,本人是童子金身呢。"说完,哈哈大笑。

"冒牌货。老江,别听他吹牛。"老韩望着老马,抿着嘴笑。

"老江,你不相信?"老马回头问我。

我盯着老马,看了他好一会儿,笑着说:"老马,老韩说的没错。看你走路说话的架势,你已经是不'清真'了。金身童子之说,实为假冒。"

"你这个家伙,"他亮出了钵头大的拳头,"你问问韩天航,新疆文学界的朋友,都害怕我这个东西。老江,你不害怕吗?"

我哈哈大笑。

初次坐在一起,大家都很投缘。"干!"我主动地端起了酒杯,和老马连碰了三杯。只是做东的老韩,虽一道与我们举杯,可自始至终,还是那半杯酒。

话题自然转到了文学创作上来。

老韩说,1980年他写了篇小说《罪与罚》,寄给了广东的《作品》杂志。小说写的是"文化大革命"中,一个叫赵凡的文工团编剧,被打成了反革命,投进了看守所。看守所所长康立清是位办事认真、心存良知的好人。可那位副所长顾维已却是个心肠歹毒,无恶不作的家伙。赵凡在看守所里受尽了顾维已的非人折磨。小说同时也写了看守所被关押的形形色色犯人的众生相。有人善良,有人卑怯,有人正义,有人告密等等。编辑部看了稿件后,觉得写得不错,准备刊发。可送审时,有人提出作者对看守所监狱的生活,似乎很熟悉,作者莫非也曾是犯人。那时,文艺界刚从严冬解脱出来,乍暖还寒时期,顾虑仍然很多。商量来商量去,决定暂时放一下,调查一下作者的身份再说。可不巧得很,把韩天航的地址丢掉了,一时无法联系。过了半年,他们还是舍不得放弃这篇稿件,于是在自己的刊物上,发了启事,请新疆作者韩天航速与《作品》编辑部联系云云。老韩从一位文友那里得知这一消息,与《作品》取得联系已是一年以后的事了。那篇小说,最后由《作品》转荐给《潮州文艺》发表了。

"我认为,在那篇小说里,我开始考虑人、人性这方面的主题了。"老韩说。

"我经历的一件事,比你这个更可笑呢!"老马兴致勃勃地谈起了自己的一个故事。

1978年,他写了篇小小说,寄给了北京国内第一号文学刊物。小说的题目叫《报告班长》。小小说,情节自然很简单,写的是看守所里有一架毛驴车,由表现好的犯人赶着,到城里拉菜、面、油之类东西。每次进出岗楼时,按规定,犯人停下驴车,喊声"报告班长",得到允许后才能通过。年年月月天天如此,久而久之,毛驴也养成了习惯。一近岗楼,不用喝斥,自己就站住不动,听到一声"报告班长"后,才继续前行。一次,看守所长的女儿要用驴车给自己办点事。出岗楼时,毛驴站住了,任凭所长女儿吆喝鞭打,死也不走,原因是那头毛驴没有听到那声"报告班长"……

不到一千字的小小说,却在这家大刊物引起了一阵风波,头审二审通过了,最后送给主编终审。那位有名的主编看后,眉头皱起了疙瘩,批了四个字:太恶毒了。稿件被枪毙了。

大家笑得又开心又苦涩。

我们离开韩家时,街上的路灯全亮了。

在以后的日子里,准确地讲,在童子老马没有结婚前,几乎每个星期天,我们都要聚到一起,喝茶喝酒,聊天吹牛。老韩虽说不怎么喝酒,可在我们中间很健谈。他那吴声越语中,常闪烁出智慧和幽默。

有次,老马酒后来了情绪,即席对我们做了一首调侃的诗。他的诗句,现在记不起来了,只记得我俩凑了几句回赠给了这位童子大侠:

了无牵挂神仙乐,明月秋风自吟哦。

狗肉佛心肠内烩,文章道德眼前过。
柔情缕缕随口出,豪气谙谙入梦多。
独身潇洒风光好,任尔品茗与画荷。

四

再次上门品尝韩家豆腐,是在中秋节前的那个星期天。

老韩在路上和我相遇。我说,好长时间没见面了,最近我看到了你在《飞天》上发的一篇小说《变艳了的蒲公英花》。我认为你触及了一个危险的雷区,想跟你聊聊。他说,他也正有这个意思,邀我这个星期天上他家去。

进门时,他正用手撑着额头,在那里沉思。面前摆了一大摞稿子。他告诉我,这是他一位朋友的手稿,朋友叫张鸿,是下面团场的文学青年,对文学创作特别执着,也有些潜力。可惜,半年前在一次非常事故中过早地离开了人世。张鸿留下这些习作,他想替他挑选几篇,帮助修改一下,能在刊物上发表一两篇,也了却这位文学青年的遗愿。后来,老韩为他整理的那篇小说发表在《绿洲》杂志上。收到杂志后,老韩又特地请张鸿的单位领导和家属、朋友一起,把杂志上发表的作品在他的坟前焚化,以告慰死去的朋友。在场的人为韩天航这番热心,感动得流了泪。

听了这话,我心头触动了一下,好长时间只看着他,没有说话。

"你干吗这么看我?"老韩说。

我觉得,今天我看到了老韩的另一面。在新疆,上海人跟其他省份的人不太合群。他们给人的印象,除了精明、心细、会算账外,也给人一种不爱管人闲事,喜欢"各顾各"的感觉,尤其缺乏那种"两肋插刀""抱打不平"的气概。"关侬啥事体嘞",似乎是他们的口头禅。老韩这位文友,接触这么多年,相聚在一块,以往大多是谈文论道,别的很少涉及。想不到眼前这位上海阿拉,在那斯文柔弱的外表里,竟有这么一副侠义热肠。

这次在韩家,一坐就是几个钟头,主要的话题,自然是他那篇《变艳了的蒲公英花》。

韩天航的作品,只是揭示了这一段历史上曾有过的生活,只留下了让读者自己去思考的空间。看完这篇作品,我觉得,老韩的内心深处,长期积攒的对生活、对人生、对人性的思索和情绪已经饱满了,将会很快在创作中爆发。《变艳了的蒲公英花》虽然还谈不上有什么突破,但他已接近了突破的门槛。

五

老婆是自己的好。韩天航和朋友们在一起谈起女人时,从不掩饰对自己妻子金萍的夸赞。

金萍在某公司担任办公室主任,整天乐哈哈地在公司忙东忙西,在家里,也快快乐乐地给老韩的朋友端茶送水。老夫老妻了,当着客人的面,如果发现丈夫头上、衣服上有点灰尘,一缕线头,便立即走上前去,亲昵地拍打。那双眼睛看韩天航时,仍秋波盈盈,含情脉脉,仿佛永远看不够似的。上50岁的人了,虽然无情的岁月无可挽回地在她身上脸上留下了年龄的痕迹,但仍然能够想象出她年轻时的风韵。春天的花朵和秋天的果实各有各的魅力。

听不少的人说,金萍当姑娘时,是他们团场有名的一枝花。也正因为这样,才遇到过不少的纠缠和麻烦。她在老韩逆境时勇敢地爱上了他。老韩呢,真诚地爱她一辈子。她是甘肃兰州人,出身大户人家。她的父亲有几房妻室,她是"庶出"。从她一出世,家庭不可避免地败落了。母亲去世后,父亲带着他们兄妹俩孤苦地守着贫寒。在社会上,这种家庭出身的人自然是低贱抬不起头来做人的,就是在众多的同父异母的兄辈中,她也是被欺凌的对象。她小学毕业后,虽然很希望能继续上学,但父亲已无能为力了。为了逃避饥饿,哥哥流浪到了新疆。父亲去世时,只留下孤苦伶仃的她。16岁那年,正遇上"三年自然灾害"的大饥荒,她的一位游手好闲的兄长,为了自己活命,暗地里将她换了粮食去做人家的儿媳妇。她得知这一消息后,躲在墙角偷偷地哭了一场。擦干眼泪,卷上个小包袱,趁黑夜逃了出来,爬上了到新疆的火车,来找自己的亲哥哥。在乌鲁木齐下了火车,她买不起到奎屯的汽车票,流浪到了昌吉。在大街上,呼图壁县文工团一位领导见她长得清秀,身材苗条,让她唱了一支歌,又教她做了几个舞蹈动作后,收留了她,她成为呼图壁县文工团的一位小演员。她一边在文工团里唱歌跳舞,一边继续寻找自己的哥哥,一年多后,她从别人那里打听到哥哥在奎屯农七师,就毫不犹豫地踏上了到奎屯找哥哥的旅途。兄妹见面,抱头痛哭了一场。

这年,她18岁,已出落成为一个亭亭玉立的美丽的姑娘,唱歌跳舞,样样都会。其时,在全国各地,祝万寿无疆、唱语录歌、跳忠字舞蔚成风气。她找到农七师毛泽东思想宣传队,人家一看,试都不试,就吸收了她。又过了一年后,师宣传队解散,把她分到一二六团毛泽东思想宣传队。在这里,她认识了韩天航。

老韩那时在一二六团"四清办"。在认识金萍之前,他和团里一位上海女知青谈过恋爱,彼此在彬彬有礼中谈了一年多,但总感到相互之间缺点什么,用今天男女时髦话,彼此不来电。用老韩的话,是总觉得彼此缘分不够。后来双方谁也没有怨言,客客气气地结束了恋爱关系,只保持上海老乡的同乡之谊,直到今天。

"男女之间,这事真怪。"老韩说得很认真,"有一天,我见到团宣传队新来的金萍,一见面,我不知怎的,心里就'通'地猛跳了一下,全身就像触了电。我感觉到了,我在空旷的原野里要寻找的那个人,找呀找,找了多少年,今天突然找到了。这也许就是缘分吧。后来金萍结了婚后跟我讲,她第一次见了我,也突然没来由地脸红了。觉得自己这只在茫茫大海中漂泊的一条小船,突然有了一处安全的避风港湾。又好像没有爹没有娘,不知怎么往前走,又要走到何处去的孩子,突然有了路,找到了自己的家。这也许就是一见钟情吧。"

就这样,他们相爱了。也就是在相爱不久,厄运突然降临在韩天航头上,他被打成反党小邓拓,成了批判对象,到连队大田里劳动改造。

他们的爱情面临着严重的威胁,彼此承受着外界巨大的压力。特别是金萍,有的领导找她谈话,要她与韩天航划清界限,说你这么年轻漂亮,只要听组织的话,是很有前途的。韩天航现在失掉了干部身份,成了改造的对象,你跟了他,一辈子没有好果子吃。也有人干脆把话挑明,韩天航出身于"胡风分子"家庭,现在自己又与人民为敌。你呢,也出身于剥削阶级家庭,我们让你在毛泽东思想宣传队,是对你的关心爱护培养,你自己呢,也得要听领导的话,如果你还不与韩天航一刀两断,仍执迷不悟,后果你自己负责。

找她谈话的,有的一本正经,面孔严肃;有的笑眯眯色迷迷地看着她,看得她全身起鸡皮疙瘩;还有的两眼发直发绿,像只饿狼,好像随时有可能扑上来,吓得她胆战心惊。

自小所遭受的磨难,养成了她内心的坚韧和顽强。她知道,他们是不会放过她的。自己从小受苦,没上过多少学,可心里一直崇敬文化人,早就想找个知寒知暖,有文化有教养的人订下终身。自认识韩天航并接触这么长的时间后,韩天航英俊、儒雅、诚实的印象深深地烙在了她的心坎里。看准了他,就要选择他。即使和他一道在连队种一辈子地,能彼此长相厮守,也值。

她明白,现在最重要的是要保护好自己。她既小心翼翼,处处提防,又不动声色,装得若无其事。这期间,她所经受的种种,只有她自己知道,跟老韩也一直没有提及。有一天,她突然在大家的眼皮底下,挽着老韩的胳膊,到团部商场逛了一圈。"我们只有这样了。"她苦涩地笑笑,温柔地依偎着他。

以后,只要一下班,他俩就待在一块。

领导吃惊了,也愤怒了。革命群众也很有兴趣看这场"才子佳人"戏。一时间,关于他们的种种绯闻传播开来,说得活灵活现,有鼻子有眼睛。老韩明白了恋人的苦心,到了这一步,还有什么可怕的,他也勇敢起来,向领导递交了结婚申请。一次不批,再递第二次,再不批,再递。你们不批准,我们就不罢休。

"哼!"领导火了,"革命群众都检举了,你们作风败坏,立即写出检讨。"

"我们是在恋爱,没有作风败坏。"韩天航不卑不亢,有板有眼地说。

"还抵赖,革命群众的眼睛是雪亮的。"

"哪位革命群众看到了,请他来当面对质。"老韩依然不紧不慢,不屈不挠地说。

"这样吧!"领导不耐烦了。眼珠一转,口气随之软了一些,"你们俩先写个检讨,我们再考虑考虑,研究研究。"

他们俩没有写。几天后,领导正在开会的时候,他俩又找了进来。

"你们这么急,是女的肚子大了吧!"

韩天航满脸通红,气得一时说不出话来。

金萍眼泪汪在眼眶里,费了好大的劲,才没让它流下来。

"这样吧,"那位领导也觉得自己话说得过火了一些,"今日是几月几号,你们俩记住,再过半年,证明你们俩现在没有作风问题,金萍的肚子没有大起来,我就批准你们结婚。"

"说话算不算话?"韩天航认真地问。

"我要说话不算话,还当什么领导?"这位领导把手一挥,"就这样吧。"

"好,我们走!"韩天航拉着金萍就往外走。

他们真的过了半年才去找他。这回,这位领导什么话也没说,拿起报告,就尴尬地歪歪扭扭签上了自己的名字……

"什么叫胳膊拧不过大腿?这就是。"几十年后的今天,老韩说起这桩滑稽事,苦笑着摇摇头。

说这话时,他夫人也在一旁,撩开眼皮,睇了丈夫一眼,暗自笑笑。

六

1994年,老韩回了趟老家上海。回来后,感慨说,在新疆我们是上海人,离开上海几十年后回到上海,上海就不再把我们当上海人,叫我们什么"新疆户头",很有点瞧不起的味道。我们呢,对上海他们的很多事情也很看不惯了。

他讲了几件事情,是他回上海时,和几位从新疆回去的朋友在一块,听"新疆户头"亲口说给他听的。

病退回上海的老刘,有次在厨房烧红烧肉,肉烧在锅里了,发现酱油不够。隔壁的姆妈,平时见面,总是问长问短,对他很好。他拿了个小碗,对姆妈说,来不及了,先从您老人家这里借半碗酱油。那位姆妈说:"哟,邻里邻居的,一点酱油啦,要用就来倒,还讲啥借勿借的啦。"老刘一想也对,在新疆,莫说小半碗酱油,就是一碗油也算不得什么,既然姆妈这么说了,这点不值钱的东西,去还人家,会认为你看不起人,要生气的,干脆等以后新疆的朋友寄来枸杞子、杏干、果脯这类东西,送姆妈几包就是。可几天后,那位姆妈生气了,拿着碗板着面孔进了门,说:"喂,那半碗酱油你想勿还了。侬可是掏钞票买来咯呀,勿是偷来的咯哟。"弄得老刘好生尴尬,赶忙赔着笑脸,接过碗,给她倒了满满一碗。这姆妈一看,又生气了:"喔哟,啥人要你还介许多哇,借多少还多少,我这碗里有条线。"她指给他看,"诺,上次你就借了这么多啦。你勿想占阿拉的便宜,阿拉也不想占你的便宜,捣糨糊的事体阿拉勿做咯。"递过碗,叫他将多了的那些倒回去。这下,老刘的新疆户头脾气发了,把碗里的酱油往污水桶里一倒,然后递过酱油壶,"你自己倒好了。"把门一摔,出去了。气得老太太在背后骂他"小赤佬。"

还有一位从石河子回去的老李说,一次他的邻居在里弄里买肉,差一元钱。当时他正从那里路过,邻居向他借了一元钱。一元钱在新疆算什么,就是五块十块的,邻居买东西时垫上,也没有想到要人家还。几天后,那位邻居要还那一块钱,老李把手一推,说一元钱还什么,算了算了。没想到,人家生了气,把一元钱往桌上一放,说:"喔哟,一元钱咯人情哟,啥人稀罕啦。这种小便宜阿拉从来勿占咯。你们这种外地人的心思,以为阿拉勿晓得啊!今朝一元钱勿要阿拉还,明朝你借我两元三元也就可以勿还了。勿要拿阿拉上海人当阿木铃。"气得这位老李把那一元钱撕得粉碎,抛向窗外,并大骂你们这些上海人不是东西,我不在这鬼地方待了,明天我就回新疆去。

"上海有什么美的?"从南疆回去的老石说,他的一位亲戚,因为他从新疆回去时送过一份很重的礼,他们一定要请他到家里吃一顿饭。全家就那么一间小房子,几口人吃住都在那里。正吃着饭的时候,女主人竟揭开了马桶盖,一股臭气冲了出来,他受不了,可人家一家人像没事似的,继续吃他们的饭。更叫人受不了的是,那位女主人,当着大家的面,解开裤子,一屁股坐到马桶上,一边稀里哗啦办她的事,一边若无其事地和大家拉家常。他觉得自己的胃翻了,要呕吐了,赶忙放下碗朝外跑。

还有好几件这类令人哭笑不得的事情。"唉,如果我们不来新疆,对这类事,也许就习以为常,见怪不怪。"老韩摘下眼镜,擦了擦镜片,又慢慢地戴上。

不久,老韩的一部中篇《回沪记》在《清明》杂志发表。《中篇小说选刊》很快进行了转载。嗣后,上海永乐电视制作公司改编为电视剧《重返石库门》。

《回沪记》是他用小说的形式写出的回上海的体验。用新疆户头上海人的独特视角,揭示了今日大上海的种种人情世相。

小说主人公赵景坤从新疆回上海后,因为是个"新疆户头",备受邻居的捉弄,哥嫂的歧视和算计。而等他继承了母亲遗嘱留下的遗产,成为一家外贸公司的董事长时,马上又是一种情形,有人巴结,有人眼红,有人敲诈,妒火中烧的哥嫂更是为了争夺财产而欺骗恫吓,用尽了心计。可这个在新疆熬了几十年吃尽了苦头,被边疆戈壁烈日冰雪风沙磨炼得十分坚强的硬汉,在上海那种种炎凉世态中,显出了自己的尊严和大气,仍能在命运突转中坚守了自己的人格和道德取舍标准,重新找到了生活的位置和情感的依托。《回沪记》和其后发表的《洋楼与车库》《悠悠棚户情》的回沪三部曲,分别反映出洋楼、石库门、棚户区三种不同层面的上海市民的生活侧面,写出了大上海在新的特定的转型时期人们的生存世相和社会心态。他们在得意地坚守旧有的无形的心理秩序的同时,也在无奈地被迫放弃常引为自豪的大上海人的骄傲和自尊,以适应大上海那狭窄的,生存空间越来越紧张的,争夺的生存需要。当年上海支青今日成为作家的韩天航,其作品使这些上海人的日常生活琐细的事情,具有了文化内蕴和历史品位。上海知青韩天航,不在新疆历练这么几十年,就不会找到这个独特的视角。不是来自上海的新疆作家,没有根在上海这么个人生背景,同样,也选择不了这么个切入点。

《回沪记》和其他两部姐妹篇,标志着韩天航在小说创作中的自我重大的突破!

我们用葡萄酒祝贺他。他举起高脚杯,看了旁边的夫人一眼,提醒我们说:"我的《悠悠棚户情》中的女主角'靳平',就是用了她'金萍'的谐音。"

韩夫人幸福得面若桃花,一下子好像青春了好多。

临走时,老韩附在我的耳旁,悄悄地说他还有部长篇小说,一家出版社马上就要出版了。那本书,他很是费了心血的,自己觉得不错。出来后让我好好替他看看。

我很感动,也有点愧怍。如今作家中,下海经商,跳槽炒股,沉湎舞厅酒吧,已是风气。很少有人能像韩天航这样,坚守创作阵地,沉得住气,潜心耕耘。他有今日的好收成,是苍天不负有心人。

七

长篇小说《太阳回落地平线上》,由漓江出版社出版。这部长篇,老韩历时十载,五易其稿,可谓呕心沥血之作。出版界称它弥补了中国支青文学关于"西部支青"生活反映稀缺的遗憾,标志着韩天航自己文学创作成就的高峰,也奠定了他在当前新疆文学界的地位。

在艺术手法上,这部小说也颇具特色。一是选择了上海支边青年在新疆荒漠偏远农场的生活场景,对全国读者来说,题材较为新颖奇特;二是作品结构上,虽说没有一个贯穿始终完整的故事,但板块式地浓缩了农场的生活。作品中的生活场面和情景,原汁原味,气息浓郁;三是叙述视角奇特,第一人称和第三人称交替使用。前者是'倾诉视角',亲近了读者深化了主人公的内心开掘;后者是'全能视角',保持了叙述的客观冷静,扩展了作品的时间和空间。正是这种不断交替的视角运动,完成了小说中主人公性格的形成和作者审美目的的表达。

小说写的是1964年到"文化大革命"初期这段时间的事,取名《太阳回落地平线上》,作者有寓意存焉。太阳回落地平线是黄昏,黑暗紧接着来临,它预示着其后那场使中国人民经受的史无前例的浩劫,绝不仅仅是由于某个人的心血来潮,而是有着深刻的历史根源和社会背景的。

老韩告诉我,出版社开始觉得这个书名太长,建议作者考虑更换一个,后来,听从了他的说明后才予以了认可。

该书面世后,在文学界和社会上引起了较大的反响。自治区文联和兵团文联联合召开了"韩天航作品讨论会",30多名作家、评论家和自治区文联、兵团文联的领导出席了会议。与会者一致认为:"近年来,以《太阳回落地平线上》为代表的小说创作,是近20年来新疆文学界取得的重要成果,是自治区新时期文学创作的里程碑。韩天航在小说中所展示的广博深邃的社会画卷以及画卷所刻画的丰富多彩的人物形象具有强烈的社会意义和现实意义。"

不少作家、文艺评论家纷纷在不同刊物上发表评论文章,内地好几家电视剧制作公司也来电来函联系,要将作品改编为电视连续剧。

尽管韩天航性格内向,情绪含蓄,很少外露,但在那些天里,还是掩饰不住内心的喜悦。走路说话比以前精神,脸色也特别红润。中篇小说集《重返石库门》被兵团评为"五个一"工程奖。拿到奖金后,他慷慨大方地摆了一桌,请我们几个朋友一道分享他的快乐。

那回,我第一次见老韩露出上海人很少有的豪爽,敞开心扉,开怀大笑。平时一小杯葡萄酒就能把他变成红脸关公,这回他主动端起盛满伊犁老窖的酒杯,连饮了三杯。知道他心脏不太好的夫人,劝也不是,不劝也不是,左顾右盼,急得如坐针毡。

客人散了,老韩留下了我,说继续聊聊。那晚,他倚在沙发上,谈兴很浓。

"老江,你说,一个人在人生旅途跋涉了几十年。有一天,回过头来,突然发现自己人生轨迹上一个亮点,会有什么感觉?"

他吩咐夫人把上海《少年文艺》寄给他的那本《金色的草地》的书找出来。那上面,收有他1961年5月写的一篇《男女同学》。那年,他17岁,在华东师大附中上学。

"唉,几十年过去了,但人生的这个小小的亮点,我还是记得那么清楚。有时,在人生中,哪怕那种微小的亮点,也会改变人的追求和生活。几十年来,在经历了种种磨难,经历了农工、教师、会计、宣传干事这种种职业后,最终选择了文学生涯。想想这些改变,最初的起因,很可能就是这篇《男女同学》啊。"停了一小会儿,他又长长地吐了口气,"老江,知道吗,我天航今天终于圆了我们韩家两代人的作家梦。"

他告诉说,他的父亲叫韩铁夫,新中国成立前在上海盐务局任职。新中国成立后上海盐务局改为华东盐务局,1951年以旧政府留用人员的身份到华东革命大学集训。1952年分配到新疆迪化盐务局。韩老先生一生,喜欢文学,英语水平也很不错。1345年在《浙江日报》发表过《雨丝风片》等译作散文、诗歌。1949年在杭州《西湖日报》发表《狂欢之夜》等诗歌。解放初,在《文汇报》副刊不断发表小说诗歌散文。1951年由友人作家魏金枝、梅林二人介绍,加入了中国文协(中国作协前身)上海分会。到新疆后,1952年在上海《解放日报》发表过《迪化的春节》等文章。1954年,因为梅林是胡风集团的骨干成员,他也因为梅林的关系差点被打成胡风分子,作为内控人员使用。从此,整天战战兢兢度日,虽然对文学情有独钟,哪敢再操笔为文。

"如果我父亲不是这种遭遇,我想他也会成为有成就的作家的。"他一边说着一边找出他父亲作品的复印件,"老子的作家梦,儿子给他圆了。去年我到上海改电视剧本子,我高兴,老爷子比我还高兴。"

我完全明白了今日老韩为什么情绪这么破天荒地张扬。我想,如果我是韩天航,说不定会掂着酒瓶拿着酒杯,跑到大街上,逢上认识和不认识的人,都要与人家干上一杯呢!

八

没想到,因为这部小说,老韩好长时间日子过得不安宁。在奎屯,他一时成了这座小城人们茶余酒后的议论对象。有人明显地表示了不满,原先和韩天航在一个团场待过的一些人,有人对号入座。说韩天航这本书中的某某人,写的就是他(她),或影射的就是他(她)。要不,为什么旁的人看了这本书后,对他(她)说,书中的某某,好像写的就是你。说韩天航损害了他(她)的名誉,扬言要和老韩到法庭打一场官司。

这种缺乏起码文学和法律常识的说三道四,根本不值得去理睬。

真正令人哭笑不得的是那些荒唐的议论。这种谬论,在这里还颇有市场。

小说主人冯洲,在不到三年的时间里,与连队6个女人有爱情和情爱瓜葛。"冯洲就是韩天航,韩天航写的就是他自己。"

这话,我们听到了,老韩自己也听到了。

老韩的夫人金萍说,有人当着她的面也这样说。

韩天航听了,只淡淡地笑笑:"你们认为咋样就咋样,我自己觉得咋样就咋样,我妻子金萍知道我是咋样。"他觉得,有这几句话,足够了。

话虽这么说,但听多了,还是觉得不是滋味。一天,他和我私下谈起这件事时,老韩一个劲地摇头苦笑。

我打趣:"你现在50多岁了,还这样白皮细肉,奶油小生模样。你不去勾引女人,也会有女人来勾引你的,我不信,你会是个清教徒。"

"我不是什么清教徒。"他立即反驳我,像小瞧了他似的。随即声音又平缓下来。"老江,告诉你,像这种事情,一是要看缘分,二是要看适合不适合。如果我老韩有一天看上适合的,又觉得有缘分的话,我也会照样敢上。世上哪有不吃腥的猫?"

他就这样打发我。我才知道,这类事情,即使再好的朋友,也不能这么傻着去问。

以后,当有人再谈起关于他这种事时,我曾出面解释说:"韩天航这个人,与她的夫人感情太深。久而久之,他大概对别的女人在心理上生理上就产生了一种本能的恐惧和抗拒。西方曾有性心理学家也持这个观点,不过,概率很小。在男人的世界里,只是十万分之一或百万分之一。"

没有人相信我这番话。

唯一的一次例外,是去年冬天新疆文学界的几位朋友来奎屯,我们一块喝酒时,又把韩天航这件事抖出来做下酒的佐料。其中一位年青的出版社编辑,很郑重地说:"我信。我仔细研读过天航的小说。他的性爱描写,基本上是理念性的。即使一些似乎很具体的情爱细节,也经不起仔细推敲,描述并没有真正到位。只要有这方面实践经验的人一看,知道全是想象出来的东西。"

说这话时,老韩也在场。他不点头,也不摇头,只是眼睛眨了眨,朝着我意味深长地一笑。

兔儿爷跳跳蹦蹦要来到1999年时,农七师文联举办了新春茶话会,邀请了奎屯文艺界的人士参加。虽然同住在这座小城,但平时各人忙各人的事,大家很少见面。如今有机会在一块聊聊,也是件高兴的事情。

农七师文联常务副主席韩天航和我们几个年岁较大的人坐在一桌。聊着聊着,有人不免发出了"日暮黄昏""廉颇老矣"的人生感慨。老韩先是坐在那里,静静地听。待大家不说话时,他开了腔:"我说,国家规定的退休年龄,是对政府行政人员来的。我们搞文的人,一辈子就没有退休年龄。政府官员,退了休后,如无专长,就只能凑凑桌子,散散步子,抱抱孙子。我们这些人呢,就是退了休,也有干不完的事情,个人的真正价值,是在退了休后才能衡量出来。"

老韩是东道主,他的这些话,引起了在座者的共鸣。

有人问:"天航,你今后创作上有什么打算没有,跟大家说说。"

他笑笑:"平时,在这种场合,我因为不会喝酒,腰杆就不硬,不敢多说话。今日喝茶,我就不怕,胆量就大了。"

他披露了自己今后15年的创作计划。

"大家知道,我那部《太阳回落地平线上》用了整整十年时间,写的是1964年到1966年'文革'初期的事。算是三部曲的第一部。还有两部,我准备花15年的时间,也就是说,写到我70岁。第二部我已经构思了,书名叫《夜色中的月光》,写整个'文革'期间的事,时间跨度是1966年到1976年。第三部暂拟名是《黎明后有太阳》,写十一届三中全会以后到现在。我这一生,能完成这三部曲,也算是对得起自己了。"

说这话时,他的眼里充满了自信。大家也受到了感动自发地鼓起掌来。

"老江,我刚才说的话,人家不会觉得是狂妄吧!"散会后,走在路上,他问我。

"哪会呢。老韩,你怎么这样多虑呢?"

他笑了:"你平时不是笑我们上海人这毛病那毛病吗？还爱拿出余秋雨那篇专写上海人的文章来做依据呢。"

"不错。"我也笑了,"余先生那篇《上海人》的文章,某些观点你也不能说他不对。譬如说,'上海人的眼界远远超过闯劲,适应力远远超过开创力。'商业大都市嘛,人文环境造成的。不过,这是指韩天航老家的某些上海人,不应该包括已经把新疆的辽阔原野和戈壁大漠融入了自己生命的新疆作家韩天航。"

我们都哈哈大笑起来。二月初的奎屯,夜晚的气温起码是零下一二十度,可我们都热得敞开了大衣⋯⋯

附录

兵团这片沃土给了他创作的源泉
——新疆生产建设兵团著名作家韩天航的创作之路

王 瑟 周世祥

"太阳暖融融地照着大地。树枝上已经吐出几片嫩芽,黄绿黄绿的。这儿春天的风,虽然有些干燥,但同样的也是暖暖的。有一只布谷鸟正在远处的林带里叫:'布谷,布谷……'公路上,有一辆拖拉机,正从道路上拐进地头,发出隆隆的响声,繁忙季节,又将在暖暖的春风中开始了……"这是新疆生产建设兵团著名作家韩天航短篇小说《春暖》的结尾。小说讲述的是兵团职工郭忠槐、贾贵田、刘友平之间关于儿女婚事的故事。韩天航小说创作时间从1980年到2015年,跨度近50年,累计500余万字。韩天航还是优秀的影视编剧,有六部作品被改编拍摄成电视连续剧在央视等国内电视台播放,影响巨大。其作品题材基本来自兵团生活,作者以独特的视角,通过描写普通兵团人的喜怒哀乐、命运沉浮故事,真实反映了兵团几十年来的发展变化以及兵团人的家国情怀。那么,这样一位兵团作家,

原载《光明日报》2018年5月16日9版

是怎样发现兵团这座创作的富矿,并甘愿将毕生心力贡献于此的呢?

扎根西陲一生怀揣作家梦

五五年前的新疆,在大多数人眼中还是偏远、荒凉、艰苦的地方。一位上海青年却怀揣着"作家梦",毅然决然地踏上西去的列车,前来新疆支边,他就是韩天航。

韩天航的妻子金萍回忆道:"当时他不愿意上大学,就是想到新疆。他大哥说你学习不错为啥不上大学,太可惜了。他说我要到新疆,当作家。大哥反问他,作家是那么好当的吗?其实他十六岁就开始写作,别的孩子还在玩游戏时,他的一篇小说就发表了。他那时写的是学生时代的男女同学。"

韩天航回忆自己的创作初衷时说:"我是1963年从上海支边来的。来的时候我就是带着作家梦来的,因为之前写过一点小说性质的短篇,在上海的刊物发表了。过去兵团的作品在内地很难发出,也产生不了什么影响。我因为在兵团生活时间久了,心里就想把这种感情表达出来。经过几年努力,我写了《我的大爹》《母亲和我们》《牧歌》等作品,都先后发表,并在全国产生了一定影响。从此,我一直坚持把兵团当作我写作的最主要的源头,宣传好兵团人,为他们树碑立传。"

在韩天航眼里,兵团是一个文学艺术创作的富矿,在这里可以源源不断地找到创作的灵感和材料。"应该说人性都是一样的。每个人从年轻时充满理想,为理想而奋斗,最后在奋斗的路程中慢慢老去,这就是人生价值的体现。兵团人生价值的体现,无私奉献本身就是自我价值的最高体现。无私奉献了,才能做出成绩,才能体现你的价值。兵团的意义在于无论你从北京还是上海来,是子弟兵还是后勤人员,或者是大学生,只要到了兵团你的身份就是兵团人。所以我说每一个兵团人都是一部长篇小说,都有一个传奇的故事。我也是一个兵团人,到现在我白发苍苍了,成了一个老兵团人,为此我感到自豪。所以写兵团,表现兵团人的生活,就成为我追求的目标与奋斗的方向。因为我要让更多的读者了解兵团,喜爱兵团,走进兵团。"韩天航坚定地说。

一次,韩天航去西安签一个电视剧合同,当地媒体将他写成"军旅作家"。他怎么解释自己是新疆生产建设兵团作家,对方却不理解。他明白,作为只有200多万人的新疆生产建设兵团,人们对它的了解是很少的,这恰恰是宣传兵团最重要的意义所在。"还有的人认为,兵团就是一个团,有政委,有连长。兵团有多少人不知道,干什么也不知道。这让我产生一种责任,要把兵团宣传出去,让人们知道兵团人的付出,他们献了青春献终身,献了终身献子孙。这种家国情怀无私奉献是非常感人的。要让人们知道,兵团人做了些什么,创造了什么样的奇迹,把他们的英雄事迹、品格和胸怀表现出来。目标一确定,我写作的动力更强了,因为我肩负起了更多的使命。这从我的已经改编拍摄播放的电视连续剧剧作品里也可以看出来。除《问问你的心》是讲诚信的以外,其他《戈壁母亲》《热血兵团》《下辈子还做我老爸》《大牧歌》《重返石库门》五部电视连续剧都有兵团人的影子,都是兵团人的故事。"韩天航说。

妻子金萍说:"看见这么多人喜爱他的作品,我觉得他这么多年的辛苦没白费。他的作品,我是第一读者。读到感动的时候我会说'哇,你怎么会这样写啊'。心里有种想喊出来的冲动。"

笔耕兵团跃然纸上军垦情

"坡爬上来了,又是那无边无际的黑褐色的戈壁。这时我感到那辽阔宏伟的大地是神圣的,那荒凉而无垠的戈壁是深沉的,而那西下的太阳所燃烧着的一团团火是热烈的。这种神圣,这种深沉,这种热烈,给人一种浑厚的向上的力量。那一团团火焰突然炸裂了,大地仿佛震动着,叫喊着,那一股股黑亮黑亮的原油从地底下喷了出来,那原油越积越高,越积越高……突然,又变成了一座座井架,一幢幢楼房,那井架,那楼房在闪烁着亮光,赶走了天上的星星。呵,我见到的是不是戈壁上经常出现的海市蜃楼?"这是韩天航短篇小说《车行五彩湾》中的一个片段。很难想象,没有在戈壁荒原长途行车、油田长期工作的经历,如何能写出画面感如此之强的细节。

兵团出版社审读室主任昝卫江说:"韩天航从上海支边来到新疆生产建设兵团第七师一二六团,在长期的生产劳动中和兵团广大职工结下深厚的感情。作为一个老兵团职工,他的创作生活基础来自兵团生产生活,他的创作灵感来自兵团生产生活,他的小说也几乎全部描写的是兵团人的生产生活,他是一个把全部情感融入兵团的作家,是一个全心全意为兵团写作的作家。"

韩天航曾在兵团第七师中学担任教师、会计、党委宣传处干事等职。他的文学创作生涯的发源,也来自兵团生活的见闻和感受。韩天航的小说《母亲和我们》的女主角刘月季,就脱胎于真实的老兵团人。1950年2月,毛主席命令驻守在新疆的20万解放军就地屯垦戍边组建农业生产建设兵团,当时,许多战士还未成家,时任新疆军区代司令员的王震将军说了一句:"没有老婆安不了心,没有儿子扎不下根。"于是,便有了"八千湘女上天山""齐鲁巾帼赴戈壁"等新疆兵团史上的"第一代母亲"。处于花季的她们报名参军,西上天山,在大漠孤烟的西域边陲与老兵们拓荒创业,组成了兵团屯垦戍边史上的第一批家庭。新疆兵团从创始之初的20多万人,增长至如今200多万人,与一批批艰苦创业,甘愿奉献的兵团人息息相关。

谈到作品《牧歌》,韩天航表示:"开始我写了兵团男人的故事《我的大爹》,后来又写了兵团女人的故事《母亲和我们》。后来我想,写了男人、女人,但都是写农业生产方面的,我知道兵团的知识分子也很多,也是无私奉献的代表,所以写完《我的大爹》《母亲和我们》后就想写知识分子这个群体。当时兵团唯一的中国工程院院士是畜牧专家,所以我就把笔瞄准了他。当然《牧歌》这部作品不仅仅是一个人的故事,而是许许多多在兵团奉献了一辈子的知识分子的故事。小说先在《安徽文学》《小说月报》发表,现在改编成电视剧《大牧歌》后,一共是32集,正在中央电视台播放。"韩天航笔下,不仅有兵团人浓浓亲情,铿锵英雄情,还有兵团人血浓于水的民族情。韩天航新作《父亲的草原母亲的河》中,汉族、维吾尔族、哈萨克族、蒙古族、俄罗斯族等主人公共同生活,共同劳动,谱写了一曲民族团结的乐章。故事讲述的是：在天山脚下辽阔的科克兰木大草原上，美丽的齐纳尔河畔，有一个维吾尔、汉、哈萨克、蒙古、俄罗斯等多个民族聚居的村庄——托克里克村。村民们以善良的心和宽广的胸怀收养了逃荒而来的汉族孤儿，待如亲生一般，给孩子以家庭的温暖。汉族孤儿与收养家庭及村民和睦相处，共同成长，结成了血浓于水的亲情，长大后回报养育之恩，积极投身于建设美好家乡的感人故事。

"韩天航的小说主题如同新疆湛蓝的天空，炽热的太阳，坚韧的胡杨，始终保持着清新向上、昂扬奋发、坚韧不拔的特点，充满正能量。正如韩天航本人所说'写好人是我一生的追求'，他小说中的开荒人、种瓜人、牧羊人、放马人、养鹿人、泥瓦匠等人物身上，无不隐含着作家本人的生活经历和对兵团历史的深度挖掘，这些再普通不过的兵团职工，在小说字里行间无不闪烁着令人深思难忘的人性光芒。没有真实兵团生活经历的人是很难创作出这样的作品的。作家韩天航近50年的创作，自始至终都坚守兵团题材，笔耕兵团深厚沃土实属不易。他是兵团人的骄傲，是令人尊敬的有家国情怀的作家。后期作家生活视野扩大后，反映在作品中的题材仍然离不开兵团，如中篇小说《洋楼与车库》，讲述的就是一个在兵团生活多年后回到上海的支边青年的故事。虽然这部小说是作家韩天航创作风格转变升级的标志，但骨子里还是兵团题材的延伸。"昝卫江说。

登上荧屏红色精神四海传

一部好的文艺作品，总是具有鲜活的生命力和传播力，其中一个表现，就是被不同的艺术形式重新呈现。韩天航的多部作品都被改编成电视剧，在吸引小说读者的同时，也让电视观众有机会走进兵团的辽阔天地，一睹红色雄风。

韩天航的中篇小说《回沪记》《棚户纪事》被改编拍摄为17集电视连续剧《重返石库门》；中篇小说《背叛》改编拍摄为电视连续剧《问问你的心》；中篇小说《养父》改编拍摄为33集电视连续剧《下辈子还做我老爸》，并获第十一届全国电视片业优秀电视剧奖,湖南电视台2016年度收视率贡献奖;中篇小说《我的大爹》改编拍摄为电视连续剧《热血兵团》,被评为第十届全国"精神文明建设五个一工程奖";中篇小说《母亲和我们》改编拍摄为30集电视连续剧《戈壁母亲》,被评为第二十七届中国电视剧"飞天奖"一等奖、第十一届全国"精神文明建设五个一工程奖"。由韩天航编的长篇小说《牧歌》改编的电视连续剧《大牧歌》,2018年5月9日起开始在中央电视台八套黄金强档播出。这是韩天航小说改编的又一部军垦题材电视剧力作。韩天航表示:"小说《牧歌》在《安徽文学》发表后,有人说是重磅,就是比较好的作品,后来由广西漓江出版社出版。这个书在广西被评为优秀图书奖,被兵团评为优秀文艺奖。因为它反映知识分子在兵团的奉献故事还是蛮感人的,看过电视剧之后再看书会是另一种不同的感觉。"

说起兵团文艺创作,韩天航说:"兵团文化就是军垦文化,就是屯垦文化,这对我产生的影响很大。我从年轻时成为兵团人,到现在把自己的一生都献给了兵团。必须承认,兵团和兵团精神也给了我很大的影响,所以我才能写出兵团人喜欢的军垦文化。从《热血兵团》《戈壁母亲》到《牧歌》,里面充满了开拓进取、无私奉献的崇高精神品质。"

兵团出版社董事长、社长强始学说:"20世纪60年代,韩天航从繁华的大上海来到艰苦的兵团,积累了非常丰富的创作素材、生活经历,他的作品清新向上、昂扬奋发、坚忍不拔,充满了正能量,诠释了兵团精神,传承了红色基因,弘扬了军垦文化,引领了新疆先进文化。它们给世人展现了'兵团是一座丰碑,一部史诗,更是一个文化符号',兵团人的英雄事迹永载史册,兵团人的担当奉献光照千秋。"